莎士比亚戏剧早期现代性研究

胡鹏 / 著

Shakespeare's Plays and Early Modernity

北京大学出版社
PEKING UNIVERSITY PRESS

图书在版编目 (CIP) 数据

莎士比亚戏剧早期现代性研究/胡鹏著. —北京:北京大学出版社,2019.10
(文学论丛)
ISBN 978-7-301-30805-9

Ⅰ. ①莎… Ⅱ. ①胡… Ⅲ. ①莎士比亚(Shakespeare, William 1564—1616)—戏剧文学—文学研究 Ⅳ. ① I561.073

中国版本图书馆 CIP 数据核字 (2019) 第 215675 号

书　　名	莎士比亚戏剧早期现代性研究 SHASHIBIYA XIJU ZAOQI XIANDAIXING YANJIU
著作责任者	胡　鹏　著
责任编辑	李　娜
标准书号	ISBN 978-7-301-30805-9
出版发行	北京大学出版社
地　　址	北京市海淀区成府路 205 号　100871
网　　址	http://www.pup.cn　新浪微博:@北京大学出版社
电子信箱	345014015@qq.com
电　　话	邮购部 010-62752015　发行部 010-62750672 编辑部 010-62754382
印 刷 者	三河市北燕印装有限公司
经 销 者	新华书店
	650 毫米 ×980 毫米　16 开本　18.5 印张　368 千字 2019 年 10 月第 1 版　2019 年 10 月第 1 次印刷
定　　价	69.00 元

未经许可,不得以任何方式复制或抄袭本书之部分或全部内容。
版权所有,侵权必究
举报电话: 010-62752024　电子信箱: fd@pup.pku.edu.cn
图书如有印装质量问题,请与出版部联系,电话: 010-62756370

目　录

序　一 ………………………………………………………………… 1
序　二 ………………………………………………………………… 1

绪论　莎士比亚与早期现代性 ………………………………………… 1
第一章　宗教的崩塌与世俗化:《亨利八世》与《真相揭秘》……… 11
第二章　莎士比亚对政治的讨论:《居里厄斯·恺撒》中的共和主义……
　　　………………………………………………………………… 23
第三章　莎剧中早期资本主义观念:以《威尼斯商人》为例 ……… 36
第四章　现代英国的法律基础:《辛白林》中的法律与帝国想象 …… 51
第五章　莎士比亚与物理学:《李尔王》中的原子论幽灵 …………… 67
第六章　从占星学到天文学家:莎士比亚的宇宙观 ………………… 80
第七章　莎士比亚与医学:《罗密欧与朱丽叶》中的瘟疫话语 ……… 98
第八章　《泰特斯·安德洛尼克斯》中食人的文化意义 …………… 113
第九章　《皆大欢喜》中的狩猎与素食主义 ………………………… 133
第十章　儿童与教育:莎士比亚戏剧与早期现代英格兰的
　　　　个人主义 ………………………………………………… 149
第十一章　作为机器的身体:《哈姆莱特》中的早期现代性隐喻 …… 167
第十二章　食物、性与狂欢:福斯塔夫的吃喝 ……………………… 184
第十三章　想象的不列颠:《亨利五世》中的国族性问题 ………… 199
第十四章　莎士比亚戏剧中的服装、抑奢法与国族性 …………… 212

第十五章　性别、国族与政治:莎士比亚历史剧中的外籍女性……… 229
余论　永远"现代"的莎士比亚…………………………………… 245
参考文献………………………………………………………………… 248
后记……………………………………………………………………… 280

序 一

胡鹏的莎士比亚研究专著出版,我乐于为他做一个推荐!

胡鹏还是年轻学者,但在莎士比亚研究领域,他却已在国内处于领先的位置上。从他已经做出的成绩来看,他的著述在几个方面体现出一流研究的特征。

首先是他的研究的专业性。我把文学研究分成两种类型,一种是基于一般知识的研究,一种是基于专业知识的研究。这两者常常被人们混淆。所谓基于一般知识的研究,是指在有限阅读基础上的"研究",或者严格说来,这不能叫作"研究",只是"想法"的表达。当然,这不意味着这类文字没有价值,实际上,在学界也存在大量类似的文字,因为文学研究非常重要的一个特点是它的独特眼光,所以,有限阅读也未必不会产生深刻的发现。但是,这种研究只在普通读者中具有意义,在专业领域内则不能作为严肃的成果来看待。比如,你会看到,学界的大人物们也常常写这类文字,甚至有人一直都是做这种"研究"。判断这种研究很简单,你只要检索一个学者的著述就可以看到,有些学者的研究范围几乎无所不包,从古希腊一直到后现代。严格说来,这些都不属于专业范畴的研究。所谓专业知识,指的是"完整阅读"基础上的研究,这个完整阅读包括研究对象的全部基础材料。比如对一个作家的研究,你要研究他,那就要先把他的每一句话都读完,把有关这个作家的研究史上的重要著作都读完,然后才能开始专业的研究。而实际上,真正的专业研究基础还必须包括对与这个作家相关的各种知识的掌握。比如,你要研究古希腊文学,起码要懂希腊语和希腊哲学;你要研究中世纪,起码要懂拉丁语和基督教神学;你要研究托尔斯泰,起码要懂俄语和东正教神学,而你要懂东正教起码要先懂基督教神学的东西差异,而要想弄懂这种差异,起码要懂欧洲中世纪以来的历史。当然,要研究莎士比亚,起码要弄懂莎士比亚的时代,而莎士比亚的时代是欧洲的历史发展最重要的时期,没有之一。从这个意义上说,胡鹏所做的是基于专业知识的研究。相信读者从这个书稿的参考书目中可以窥见一斑。从基础材料看,胡鹏不仅对中文的莎士比亚著作版本了如指掌,而且对莎士比亚的历代版本以及与莎士比亚相关的历史、文化著作等都做过认真研读。就莎士比亚著作本身的阅读也许不是难事,他的作品毕竟有限,比起伏尔泰、托尔斯泰这样有上百卷著述的作家较为容易做"完整阅读";对于经典作家,越是远离我们时代的作家,要掌握其研究史的难度就越大。就历代以来的莎士比亚研究著作而言,胡鹏在其书稿的开篇即称"汗牛充栋",即使如此,一个专业研究者,既然你选择了这个研究方向,那在工作程序上也就别无选择,只有花更多的时间去细致地梳理这个研究史,掌握其中所有重要研究的思路、观点和材料。所以,本书中胡鹏所开列的近500种外文文献并不是摆样子的,光是他在读博士期间到美国佛罗里达大学联合培养的一年时间,就搜集了700多种相关文献,翻译了近十万字的必要材料,更不用说他长期以来对莎学研究材料不遗余力的搜集。当然,最重要的是,胡鹏对莎士比亚研究长期以来持续的兴趣。他从做硕士学位论文开始进入莎士比亚的专业研究,在读博士之前已经在国内的权威刊物《外国文学评论》发表了两篇论文。这十几年来,他的专业研究始终专注于莎士比亚。也许从影响上来看,他还比不上那些"著名"学者,但从专业的研究角度来看,像胡鹏这样的年轻学者十余年在一个方向上坚持不懈,在国内浮躁的学界实属难能可贵。

当然,一种研究能够达到更高的境界,除了研究者正确的专业态度之外,还要求找到我们常说的"创新思路"。到底什么是创新?发现新的材料、找到一个与以往研究者不同的角度、产生新的观点,都属创新。但在我看来,这些都不是真正有价值的创新。真正有意义的创新体现在,你的研究是否对于研究者自身所处的文化建设具有意义。文学研究区别于其他研究的实质就在于它的文化意义,可以这样说,任何文学研究,不论你的研究对象是中国的,还是外国的,根本目的并不是像科学研究那样去发现对象,而是发现自我,补充自我,更新自我。因此,文学的研究实际上就是一种阐释学意义上的行为,当然,与狭义阐释不同的是,这个阐释者不仅仅要研究阐释者自身,更要研究阐释者自身所处的文化主体;即当阐释者进入对象阐释的过程之时,它自身以及自身所处的文化主体便同时成为被阐释者。这个效应在阐释活动中本来是自然发生的,但在文学研究中,阐释者应当有一种自觉,自觉地把对象阐释转化为自我阐释。我常用一句通俗的话来说明这个道理:我们为什么拿着中国纳税人的钱去为外国人研究他们的文学?就此而言,胡鹏从一开始做研究就选择了一个具有重要意义的创新思路——莎士比亚的现代性问题。为什么要研究莎士比亚的现代性?首先,因为这是一个20世纪的问题,在19世纪之前的莎士比亚研究中,还没有批评者关注这个问题。只是到了20世纪,文化批判理论开始对欧洲现代性进行反省,批评界才在莎士比亚身上发现他对现代性的复杂态度。其次,也是最重要的一点,对莎士比亚现代性的研究,根本意义在于为中国的现代性发育提供一个参照。我们可以把人类有文明以来的社会发展史大致分成两个阶段,一个是古代社会,一个是现代社会,那么,现代性的发育就是衡量一种文明是否进入了现代阶段的标志。从这个意义上来说,莎士比亚那个时代正是欧洲现代性生成的时代。在与莎士比亚同时代的中国文学作品中,我们可以看到很多涉及法律问题的文本,如冯梦龙和凌濛初的"三言二拍",里面有大量关于诉讼的故事,其判案的决定性标准便是审判者的主观意愿,而非法律条文,即使存在白纸黑字的法律条文,但"解释权"却在法官大人的手中。你很难想象,在这样的法律文化中会出现什么现代性。而在莎士比亚的剧作中,我们同样可以看到对于法律事件的诸多描写。比如众所周知的《威尼斯商人》,无论作为时代精英的安东尼奥,还是作为食利者的夏洛克,他们共同的特点是对法律契约的遵守,所谓在法律面前"愿赌服输"。哈姆莱特在报父仇的过程中不断"延宕",其中一个重要的原因也是对法律程序的敬守。在胡鹏的这部书稿中,专门论述了《辛白林》中涉及的法律问题。剧本中无论是作为国王的辛白林,还是作为臣属的路修斯,以及其他人物,无论他们是信奉普通法,还是罗马法,都将契约法律视为解决纷争的依据,而从整体上否定了依赖个人判断对事件加以定评的"非法"手段。因此，从这个意义上说，胡鹏的研究通过对莎士比亚的现代性世界的阐释，为我们自身的现代性建设提供了一个鲜明的镜像。

当然，胡鹏对莎士比亚现代性研究的意义还不限于此。如果我们只是把文学文本视为一种历史文本，那么，便是忽略了文学作为人类最重要的文化现象的本质意义。目前国内流行的一种研究模式是"文史互证"，即从文学文本来理解相应的历史内容（如政治、经济、法律、伦理等），然后反过来从历史著作中寻找对文学描写加以支持的史实性材料。我们说，这样的研究自然有其特定的价值，因为文学毕竟为我们提供了对那个时代的人的存在状况的认识，而对人的认识当然要借助对与人相关的政治、经济、法律、伦理等方面的历史现象的了解。但是，我们说的是文学作为一种特殊的人类文化现象的价值，它不能等同于历史教科书或史料集，文学是有立场的，而且关键在于，文学的立场恰恰是"反历史"的。换句话说，只有"反历史"的文学，才真正具备了经典文学文本的品格。而胡鹏的莎士比亚研究的可贵之处，就在于他抓住了这个关键的切入点。也就是说，他不仅揭示了莎士比亚创作对于英国早期现代性的建构性作用，而且整体上把莎士比亚剧作的现代性内涵描述为对现代性的建构性审判。即莎士比亚一方面展示了英国现代性生成的早期形态，另一方面却在时时刻刻反省这种现代性建构相对于人的损害性因素。或者可以这样说，当英国的现代性还在孕育的过程之中时，莎士比亚已经站在了现代性的反省立场之上，而欧洲从理论上对现代性加以反省还是20世纪的事，这充分说明了文学艺术作为人类文化史上的先知角色的价值。比如我前面提到关于法律问题的描写上，胡鹏的研究一方面强调，莎士比亚展示了那个时代人们的法律意识的普遍化，另一方面又提出，剧中人物对法律的尊崇固然代表着现代性框架内契约观念的确立，但是，僵死的法律条文同样可能对人的精神完整性造成损害，因此，莎士比亚也在随时提醒法律判决中的"野蛮"性问题。所以，胡鹏的结论是：不管是什么样的法律，"唯有对其进行改造才能返回到公平正义的轨道。从这点来说，莎士比亚以国王行使特权进行补救，代表了对共同价值的公平与正义平等价值观的认同"（本书第四章）。

在我所带的博士研究生中，胡鹏是唯一一个我"找来的"学生。我和他最早的一面之缘是2007年在四川外语学院的一次学术会议上，当时他还在读硕士研究生，那次会上他并没有给我留下多少印象。他这个名字是后来引起我注意的，因为在2011和2012两年内，他在《外国文学评论》

和《国外文学》相继发表了三篇莎士比亚的研究论文。于是我从他所工作的重庆邮电大学外语学院的办公室问到了他的电话,我首先问了他一个问题:这几篇论文是从硕士论文中摘出的,还是毕业后写作的?我之所以这样问,是要确认,他在毕业后是否还保持着研究的连续性。因为我知道,有些学生在读硕士期间可能写出了高质量的论文,但在毕业之后则陷于各种事务之中而丢掉了研究工作,只有那些真正有研究热情的人,才会在毕业后忙于"生计"的同时还努力拓展新的研究。而胡鹏的回答是:这几篇论文都是他在工作后写的。而当时他的职位是办公室工作人员兼留学生辅导员,并承担英语专业、本科公共外语及对外汉语的教学。在毕业两三年的时间之内,在繁重的行政工作和教学工作之余,他还能写出如此高质量的多篇论文,我由此判断,这是一个难得的研究人才。于是,我说出我给他打电话的目的,请他明年来报考我的博士研究生。而这时,他与所在学校的合同还在"限制期"内,五年之内他不得离开工作岗位,否则就要做出赔偿。但是,他还是下了决心来读博士。2013年,他参加了南开大学本专业的博士考试,尽管他的成绩排名第二(当年我本来只有一个对外招生名额),但因为他有权威期刊的论文发表,院里还是特批了一个名额,使我们"师徒"二人都如愿以偿。

前面我谈到了胡鹏研究的专业性,其实我想说的是,在他身上体现的是一个"天生的"文学研究者的素质。这主要是指他既有良好的文学感悟能力,同时也有出色的理性思辨能力;此外,他是一个真正热爱文学研究的人,他的这种热爱体现在他的"疯狂"的工作中。前面我提到,作为中美联合培养生,他在美国学习了一年,期间除了做了近10万字的翻译,他还写下了9篇论文的初稿。而且这些在外人看来"疯狂"的事,在他那里却是怡然自得,举重若轻。实际上,这说明他有着一般人所不具备的镇定自若的心理素质。我反复对学生说,文学研究就是一道"窄门",这道窄门虽然通向"永生",但进来之后却有着你想象不到的艰辛,如果你不付出比别人多一倍的努力,断难取得好的成就。因此,这桩差使仅有"决心"是远远不够的,它需要"天赋",天生的杰出能力和天生的强大心理承受力。就此而言,我相信胡鹏还有更大的施展其才能的空间。

王志耕
2019年元月于南开大学

序　二

　　在初秋明灿、雅净的江南的一个清晨，我放下手头的其他工作，沏一杯从"冉冉修篁依户牖，悠悠碧水快楼丝"的道教圣地，蜀中名山青城山下"白鹭湾"携回的"洞青白茶"，品着浸在晶莹清澈茶盏中的绿叶，以及"川"字中间独具禅心的那一只翩翩起舞的白鹭，九室逍遥，仙姿鹤影，青山为屋水为邻；在一潮漫过一潮的袅袅晨雾中，美酒对湖山，翻开了胡鹏博士的专著——《莎士比亚戏剧早期现代性研究》，思绪也不由得在"玄契环中，得意忘象；庐结物外，即人而天"的遐思中自由自在地飞翔……

　　竹隐凤凰松隐鹤，山藏虎豹水藏龙。"莎士比亚不属于一个时代，而属于所有世纪。"这早已成为一句至理名言，谪仙一去四百年，本·琼生的描述在莎士比亚逝世四百多年后的今天，是莎士比亚作品在世界文学、戏剧领域经典性的最好证明。远的不说，20世纪以来，在世界范围内，各种理论、文化、文学、戏剧批评流派竞相崛起，各领风骚，他们将莎士比亚看作了施展各自理论、学说的试验场，和实生物，同则不继，因此，在"秋水落霞惊四座"的玄思妙想的理论世界里，莎士比亚已经成为一个有别于其他作家的"桐花栖凤报群贤"的特殊人物。

　　环顾五洲四海，独立书斋啸晚风，莎学研究不但没有衰落，反而更趋繁盛,不但文本研究蔚为大观,而且戏剧研究、舞台研究、改编研究、翻译研究、传播研究,因为其不朽和伟大总能在不同的时代被赋予崭新的解读和无穷的意蕴。道可道,非常道,名可名,非常名,在文学研究中,近年来以现代性为题的研究颇为兴盛,在莎学研究中也有多位莎学研究者涉足这一理论,但形成体系的还不多见。胡鹏的这本《莎士比亚戏剧早期现代性研究》(以下简称《莎研》)可谓在莎学研究领域得风气之先的一本专著,也是他长期在这一研究领域勤奋耕耘的结晶。

凭陵绝顶钟神秀,管领灵山作主人。在现代性的框架内进行跨语际书写,研究莎剧是胡鹏近年来一贯秉持的努力方向,到《莎研》的出版,可谓在这一论题上作出了碧歌云归之贡献。什么是"早期现代"?《莎研》给出了明晰的阐释。本书经过梳理认为,文艺复兴强调的是所谓古希腊和罗马文化的"黄金时代"与16世纪、17世纪英国的连续性。因此,文艺复兴可以说是一个"向后看"的术语。它把中世纪视为"黑暗时代",而文化的最高形式只能存在于黑暗时代的两端。相对而言,早期现代则强调与文艺复兴之后的现代性的一种延续性,因而是向前的。

那么什么是现代性?变化固非类,海国瀛洲东西客,光芒夜半惊鬼神。近年来在莎学研究中虽然被屡屡提及,但也众说纷纭,莫衷一是。从形态学的角度观察,现代性表明人类社会在社会经济制度,知识理念体系和个体、群体心智结构,以及文化制度方面已经发生了有别于以往的全方位转型,即在精神取向上的主体性、社会运行原则上的合理性、知识模式上的独立性,以及经典变异中的多重隐喻。什么又标志着"早期现代性"?本书作者也给出了自己的答案,"早期现代性"是指人们在有意识地进行现代化运动之前,其所处的社会、经济、文化诸方面就已经具有很多现代因素,也就是说这一时期的社会形态和经济结构等很多方面已经比较接近"现代社会"的要求,同时在文化层面也不自觉、无意识地出现了怀疑甚至反对的观念(即文化的现代性),但同时也部分保留了传统观念和因素。这种"早期现代性"在文化领域更具包容力和独特性。甚至也可以将现代性看作一种时间观念、心性结构和文化质态的表达,而且这种现代性不仅仅只存在于某个特定的"现代"阶段,甚或在"前现代"和"后现代"阶段也有其发展空间。而莎士比亚戏剧在世界范围内的广泛传播也已证明了这一趋势。按照这一说法,可谓"曲径幽居神道迹,高山便是白云乡",其实莎学研究也就是在"早期现代性"这一理论框架内为当今莎学的整体研究领到了一张无需批准的"理论准生证"。

观莎剧文本和演绎,可悟"书戏孕江山",在厘清了"早期现代性"的基础上,我们更看重的是作者对莎剧的"早期现代性"的具体分析,这也构成了本书的主体部分。实际上,"早期现代性"也只是我们与莎士比亚进行的对话的某个时期的某种立场和理论建构的跨语际书写,引入"早期现代性"这一概念正是基于现代性的复杂状况以及对莎士比亚批评的深刻而复杂的影响。现代思想不是一个单一的潮流,对于现代性的批评和抵抗存在于不同的思想之中,而现代性进程中抵抗与合法化的双重过程,为我们的文学研究提供了多重视角,因为批评家对于现代性的寻求正是对于现代的反思。"早期现代性"以新异的、包容的视角看待文学研究和莎士比亚研究,立足于创造一种独特的普遍性。

胡鹏《莎研》中的很多章节,在发表前后我都看过,他甚至在写作有些章节过程中,向我谈过他的发现与想法,而且有些章节在我主编、主持的刊物、文集中亦被发表和收录,甚至被《中国人民大学复印报刊资料》全文转载,在莎学界引起一定反响。那么,这本《莎研》有何区别于其他莎学研究的独特贡献呢?

我以为前面的概括已经说明了问题,我们再从这些论题中抽象出一组"关键词",就可以看到《莎研》不同于其他莎学研究的独特之处,这组关键词主要有:"早期现代性""世俗化""法律""科学革命""原子论""宇宙观""瘟疫话语""素食主义""食人文化""机器""国族性""外籍女性""服装",等等。透过上述关键词我们可以看出,这些论题在以往的中国莎学研究中是很少提及或没有得到深入讨论的。由此可以看出这些话题在当今莎学研究中重要的理论意义和学术价值。当然,本书在百密中也仍有一疏,即本书如能从这些关键词入手进一步深入开掘,仍可再次拓深拓宽研究领域,进行深入而细致的讨论,并且在汇集域外资料的基础上,建构起自己观点的理论阐释体系。

作为年轻一代的莎学学人,胡鹏眼光开阔,英文基础扎实,有很强的学术意识、拼搏与学术韧劲,可谓中国莎学的学术新人。回顾最初与胡鹏相识,还是他在四川外语学院读研究生期间。一天,他找到《外国语文》编辑部,向我表达了他想参加在广西北海举行的莎学研讨会的愿望,我真是喜出望外。秋云流水,境由心造。一个青年学子能主动克服困难,参加"赔本"的学术会议,这是一种境界,我欣然同意。限于当时他只是在校研究生,他坐火车,我乘飞机,我们在南宁到北海的长途车站会合,一起在"珠还合浦"的海边参加了这次学术盛会。这是他第一次参加全国性的莎学学术研讨会,由此,他迈入了莎士比亚研究的神圣殿堂,后来在《外国语文》刊发了他的第一篇莎学研究论文。其后我们又一起参加了很多莎学、英国文学、汤显祖与莎士比亚、戏剧研究、全国外国文学的学术研讨会以及我在一些高校的学术讲座,一起观摩莎剧和其他戏剧。会议期间,很多时候我和他同处一室,向他介绍中国莎学研究方方面面的情况,畅叙人生和学术,使他能够较早地熟悉莎学研究,较快地进入这一学术研究领域。

他研究生毕业后,我为他能克服诱惑到高校从事教学和管理工作而高兴。工作之余,他到四川外语学院来,我们一起坐在我给研究生上课的空荡荡的教室里;在暖阳中观赏中国青年艺术剧院演出的《第十二夜》。这段时间他陆续在重要的外国文学刊物上发表了一些论文,这也为他的博士学业奠定了基础。胡鹏博士毕业后,又回到四川外语学院,很多时候与我讲授同样的课程。我们也一起为四川外语学院莎士比亚研究所的建设操心,共同为《中国莎士比亚研究通讯》编辑出版付出无私而辛劳的汗水,但我们依然喜此际芳草,陶醉其中。

2018年7月,"《新青年》与中国话剧国际学术研讨会"在浙江越秀外国语学院召开,胡鹏也欣然专程前往越秀参加了此次学术盛会,我们在江南龙井的袅袅清香中探讨莎学。樵语落红叶,经声留白云。江声岳色精神在,就在撰写这篇"序"的九月末,新一届中国莎士比亚学术研讨会将要在河南大学召开。夜栖寒月静,朝步落花闲,这是一种研究的心境。乐以载道,乐以忘忧,我和胡鹏又要相聚于开封,领略莎学同人的学术风采。为此,我们盼望着,期待与莎学同人共同欢聚于古老的汴京。

李伟民
2018年初秋于浙江越秀外国语学院

绪 论

莎士比亚与早期现代性

莎士比亚(William Shakespeare,1564—1616)是英国乃至世界范围内最著名的剧作家、诗人之一。自莎翁1616年去世以来,有无数学者给我们留下了汗牛充栋的研究著作。直至20世纪,各种批评流派的不断兴起,又将莎士比亚看作施展各自理论的试验场,因此莎学研究不但没有衰落,反而更趋繁荣。其不朽和伟大就在于他的作品在不同的时代都能被赋予新的解读和意义。

正如艾略特(T. S. Eliot)指出的那样:"对于像莎士比亚这样伟大的人,很可能我们永远都不对;既然我们永远都不对,那么我们还是常常改变我们的错误方式为好。"[1]因此我们就看到了在不同的时代产生了不同的,甚至互相矛盾的阐释。那么我们就有必要回顾、解释产生"说不尽的莎士比亚"的文化和历史语境——"早期现代"这一历史时期。但在这之前,我们必须厘清一个和现代有关的重要的概念:现代性。这是一个被人们频繁使用的概念,同时又是一个内涵丰富而又莫衷一是的概念。

---

[1] T. S. Eliot, "Shakespeare and the Stoicism of Seneca", *Essays*, Tokyo, Kenkyusha: 1940, p. 124.

一般来说,一提到现代性,我们总是将之与宗教改革、启蒙运动、现代科学的兴起以及工业革命的发生等1500年之后的社会现实与社会思想变化、变革联系起来。现代性的产生与现代社会的形成似乎是伴生的现象,或者说后者乃是前者的直接现实。但是,耶鲁大学的一位宗教哲学教授路易·迪普雷(Louis Dupre)却将现代性的源头追溯到了14世纪后期。他所谓的现代性与人们对自然的理解相关。在他看来,中世纪后期神学的各种思潮以及早期意大利人文主义,摧毁了将宇宙、人和超验因素结合起来的传统综合。人变成了意义的唯一来源,而自然则降低为客体。因此,就西方文化而言,早在中世纪就已经埋下了"现代性"的种子。① 这里所说的现代性,无疑与人的主体性觉醒以及传统世界观的解体有关。与此不同,另一位社会学学者安东尼·吉登斯(Anthony Giddens)则认为,现代性"指的是大约17世纪在欧洲产生的社会生活和社会组织模式,随之它或多或少地具有了世界影响"②。这种社会组织模式,一方面使人类在更大范围获得了安全与报偿;另一方面,也具有负面效应,比如现代工业产品的严重非自然特性、集权主义的发展、环境破坏的威胁以及军事力量和核武器的扩散,等等。这样,现代性就成了对具体社会模式的指称。从逻辑上讲,德国著名思想家哈贝马斯(Jürgen Habermas)对现代性的认识则恰好包含了前面提及的两人所涉及的两个向度,即思维模式与社会运行模式的向度。在哈贝马斯看来,现代性的真正内涵,一方面与启蒙运动以来特别是黑格尔以来对人的主体性的强调相关;另一方面则与韦伯所谓的合理性有关。前者意味着西方文化由宗教性走向了世俗性,走向了人本身;而后者则直接导致了社会结构的分化——资本主义企业的组织形式以及国家机器是重要代表。而与之对应的是新知识模式的出现,"现代实验科学、独立艺术以及道德和法律理论按相应原则建立起来,文化—价值领域得以形成——而这也就使知识过程可能与理论问题、审美问题及道德—实践问题各自的内在逻辑取得一致"③。因此可见,现代性实际上至少包含三层意思。刘小枫在《现代学的问题意识》中这样区分:"从形

---

① Louis Dupre, *Passage to Modernity: An Essay in the Hermeneutics of Nature and Culture*, New Haven: Yale University Press, 1993, p.3.

② Anthony Giddens, *The Consequences of Modernity*, Stanford: Stanford University Press, 1990, p.1.

③ Jüergen Habermas, *The Philosophical Discourse of Modernity: Twelve Lectures*, Cambridge: Polity Press, 1987, p.1.

态而观之,现代性现象是人类有史以来在社会经济制度、知识理念体系和个体—群体心性结构及其相应的文化制度方面发生的全方位转型。从现象的结构层面看,现代性事件发生于上述三个相互关系又有所区别的结构性位置。我用三个不同的述词来指称它们:现代性——政治经济制度的转型;现代主义——知识和感受之理念体系的变调和重构;现代性——个体—群体心性结构和文化制度之质态和形态变化。"①简言之,现代性的内涵包含三个主题:精神取向上的主体性;社会运行原则上的合理性;知识模式上的独立性。且三者相互关联、相互依存。

　　另一个需要厘清的概念是"早期现代",自 20 世纪 40 年代以降,许多历史学家采用"早期现代"(early modern)来替代"文艺复兴"(Renaissance),这两个词经常被混用,它们指的都是中世纪末到 17 世纪末这个大致时期。当然,对于它们的确切起点与终点,评论家们的意见并不一致。一般来说,文艺复兴强调的是所谓古希腊和罗马文化的"黄金时代"与 16、17 世纪英国的连续性。因此,文艺复兴可以说是一个"向后看"的术语。它把介于古希腊、罗马与英国文艺复兴的中世纪视为"黑暗时代",而文化的最高形式只能存在于黑暗时代的两端。相对而言,早期现代则强调与文艺复兴之后的现代性的一种延续性,因而是向前的。现在有许多评论家喜欢用"早期现代"这个术语,部分原因是因为这个术语允许他们追踪现代文化的形成。② 那么具体到英国,其最初、影响最深的"早期现代"时段恰好正是莎士比亚所生活的、充满无限可能性的变革的时代,因为从史学目的上看,1558—1641 年间的八十多年是一个非常令人满意的时间单位,它包括亨利八世革命之后的稳定期及随之而来的崩解期,其间经历了政治、社会、思想和宗教根本性变革的最关键阶段。著名史学家劳伦斯·斯通进一步指出:"中世纪和现代英国真正的分界线应

---

① 刘小枫:《现代学的问题意识》,《读书》1994 年第 5 期,第 120—121 页。
② See Mark Robson, *Stephen Greenblatt*, New York: Routledge, 2008, p. 2. 对这一时期的社会、文化具有代表性的研究著作有基德·托马斯的《人类与自然世界:1500—1800 年间英国观念的变化》以及彼得·伯克的《欧洲早期现代的大众文化》,它们的共同点在于打破了我们长久以来对于西方文化中的二元对立研究,揭示出这一历史时期的过渡性和特殊性。See Keith Thomas, *Man and the Natural World: Changing Attitudes in England 1500—1800*, New York: Penguin Books, 1984; Peter Burke, *Popular Culture in Early Modern Europe*, Farnham: Ashgate, 2009.

当在 1560—1640 年,更精确地应定在 1580—1620 年。"①而这一时间点最重要的英国作家无疑就是莎士比亚。法国学者菲利普·阿力埃斯也指出:"物质和精神生活、个人与国家之间关系及家庭内部关系的众多变化,致使我们必须将早期现代时期当做自发的、源初的阶段,甚至考虑到它是归属于中世纪的(当然是以一种新的眼光来看)。早期现代也并非简单地是现代的先驱:它是独特的,既非简单的中世纪延续也非未来的雏形。"②阿力埃斯同时也强烈主张将早期现代视为现代性的分离产物,他接着定义了三个重要方面:读写能力的提升、新教宗教改革及其影响、民族国家系统的发展,这正是与后来充分建构的现代性相连的。③ 那么,"早期现代"又具有哪些有别于"现代"的特点呢?汪晖在《关于"早期现代性"及其他》一文中指出,首先,"早期现代"概念主要针对的是那种将 19 世纪欧洲资本主义及其扩张作为现代性根源的叙事,这一概念包含着将"现代"从欧洲资本主义的单一框架中解放出来的可能性。其次,他进一步反复论证"早期现代"并非是一种确定的历史时期,而是一种重复出现的历史现

---

① 在这一时期,英国全面树立起了它的权威,贵族的数十名武装侍从被一辆四轮马车、两名步兵和一个小听差取而代之,私人城堡让位于私人宅邸,贵族叛乱最终逐渐消失;北部和西部被纳入国家控制的范围之内,并且抛弃了他们旧的个人暴行的恶习;不列颠群岛、英格兰、威尔士、苏格兰和爱尔兰首次有力地联合为一体;开始从抽象自由和公共利益而不再从个体自由和古老习俗的角度阐释政治目标;激进的新教教义把个人良知置于家庭、教会和国家的传统忠诚要求之上;不从国教和非国教意识成了英国人社会生活中的固有特征;下院脱颖而出成为两院的主导,并切实从行政部门手里夺得了一些政治主动权;财政大臣逐渐成为国王的首席大臣,财政署也成为最重要的管理部门;贵族和乡绅自己接受书本教育以适应社会中的新角色,因此,知识分子在历史上首次成了有产阶级的一支;遍游欧洲的教育旅行的世界性感受,成了年轻人为生活而锤炼的一个共同要素;伦敦和宫廷首次对乡村地主唱起了"塞壬的歌声";乡村山野庄严的理想生活遭到了富裕的、私人欢愉的城市理想生活的挑战;对外贸易的充分发展让政治家们开始为之着迷,在财政上把伦敦市议员和男爵等而视之;第一次公开制定了高利贷法律,利率降至现代标准,股份公司开始繁荣兴盛,英国人的殖民地跨洋而立;英国抛却了其在欧洲的领土野心,朦胧地认识到了它的未来在于海权;资本主义伦理、人口增长和通货膨胀摧毁了旧租佃关系,打破了旧的地产管理方式;英国人开始享受诸如私人马车和公共交通工具、私人时事通讯和公共报纸等现代交流工具的乐趣;莎士比亚和斯宾塞、西德尼、多恩改造了我们的文学,伊尼戈·琼斯引入了帕拉迪奥建筑风格,培根指明了现代实验科学之路,赛尔登和斯佩尔曼论证了严肃历史研究的可能性。劳伦斯·斯通:《贵族的危机:1558—1641 年》,于民、王俊芳译,上海:上海人民出版社,2011年,第 1,11—12 页。

② Philippe Ariès, "Introduction", *A History of Private Life*: iii, *Passions of the Renaissance*, Ed. Philippe Ariès and Georges Duby, Trans Arthur Goldhammar, Cambridge, MA: Harvard University Press,1989, p. 2.

③ Ibid., pp. 3—4.

象,因此它既不能被固定在线性时间的某点之上,也不能预示一个普遍的或高级的现代性的到来。最后,汪晖认为早期现代的概念为在传统-现代的二元关系之外观察和反思现代提供了可能性。固然他的论断皆出自于对中国思想史的研究,指出了所谓的另类现代性,但其提出的概念无疑为我们提供了新的视角,即早期现代的概念从认识论上提供了一种反思现代性的可能。①

于是另一个术语"早期现代性"进入我们的视野,实际上对这一术语国内外学界并没有确切的定义和阐释。笔者根据"早期现代"这一概念尝试对这一术语进行阐释,即指人们在有意识地进行现代化运动之前,其所处的社会、经济、文化诸方面就已经具有很多现代因素,也就是说这一时期的社会形态和经济结构等有很多方面已经比较接近"现代社会"的要求(即社会的现代化/性),同时在文化层面也不自觉、无意识地出现了怀疑甚至反对的观念(即文化的现代性),但同时也部分保留了传统观念和因素。因此"早期现代性"更具包容力和独特性,它既含有现代性的某些因素,又含有非现代性乃至反现代性的内容。实际上现代性只是用以表达一种时间观念、心性结构和文化质态的专有名词,因而现代性不仅存在于"现代"阶段,也存在于"前现代"和"后现代"阶段,只是在不同的现代化发展阶段其表现不同而已。②那么英国的"早期现代性"具体体现在哪儿呢?在国家政府方面,是中央集权的加强及主权民族国家的逐步建立(所谓民族国家就是操同一语言的一个政治组织,不受外国政府干预,其中央集权程度足以控制其疆域以内的一切地方政府);在宗教方面,亨利八世宗教改革的完成和新教、清教的兴起,加速了宗教世俗化进程;在经济方面,资本主义初步发展,英国成为"店主之国";在社会生活方面,个人主义兴起,

---

① 汪晖:《关于"早期现代性"及其他》,《中华读书报》2011 年 1 月 19 日 13 版。汪晖的讨论其实与卡尔对现代主义与后现代主义关系论断有某些相似,卡尔指出:"现代主义是对 19 世纪浪漫主义的一次突破……后现代主义本身并未与现代主义分道扬镳,实际上,正是现代主义运动中不断涌现的先锋哺育了后现代主义……后现代主义本身是一次抛射、一次反复,是对此前现代主义运动的某些方面的恣意渲染。"显然无论现代也好,后现代也好,其根源都在前现代或早期现代,只是对某些方面更为强调而已。参见弗雷德里克·R. 卡尔:《现代与现代主义——艺术家的主权 1885—1925》,陈永国、傅景川译,北京:中国人民大学出版社,2010 年,第 566 页。

② 因此现代性呈现出一种张力结构,首先它表现出一种不断向前的趋势的时间观念,总处在超前和被超前的张力中;其次,时间与空间处于断裂状态;再次,前进思维与反思思维处于张力状态;最后,现代性既是追求秩序又是反秩序的。参见胡鹏林:《文学现代性》,北京:中国社会科学出版社,2007 年,第 21—24 页。

新的科学技术不断涌现并进入人们的日常生活;在文化方面,以莎士比亚为代表的英国作家改造着英国文学……与之同时,旧的思想和认识也依然存在并与新的观念不断交锋(在科学技术领域尤为明显)。简而言之,英国的早期现代性具有过渡性、多面性、矛盾而又统一的特点。

因此本书试图站在我们现在所处的"后现代"立场,从"早期现代性"这一角度和概念来重新梳理莎士比亚在"早期现代"这一独特历史语境中的位置,更为重要的是试图回答"莎士比亚为何历久弥新"这一问题。[①]

本书大致分为四个板块,共计 15 章:

第一个板块探讨莎士比亚与英国的早期现代化。莎士比亚所处的时代是一个新旧交替过渡的时代,此时的英国正悄然经历着政治、经济、宗教等全方位的转变。此部分试图探讨莎士比亚与英国早期现代化之间的密切联系。通过对比《亨利八世》与《真相揭秘》,揭示英国宗教改革的导火索——亨利八世离婚案背后的真实原因。通过对《居里厄斯·恺撒》呈现的罗马政治生活进行由表入里的仔细分析,指出莎士比亚对主权权力(sovereign power)的本质揭露。透过《威尼斯商人》中高利贷的分析,指出早期现代英国宗教的衰落和资本主义的兴起。第四章则通过对莎士比亚作品《辛白林》中的法律表征进行分析,结合詹姆斯一世时期的法律之争与统治想象,指出莎士比亚"现代"的法律视角。

第二个板块探讨莎士比亚与早期现代英国的科学革命。莎士比亚所处的时代是科学技术蓬勃发展的时代,此部分拟通过物理学、天文学、医学和自然观分析莎士比亚作品。试图以《李尔王》为例,结合同时代的原子论观念,指出剧中描写的分江山的情节及对虚无、混乱世界的讨论正是对世界构成本质的探究,反映出旧认知观念的破碎与新认知观念——机械哲学确立之间的过渡过程。以莎士比亚的作品为例,分析其中的天体星辰表达,指出莎士比亚对占星学的态度,表明其对新科学——天文学转

[①] 张旭春在探讨浪漫主义与现代性问题时指出了浪漫主义的复杂性和"雅努斯面相",同样需要指出的是莎士比亚的作品也包含着丰富的多样性和复杂性。参见张旭春:《政治的审美化与审美的政治化——现代性视野中的中英浪漫主义思潮》,北京:人民出版社,2004 年,第 16—33 页。根据笔者掌握的资料,关于莎士比亚与现代性研究的最近成果有 Huge Grady, ed., *Shakespeare and Modernity: Early Modern to Millennium*, New York: Routledge, 2002. 但遗憾的是,这本论文集的出发点仅侧重于审美现代性,即主体性原则,而忽略了其他两个题域的探讨。

向的支持。将莎士比亚的《罗密欧与朱丽叶》与宗教、医学、政治、占星学相结合,特别分析其中的清教对"瘟疫话语"的征用表现,指出莎士比亚在戏剧背后所隐藏的复杂宗教及政治意识。将《泰特斯·安德洛尼克斯》与食人文学传统、宗教仪式结合起来,联系早期现代的医学知识与新大陆的发现,指出其中食人现象的新的文化意义。将戏剧与同时代的狩猎文化与素食主义观念联系起来,剖析其中复杂的伦理观念,以及莎士比亚所表现的早期现代人与自然的关系。

第三个板块探讨莎士比亚作品与早期现代英国的日常生活。随着社会的发展和科技的进步,莎士比亚时代对人本身的认识不断加深和变化着。此部分试图将莎士比亚戏剧中从个人到整体的社会认识的变化与同时代的背景相结合进行分析。从莎士比亚戏剧中的儿童形象入手,分析戏剧中塑造儿童性格的英格兰教育模式,并通过戏剧中的社会关系指出其所反映的个人主义倾向,而这正是现代英格兰社会形成的重要表征。以《哈姆莱特》为个案,从身体隐喻在早期现代历史中的转型出发,重新对这一问题进行解读,指出莎士比亚对早期现代性的理解与先见,即"身体—小宇宙"传统隐喻的崩塌和"身体—机器"现代隐喻的兴起。分析《亨利四世》中的福斯塔夫的吃喝所展现出的日常生活状态,指出早期现代日常审美意识的觉醒。

第四个板块探讨莎士比亚作品中折射出的早期现代英国国族性。现代国家的另一要义就是对国家民族身份的构建和认同。中世纪基督教一统天下的格局到14世纪出现转折,同一的基督教帝国逐渐失去实际上的政治影响,取而代之的是平等世俗国家并立的局面,而这一转折大致在16世纪得以完成。一种全新的国家形式——现代民族国家开始出现在欧洲大陆。此部分将以莎士比亚历史剧为中心,由表及里、由内到外,从自身到他者的不同视角来分析莎士比亚对英国国族性的构建。以《亨利五世》中亨利五世及其军队中来自不列颠不同地域士兵的人物形象为研究对象,联系同时代的政治背景,探讨莎士比亚对不列颠性和英国国家民族的构建,即松散又互相争斗的不同民族迈向统一不列颠的复杂而长期的未完成过程。以莎士比亚戏剧舞台为例,联系英国"抑奢法",指出服装对戏剧的决定性作用和在巩固社会等级、抵抗异国文化、树立英国国族性上的重要意义。在细读文本的基础上审视历史剧中的外籍女性形象,集中分析作为女儿、作为妻子、作为母亲的外籍女性,以早期现代英格兰文化为背景,揭示其性别与国族的双重困扰。

引文说明:

现今较为权威的莎士比亚全译本主要有三种:朱生豪版、梁实秋版及方平版,其中朱生豪版是影响最大、流传最广的通用版本,但本书所用《莎士比亚全集》均使用方平版,这是因为方平版均使用诗体翻译且在词汇翻译上更加精准。书中所引莎士比亚著作译文均只在括号内随文标示出处页码,不另做注,特此说明。

《新莎士比亚全集(全十二卷)》,方平主编,石家庄:河北教育出版社,2000年。

第一卷:
《错尽错绝》,《新莎士比亚全集(第一卷)》,方平译;
《维罗纳二绅士》,《新莎士比亚全集(第一卷)》,阮珅译;
《驯悍记》,《新莎士比亚全集(第一卷)》,方平译;
《爱的徒劳》,《新莎士比亚全集(第一卷)》,方平译。

第二卷:
《仲夏夜之梦》,《新莎士比亚全集(第二卷)》,方平译;
《威尼斯商人》,《新莎士比亚全集(第二卷)》,方平译;
《温莎的风流娘儿们》,《新莎士比亚全集(第二卷)》,方平译。

第三卷:
《捕风捉影》,《新莎士比亚全集(第三卷)》,方平译;
《皆大欢喜》,《新莎士比亚全集(第三卷)》,方平译;
《第十二夜》,《新莎士比亚全集(第三卷)》,方平译;
《暴风雨》,《新莎士比亚全集(第三卷)》,方平译。

第四卷:
《罗密欧与朱丽叶》,《新莎士比亚全集(第四卷)》,方平译;
《哈姆莱特》,《新莎士比亚全集(第四卷)》,方平译;
《奥瑟罗》,《新莎士比亚全集(第四卷)》,方平译。

第五卷:
《李尔王》,《新莎士比亚全集(第五卷)》,方平译;
《麦克贝斯》,《新莎士比亚全集(第五卷)》,方平译;
《安东尼与克莉奥佩特拉》,《新莎士比亚全集(第五卷)》,方平译

第六卷：

《泰特斯·安德洛尼克斯》,《新莎士比亚全集(第六卷)》,汪义群译；

《居里厄斯·恺撒》,《新莎士比亚全集(第六卷)》,汪义群译；

《科利奥兰纳》,《新莎士比亚全集(第六卷)》,汪义群译。

第七卷：

《理查二世》,《新莎士比亚全集(第七卷)》,方平译；

《亨利四世 上篇》,《新莎士比亚全集(第七卷)》,吴兴华译,方平校；

《亨利四世 下篇》,《新莎士比亚全集(第七卷)》,吴兴华译,方平校；

《亨利五世》,《新莎士比亚全集(第七卷)》,方平译。

第八卷：

《亨利六世 上篇》,《新莎士比亚全集(第八卷)》,谭学岚译,辜正坤校；

《亨利六世 中篇》,《新莎士比亚全集(第八卷)》,谭学岚译,辜正坤校；

《亨利六世 下篇》,《新莎士比亚全集(第八卷)》,谭学岚译,辜正坤校。

第九卷：

《理查三世》,《新莎士比亚全集(第九卷)》,方平译；

《约翰王》,《新莎士比亚全集(第九卷)》,屠岸译；

《亨利八世》,《新莎士比亚全集(第九卷)》,阮珅译。

第十卷：

《结局好万事好》,《新莎士比亚全集(第十卷)》,阮珅译；

《特洛伊罗斯与克瑞西达》,《新莎士比亚全集(第十卷)》,阮珅译；

《自作自受》,《新莎士比亚全集(第十卷)》,方平译；

《雅典人泰门》,《新莎士比亚全集(第十卷)》,方平译。

第十一卷：

《冬天的故事》,《新莎士比亚全集(第十一卷)》,方平、张冲译；

《佩里克里斯》,《新莎士比亚全集(第十一卷)》,方平、张冲译；

《辛白林》,《新莎士比亚全集(第十一卷)》,方平、张冲译；

《两贵亲》,《新莎士比亚全集(第十一卷)》,张冲译。

第十二卷：

《维纳斯与阿董尼》,《新莎士比亚全集(第十二卷)》,方平译；

《鲁克丽丝失贞记》,《新莎士比亚全集(第十二卷)》,屠岸、屠笛译;
《十四行诗诗集》,《新莎士比亚全集(第十二卷)》,屠岸译;
《恋女的怨诉》,《新莎士比亚全集(第十二卷)》,屠岸、屠笛译;
《热情的朝圣者》,《新莎士比亚全集(第十二卷)》,屠岸、屠笛译;
《凤凰和斑鸠》,《新莎士比亚全集(第十二卷)》,屠岸、屠笛译。

第一章

宗教的崩塌与世俗化:《亨利八世》与《真相揭秘》

莎士比亚是描写家庭生活的大诗人,对兄弟之间致命的敌对状态和复杂的父女关系抱有既独特又强烈的兴趣:埃格斯和赫米亚,勃拉班修和苔丝狄蒙娜,李尔和他那两个可怕的女儿,佩里克里斯和玛瑞娜、普洛斯帕罗都是很好的例子。可是虽说婚姻是戏剧中的男女主人公为之奋斗的应许之地,虽说家庭分裂是萦绕不去的悲剧主题,莎士比亚对婚姻真实情况的描述却出奇的有限。①

《亨利八世》是莎士比亚最后一部历史剧,主要描写了四次审判(针对白金汉公爵、凯瑟琳王后、沃尔西主教、克兰默大主教的审判),两次庆典(新王后的加冕典礼、伊丽莎白公主的洗礼)以及最后克兰默对英格兰的展望。剧本通过六件大事和贵族、平民对六件大事的议论来反映亨利八世其人及其统治。而另一个隐含线索则是亨利八世统治时期最重要的宗教改革的导火

---

① Stephen Greenblatt, *Will in the World: How Shakespeare Became Shakespeare*, New York: W. W. Norton & Company, 2005, pp. 126—127.

索——亨利八世与凯瑟琳的离婚案。层层烟幕之下,我们依稀可以看到莎士比亚对离婚案的描述。本章拟分析莎士比亚所描绘的离婚案与以《真相揭秘》为代表的英格兰官方宣传的契合与背离,并指出正是由于英国民众对1613年另一桩离婚案的关注导致了《亨利八世》的创作与离婚描述的变化。

亨利八世的第一任妻子阿拉贡的凯瑟琳是西班牙公主,也是亨利七世为其王储亚瑟王子所择定的太子妃。① 凯瑟琳在3岁时便订下婚约,并于1501年15岁时至英格兰与亚瑟完婚。不过婚后不到五个月,年仅15岁的亚瑟就因病去世。亨利七世为了延续刚刚建立的英西同盟,希望将凯瑟琳改配给新任王储亨利(即后来的亨利八世),于是请求教皇朱利叶斯二世(Julius II, 1503—1513)颁布特赦令准许这桩婚事。② 1509年4月,亨利七世去世,凯瑟琳于同年6月与亨利举行婚礼,并于亨利加冕之时同时被册封为英格兰王后。接下来的9年里凯瑟琳生下了5个孩子,但只有一女存活(即后来的玛丽女王)。1520年,年逾35岁的凯瑟琳逐渐对亨利失去吸引力。尤有甚者,西班牙与英格兰的关系也在此时陷入低潮。③ 1532年,一本名为《真相揭秘》(*A Glass of the Truth*)的宣传小册子问世,这是亨利的离婚诉求浮上台面后最具代表性的官方文字宣传作品。它预告了英格兰政府将来要走的道路,代表了官方对离婚的态度。④

一、《亨利八世》与《真相揭秘》的契合

离婚问题是《真相揭秘》一书的终极关怀,此书开宗明义地援引《圣

---

① 亨利八世是英国历史上特别有名的君主,除了其推动的自上而下的宗教改革,还有就是他的六次婚姻。

② 这门亲事属于姻亲关系中禁婚的第一个亲等,必须得到教皇特许。

③ 凯瑟琳比亨利年长近6岁。夫妻两人早年曾相当恩爱,亨利对凯瑟琳也非常信任。1513年亨利亲自上前线督战法国时,曾委托凯瑟琳代理朝政达9个月之久。但随着凯瑟琳的衰老和无法生育男性继承人,亨利拥有多名情妇,并于1527年爱上了安妮·布伦。

④ 《真相揭秘》为匿名之作,曾有四个版本,本章参考版本收录在 Pocok 的书中。此宣传册经由神学家与法学家的对话从神学与法学角度为国王的婚姻无效制造舆论,正如书名所示,是要"探寻事情的真相"。See Anonymous, *A Glass of the Truth*, in Nicholas Pocok, ed., *Records of the Reformation: the Divorce 1527—1535*, Vol. 2, Oxford: Clarendon Press, 1870, pp. 385—421.

经》为权威,强调"迎娶兄嫂"是上帝禁止的不义行为。① 于是亨利婚姻的争议转变成了"凯瑟琳究竟是不是亨利的兄嫂?"换句话说,在"不可迎娶兄嫂"的理论确定后,亨利离婚的关键落在"凯瑟琳与亚瑟的婚姻是否有效"上。如果凯瑟琳与亚瑟的婚姻不成立,那么正式迎娶册封的凯瑟琳便是亨利的妻子、英格兰的王后。没有任何道德瑕疵的她不应该被国王休弃,何况离婚将引发严重的内外危机。简单地说,如果诉求"离婚",亨利将面临国内外庞大的舆论和实质压力。② 唯有诉请"婚姻无效",亨利才能达到单身再娶的目的。亨利采用的理由是凯瑟琳"已婚",是亨利的兄嫂。于是乎,我们可以在《亨利八世》中看到其坚定的官方立场。宫内大臣强调正是"他(亨利八世)和嫂嫂结婚的事使得他良心不安"(451)。在剧本第二幕第四场中,亨利的自白相当直白,"我的女儿(玛丽)","是和先兄留下的寡嫂结婚生下她的",(474)而后"凯瑟琳不再被称为王后,而是寡居的王妃、亚瑟王子的遗孀"(492)。反复强调凯瑟琳是其兄嫂,完全符合官方的态度。

《真相揭秘》在结尾为亨利八世的婚姻困境提出解决之道:

> 我认为这个国家的继承问题不应该由外国人决定;倘若我们接受了外国人的决定,他们就成了这个国家的统治者与施令者,而不是国王与他的国会。那么这个国家的处境将与土耳其人的奴隶无异。……最适合调查真相的地方就是这个国家。因此我认为国王陛下与他的国会应该加紧要求本地的大主教迅速对此做出结论,并且多加考虑陛下与这个国家的安宁,而非教皇律法的刻板惯例……我们应该遵循的是上帝而非个人。③

这段无疑为《真相揭秘》做了一个完整总结,主要两个论点:一、英格兰的事务,尤其是极为重要的继承问题,应该由国王与国会决定,不容外

---

① "人若娶弟兄之妻,这本是污秽的事,羞辱了他的弟兄,二人必无子女。"参见 *Holy Bible*,南京:中国基督教协会,2000 年,第 185 页。

② 与欧洲大陆的君主相比,都铎王朝的王室是相对弱势的,倘若离婚,亨利八世会立即面临来自西班牙的威胁(西班牙当时是欧洲最强大的国家之一,而且西班牙国王是当时的神圣罗马帝国皇帝查理五世,也是凯瑟琳的侄儿)以及教廷"开除教籍"的压力。面对重重危机,亨利八世只有依靠民众的支持才能脱离罗马教廷,并抵御来自西班牙的威胁,因此舆论造势就十分重要了,只有通过宣传使民众理解国王的离婚,才能说服他们与国王并肩作战。

③ Anonymous, *A Glass of the Truth*, pp. 418—419.

人干涉。二,凯瑟琳王后与亚瑟王子的婚姻关系的存在毋庸置疑,英格兰的大主教应该尽快依此前提对国王的婚姻诉讼做出结论,早日还给国王与国家应有的平静,不要拘泥于教廷的律法。

顺着官方的立场,在《亨利八世》中沃尔西大肆赞扬亨利八世,说其"已经树立了光辉的先例,胜过任何君王,把您的疑虑完全交付给基督教人士去公决"(455)①。这里的公决是指亨利八世最早的文宣作品,是之前他曾派人到意大利和法国搜集对自己有利的资料,结集成《意大利与法国最著名与杰出大学的决议》(以下简称《决议》)(*The Determination of the Most Famous and Excellent Universities of Italy and France*)②一书。据福克斯(John Foxe)的说法,这本书是当时仍默默无闻的克兰默提出的构想。③ 此书包括了巴黎与波隆那大学在内的八所大学出具的有利于亨利的结论。《决议》一书申论了两个主旨:第一,教会法与自然法均禁止基督徒迎娶其兄弟的寡妻,即使是在死而无嗣的情况下;第二,教皇无权特许此种婚姻,不管双方已有婚约与否。④《决议》一书最初以拉丁文写作,但很快便出现英文译本,而且其附言说明非常清楚:"迎娶自己的兄弟的妻子是为不义,并且教皇没有赦免的权力。"于是克兰默"已经带着他的意见回来了,关于离婚的事已经使国王和基督教国家所有著名大学都感到满意"(492)。安妮加冕礼开始前,离婚案尘埃落定,"坎特伯雷大主

---

① 亨利八世曾于1530致函并派代表出访"所有基督教国家的大学者",特别是法国和意大利各大学的学者,就婚姻问题征询他们的意见,如果能够说明这桩婚姻本身并不合法,既可避开离婚这一棘手问题,又可增加对教皇的压力。See K. S. Latourette, *A History of Christianity*, Vol. 2, New York: Harper & Row Publishers, 1975, p. 801.

② 最新版本可参见 S. J. Edward Surtz & Virginia Murphy, eds., *The Divorce Tracts of Henry VIII*, Angers: Moreana, 1988, pp. 1—273.

③ 克兰默进入亨利政府的过程相当传奇。他本是剑桥大学的神学讲师。1529年因为疾病(sweating sickness)流行而避居到艾塞克斯(Essex)的乡间。他恰好与当时也在艾塞克斯逗留的亨利八世比邻,因此有机会认识与亨利同行的两位重臣加德纳(Stephen Gardiner)与福克斯(Edward Fox)。两人与克兰默谈到国王正为离婚一事烦心,克兰默于是从神学理论中提出有利于国王的论点。两人对此很感兴趣,将他引见给亨利,就此受到国王的赏识与重用,最后晋升至坎特伯雷大主教。他是宗教改革的重要推手之一。See J. J. Scarisbrick, *Henry VIII*, Berkeley and Los Angeles: University of California Press, 1968, p. 255.

④ J. J. Scarisbrick, *Henry VIII*, pp. 254—258. 其实严格地说,只能算七所大学,因为其中的安格斯(Angers)大学的意见不利于亨利,是以也有学者只称"七所"大学的决议。See Virginia Murphy, "The Literature and Propaganda of Henry VIII's First Divorce", in Diarmaid MacCulloch, ed., *The Reign of Henry VIII: Politics, Policy and Piety*, London: Macmillan, 1995, p. 155.

教在其他几位有学问的、和他同地位的大神父陪同下,最近在邓斯泰布开了庭,废后就住在离那儿六里路的安普西尔,她经常被他们传讯,但她不出庭。简单地说吧,因她未出庭,王上最近有疑虑,这些博学的人便一致同意判她离婚,并宣布原先的婚姻无效"(514)。凯瑟琳想"向教皇上诉……听候他做出裁决"的愿望最终未能实现,但她确实没有"为了这件事情"上过英格兰任何一个法庭。(471—472)①

实际上,皇家的婚姻一般是政治婚姻,就算离婚也是政治婚姻,②以"不能娶兄嫂"的教规作为离婚的理由,只是表面的现象,恰恰是为了掩盖这种离婚的"政治"。从《亨利八世》中我们能够发现蛛丝马迹,离婚之下掩盖着复杂的宗教和政治原因。亨利八世最期望得到的一是一个男性继承人,二是达成与法国的联盟。亨利的自白最能说明这两点:"当时的法国大使奉命来到我国为奥尔良公爵和我女儿玛丽商议婚事……说我的女儿未必是合法的后裔……这延期商议使我的良心深处受到震动……我考虑,由于我没有子嗣,我的王国已处在危机之中。"(474—475)而在剧本中我们也能看到作为推手的沃尔西一直在教皇与国王之间斡旋,但他反对国王与安妮·布伦结合,一是因为他主张国王娶法国国王的妹妹阿朗松公主,二是因为他知道布伦是新教徒,是个"狂热的路德派",她若当上王后,将不利于天主教的事业。而另一个推手克兰默,则是新教的坚定拥护者,反对罗马教廷的控制。莎士比亚的高明之处便是"没有介入离婚是否合法……与罗马教廷的决裂是否有理有据等问题的争论,只是讲了事实"③。但是我们可推知亨利八世与廷臣都想利用离婚达到各自的政治目的。

---

① 亨利八世于1533年2月召开议会通过了《禁止上诉法案》,禁止在遗嘱与婚姻条件等方面从坎特伯雷或约克大主教法庭上诉到罗马。此后,克兰默利用该法案,判决亨利八世与凯瑟琳的婚姻无效。凯瑟琳拒绝出庭并拒绝承认该判决的合法性。参见蔡骐:《英国宗教改革研究》,长沙:湖南师范大学出版社,1997年,第66页。

② 例如亨利八世的六次婚姻中,第一次与阿拉贡的凯瑟琳结婚是出于亨利七世巩固英国与西班牙联盟的目的,第二次与安妮·布伦是出于国祚的考量(伊丽莎白一世),第三次与简·西摩的婚姻同样出于男性继承人的考虑(爱德华六世),第四次与克利夫斯的安娜的婚姻是为了使分离出来的英国国教和新教的德意志接近。参见让-克洛德·布洛涅:《西方婚姻史》,赵克非译,北京:中国人民大学出版社,2008年,第174—177页。

③ 安东尼·伯吉斯:《莎士比亚传》,王嘉龄、王占梅译,天津:天津人民出版社,1985年,第285页。

二、《亨利八世》与《真相揭秘》的背离

在《真相揭秘》中,"婚姻无效"成立的关键转为证明"凯瑟琳与亚瑟确为夫妻"此点。凯瑟琳方面不断辩称她与亚瑟虽有婚姻之名,并"无婚姻之实",她与亨利成婚之前便已确认过此点。而且为了杜绝日后的可能争议,教皇还曾颁布敕令赦免了这段"名义上"的婚姻关系。《真相揭秘》一书为了驳斥凯瑟琳的说法,极力宣称"凯瑟琳与亚瑟两人不仅有婚姻之名,而且有婚姻之实"。神学家在书中这样论述:

> 包括我在内的国内许多贵族都是亚瑟王子与王后成婚之时的现场见证人。而且我知道他们已届成熟之年,能胜任且有意愿从事那天赋的行为;他们曾多次同寝,行动自由,且同住在一间房子里。法律上没有任何的阻碍禁止他们,自然却能给他们许多的挑拨,要他们满足生理的需求。①

这段话可说是明确"暗示"已经举行过婚礼的凯瑟琳与亚瑟两人一定发生了关系。事实上这段论述出自神学家之口实在不恰当,但是这样的论述确实有其说服力,也符合人之常情:已成婚的男女当然可能发生亲密关系。

《真相揭秘》一书也运用当时的传言作为佐证。神学家提到当时流行的传闻:某些在"大房子"(指亚瑟夫妇的居所)中的人信誓旦旦地告诉他,亚瑟王子确曾透露他已与凯瑟琳有过亲密的肉体关系。因为王子多次提到此事,所以神学家认为可信度颇高。并且表示,亚瑟王子提到此事不单是为了炫耀或夸口,因为其中一次提及是因为王子一大早就"向仆人要水喝",而原因是他"毫无节制",因此"体力耗费甚剧"。神学家还特别补充道:当仆人询问王子"阁下,您为何如此口渴"时,亚瑟曾如此回答:"如果你像我昨晚一样多次造访西班牙,我相信你会比我还要口渴。"②

神学家另外还举出一项证据证明:亚瑟去世后,亨利王子并没有马上成为王储,这是为了确认"凯瑟琳有没有怀孕"。因为如果凯瑟琳怀有身孕,则继承人便应该是亚瑟王子的遗腹子而非兄弟。这其中延宕的一个

---

① Anonymous, *A Glass of the Truth*, p. 413.
② Ibid.

第一章　宗教的崩塌与世俗化:《亨利八世》与《真相揭秘》　| 17

月或许便是为了让双方(包括亨利七世、亨利八世与凯瑟琳)进行确认。因为继承人问题事关国祚,皇家谱系事关统治的合法性。由此神学家暗示这其中的间隙相当于"公开证明"的仪式,即亚瑟与凯瑟琳已有夫妻之实。① 严格地说,神学家所提都称不上证据,充其量只是间接的猜测。用这样的推论来进行官方宣传,实在难脱恶意中伤之嫌。真实的情况身为丈夫的亨利最清楚不过,根本不需要这些推测来证实。亨利在成婚当时未曾提出过异议,在案件审议过程中也不曾出面指证,等于默认(或者说是无法否认)凯瑟琳的清白。"王后的贞操"根本不是一个问题。这本宣传小册在发行之前曾经过亨利八世的认可(甚至有证据指出亨利本人是执笔者之一)。他不出来澄清此事,却躲在幕后含沙射影,其作法虽然无法让人认同,但从宣传的角度看,这样的论述确实容易引起话题,达到证明其婚姻无效的效果。

但是《亨利八世》却丝毫没有提及上面的话题。离婚问题首次出现是在白金汉公爵最后退场时绅士乙的话中:"您近来没有听说人们都在谈论国王和凯瑟琳要离婚吗?"并说传言"现在可成真了",甚至"比以前更新鲜"。绅士乙猜到是红衣主教"煽起国王的疑虑,来败坏贤惠的王后",并且"王后非受苦不可"。(448—450)绅士甲也肯定地说:"这是主教干的",而诺福克也称正是"他(红衣主教)建议国王离婚,劝他遗弃她"。凯瑟琳也指出正是沃尔西在国王和她之间"煽风点火"。然而沃尔西却自辩未曾对国王"说过半句坏话"以致损害了王后"目前的地位或糟蹋了她的名声",而国王也当场宣布可以原谅沃尔西,并"以荣誉担保",宣布沃尔西无罪。(469,473)于是我们先被引导认为凯瑟琳王后的遭遇全是由于沃尔西的构陷。但随后我们却发现,在整个案件中,谁都摆脱不了责任。离婚案变得扑朔迷离。而且在剧本中,我们丝毫看不到对凯瑟琳王后的诬蔑,相反却是把凯瑟琳王后描绘成一个清纯高尚、真实可信、可仰望也可透视的人物。海涅曾说过,凯瑟琳王后"作为妻子,她是贤淑持家的楷模。作为王后,她有着至高无上的德行和尊严。作为基督徒,她就是虔诚的化身"②。在凯瑟琳怒气冲冲离开审判室的时候,亨利八世简单的反应恰恰概括了她的形象:

---

① Anonymous, *A Glass of the Truth*, p. 413.
② 海因里希·海涅:《莎士比亚的少女和妇人》,绿原译,上海:上海文艺出版社,2007年,第106—107页。

>　　凯特①，你去吧
>　　世界上如果有人说他有一位
>　　更好的妻子，那他说的是假话，
>　　任何事情都别依赖他。你才是唯一的
>　　(如果特有的品质，可爱的温柔，
>　　圣徒般的和顺和守妇道的操行，
>　　寓服从于管理之中以及其他的
>　　优美忠实的品格可用来形容你)
>　　人间王后的王后。她出身高贵，
>　　一向都是十分得体地对我
>　　保持着贵族的身份。(472)

　　观众听到这些赞扬后没有别的选择，只能接受凯瑟琳是一位女性楷模，是人世间活着的圣女或者妇女典范，她的言行举止贯穿整个剧目都有力地证明了这种描述。诺福克赞扬凯瑟琳王后是"在命运最大打击下仍为国王祝福的人"，是"一块挂在国王脖子上二十年还没有失去光泽的宝石"，"像天使爱护好人一样以无限忠诚爱护国王"(452)，甚至连安妮也同情王后"这么贤惠的一位夫人"，"从不做害人的事"，"突然被抛弃，这样可怜的事会感动妖怪的"。老妇人同时也叹道："铁石心肠也会软，为她悲伤。"(458—459)凯瑟琳自白自己"是个可怜的女人，又是个外国人"，"这里既得不到无偏袒的审判，也得不到公正友好的裁决的保证"。(466—467)可以说赚足了观众的眼泪，也从侧面看出莎士比亚对官方文宣的不赞同和纠正。凯瑟琳"没有什么昧良心的事"，虽然"为众口所讥，为十目所视，为嫉妒和卑鄙的流言蜚语所反对"，但"生活是不会改变的"。(481)"我们头上还有天，天上还有个国王收买不了的裁判者。"(484)而剧本中的描述正是作家悄悄进行的评判，引导观众对王后的遭遇给予同情。

三、离婚案背后的离婚案

　　从上述对比我们可以发现，《亨利八世》基本上是遵从了以《真相揭秘》为代表的官方文宣的态度和立场，但是却模糊了离婚案的深层原因。

---

①　凯特是凯瑟琳的爱称。

莎士比亚为什么会这样描述呢？以笔者看来，其原因大体有二，一是因为长期的官方宣传其实已经受到了大众的质疑，诬蔑与诽谤最终不会长久。而其二则是受到1613年的一桩离婚案的影响。

根据1613年5—6月的私人信件，我们可以知道当时最热门的话题是埃塞克斯伯爵和他年轻的妻子埃塞克斯女爵弗朗西丝·霍华德的离婚案，此女是宫廷内务大臣的女儿，并且是国王的宠臣罗彻斯特的情人。① 这场诉讼在当时被视为一个极其重要的案件，不仅因为案件当事人双方的地位，更因为它为法院宣判婚姻无效提供了先例。

1613年3—6月的时事通讯都重点提及了离婚案，并且提供了包括一些隐秘细节的不同版本。② 这个离婚案的意义远远超过了一位陷入失望、不幸婚姻的贵族妇女对幸福的追求，不仅仅是因为埃塞克斯伯爵是国内显赫的贵族之一，还因为丑闻说埃塞克斯女爵已经"假定有了第二个"丈夫——宫廷宠臣罗彻斯特。他们的暧昧关系已经秘密持续了许久，但是离婚案的背后动机，还有着更深层的政治目的：弗朗西丝·霍华德的家族看到了一个能使国王不再倾向以国王顾问欧弗伯利为代表的新教集团的机会。另一方面又可以借此把罗彻斯特拉入他们的天主教集团阵营。弗朗西丝·霍华德的父亲是萨福克伯爵，宫廷内务大臣。他的叔父亨利是北安普敦伯爵，国王掌玺大臣。另一个霍华德是海军司令；这三个人在枢密院中很有分量，但他们的提议和提名经常被另一个反对集团所阻挡，而关键就是罗彻斯特的动摇立场。私下的暗斗集中体现在对替代索尔兹伯担任财政大臣和秘书长的任命上，索尔兹伯死后一年职位仍然空缺正反映出了双方的僵持。③ 于是埃塞克斯女爵的父亲和他的叔父设计了这个计划来推动一个特别法令使得法院宣布婚姻无效，并藉此拉拢罗彻斯

---

① Clayton Roberts, David Roberts,《英国史》(上)，贾士蘅译，台北：五南图书出版公司，1986年，第439页。关于案件的详情参见 Thomas B. Howell, ed., "Proceeding Between the Lady Frances Howard, Contess of Essex, and Robert Earl of Essex, Her Husband, Before the King's Delegates, in a Cause of Divorce: James I. A. D. 1613", *Cobbett's Complete Collection of State Trails and Proceedings for High Treason and Other Crimes and Misdemeanors from the Earliest Period to the Present Time*, Vol. II, London: R. Bagshaw, 1809, pp. 785—862.

② Norman Egbert McClure, ed., *Letters of John Chamberlain*, I, Philadelphia: American Philosophical Society, 1939, pp. 447—461.

③ Henry Paton, ed., *Manuscripts of the Earl of Mar & Kellie*, HMC(Historical Manuscript Commission) Reports, II, No. 60, London: H. M. S. O., 1930, pp. 51—52.

特,最终"把国王拉入这个集团"①。离婚案的政治影响对一些王室追随者尤为明显,例如张伯伦写到他"绝不相信"罗彻斯特和埃塞克斯女爵的私通,"但是我知道他和她两天之内在一起三小时,使得我开始犹豫和思考流言,并认为他们的行为对朋友和追随者都不尊重"②。朝野上下都极为关注此案,很多人都担心判决婚姻无效会被通过,如委员长艾伯特大主教,就警告其他人"只要这个案件一判,每个和他妻子关系冷淡的男人,每个和她丈夫关系冷淡的妻子,都有了冠冕堂皇的理由,成群结队地到我这里来办理无效的证明"③。作为一个缩影,我们可见贵族的婚姻充满了政治意味,天主教和新教的角力以及宫廷的政治斗争冲突明显。正是在这个案件的节骨眼上,《亨利八世》初次登台了。④

而且我们可以看到剧作家把国王首次也是最重要的一次离婚的原因遮蔽,使得离婚真正的原因不能确定,唯一能确定的仅仅是对凯瑟琳的不公正。离婚问题首次出现是在白金汉公爵最后退场时绅士乙的预言中:"往后可能还要出一件祸事"比公爵这件事"更严重",绅士乙猜到红衣主教"煽起国王的疑虑,来败坏贤惠的王后",并且"王后非受苦不可"。(448—450)仅仅几行之后,在第二场的开始,诺福克说到亨利八世并没有受到良心的质疑,"他的良心,安在另一个女人身上了"。我们作为观众被引导接受绅士乙在亨利八世离婚上的定论:"我不能责备他的良心。"(516)从某种意义上而言,他的确爱着并尊敬凯瑟琳,不过从亨利八世对坎特伯雷大主教推迟宣判感到恼怒便可看出其显然是希望离婚成立的。此次离婚是当时国内的一件大事,是很难进行客观评价的。但《亨利八世》中的离婚从头到尾的重点都放在王后所遭受的不幸上,王后的不幸最

---

① Anthony Weldon, "The Court and Character of King James (1650)", Walter Scott, ed., *Secret History of the Court of James the First*, Vol. I, Edinburgh: J. Ballantyne, 1811, p.386.

② Norman Egbert McClure, ed., *Letters of John Chamberlain*, p.458.

③ Thomas B. Howell, ed., *Cobbett's Complete Collection of State Trails and Proceedings for High Treason and Other Crimes and Misdemeanors from the Earliest Period to the Present Time*, p.811.

④ 《亨利八世》出名是由于其在1613年6月29日演出时导致环球剧院烧毁。据伦敦一位年轻商人亨利·布鲁特于1613年7月4日致查理·威克斯的信中说:"上星期二(6月29日)在环球剧院上演了一出新戏,叫作《全是真事》。此剧以前演出不超过两三次。"这就是说,6月29日的演出是第三或第四次。过去的剧院记事册表明,新戏一般不连续演出,往往是间隔几天或一星期演出一次。据此可以推断,此剧的首演时间为1613年6月初。See Michael Dobson and Stanley Wells, eds., *The Oxford Companion to Shakespeare*, Oxford: Oxford University Press, 2001, p.527.

终赚足了观众的眼泪和同情,观众在凯瑟琳的梦幻中看到了崇高的公正。正如杰弗里·布鲁弗(Geoffrey Bullough)所说:"在她梦幻中出现的桂冠和舞蹈可显示出她的圣洁。"①本剧反复强调凯瑟琳的不幸和亨利八世第二次婚姻的天意。而亨利八世与凯瑟琳的离婚之直接结果就是伊丽莎白女王的降生,从而带来"千万福荫"。但即使在克兰默对伊丽莎白热情洋溢的预言下,我们也不能忘记那些不幸。戏剧的收场白说道"诸位贤女士"在剧中"来给我们捧个场",不仅暗指婴儿的伊丽莎白和她的母亲,也还有圣洁的凯瑟琳王后。②

离婚案的审讯记录,特别是艾伯特大主教详细的"回忆录",指出正是萨福克伯爵而非其女,在此案中是真正的原告和事实上整个进程的推动者。记录表明萨福克似乎早就预先做好了各种准备,给对手无情的压力。他抢先处理可能发生的麻烦,并预料到了随着离婚案进程发展带来的舆论作用。作为宫廷内务大臣,萨福克的一项责任就是检查宫廷供应。而靠着王室庇护的国王供奉剧团在 1613 年初很难逃避萨福克推动的埃塞克斯离婚案影响,以及由此带来的政治牵连。③ 显然,他们认识到必须有一部戏剧要触及离婚这个主题,而亨利八世的第一次无效婚姻对公众和权力中心而言正是绝妙的例子,这正是他们受到欢迎的有力凭靠。在之前的争论中,委员会已讨论过了作为先例的亨利八世的无效婚姻。奇怪的是,这个案件援引的却不是亨利八世的第一次离婚,而是第二次与安妮·布伦的离婚。当艾伯特大主教说反对判决婚姻无效时,丹尼尔·邓恩爵士(萨福克的傀儡)回应道:"亨利八世是一位奇异的王子:他自己结婚多次。"④虽然一个评论并不能真正驳斥艾伯特的反对意见,但是至少可以表现出萨福克在委员会中的人已决定在亨利八世的婚姻和埃塞克斯离婚案之间找到类似之处加以利用。

---

① Geoggrey Bullough, *Narrative and Dramatic Sources of Shakespeare*, Vol. IV, London: Routledge & Kegan Paul, 1962, p. 447.
② Clifford Leech, "The Structure of the Last Plays", *Shakespeare Survey* 11(1958):19—30, p. 29.
③ 当时的审查制度严格,而且"历史剧作家必须学会在处理繁复的历史事件时,明了他需要传达的信息,而且得随时修正甚至歪曲历史事实",参见杰曼·格里尔:《读懂莎士比亚》,毛亮译,北京:外语教学与研究出版社,2015 年,第 252 页。
④ Thomas B. Howell, ed., *Cobbett's Complete Collection of State Trails and Proceedings for High Treason and Other Crimes and Misdemeanors from the Earliest Period to the Present Time*, p. 813.

此剧比起莎士比亚其他任何历史剧都接近史料,开场白中的"真事",并不单指历史的真实,而是可解释为剧中的现实主义,而作者的真实意图在冲突和未决定的矛盾中被遮蔽的。① 正如斯蒂芬·格林布拉特(Stephen Greenblatt)敏锐的评论:"莎士比亚发现,如果他隐去支撑后继行动的理由、动机或者道德原则,便可以大大强化戏剧效果。"② 从而把我们知识结构中关于"真事"或人类意图的基本局限通过戏剧自身的扩展而戏剧化了。③

戏剧的写作和上演显然和英国民众的关注以及宫廷政治斗争有着密切关系。我们可以大胆推测莎士比亚在时隔十余年之后重写历史剧的原因有二:一是基于剧团生存状态而为当权者造势并赚取收益;二是借机为凯瑟琳王后正名。《亨利八世》展示了著名的充满疑问的离婚无效先例,而其又是在无意中卷入了宫廷权力重组的漩涡中结束的。进一步说,此剧提供了一个特别例子,即离婚最终给国家带来了利益。萨福克于1613年看到了女儿婚姻无效诉讼与亨利八世离婚的类似之处,环球剧场的观众也察觉到同时期事件与《亨利八世》表演剧情的相似,并将同情和支持给予了女爵。可见剧作家对历史材料的政治含义和政治现实有相当的把握和理解,在符合官方要求的同时也影射了深层的宗教和政治斗争。正如《亨利八世》开场白中所说一样,"这台戏演的是一些庄重严肃的事体"并"充满了邦国忧","贵族故事中的人物个个都是活人"。(403—404)约翰·马格森就说《亨利八世》"对1613年的詹姆斯朝廷也产生了影响",是与当时的政治、宗教和社会现实有密切关系的一部历史剧。④ 如同剧中亨利八世与凯瑟琳离婚并与安妮结婚一样,而后女爵顺利与埃塞克斯伯爵离婚并嫁给罗彻斯特,权势随即落入霍华德家族之手(尽管历史证明霍华德家族并未如同剧中的伊丽莎白一世那样给国家带来光明的未来,但当时的观众被引导赞同女爵的离婚会给国家带来利益)。显然,在詹姆斯一世时期的1613年,剧本和历史"全是真事"(All Is True)。

---

① 开场白坚称此剧代表了"我们精选的史实",其意图是"只献演真事",而且这部历史剧原来的题目就是《全是真事》(*All Is True*)。See A. R. Humphreys, ed., *King Henry the Eighth*, London: Penguin Books, 1971, pp. 13—14.

② Stephen Greenblatt, *Will in the World*, p. 324.

③ Lee Bliss, "The Wheel of Fortune and the Maiden Phoenix of Shakespeare's *King Henry the Eighth*", *ELH*, 42.1(1975):1—25, p. 3.

④ John Margeson, ed., "Introduction", *King Henry VIII*, Cambridge: Cambridge University Press, 1990, p. 22.

第二章

莎士比亚对政治的讨论:《居里厄斯·恺撒》中的共和主义

莎剧《居里厄斯·恺撒》在舞台上呈现了以主权权力为核心原则的政治暴君(恺撒)与民主思想公共群体(勃鲁托斯及其党羽)之间的冲突,进而展现出君主集权与民主共和这两种政治理论的冲突。批评家们认为莎士比亚的作品《居里厄斯·恺撒》折射出共和概念,使其成为赞同或反对君主制的阐释场。然而正如詹姆斯·库日勒(James Kuzner)指出的那样,莎士比亚对待共和主义的态度就和他对待大部分事物主题一样,是很难统一的。[1] 安德鲁·哈德菲尔德(Andrew Hadfield)也认同这种复杂性,在其作品中探讨了包括《居里厄斯·恺撒》在内的莎士比亚作品中对于统治结构和公民领域等问题的广泛维度。[2] 实际上莎士比亚创作《居里厄斯·恺撒》的目的并非是表示赞同哪一

---

[1] James Kuzner, *Open Subjects: English Renaissance Republicans, Modern Selfhoods, and the Virtue of Vulnerability*, Edinburgh: Edinburgh University Press, 2011, p.107.

[2] Andrew Hadfield, *Shakespeare and Republicanism*, Cambridge: Cambridge University Press, 2005.

方或哪种理论,而是对早期现代国家的政治结构的合法性做出了疏导。

哈贝马斯在其经典著作《公共领域的结构转型》中指出,公共领域的形成有赖于那些在国家权力机构之外聚集起来的私人联系领域。① 因此我们可以将莎士比亚对勃鲁托斯叛乱的描述视为一种初期的、早期现代的"公共领域"从外部对国家主权权力的批评。而在吉奥乔·阿甘本(Giorgio Agamben)看来,所有的政治权力都是"生命政治(biopolitical)",即它寻求对人类基本的、生物性基础结构的组织和构建,他认为"赤裸生命(bare life)……成了决定性的政治标准和统治者决定统治的典范"②。实际上"赤裸生命"是与"牲人"(指古罗马法中被判为"任何人皆可杀害而不触犯律法但不可作为献祭对象之人")相关的,因为生命政治机器的运转逻辑就是捕获、控制生命,制造"牲人",因此"政治为生命塑形",在其规约下的就是"赤裸生命"。阿甘本进一步指出牲人的生死并不掌握在自己手中,而是掌握在主权权力那里,而西方"政治最原初的元素便是'生产赤裸生命'"③。本章则试图引入哈贝马斯的"公共领域"及阿甘本的"赤裸生命"概念对戏剧呈现的罗马政治生活进行由表入里的细读分析,指出莎士比亚对主权权力的本质揭露。

一

要生产"赤裸生命"首先意味着存在一种主权权力的政治关系。丹尼尔·胡安·吉尔(Daniel Juan Gil)总结莎士比亚在剧中所描述的政治领

---

① 在哈贝马斯看来,"公共领域"是相对于"私人领域"而言的,它"首先可以理解为一个由私人集合成的公众领域,但私人随即就要求这一受上层控制的公共领域反对公共权力机关自身"。而具体体现为"公众舆论"范畴,其中哈贝马斯提到了莎士比亚也属于这一范畴的史前史。参见哈贝马斯:《公共领域的结构转型》,曹卫东等译,上海:学林出版社,1999年,第32、108页。拉斐尔德探讨了莎士比亚利用剧场的独特公共空间进行的政治讨论,其中包含了未检验的特权力量的本质。See Paul Raffield, *Shakespeare's Imaginary Constitution: Late-Elizabethan Politics and the Theatre of Law*, Portland, OR: Hart, 2010.

② "赤裸生命"是阿甘本在其成名作《牲人:主权权力与赤裸生命》一书中所发展的重要概念,源自本雅明《暴力的批评》("Critique of Violence")一文中"单纯生命"(mere life),指被剥夺其具体生活方式后所残存的生命状态,而这个剥夺的典范就是透过例外状态而悬置法律对人民的保护与适用性。其最极端的表现就是第二次世界大战时期纳粹德国的集中营。See Giorgio Agamben, *Homo Sacer: Sovereign Power and Bare Life*, Trans. Daniel Heller-Roazen, Stanford: Stanford University Press, 1995, pp. 71—115, pp. 121—122.

③ Giorgio Agamben, *Homo Sacer*, pp. 71—74, p. 181.

域是相互竞争且对立的专制主义(absolutism)和精英公民共和主义(elite civic republicanism)所共同组成的,两种政治方式都产生了一种特别形式的"公共生活"。① 实际上这两种政治关系的本质相同,因为其根源都是黑格尔的主奴辩证法,正如科耶夫在《黑格尔导读》中指出:"历史的'辩证法'是主人和奴隶的'辩证法'","人的实在性只能作为'得到承认的'实在性在存在中的产生和维持"。② 因此最初的政治关系是建立在承认的基础之上,而承认则与誓言相关,阿甘本就指出:"誓言的根本作用在于进行政治建构。"③在他看来,誓言意味着一种承认,从而使权力关系得以固定。如基督教仪式上的誓言"确立了侍奉天主的永恒职责",从而使发誓者成为宗教群体的一员。④ 显然,誓言让宣誓者成为一个共同体。

那么,从誓言和主仆关系看,我们就可以更好地理解剧中勃鲁托斯及其党羽的失败——即他们所期望的罗马贵族共和主义秩序的崩塌,原因在于其赖以生存的誓言和关系构成的共同体消亡了。剧中当卡修斯无法鼓起勇气自杀时,他必须向其奴隶品达勒斯请求帮助:"你在安息国做了我的俘虏,那时我叫你发誓:要是我免你一死,今后无论吩咐你干什么,都必须遵行。现在来吧,履行你的誓言吧! 我让你做个自由人,你就拿着这柄刺透恺撒心脏的利剑,朝我的胸膛刺去吧。"(288)一方面,卡修斯使用刺过恺撒的利剑用以自我了结体现出一种诗学正义,即反叛者政治叙述的完全循环(他临终时说:"恺撒,你报了仇啦——就用刺死你的那把剑。")(288)但另一方面,"刺透恺撒心脏"的想象可被视为在政治结盟和阶级团结层面重建与恺撒关系的不恰当方式,而这点是依靠主人和奴隶等级秩序的倒转实现的。⑤ 勃鲁托斯就在嘲笑卡修斯丧失斗志时讲道:"把满腔怒火向你的奴隶们发作吧,让他们吓得发抖吧。"(263)而正是卡修斯发泄怒火的奴隶成为最后结果自己的人,相似的是勃鲁托斯最后请求追随者伏伦涅斯帮助他伏剑而死。这两个例子中,他们虽互相信赖,但

---

① Daniel Juan Gil, *Shakespeare's Anti-Politics: Sovereign Power and the Life of the Flesh*, New York: Palgrave Macmillan, 2013, pp.6—9.
② 科耶夫:《黑格尔导读》,姜志辉译,南京:译林出版社,2005 年,第 9、10 页。
③ Giorgio Agamben, *The Sacrament of Language: An Archaeology of the Oath*, Trans. Adam Kotsko, Stanford: Stanford University Press, 2011, p.2.
④ Giorgio Agamben, *Opus Dei: An Archaeology of Duty*, Trans. Adam Kotsko, Stanford: Stanford University Press, 2013, p.8.
⑤ Daniel Juan Gil, *Shakespeare's Anti-Politics*, p.34.

却脱离了原有的合法社会关系,莎士比亚将主仆关系变成了纯粹的情感空间。其次,在勃鲁托斯及其党羽刺杀恺撒之前,卡修斯曾要求:"让我们宣誓,表示我们的决心。"但勃鲁托斯拒绝了:"不,不要发誓……因为这将玷污我们纯洁无瑕的事业和我们不可压抑的大无畏的精神。"(202—203)对誓言的否定也预示着他们之间关系的破裂,因此我们看到,内战爆发后勃鲁托斯和卡修斯之间爆发了一次争吵。这些否定誓言的例子都显示出他们争夺主权权力和构建贵族精英共和主义的失败。

进一步说来,欢呼则是誓言的另一种衍生形式。卡尔·施米特(Carl Schmitt)在对古罗马共和国的研究中发现了欢呼对于统治者的作用,人民的欢呼代表着最直接的民主体现,代表着人民制宪权。通过欢呼,人民拥戴执政官成为合法和正当的统治者,并与之建立相应的政治关系。① 因此我们看到,无论是恺撒、勃鲁托斯还是安东尼等人都对人民的欢呼特别重视。实际上,恺撒的成功首先在于利用平民"公共领域"获得主权权力,在准备进场前,恺撒就吩咐妻子卡尔帕尼亚和安东尼做好万全的准备,"不要遗漏了任何仪式"(173)。显然,平民的欢呼和安东尼三次进献王冠是恺撒蓄谋已久的政治策略,这样他就可以利用罗马平民的"公共领域"倒逼勃鲁托斯及其党羽的贵族的"公共领域",从而通过民众的欢呼名正言顺地获得象征性的主权权力。勃鲁托斯拒绝前往参加恺撒的欢迎仪式,他听到欢呼声,对"人民会把恺撒选作国王"以及"把新的荣誉又一次加在恺撒身上"忧心忡忡,这正说明了勃鲁托斯对恺撒获得主权权力的不服从和抗拒。(176,178)实际上玛罗勒斯和弗莱维厄斯"因为从恺撒像上扯下彩带已被剥夺发言权"(185)正体现出他们这一"共同体"可能成为"赤裸生命"的预言,后来屋大维、安东尼和莱比多斯就"通过剥夺公民权和法律保护权的手法把一百个(实际是七十个)元老判了死刑"(270)。因为在主权权力与我们的叩拜、欢呼、赞美等行为之间,存在一种直接性的责任关系,后来形成了一种类似于仪式规则的东西,如果不能尊重这些规则,就会被立即处死。在《最高的贫困》中,阿甘本谈到了对修道士不遵守规则的最重处罚——革除教籍(excommunication):"在一段时间,被整

---

① Quoted in Giorgio Agamben, *The Kingdom and the Glory: For a Theological Genealogy of Economy and Government*, Trans. Lorenzo Chiesa, Stanford: Stanford University Press, 2011, p. 172.

个排除在公共生活之外,而革除教籍的时间,由他罪行的轻重而定。"①革除教籍既是一种惩罚,也是一种生产"赤裸生命"的方式,在一定意义上,这种惩罚对应于是否履行相对于最高权力者的侍奉义务。同理玛罗勒斯、弗莱维厄斯、勃鲁托斯及众多元老组成的"共同体"最后的下场无疑是对应这种义务的。

恺撒通过欢呼仪式将自己的名字"恺撒"变成了合法的主权权力象征,而勃鲁托斯在刺杀恺撒后也希望通过欢呼仪式使自己变成合法的主权权力者,因此我们可以理解他为何会大费周章向民众解释恺撒被杀的原因,他们高呼着"自由啦,和平啦,解放啦!"(321)市民丙高声喊着:"让他做恺撒!"市民乙也附和:"拿恺撒的荣耀为勃鲁托斯加冕。"(242)显然,勃鲁托斯成为主权权力者的愿望暂时实现了。可见我们的生命状态,实际上与诞生于誓言和我们的欢呼中的最高统治的主权权力密切相关,这个空洞的能指是我们语言行为的产物,一旦被生产出来,它便凌驾在我们之上,强制性地要求我们不断地为这个空洞能指注入营养(赞美、欢呼、叩拜,等等),一旦我们拒绝为之提供其存在的营养,我们便有被降低为赤裸生命的可能。

二

那么在建立(争夺)主权权力后,"牲人"的"赤裸生命"是如何被塑造和生产的呢?在阿甘本看来是"例外状态带来了'整个现存法秩序的悬置',所以它似乎'将自身扣除于任何法的考量',……它无法采取法的形式"。而例外状态就包含了主权者的丧礼与狂欢节庆两种形式。② 我们看到在《居里厄斯·恺撒》中这两种形式的"例外状态"都出现了:卢柏克节迎接恺撒的狂欢与恺撒之死带来的暴动和混乱。其实我们可以看到《居里厄斯·恺撒》中的罗马从戏剧开场就一直处于一种"例外状态",暗

---

① Giorgio Agamben, *The Highest Poverty*: *Monastic Rules and Form-of-life*, Trans. Adam Kotsko, Stanford: Stanford University Press, 2013, p. 30.
② 阿甘本:《例外状态》,薛熙平、林淑芬译,台北:麦田出版社,2010年,第114、25页。

藏着严重的政治危机。①

戏剧开场发生的时间是卢柏克节,同时也是与庞贝内战胜利后,恺撒凯旋回归罗马的日子。护民官弗莱维厄斯和玛罗勒斯作为反叛者的意识形态代表出现,他们埋怨健忘的罗马人早已抛弃了曾爱戴过的庞贝。除了谴责民众的善变之外,护民官对上街的补鞋匠呵斥道:"走开!闲得无聊的家伙,回家去吧。今天可是假日?什么,你难道不知,作为技工,你们不该脱下工装放下工具,在工作日出来逛游?"(168)可见那些平时穿着"技工工装"的平民们,实际上"被置于非政治但由政治规范的经济领域中",只能作为无组织的"赤裸生命"出现在护民官面前,成群结队穿过罗马街道和建筑"逛游"。在护民官看来,国家是共和贵族阶级的私产,但是当工匠脱离其阶级社会下经济领域和公共政治生活领域中的预设角色时,他们就成了未经塑造和规范从而必须从公共街道上"驱逐"的"乌合之众"和"赤裸生命"。② 同时两个护民官体现出两种不同的共和立场:玛罗勒斯反对的不是庞贝的帝国统治而是恺撒的攫取政权,他要求罗马人应该具有相应的美德,因为庞贝是最具美德的人,但民众却赋予其对手荣耀,这是不公平的。而弗莱维厄斯则宁死也不屈服于庞贝、恺撒或他者的统治之下。剧中与他们对应的是卡修斯和勃鲁托斯,他们的区别在于一个痛恨的是暴君,另一个痛恨的是暴政。这两种共和理念的张力推动戏剧情节的发展,展示出公平正义的问题。③ 我们看到卡修斯劝说勃鲁托斯加入叛乱时说:"我生来是个自由人,和恺撒一样,您也如此。"(177)随后他抱怨两人都成了恺撒的"随从":"我们这些芸芸众生,却在他两条巨

---

① 哈瑞·雅法在分析《李尔王》时指出:"莎士比亚描写的是政治艺术和政治美德的实现,因此大体上也描写了整个政治生活……假如莎士比亚将人理解为政治动物,那么很可能他会把人的最高政治功能的实现等同于人作为人的最高实现。所以不难理解,莎士比亚对《李尔王》开篇的场景设置是为了表现人类存在的极限状态。"以笔者看来这种极限状态其实就是一种"例外状态",因此这个论断同样适用于《居里厄斯·恺撒》。参见阿兰·布鲁姆、哈瑞·雅法:《莎士比亚的政治》,潘望译,南京:江苏人民出版社,2012 年,第 101 页。

② Daniel Juan Gil, "'Bare Life': Political Order and the Specter of Antisocial Being in Shakespeare's *Julius Caesar*", in Harold Bloom, ed., *Bloom's Modern Critical Interpretations: Julius Caesar* (New Edition), New York: Bloom's Literary Criticism, 2010, pp. 147—162.

③ 波利兹注意到玛罗勒斯的"非共和(non-republican)"甚至"反共和(anti-republican)"表现,但是却追溯为罗马的亚政治(subpolitical)理解以及超越政治考虑的个人忠诚的即将胜利。See Jan Blits, *The End of the Ancient Republic: Shakespeare's Julius Caesar*, Lanham, MD: Rowman and Littlefield, 1993, pp. 26—28, pp. 14—19.

腿底下行走,探头探脑地为自己寻找那不光彩的坟墓。"(179)卡修斯将国家权力视为贵族自由实践其美德的同义词,因此他反对恺撒的本质原因在于他和勃鲁托斯这些贵族的政治权力的丧失。同时勃鲁托斯唤起了"大众利益"的话语,他告诉卡修斯:"如果那和大众的利益息息相关,即使一只眼看到荣誉,另一只眼看到死亡,我也会毫无畏惧地面对它们。"(176)他所提到是"大众"是具有美德和民主共和精神的精英贵族们,这正是其心目中国家构成的基础。蒂莫西·本斯(Timothy W. Burns)就指出,莎士比亚给我们呈现了亚里士多德所推崇的政治生活巅峰的问题——杰出的、有道德的个体问题,以及个体角色在道德生活中的困境。在艺术化呈现罗马贵族所面对的问题时,莎士比亚让读者对同时代政治进行了反思,即所谓主权个体间接统治的政治。① 但若我们深入看,实质上是他们所代表的罗马精英贵族们对可能变成"赤裸生命"的担忧,即失去主权权力保护的担忧。因此《居里厄斯·恺撒》中勃鲁托斯及其党羽并非只是公民或现存政治秩序的服从者,他们期望着重新定义国家权力并肩负国家权力。换句话说,他们参与的公民共和主义的激进形式便是拒绝接受绝对君主的绝对权力,在这一土壤中任何对专制和武断权力的服从都将使他们成为"赤裸生命",所以他们寻求定义一种新的国家结构,而这一结构则是包含自身美德价值的主权权力。

此外,我们看到凯斯卡陈述恺撒三次把王冠推掉的场景:"当他拒绝的时候,那些乌合之众高声狂叫,拍着他们粗糙的手掌,把他们满是汗臭的睡帽抛向天空,把他们的口臭散布在空气之中,为的是恺撒拒绝了王冠。"(183—184)凯斯卡对"乌合之众"相当蔑视,随后他试图将平民的政治力量与剧场观众的赞同或反对行为对比,进而贬低这种政治力量:"要是这些乌合之众没有像他们在戏院里那样拍着手,对恺撒发出嘘声,我就是个说谎话的混蛋。"(184)正如理查德·威尔森(Richard Wilson)所言:"始而为勃鲁托斯鼓掌,继而又受到安东尼蛊惑,这不仅仅是指环球剧场舞台上的群众演员,还包括台下的观众。"② 倘若凯斯卡觉得恺撒是作秀的话,那么这种与剧场演出的类比不过是勾勒出真正的政治结构,即通过利用大众的态度和愿望来进行政治操弄。因此凯斯卡对进献王冠场景的

---

① Timothy W. Burns, *Shakespeare's Political Wisdom*, New York: Palgrave Macmillan, 2013, p.15.
② Richard Wilson, ed., *Julius Caesar*, London: Penguin Books, 1992, p.1.

抨击无疑从侧面承认了大众的政治力量。在他看来,那些平民本来应该在经济领域得到限制且在国家管理中无一席之地,因此他只看到平民群体的赤裸生命,从而本能地批评其粗鲁行为,将他们视为"污浊空气"。但从恺撒的角度看,聚集的民众是未经塑型但有政治诉求的赤裸生命,是与反叛者显著不同、可利用以抑制贵族权力的政治力量。正如阿兰·布鲁姆(Alan Bloom)指出的那样:"恺撒的胜利被用来颠覆制度和控制平民……将平民变成同盟,于是不必再害怕从平民中出现对手,这个政策确实一箭双雕。"①弗莱维厄斯就指出他们是"恺撒身上的羽毛,一旦羽翼丰满,他就会一飞冲天,凌驾于众人之上,使我们大家胆战心惊地听命于他"(171)。同时恺撒就像伊丽莎白一世一样,将假日和节庆(剧中是卢柏克节)变成了国家庆典和游行,他利用节日转换了玛罗勒斯和弗莱维厄斯的视角(将民众置于由国家控制的社会和民主塑造的等级社会和经济体系中),把民众聚集起来以构建一个全新的大众共同体(mass public)。吉尔认为这些个体可称为"市民",因为这些劳工除了表面的平等外,被剥夺了所有真正的政治权利,或许称他们为原始公民(proto-citizens)更为恰当。②

因此我们看到剧中这些"赤裸生命"聚集在罗马街头,就像反叛者所恐惧的污浊的空气一样,他们被赋予了一种奇怪的、构建的、超越所有政治形式的力量,而在恺撒被刺身亡后这种复杂而具有构建性的赤裸生命领域变得更加激进,并通过勃鲁托斯和安东尼在广场面向罗马平民发表的竞争性葬礼演说这一"公共生活"行为的视角得以再现。

三

从表面上看,勃鲁托斯和安东尼之争是所谓政治场中修辞术与辩证法之争,但实际上是由于两者当时所处的立场不一致而造成的。③ 剧中

---

① 阿兰·布鲁姆、哈瑞·雅法:《莎士比亚的政治》,第79页。
② Daniel Juan Gil, *Shakespeare's Anti-Politics*, p.26.
③ 冯伟通过对剧中平民政治的分析指出民主政治"并非一种完美无缺、不可怀疑的政治制度,而应成为一种实际可行的法治秩序"。但笔者认为无论任何民主制度,只要存在着"悬法"和"例外状态",任何人(包括统治者与被统治者)都会卷入缺位能指的权力操控之下,都有成为"赤裸生命"的可能。参见冯伟:《罗马的民主:〈裘力斯·凯撒〉中的罗马政治》,《外国文学评论》2011年第3期,第15页。

的勃鲁托斯以美德、荣誉为最高价值,其实已经将自己代入了神选之人,即主权权力拥有者的身份之中。而安东尼则是处在"赤裸生命"的代入感中,一方面随着深爱的恺撒被刺,他担忧会失去权力沦落为"赤裸生命";另一方面他也不自觉地在煽动中控制平民的"公共领域",成为另一个主权权力者。① 正如大卫·洛文塔尔(David Lowenthal)指出:"恺撒让普通民众成为自己权力的基础,而此剧也正是以群众开始的,并且在安东尼为恺撒所做的葬礼演讲之后,又以某种方式重新开始。"②

安东尼在葬礼上精彩的演说源于自己对"赤裸生命"领域的认识和探索,实际上安东尼将"赤裸生命"的转变过程与对朋友死亡的感情变化并置。在恺撒死后,勃鲁托斯立即告知安东尼他也爱恺撒,但是这种个人关系在其政治考量中处于次要地位;但安东尼在面对罗马民众时则拒绝将恺撒的遇刺当做政治行为或政治问题,而是表现出"对恺撒根深蒂固的爱"(205)。面对恺撒的尸体,他发誓"一个诅咒将要降临世人":

> 愿染上宝贵鲜血的手遭到诅咒……我此刻就在这些伤口上预言,一个诅咒将要降临世人:意大利全境将要陷于内乱和残酷惨烈的冲突;流血和毁灭将成为时尚,恐怖的景象将司空见惯,以至于当母亲见到自己的婴孩遭到战争的残害,也只会付之一笑;对于残忍习以为常,窒息了一切怜悯之情;而恺撒的阴魂正寻找着复仇的机会,凭借从地狱的烈火中升起的阿忒,用一个君王的口气向罗马全境发出"杀无赦"的号令,放出战争之犬……(238—239)

显然安东尼此处表达的是个人最强烈的复仇欲望,他试图用以暴制暴来强调对恺撒的爱。我们看到安东尼自己似乎被混乱的身体所影响:"伤口仿佛无言的嘴,张开了殷红的嘴唇,要我的舌头来为它们申诉。"此处恺撒的尸体似乎在召唤安东尼被其征用、与恺撒的血液相融——正如早前安东尼的想象:"要是我有像你伤口那么多的眼睛,我的泪水会像鲜血从你伤口涌出一般泪泪不断。"(235)安东尼面对尸体首先希望的就是

---

① 切内克认为莎士比亚将历史上的罗马视为悲观政治而非民主共和价值的源泉。笔者认为莎士比亚既非赞成也非反对,而是通过显露主权权力的基本结构来操纵两方对立。See Warren L. Cherniak, *The Myth of Rome in Shakespeare and His Contemporaries*, Cambridge: Cambridge University Press, 2011.

② 洛文塔尔:《莎士比亚的凯撒计划》,见刘小枫、陈少明主编:《莎士比亚笔下的王者》,北京:华夏出版社,2007年,第32—68页。

被沾满恺撒鲜血的剑锋所刺:"如果是我(要被杀死),那么没有一个时刻,比得上与恺撒死在同一时辰更合我的心意;没有一把刀,及得上你们那些因沾上人间最宝贵的血而变得价值连城的兵器。"(233)勃鲁托斯以为安东尼在求死,他试图劝阻安东尼:"哦,安东尼,不要向我们乞求一死。"(234)但安东尼的要求并不简单,恺撒的死亡似乎激发了他的某种情感和精神错乱,而恺撒流血的尸体似乎在召唤某种新的"依赖于体液交换的身体沟通,从而产生前社会或超社会联系"①。斯塔克斯·伊斯特(Lisa S. Starks-Estes)指出谋杀恺撒涉及盖伦的放血疗法,但对净化罗马没有积极效果,而是会带来灾祸。②但盖尔·科恩·帕斯特(Gail Kern Paster)认为《居里厄斯·恺撒》继承了"血液崇拜(cult of blood)"传统,当流血与男性气质及权威联系时是建构性的,而与女性相联系时是解构性的,因此她认为刻意的失血是有效的,可以"增强而非威胁躯体完整性和身体溶解度"③。从这点上看,安东尼对恺撒血液的呼唤和渴求实际上是想通过与恺撒的血脉相连,从而名正言顺地接手恺撒的政治遗产。

进一步而言,安东尼更是将在恺撒的葬礼上向全罗马宣传自己对恺撒遇刺的感同身受,这种个体体验扩散到大众身上,从而煽动非理性的暴动。安东尼的确是一个非凡的演员,"他懂得如何最充分地利用一切手势、诡辩、道具和其他即兴手段"④。当取得民众信任之后,安东尼叫嚣道:"现在让它闹起来吧,骚乱啊,你已经开始了,就随心所欲地发展下去吧。"(252)

> 市民甲:……我们要在圣坛焚化他的尸体,就用这火去烧毁叛贼的屋子。把尸体抬起来。
> 市民乙:去把火取来。
> 市民丙:把长凳拆下来。
> 市民丁:去拆椅子、窗户,见什么拆什么。(252)

---

① Daniel Juan Gil, "'Bare Life': Political Order and the Specter of Antisocial Being in Shakespeare's *Julius Caesar*", p. 155.

② Lisa S. Starks-Estes, *Violence, Trauma, and Virtus in Shakespeare's Roman Poems and Plays*, London: Palgrave Macmillan, 2014, p. 135.

③ Gail Kern Paster, *The Body Embarrassed: Drama and the Disciplines of Shame in Early Modern England*, Ithaca, New York: Cornell University Press, 1993, p. 97.

④ Stephen Greenblatt, ed., *The Norton Shakespeare* (third edition), New York & London: W. W. Norton & Company, 2016, p. 1688.

罗马民众在安东尼的操控、煽动下,丧失了所有的理性和克制,他们准备在圣坛焚化恺撒的遗体,继而烧毁反叛者的房子,这些宣泄行为都将潜在的欲望转化为政治暴行,凳子、长椅、窗户等一切东西都成为他们攻击的目标。这些平民的破坏从本质上讲是对构成公共生活物质的剥夺,他们通过恺撒和反叛者介入了公共政治生活。一旦从任何政治结构压制中脱困,暴动就破坏和解构了原有的社会基础,最残忍、最非理性的因素从而出现,就像他们攻击诗人奇纳,只是因为他被误认为是另一个同名的反叛者党羽:

> 市民丙:你的名字呢,实实在在地说。
> 奇纳:实实在在地说,我的名字叫奇纳。
> 市民乙:把他撕成碎片,他是个奸贼。
> 奇纳:我是诗人奇纳!我是诗人奇纳!
> 市民丁:撕碎他,因为他做了坏诗;撕碎他,因为他做了坏诗!
> 奇纳:我不是参加密谋的那个奇纳。
> 市民丁:不管它,他的名字叫奇纳;把他的名字从他心里挖出来,
> 　　　　再让他走吧。
> 市民丙:撕碎他,撕碎他!(254)

尽管平民们最开始是以杀死反叛者的政治意图开始行动,但当他们确认此奇纳非彼奇纳后依然不肯放过诗人,他们的行为体现出一种原始的杀戮欲,它伴随着西方文化的始终,也构成了西方文化中一些奠基性文本的重要特征。① 在吉尔看来,一方面,民众表达出的对奇纳姓名的厌恶和反抗是因为他们在剧中没有姓名只有数字代号;另一方面,民众被某种阶级对立情绪影响从而通过身体暴力试图将奇纳降等到同一阶层。从这点上讲,此场景通过身体的形式("把他的名字从他心里挖出来")呈现出对姓名这一表现社会差异基本原则的激进破坏,因此,我们可以看到罗马民众以身体替代名字,并通过对身体进行盲目的群体暴力攻击,从而实现其转化社会生活的欲望。②

---

① 如《圣经》《俄狄浦斯王》《底比斯战纪》等。See Russel Jacoby, *Bloodlust*: *On the Roots of Violence from Cain and Abel to the Present*, New York: Free Press, 2011.
② Daniel Juan Gil, "'Bare Life': Political Order and the Specter of Antisocial Being in Shakespeare's *Julius Caesar*", pp. 156—157.

剧中恺撒和反叛者的政治操弄导致最后两幕出现混乱的内战局势，而且我们看到剧中后部分出现的大量自杀场景，如勃鲁斯特的妻子波希娅"吞火自尽"(269)，接着自杀的有卡修斯、泰提涅斯、勃鲁托斯，他们的自尽就像是对罗马的献祭一样，成为超越命运的个体自主的最终胜利，但实际上是争夺主权权力的失败而不愿变成"赤裸生命"的最终抵抗。正如库日勒指出，莎士比亚呈现了以保护个人疆界为名的罗马共和主义及国家的诞生，作家在剧中用法律将个体置于法律之外，因此使城市平民的个体生命变成了阿甘本所谓的"赤裸生命"——即悬法状态（不依赖更具辨识性、判断性的法律通道）下能够被轻易杀死的生命个体。①

吉尔认为《居里厄斯·恺撒》同时完成了两件事：一方面，它理论化了新兴民族国家的政治框架及其在定义、构建社会生活中的角色；另一方面，它又揭示出长久以来对这种新兴政治框架解构的推动性力量，并移向另一种根植于去政治化、去动员性身体的生活。② 简言之即"公共领域"的兴起及"赤裸生命"的反抗，这就精确解释了安东尼胜利的原因，他的行为既不是为了恺撒也不是为了反对勃鲁托斯，而是为了利用"赤裸生命"的生命政治，反对定义社会生活并需要以公共利益为名牺牲个体的任何形式的国家主权权力，从而暂时依靠并控制他们的"公共领域"获得主权权力。

正如雅克·朗西埃指出："它(文学的政治)假设在作为集体实践的特殊形式的政治和作为写作艺术的确定实践的文学之间，存在一种固有的联系。"③从表面上看，戏剧的确是对共和主义进行的讨论，如哈德菲尔德甚至认为伊丽莎白时代的最高成就不是莎翁的戏剧，而是此时涌现出来的对共和主义以及非君主制权威（non-monarchical forms of authority）的强烈兴趣。④ 约翰·米歇尔·阿彻（John Michael Archer）以经济视角提醒我们"公民（citizen）"一词在伊丽莎白一世和詹姆斯一世的文化语境中包含的经济意味远高于政治意味。"公民身份最初关注的是对经济权利的掌控，如工作获得报酬的权利，进行原料贸易、生产并出售自己产品

---

① James Kuzner, *Open Subjects*, p. 85.
② Daniel Juan Gil, *Shakespeare's Anti-Politics*, pp. 22—23.
③ 雅克·朗西埃:《文学的政治》，张新木译，南京：南京大学出版社，2014年，第3页。
④ Andrew Hadfield, *Shakespeare and Republicanism*, p. 100.

的权利。"①他认为这种显著的经济特征为早期现代政治生活提供了基础。而另一些批评家则认为早期现代公民共和主义源于君主政治的官僚机构中,即君主系统授予精英地位、状态和角色,"普通公民/主体所认为的办公机构的重要性和岗位责任,可被视为伴随议会中正式政治表达而构建一个公共领域"②。可见这一"公共领域"自身就是君主意愿的政治产物,这种公民共和主义视角被称为"君主共和(monarchical republic)"。就如同陈思贤在梳理都铎王朝与斯图亚特王朝初期的政治思想发展史时指出的那样,这一时期争论之焦点在于绝对王权和有限王权,其核心依然是围绕君主统治在进行。③ 虽然《居里厄斯·恺撒》剧中对主权权力这一政治本质进行了揭露和展示,莎士比亚由于其局限性最终没能给出正确的答案,但正如著名戏剧家安东·契科夫(Anton Chekhov)指出的那样,戏剧家的任务不是提供解决之道,而是以正确的方式呈现问题。《居里厄斯·恺撒》并没有对公共责任和私人欲望之间的关系给出简单答案,莎士比亚仅仅是将问题进行戏剧呈现并留给观众想象的空间。④ 显然人们都不希望被主权权力变成"赤裸生命",因此或许1689年英国"光荣革命"后虚君共和的出现正是对莎士比亚的某种回应吧。⑤

---

① John Michael Archer, *Citizen Shakespeare: Freemen and Aliens in the Language of the Plays*, New York: Palgrave Macmillan, 2005, p.9.
② Andrew Hadfield, *Shakespeare and Republicanism*, p.53.
③ 参见陈思贤:《西洋政治思想史·近代英国篇》,长春:吉林出版集团有限责任公司,2008年,第1—18页。
④ Quoted in Jonathan Bate & Eric Rasmussen, eds., *William Shakespeare Complete Works*, Beijing: Foreign Language Teaching and Research Press, 2008, p.1803.
⑤ 正如张源指出的那样,1689年之后的英国仍间或出现王权与议会间的各种博弈和起伏分合,"隐蔽的共和国"成了人所共知的事实。在经历内战并目睹法国大革命的疯狂后,英国人对政治趋于保守和稳定,最终由"光荣革命"进入虚君共和的稳定政治状态。参见张源:《莎士比亚的〈凯撒〉与共和主义》,《北京大学学报》(哲学社会科学版)2014年第3期,第56页。

第三章

莎剧中早期资本主义观念:以《威尼斯商人》为例

莎士比亚同时代的人弗朗西斯·米尔斯(Francis Meres, 1565—1647)于1598年出版了一本书:《宫殿宝藏:才华的宝库》,在书中他把莎士比亚列入英国抒情诗人、悲剧诗人和写作家名单中:"正像在拉丁人当中普劳图斯(Plautus)和赛乃卡(Seneca)被认为是最佳的喜剧和悲剧作家,在英国人当中要数莎士比亚是舞台上的这两类剧种最优秀的代表。"① 《威尼斯商人》被视为莎士比亚最优秀的喜剧之一,其中令人印象深刻的除了犹太人夏洛克,还有用匣子选婿及法庭审判的割肉情节。这部戏剧所包含的社会、政治和文化等多方面的内容及其内涵长期以来都是评论界探讨的话题。关于此剧的多重主题,詹姆斯·夏皮罗作了高度概括,认为这不仅是一部关于宗教仪式及种族意义的戏剧,还是一部关于"高利贷,抑或是婚姻,抑或是同

---

① Quoted in Andrew Murphy, ed., *A Concise Companion to Shakespeare and the Text*, Carlton: Blackwell Publishing Ltd., 2007, pp.43—44. 其中喜剧就提到了《维罗纳二绅士》《错尽错觉》《爱的徒劳》《仲夏夜之梦》《威尼斯商人》。

性之间的亲密关系,抑或是宽容,抑或是威尼斯贸易,抑或是异性装扮,抑或是贯穿此剧及莎士比亚所有戏剧的诸多其他社会潮流"的戏剧。① 本章拟从分析夏洛克的原型——洛佩兹出发,进而分析夏洛克与安东尼宗教之争的失败,以及高利贷在剧中的重要作用,指出莎士比亚不仅借洛佩兹为噱头创造夏洛克招徕观众,更反映出早期现代英格兰宗教的衰落和资本主义的兴起。

一、洛佩兹事件与《威尼斯商人》

1290 年,英国的犹太人被全体驱逐,返回者死罪,这是爱德华一世当政时一次史无前例的排犹行动,直到克伦威尔统治时期才允许犹太人返回。伦敦有少量的西班牙人和葡萄牙人由犹太教转信基督教,其中有些人被迫改教后,可能还秘密信仰犹太教。实际上直到 1609 年,犹太人仍受到严格的驱逐。② 因此在莎士比亚时代,犹太人基本上是不存在的。③ 那么莎士比亚为什么会撰写一部涉及犹太人的戏剧呢?甚至为什么之前的马洛会专门写《马耳他岛的犹太人》呢?正如雅法所言:"莎士比亚在几乎所有戏剧中都精心设置了政治背景。"④实际上这与当时发生的轰动英格兰的洛佩兹案息息相关。⑤ 1594 年 1 月 21 日,女王的御医,出生于葡萄牙的罗德里格·洛佩兹(Roderigo Lopez)被捕,他被指控里通外国谋杀女王,并被立即定罪。有人告发,洛佩兹收取西班牙国王菲利普二世 5 万克朗时,曾答应为他执行毒杀女王的任务。最后,1594 年 6 月 7 日洛佩兹等人被从关押地伦敦塔提了出来,被架子抬着,穿过欢呼的人群,去往泰布恩的刑场。那里已经有一群人等着看了。⑥

我们可以从以下几个方面证实洛佩兹案与《威尼斯商人》的紧密联

---

① James Shapiro, *Shakespeare and the Jews*, New York: Columbia University Press, 1996, p.121.
② J. L. Cardozo, *The Contemporary Jew in Elizabethan Drama*, Amsterdam: H. J. Paris, 1925, p.36.
③ Stephen Greenblatt, *Will in the World*, p.259.
④ Allan Bloom & Harry V. Jaffa, *Shakespeare's Politics*, Chicago: University of Chicago Press, 1981, p.5.
⑤ 关于此案件的来龙去脉,请参见 Lytton Strachey, *Elizabeth and Essex: A Tragic History*, London: Chatto and Windus, 1928, pp.66-89.
⑥ Stephen Greenblatt, *Will in the World*, pp.274-276.

系。第一，角色的名字。主人公安东尼明显指涉了洛佩兹医生的主要原告和敌人——安东尼·佩雷斯。① 在莎士比亚的取材来源中，这个名字既和夏洛克的戏剧前身无关，也没有在其他故事情节中出现过，完全是莎士比亚的创造。② 同时由于伦敦观众对这位失败者安东尼的同情让此名在剧中出现变得受欢迎。因此无论是莎士比亚或莎士比亚的舞台经理都不会反对在戏剧中采用这样的隐喻意义来保证戏剧的演出效果。在剧中第一幕第二场，波希霞提到一位在英国游历后留在宫廷任职的波兰伯爵就有这种暗示。(161)而安东尼这个名字，在葡萄牙人中十分普遍，但在意大利人中却不常见，实际上在威尼斯出现并不适合，有批评家就认为这个名字模糊指涉了此案。③ 哈丁·克雷格（Hardin Craig）说道：＂埃塞克斯伯爵，洛佩兹的主要原告，安东尼的朋友和支持者。莎士比亚似乎采用了他的政治观点。而最反对夏洛克的人名叫安东尼，我们可以认为正是这个著名的案件刺激了莎士比亚写犹太人（1596 年左右）……对夏洛克的心理描写可以反映出可怜的洛佩兹。＂④而洛佩兹同样出现在＂1602 年上演的《英格兰趣事》（*England's Joy*）第五幕中＂⑤。第二，戏剧的写作时间。1598 年夏天，宫廷大臣供奉剧团登记了印刷＂一本关于威尼斯商人或叫威尼斯犹太人的书＂⑥。第一位试图将莎士比亚戏剧按写作年份排序的编辑者马隆（Malone）认为是 1594 年。他接受了传统观点，认为当时的剧场经营主菲利普·亨斯罗（Philip Henslowe）当年从莎士比亚处得到一部新剧，于 8 月 23 日上演，并在日记中记录为＂威尼斯喜剧（the Venesyon comodey）＂，一般将其等同为《威尼斯商人》。⑦ 此为现存记录

---

① 关于佩雷斯其人生平参见 Gustav Ungerer，*Anglo-Spanish Relations in Tudor Literature*，Madrid：Artes graf. Clavileno，1956，pp. 81—174。

② 《威尼斯商人》的主要故事情节是 1558 年出版的意大利故事集《呆子》（*Il Pecornoe*，写于 1378 年），作者为 Ser Giovanni Fiorentino。莎士比亚借鉴了割肉情节，原故事中的商人叫 Ansoldo。而故事中新娘名为 Belmont。

③ See R. P. Corballis，"The Name Antonio in English Renaissance Drama"，*Cahiers Elizabethans* 25(1984)：61—72。

④ Hardin Craig，ed.，*The Merchant of Venice*，Illinois：Scott Foresman，1961，p. 502。

⑤ Quoted in Marion Ansel Taylor，*Bottom Thou Art Translated*：*Political Allegory in A Midsummer Night's Dream and Related Literature*，Amsterdam：Rodopi，1973，p. 168。

⑥ Jonathan Bate &. Rasumussen Eric，eds.，*William Shakespeare Complete Works*，p. 413。

⑦ Philip Henslowe，*Henslowe's Dairy*，Ed. R. A. Foakes，Cambridge：Cambridge University Press，2002，pp. 23—25。

中最早提及此剧的文献,可见夏洛克第一次出现并不晚于洛佩兹绞刑三个月后。而 1600 年出版的"第一四开本"更是表现出此剧是快速完成的,割肉和选匣子的情节交织,尚不完美。整部戏剧强调夏洛克这一角色,其名字常常成为戏剧的名称,而杰茜卡和巴珊尼没有被完美塑造。这些情况都说明了写作此剧的慌忙,表明了莎士比亚以此来满足观众迫切的需要。第三,夏洛克的性格特点。洛佩兹与夏洛克一样有强烈的复仇心理,而且在对家庭的忠实上,两人十分类似。洛佩兹以妻子生病为由耽搁在家缺席宫廷活动。他的荷兰通信员从未遗漏荷兰犹太朋友的信件,不管信件的主题是什么,他总会回信。① 夏洛克也同样疼爱女儿和妻子。而《威尼斯商人》法庭一场戏里葛莱兴辱骂夏洛克道:"我看你生前,一定是头狼,伤了人,给人家捉住吊死。"而"狼"(西班牙文是 lupus)和犹太医生的名字(人家通常称他为"Lopus")十分近似,很可能是犹太医生的影射。(258)第四,剧中刑罚和法庭与当时情况的联系。在第三幕中,莎士比亚谴责了屈打成招,"绑上了刑床,一个人还有什么话不能讲"(224)。很多批评家认为这段文字表明了当时严刑拷问的滥用,克拉克和赖特评论道:"莎士比亚记得 1584 年弗朗西斯·思罗克莫顿(Francis Throckmorton)的案件,以及 1598 年 Squires 的案件"②,而在审判场景中,葛莱兴嘲笑夏洛克,宣称:"在受洗的时候,你要有两位教父,要是我做法官,再给你添上十个——不是领你去受洗,是送你上绞架"(273)③。从历史的角度看,这些话并不是在威尼斯城的法庭上的法官所说,仅仅是当时英国法庭的状况。此外,剧中出现的以钱生钱违反了自然规律的亚里士多德式的观点以及将高利贷者与远洋贸易商人区分的观点都是 1594 年出现的。④ 当然更

---

① William Baker, Brian Vickers, eds., *Shakespeare: The Critical Tradition*, New York: Thoemmes, 2005, p. 141.
② W. G. Clark & W. A. Wright, eds., *Shakespeare Selected Plays: The Merchant of Venice*, Oxford: Clarendon Press, 1869, p. 105.
③ 按天主教教规,受洗者应有教父、教母各一人在场。当时法庭审判,由十二人组成陪审团。
④ See Walter Cohen, "The Merchant of Venice and the Possibilities of Historical criticism", *ELH* 49 (1982): 765—789.

为关键的是,洛佩兹和夏洛克都是犹太人。① 检察官威廉·凯姆顿的报告中,罗德里格·洛佩兹不仅贪财,而且像狡猾的耶稣会士一样,是天主教的邪恶力量的使者,意在推翻新教的女王,同时他还是一个犹太恶棍:"洛佩兹是一个作伪证的企图策划谋杀案的卖国者,他是犹太医生,比犹大还要恶毒。他企图谋害女王。其行径之阴险恶毒是空前的。"② 所有人都认为,洛佩兹做基督徒的礼拜,遵守新教教规,他已经完全融入了上流社会。但很多人怀疑他仍"秘密地参与犹太的教派(只是在表面上参加基督徒的仪式)",埃塞克斯的同党弗朗西斯·培根这样写道。③ 传统的反犹心理和《马耳他岛的犹太人》与时事的紧密呼应使得解说洛佩兹的罪行时,让他的犹太血统显得格外重要。④ 由此可见,洛佩兹与《威尼斯商人》有着千丝万缕的联系。

二、宗教冲突:基督教与犹太教

正因为其特殊身份和当时伦敦观众对此案的关注,莎士比亚创作了《威尼斯商人》,但他不仅仅影射其人,而是更进一步描绘了两个宗教之间的冲突。几乎在夏洛克一出场,他与安东尼就爆发了冲突。他们的仇恨是相互的,一看见安东尼,夏洛克就宣布"我恨他",并抱怨安东尼对他极不友善。他对安东尼说:"曾经把唾沫吐在我的胡子上,曾经用脚踢我,像踢开你门口的一条野狗。"这样水火不容的情绪都与双方的宗教有关。夏洛克恨安东尼"因为他是一个基督徒",而安东尼粗暴对待夏洛克则因为其"异教徒"身份。(167,171)剧中的夏洛克不是一个孤立的犹太人个体,

---

① 通常认为反犹浪潮肇端于1594年,即因为洛佩兹的审讯和被判绞刑。洛佩兹与夏洛克的可能联系最早见于弗雷德里克·霍金斯1879年在《戏剧》上名为《夏洛克与其他舞台上的犹太人》一文,随后西德尼·李于1880年在《绅士杂志》上发表《夏洛克的原型》进一步阐释,但西德尼误将唐·安东尼(Dom Antonio 葡萄牙王位觊觎者)与洛佩兹案中的安东尼·佩雷斯(Antonio Pérez)混淆了。参见 Frederick Hawkins, "Shylock and Other Stage Jews", *The Theatre* 1 (November 1879): 191 – 198 以及 Sidney Lee, "The original of Shylock", *Gentleman's Magazine* 246 (1880):185 – 220。

② Quoted in Jay L. Halio, *Understanding The Merchant of Venice: A Student Casebook to Issues, Sources, and Historical Documents*, Westport: Greenwood Press, 2000, p. 62.

③ Francis Bacon, James Spedding, *The Letters and the Life of Francis Bacon*, Vol. I, London: Longman, Green, Longman, and Roberts, 1861, p. 278.

④ Stephen Greenblatt, *Will in the World*, p. 275.

第一幕第三场,在威尼斯广场,当夏洛克答应借钱,下场之后,安东尼不无讽刺地说:"这犹太人想做基督徒,心肠都变善。"第三幕第一场,在威尼斯街道上,当另一犹太人杜巴上场时,索拉尼说道:"又是一个他一族的人来了;再要找第三个来跟他们凑数,除非魔鬼自己也变成了犹太人。"(174,220)前一段台词,将犹太人与基督徒对立,只有基督徒,心肠才好,犹太人只要变成基督徒心肠就会变好。后一段台词,则将犹太人与魔鬼等同起来。这两段话已不单单指夏洛克个体,而是泛指整个犹太民族,基督徒对夏洛克所表现出来的厌恶、憎恨、排斥并非仅仅针对夏洛克个人,它所反映的是当时整个西欧强烈的反犹、排犹情结。

莎士比亚将他们描绘成两类人,代表犹太教和基督教,都按自己的原则行事。安东尼和夏洛克生来便无法相互理解。当看到安东尼走近,夏洛克说:"他的样子多么像一个摇尾乞怜的税吏。"他再现了福音书里法利赛人的观点,法利赛人因自身的正义而骄傲,蔑视税吏在主面前的卑躬屈膝。① 安东尼则效仿耶稣,将这个高利贷者驱逐出交易所。他啐在夏洛克脸上,他的友爱不可能施及背离了最基本的仁慈原则的人。而且伯利加德(David N. Beauregard)认为,安东尼真正体现了亚里士多德所谓的自由和慷慨,这是介于节约和贪婪之间的中庸之道。② 安东尼是深深植根于基督教文化的人类存在的一个典型。他不仅遵照基督教信条,到处行善,且甘愿为爱牺牲自己的生命,好似基督在世。安东尼对自己行为的解释都可以在基督教的信条里找到。③ 为了解释自己将要赐予信徒的爱,基督说:"人为朋友舍命,人的爱心没有比这个更伟大的。"这种牺牲自我的爱不仅是神一样卓越的凡人的非凡行为,也是人类的楷模:"你们要彼此相爱,就像我爱你们一样,这就是我的命令。"④安东尼信守基督教,而且在剧中各关键时刻扮演着基督的角色。雷瓦尔斯基(Barbara K. Lewalski)也强调这一点,他说:"安东尼,这个替人承担债务的人……有

---

① *Holy Bible*,第 143 页,夏洛克的正义大体对应于法利赛人的正义。
② David N. Beauregard, "Sidney, Aristotle, and *The Merchant of Venice*: Shakespeare's Tragic Image of Liberty and Justice", *Shakespeare Studies* 20(1988):33—48.
③ Barbara K. Lewalski, "Biblical Allusion and Allegory in *The Merchant of Venice*", *Shakespearean Quarterly* 13(1962):327—343, p.328.
④ *Holy Bible*,第 194 页。

时扮演了基督的角色;他承担了人类的所有罪孽,替上帝伸张正义。"① 审判安东尼也是一个类似的场景,安东尼在其中扮演了这样的角色:基督一样的安东尼再次受到审判,指控他有罪的也是一个犹太人。然而他们都需要对方,金钱将他们拴在一起,安东尼必须向夏洛克借贷。他们签署契约,但这张契约不受诚实的约束。

最后代表犹太人和基督徒的夏洛克与安东尼在波希霞主持的威尼斯法庭上一决胜负,表面上看是安东尼胜利了,但实际上这是对两大宗教派别的一次失败的审判。实际上,夏洛克已经不能被看作纯粹的犹太人了。首先,犹太人必须遵守自己独特的饮食法;他们不能与外族人友好或亲密用餐,因为他们是被上帝选中的特殊子民。② 他自己都说"叫我去闻那猪肉的味儿,去吃你们拿撒勒先知③把魔鬼赶进去的脏东西!我可以跟你们做买卖,跟你们讲交易,谈生意,跟你们一起走路,或者别的什么,就是不能陪你们一起吃、一起喝,或是一起祷告",但夏洛克在第二幕第五场中坦承他愿意与"挥霍的基督徒""去吃一顿"(166,193),明显违反了犹太教的饮食法。正如安东尼的暗示"这个犹太人想做基督徒,心肠都变善"(174),夏洛克实际上已经变成了基督徒。而同时夏洛克还违反了犹太教的高利贷法。按照犹太律法,他可以从外族人那里去利,但禁止通过契约造成的潜在后果,禁止他在杰茜卡和罗伦佐私奔后决心收回债务时的实际行为:一个人不可间接更不用说直接拿等同他人性命的东西来作为借债的抵押品。④ 夏洛克做了这条律法明令禁止的事,更别说那条与该法紧密相关的戒律"不可杀人"。⑤ 正如他的仆人朗西洛称他为"魔鬼本人的化身"(179),这并非因为他是一个犹太人,而是因为他背离的这条犹太律法。

可见,我们并不能将这场胜利当做基督教打败了犹太教,因为夏洛克已经不能代表犹太教了,他曾说道:

> 犹太人就没有眼睛了吗?犹太人就缺了手,短少了五官四肢,没

---

① Barbara K. Lewalski,"Biblical Allusion and Allegory in *The Merchant of Venice*", p. 334.
② *Holy Bible*,第 293—294 页。
③ 拿撒勒先知,指耶稣。他把魔鬼赶进猪群的故事,见 *Holy Bible*,第 69 页。
④ *Holy Bible*,第 307 页。
⑤ 同上书,第 279 页。

知觉、没骨肉之情、没血气了吗？犹太人不是同样吃饭的吗？挨了刀枪，同样要受伤；同样要害病，害了病，同样要医药来调理；一年四季，同样地熬冷熬热——跟基督徒有什么不同？你们用针刺我们，我们不也要流血的吗？给我们挠痒痒，我们不是也会咯咯地笑吗？你们用毒药谋害我们，我们不也就是死？那么，要是你们欺侮了我们，我们难道就不报仇了吗？在别的地方我们跟你们一个样儿，那么在这一点上，也是不分彼此的。(219)

这质问明显与之前他对安东尼所说的"忍气吞声地受下来——受苦受难本就是我们整个民族的标志"(171)相悖，可见夏洛克与犹太人的忍耐态度已经决裂。他所说的话表明其立场不是犹太人，也不是一个准基督徒，而是站在一个纯粹的人的立场上：

> 要是一个犹太人侮辱了一个基督徒，他是怎么表现他的"宽大"呢？报仇。要是一个基督徒侮辱了犹太人，那么按照基督徒的榜样，那犹太人应该怎样表现他的"忍耐"呢？嘿，报仇！你们使出恶毒的手段，我领教，我跟着你们的榜样儿学，不高出你们一头，我决不罢休。(219)

而"第一四开本"的封皮上说"犹太人夏洛克"是"极度残酷"的人，僵化、顽固，代表着旧秩序，睚眦必报、顽冥不化，他是苦闷而残忍的外族人，他破坏着大家的快乐。夏洛克在法庭上是作为"外族人"而非"犹太人"被击败的，此后他被迫改教。但葛莱兴的嘲讽说明，他改信基督教后，也还是像凯姆顿形容的改教之后的洛佩兹，是个"犹太教分子"。让夏洛克改教，也就是用喜剧的温和手法把这个人除掉。

三、高利贷：宗教与政治经济学的斗争

那么，可见此剧关注点似乎不在宗教问题上。而批评家哈利奥(Jay L. Halio)指出，尽管夏洛克只出现了五幕，但他决定着情节的发展。① 笔者则认为，与其说夏洛克不如说高利贷这种借贷行为决定了整个故事的发展。夏洛克恨安东尼实际上有一个非常重要的原因：高利贷。他俩的

---

① Jay L. Halio, *Understanding The Merchant of Venice*, p. xiii.

冲突更多是源于经济原因,莎士比亚的聪明之处就在于他规避了直接的高利贷话题,但从剧中我们还是可以看到这一经济因素的影子。首先,夏洛克是一个放贷人,正如他所言:"他(安东尼)不通人情,白白地把钱借给人家,就把咱们在威尼斯放债这一行的利息给压低了……骂我的行业、我挣来的辛苦钱——说什么重利盘剥。"(167),他借出的钱都是要"好处"的。其次,夏洛克提出割肉条款也影射了高利贷,因为当时的告借文书为了避免与限制利息的法令相抵触(利率不超过10%),除了索取利息外,还额外索取胡椒、老姜、牛皮纸等"礼物",这里不写这些实物,却写上一磅人肉,给人有开玩笑的感觉,但却同样影射了高利贷。(173,注解2)波希霞甚至说,"还他六千两……六千加六千,再倍上三倍都行",并拿给巴珊尼一笔钱,"足够二十倍偿还那小小的借款"。(238)最后,在法庭上巴珊尼拿出钱袋:"借你(夏洛克),我这儿还给你六千。"(255)这表明要以100%的利息还款,更是高利。而随后波希霞劝他:"收三倍的钱,把借据撕了。"(265)

夏洛克与安东尼两人之间的唇枪舌剑更是凸显了这一经济问题。虽然基督徒借钱给他人不取利息,夏洛克却证明,威尼斯人——尤其是安东尼那样的威尼斯商人,定会毫不犹豫地从事旨在获得高额利润的大生意。夏洛克提到安东尼拥有众多产业,说他商船云集,正驶向的黎波里港、西印度群岛、墨西哥湾和英格兰岛,此外还有遍布海外的各种买卖。难道安东尼的这些买卖不是为了赚钱?一句话,在夏洛克眼里,安东尼这样的基督徒对待金钱和利润的态度十分虚伪。从理论上讲,放高利贷赚钱与其他商业手段并无实质的区别。夏洛克相信,《圣经》中雅各的故事表明,上帝也喜欢钱,喜欢合法的收益。① "只要不是偷来的,积财就是积福。"(169)放高利贷只是赚钱的一种方式,所有的赚钱方式只要合法就是正当的,这就是夏洛克的观点。

安东尼"借进借出,从不讲什么利息",认为"朋友之间"不应"拿从不生男育女"的金片儿来榨取"子金"。(168,172)这正是在讨论"高利贷"的罪恶时,阿奎那(Thomas Aquinas)的理解:

> 犹太人不可以向自己的同胞投放高利贷,也就是说,不可以从其

---

① Lars Engle, "Thrift Is Blessing: Exchange and Explanation in *The Merchant of Venice*", *Shakespearean Quarterly* 37 (1986):20—37, p.32.

他犹太人那里获取高利贷。对此,我们(基督徒)可以这样认为,从任何人那里获取高利贷可以说都是罪恶的,因为每一个人都应是我们的邻里和兄弟。①

一连串的影响来自于犹太教和基督教的宗教经典。在《旧约全书》中,有多种不同的经文谴责了高利——"高利"这个词意指任何的利息,摩西律虽然允许在与陌生人做生意时获取高利,但却禁止在与犹太人做生意时获取高利。在《新约全书》中,在登山训众时,圣路加记述了这样的训诫:"借给人不指望偿还。"②这些经文似乎是与原始基督教最完美的特性协调一致的;基督教倾向于关心穷苦的人和受压迫的人,因此我们发现在最早的时期,教会倾其全部影响用来反对放贷收取利息。这种敌视,牢固地根植于教会法之中。它一次又一次把高利贷定义为,获取超出贷款本金以外的任何价值的利润;而且在普世教会的认可下,它宣布,这种放高利贷的做法是一种犯罪,任何为此辩护的人都犯了信奉异教罪。代表新教的路德说:"与任何人进行任何交易并且通过交易获取利润都不是行善,而是偷窃。每一个高利贷者都是贼,应当被绞死。我把收取5%或6%的利息的放债人称为高利贷者。"③

在伊丽莎白时期,在政治经济学学说发展的这个阶段,最引人注目的是,出现了对高利和利息之间的区分。这两个词长期以来都被当做同义词,现在人们开始区分这两个词了:根据解释,前者是指难以承受的利息,后者是指钱的使用价值的公正的利率。在信奉新教的国家里,这种观念逐渐深入一般大众心中。不过那种亚里士多德式的模棱两可的说法并没有完全被人们忘记,这一点在莎士比亚的《威尼斯商人》的不同段落中清晰可见。詹姆斯一世是所有君主中受经院哲学和神学束缚最严重的一位,但他却批准了一项法令,认为放贷收取利息是绝对必要的。④

1495年的一项法案认定所有的高利贷非法,若任何人以利息借出金钱将被没收所借出的贷款。1545年的法案则将不超过10%利率的借贷

---

① Thomas Aquinas, *Summa Theologica*, Volume 3 (Part II, Second Section), New York: Cosimo, Inc., 2007, p.1513.
② *Holy Bible*,第46—47页。
③ Andrew Dickson White, *A History of the Warfare of Science with Theology in Christendom*, New York: D. Appleton and Company, U.S.A. 1896, p.265, p.269, p.272.
④ Ibid., p.275.

视为合法。如果债权人要求高于此利率则没收贷款并根据国王的意愿判处是否坐牢。而1552年的法令又替代了1545年法令，再次宣布所有高利贷非法，认为它"正如《圣经》中许多地方所明示的，是一种十分可恨的恶行"。但在议院的一场争论之后的1571年的法令又实施了1545年的内容。① 而且在下院讨论1571年的高利贷法案时，提到教会法便遭到抗议，说教会法在这个问题上的规定已被废除了，"不应当再服从它们，也不应当再记住它们"。在以后的两代人时间里，对这种制度的反感不断上升，当法院冒昧地用开除教籍作为惩罚手段时，人们干脆不予理睬。②

而且在英国，高利贷这类关乎商业道德的问题非常有争议，教会当局和世俗当局不时为了审判权而发生争论。教会法庭声称有权审理一般的违反合同的案件，理由是它们损害诚信，尤其有权审理高利贷案件，因为它是教会法规明确禁止的违反道德的行为。这两项要求遭到王国政府和地方政府的反对。根据《克拉伦登法典》，王国政府明确规定有关债务的诉讼必须在皇家法庭进行。地方政府则一再禁止市民在教会法庭诉讼，并对无视这一禁令的人处以罚金。实际上其争论的焦点并不是高利贷者是否应当受罚，而是应当由谁来做惩罚他的这笔赚钱生意。于是地方当局，从伦敦城到最小的领主法庭，制定各种细则反对"不道德的非法交易"并控告违反那些细则的人。民众们祈望能够驱逐金融界的掮客，祈望有关掮客的伦敦法令能够普遍适用。巡回法院的法官审理控告高利贷者的案子，主教法官法庭受理那些根据普通法得不到赔偿的受害人的诉状。而神圣教会，继续以它自己的方式处理高利贷者，虽然似乎英国教会会议只有一次就这个问题制定过法律。1341年颁布的一项法令宣布，判高利贷者死罪必须经国王认可，不过教会可以判高利贷者的活罪。一个世纪以后，在亨利七世统治下重新提出这个问题时，对教会的权利做了同样的保留，并且作为一种陈旧的公文程式，一直延续到伊丽莎白一世和詹姆斯一世统治下生气勃勃的资本主义时期。在伊丽莎白时代高利贷案件由教会法庭审理，甚至在詹姆斯一世统治时期，像伦敦城这样的一个大商业中心也仍可能由主教代理审讯那"为了多赚钱而放抵押贷款"的商人。③

---

① Jasper Ridley, *The Tudor Age*, London: Robinson, 2002, p.246.
② R. H. Tawney, *Religion and the Rise of Capitalism*, New York: Transaction Publishers, 1998, p.187.
③ Ibid., pp.50—53.

但是我们在《威尼斯商人》中看到,夏洛克为了报复将安东尼告上了法庭,而此法庭并非宗教法庭,而是威尼斯城的世俗法庭,审判人也不是主教,而是威尼斯大公。实际上,夏洛克在法庭上讲:"要是你不准许我的要求,那么只怕你(大公)的特权,这个城市的自由,别想保得住了!"(253)这样的口气,剧中的威尼斯倒像是当时由国外颁发特权状的一个英国自治城市。威尼斯首先是一座商业城市,它的确比别的城市吸引了更多样的人群。这个城市为了自身发展需要投机的资金,这正是夏洛克能在威尼斯生活的前提。人们服从法律并不是因为法律本身值得尊重,而是因为它是城市繁荣的基础。正如安东尼所言:

> 大公不能拒绝受理他的诉讼;
> 外邦人在咱们威尼斯,明文规定,
> 自有应享的法权,一旦给否认了,
> 那就动摇了国家立法的根本——
> 影响人家对这个城邦的信心。(241)

但莎士比亚无论把场景设在哪里,其所提到的城市始终是伦敦。[①]其所描写的经济生活正是伊丽莎白时期英国经济生活的缩影。但莎士比亚写《威尼斯商人》显出这种交易的奇怪。虽然英国法律声明,在上帝的法则中,放高利贷是非法的,犹太人是唯一例外,而他们正被驱逐;但是如果不能借贷,一个地区的商业就无法正常运行。莎士比亚巧妙规避了高利贷,而是以一磅肉替代高额利息,但其实质没有变。而且我们看到审判的依据不是宗教而是所谓律法,而且审判的地点不是宗教法庭而是世俗法庭。显然,莎士比亚表现出了伊丽莎白一世时期宗教与政治的力量对比,也体现出资本主义的兴起。

实际上,剧中真正的借款人是贵族青年巴珊尼,在第一幕第一场巴珊尼自己的话充分说明了自己的债务状况。"我为了支撑这一个外强中干的场面,把一份微薄的产业怎样给用空了;说是我感到心痛;现在再也不能摆阔了,那倒未必;可我念念不忘地思量着,要怎样才能清偿我过去挥金如土的时光积压在我肩上的这重重债务。"劳伦斯·斯通在《贵族的危机》中指出,这一时期的贵族"炫耀性支出"导致了1580—1610年间贵族开始越来越严重依赖借贷。以慷慨大方的理想支撑起社会结构的努力,

---

① Stephen Greenblatt, *Will in the World*, pp.169—170.

扭曲为炫耀的狂热竞争,而超出了许多家族的承受能力。夏洛克的仆人朗西洛说巴珊尼会把挺漂亮的号衣赏给仆人穿。巴珊尼把家产挥霍一空,正像他自己所说:"我全部家产都流动在我的血管里。"(236)意即除了高贵的血统可以自豪,其他一无所有了,其窘境是符合当时贵族的状况的。但为什么他不直接向夏洛克借钱而是央求安东尼呢? 实际上,他直接借钱很可能无功而返。因为根据法律,王公贵族可免于个人在民事诉讼中被逮捕,这一特权使畏缩不前的债权人失去了其最令人可怕的武器。罗伯特·塞西尔爵士对奥尔德曼·罗的坦言更加切合实际:"在没有某些附属的中等质量水平的抵押品上,你可能不愿意与一个王国男爵做生意。"这可能是真的,因为贵族拥有豁免权,起诉他们非常困难。所以在13世纪后期和14世纪早期,商人设计了他们自己的信贷工具,即以商人法出示保证书和贸易中心保护书,这可迅速强制性地实施之于债务人的人身、土地和房产,但需要安东尼这样"有身价"的人出面才行。① 于是巴珊尼借了"三千两银子——借三个月——安东尼出面承借"(165)。这样的借贷行为实际上已经成为伊丽莎白时期很多人生活的一部分。就连一些名人,如西德尼、埃塞克斯伯爵、南安普敦伯爵等都是负债累累。而伊丽莎白一世还被迫从欧洲的银行借贷了巨额金钱。莎士比亚的宫廷大臣供奉剧团,以借贷的款项修建了剧场和环球剧院,成为剧团一个持续的负担。② 莎士比亚也许早就想在剧中写一个放贷人。他可能没见过犹太人,但肯定认识放贷人,他自己的父亲就是一个。通常放贷人会因为索要利息太高而遭到指控,莎士比亚的父亲就有两次非法索取高利而被控告(两笔分别为80镑和100镑的借款中要求20镑的利息,已经达到20%和25%的高利)③。而霍尼希曼(Honigmann)在分析莎士比亚年轻时的商业兴趣时说,"他(莎士比亚)活跃地参与了借贷很多年,也许是作为父亲的助手",断言莎士比亚作为父母协助者参与了许多家庭经济事务。到1591年,国家对高利贷的限制放松了,莎士比亚在戏剧界致富之后,似乎也参与过至少一次类似的交易,他也许是债主,或是中间人。斯特拉福德

---

① Lawrence Stone, *The Crisis of the Aristocracy 1558—1641*, Oxford: Oxford University Press, 1967, p. 246, p. 265, p. 236, p. 237.

② Quoted in John Russell Brown, ed., *The Merchant of Venice*. London: EMEA, 1955, p. Xliii.

③ James Shapiro, *Shakespeare and the Jews*, p. 98, p. 256.

市政档案馆里,偶然发现了一封信,是个颇有前途的当地商人理查德·奎尼(Richard Quiney)写给莎士比亚的。他的信写于 1598 年 10 月 25 日他住的伦敦的旅店里。他显然是想为自己和另外一个斯特拉福德人亚伯拉罕·斯特利(Abraham Sturley)向"亲爱的好朋友和同乡威廉·莎士比亚先生"借钱。同一天奎尼也把正在商议的借贷条件写信告诉斯特利——30 或 40 镑,利息是 30 或 40 先令。10 天后斯特利回信了,他非常高兴"同乡威廉·莎士比亚先生可以给我们弄到钱"①。迪恩将"莎士比亚的借贷事业"起点追溯至 1592 年借了 7 镑给克莱顿,他甚至认为夏洛克就是莎士比亚本人。② 基督徒如果放高利贷,即使不被扣帽子,也会沦落到和犹太人一样的地位:官方厌恶他们,找他们的麻烦,不让他们进教堂和剧场。但他们的重要作用却又不能被轻易抹杀。放贷者可以过上体面的日子,莎士比亚的父亲就是这样。但耻辱和尊敬的冲突、轻蔑和举足轻重的身份的冲突总是暗中隐藏着,随时会浮现出来。莎士比亚喜欢这种矛盾。他从中获取了创作的灵感,轻巧地加以利用。③ 布朗德(Georg Brandes)认为莎士比亚会将自己的想象投射到夏洛克身上,因为莎士比亚自己就是一个放贷人以及一个"在那时对收购、房产、牟利、财富入迷"的人。④

实际上,关于资本主义的转向是与 1571 年的法令相关的,虽然它没有公开赞同高利贷,但是却松绑了对高利贷的禁止。⑤ 而伊丽莎白时期的大众同威尼斯人一样离不开高利贷。他们的各种营生都随着借贷的资本运作,于是高利贷者越被需要就越被厌恶。而他们最大的主顾就是贵族。⑥ 因为戏剧家和演员们都是由贵族庇护和赞助的,因此戏剧就成为现成的工具,将高利贷者当做了当时病态经济的替罪羊。直到 1642 年剧场关闭的时候,大约有 60 名高利贷者形象在舞台上出现过,成为大众发

---

① E. A. J. Honigmann, "'There Is a World Elsewhere': William Shakespeare, Businessman", in Werner Habicht, D. J. Palmer, Roger Pringle, eds., *Images of Shakespeare: Proceedings of the Third Congress of the International Shakespeare Association*, 1986, London: Associated University Press, 1988, p. 41, p. 44.

② Leonard E. Dean, *Shakespeare: Modern Essays in Criticism*, New York: Oxford University Press, Inc., 1967, p. 55.

③ Stephen Greenblatt, *Will in the World*, p. 272.

④ Georg Brandes, *William Shakespeare*, New York: Macmillan, 1935, p. 151.

⑤ Thomas Wilson, *A Discourse upon Usury (1572)*, Ed. R. H. Tawney, London: G. Bell and Sons, 1925, pp. 16—42.

⑥ Lawrence Stone, *The Crisis of the Aristocracy 1558—1641*, pp. 543—544.

泄的对象。① 正如格瑞所言,莎士比亚自己一定从公元 4 世纪的语言学者多纳图斯(Donatus)那里获得喜剧的概念——"对于生活的模仿,反映习俗的镜子和表现真理的意象"②。正如剧中巴珊尼挑选匣子时所说:"外表跟实质本是两回事;世人往往就受那装潢的欺骗。"(226)这出真实的复仇喜剧不仅仅表面上迎合了当时伦敦观众对洛佩兹案件的兴趣和反犹浪潮,引入了宗教冲突,更进一步深入反映了伊丽莎白时期的经济和政治生活,展现出世俗的胜利。

---

① Arthur Bivins Stonex,"The Usurer in Elizabethan Drama",*PMLA* 31 (1916):190—210.

② Germaine Greer, *Shakespeare: A Very Short Introduction*, New York: Oxford University Press, 2002, p. 28.

第四章

现代英国的法律基础:《辛白林》中的法律与帝国想象

从莎士比亚的教育、他在伦敦和斯特拉福德的生活经历看来,可以说,他的生活和职业生涯与法律密不可分。① 英国当代著名传记作家彼得·艾克洛德(Peter Ackroyd)在其《莎士比亚传》中指出,在莎士比亚的戏剧中,随处可见法律术语,莎士比亚的法律知识融入了他每一个作品的谋篇布局中。② 《辛白林》大

---

① 莎士比亚及其家人都不断卷入司法纷争。他的父亲约翰·莎士比亚担任斯特拉福德镇参议员时处理过诉讼,违背高利贷法进行高利贷活动,并败于威斯敏斯特法庭的诉讼,结果失去了威尔特郡的土地,而这涉及莎士比亚。莎士比亚自己在1604年控告邻居菲利普·罗杰斯欠债不还,1608年控告约翰·阿顿布鲁克欠债不还,1609年在家乡投资土地,因什一税而上了衡平法院(Chancery,以正义公平即衡平为总原则,审理不属普通法范围的案件的法院),还曾于1612年为贝洛特诉蒙特·乔伊案到伦敦威斯敏斯特大厅的请求法庭作证。See Daniel Kornstein, *Kill All Lawyers?: Shakespeare's Legal Appeal*, Lincoln: University of Nebraska Press, 2005.

② Peter Ackroyd, *Shakespeare: the Biography*, London: Chatto & Windus, 2004, pp.108—109.

致写于 1609—1610 年间,可能在 1610—1611 年冬天于宫廷上演。①1611 年 4 月 20 日英国医生兼占星术家西门·福尔曼(Simon Forman)在《观剧记》中详细记述了在环球剧院观看《辛白林》的情况。② 而此剧分为三个线索,一是关于个人婚姻(依摩根和波斯休谟的婚姻纠葛),二是家庭离合(国王与早年被诱拐的儿子团聚),三是国家问题(不列颠拒绝支付罗马贡金引发的军事冲突)。相对来说,《辛白林》在莎士比亚的戏剧中的经典性稍逊,塞缪尔·约翰逊(Samuel Johnson)曾评论说:"此剧含有不少公正的意见,若干自然的对话,一些可喜的场面,但是却是以甚多矛盾为代价而获致的。对于故事的荒诞、行为的怪诞、人名的混淆、时代的错乱,以及在任何生活状态下均属离奇荒谬的事件,如果逐项加以批评的话,那简直就是浪费笔墨于不值一提的幼稚,以及过于明显的无以复加的错误。"③显然,约翰逊是出于新古典主义立场做出这样的极端化评论的,实际上,如果从法律文化的视角来审视《辛白林》,则可以发现此剧包涵着十分丰富的内涵。本章拟从法律和主权的角度出发切入文本,指出此剧不单影射了当时的普通法和罗马法之争,同时也反映了英国立足普通法兼采其他法律之长的统治理念和不列颠帝国模式,由此也表明了莎士比亚本人的"现代"法律意识。

一

此剧的展开虽然是以不列颠和罗马帝国的军事冲突推动的,但实际上此冲突的进程则暗含着不列颠与罗马分别代表的普通法与罗马法之争。④多兰(Frances E. Dolan)指出,在研究早期现代的法律时,"吸引人

---

① Jonathan Bate & Eric Rasmussen, eds., *William Shakespeare Complete Works*, p. 2244.
② Stephen Greenblatt, *Will in the World*, pp. 295—296.
③ Quoted in Kenneth Muir, *The Sources of Shakespeare's Plays*, Oxon: Routledge, 1977, p. 258.
④ Rebecca Lemon 指出,早期现代英格兰存在着至少三种相互竞争的法律传统。其中最有影响的是英国普通法/习惯法/不成文法(common law),这一法律体系源于习惯和记忆;第二种是民法/罗马法/大陆法(civil law),此法律体系在亨利八世与罗马教廷决裂后大量采用,因为教会法庭转而采用民法代替教会法(ecclesiastical law);第三种则是王室的法令(sovereign proclamations and statutes)。See Arthur F. Kinney, ed., *The Oxford Handbook of Shakespeare*, Oxford: Oxford University Press, 2012, pp. 556—558.

第四章　现代英国的法律基础：《辛白林》中的法律与帝国想象 | 53

之处在于这个时代的法律并非相类似的、连贯的、原初的，在各种法庭上存在着多种相互竞争的法律成分"①。这句话反映了那个时代不同法系激烈博弈的情景。

在《辛白林》第三幕第一场一开场，英国王室就和罗马使节路修斯发生了冲突，辛白林在不列颠脱离罗马独立一事上做出了自相矛盾的论证。一方面，就像王后所宣扬的不列颠的好战一样，辛白林声称其反抗罗马统治的目的是恢复罗马征服之前的自由状态。因此，他将恢复古代的律法，"先祖玛穆提斯为我们定下律法，恺撒的刀剑虽把它拨乱，我们却要用自己的力量和勇敢行为将它修复，不在乎罗马人的愤怒"(223)。另一方面，在随后的交涉中，辛白林却提供了另一个反抗罗马的理由。他回忆起在恺撒手下当骑士所受的教育并认为恺撒的英勇对他影响甚大："恺撒封我为骑士，我年轻时光在他手下度过；他给我的荣誉现在想凭武力收回，可迫使我战斗到最后一息。"(223)他将自己视为罗马的新化身和代表，以罗马的继承者自居，认为他会成为一位新恺撒，而不列颠将成为新的罗马帝国。

而正如洛克(Brian C. Lockey)分析的那样，辛白林这两个充满矛盾的反抗理由，反映了当时英格兰两种竞争激烈的法律意识(即普通法与罗马法之争)。其中普通法分为两派，但都承认英格兰本土法律的一致性和同一性：第一派是以爱德华·科克(Edward Coke)为代表的本土主义观点，他在其书《报告》(*Reports*)中勉强承认威廉的征服可能导致了英国法律的改变，因为其子亨利一世"修正了(之前)古代的英格兰律法"。在论证这点时，科克依据的是整个法律传统，即否认英国法律发生过重大改变。17世纪的普通法律师坚持古老的英国习惯法，即是因为不列颠虽被不同的征服者特别是罗马人和诺曼人统治过，但从未被完全征服，因此在不列颠将本土法律废除或强行实施外国法律是不可能的，因此包括罗马征服在内的每一次对英格兰或不列颠的征服，都没有对英国的习惯法造成永久性的影响。而另一派则是如卡姆登(William Camden)这类修正主义学者和史学家，他们反驳了古代勇敢不列颠人的神话，而是将真正的古代居民描述为愚昧的野蛮人(illiterate barbarians)，因此必须吸纳外部文明、修正本土文明。而民法(罗马法)律师们则认为是罗马帝国把民法引

---

① Frances E. Dolan, "Early Modern Literature and the Law", *Huntington Library Quarterly* 71.2(June 2008):351—364, p.352.

进和介绍到不列颠,进而构建了岛国的法律核心观念。显然,他们认为普通法从未被破坏的历史观点纯属虚构。①

那么,辛白林所坚持的立场从根本上讲属于普通法律师的立场,即坚持普通法从未从本质上改变的事实,因此我们看到他将自己描述为在罗马宫廷受过教育的君王,间接承认了罗马征服将文明带入了不列颠。因此我们看到实际上辛白林起初对待罗马的态度是对普通法律师所认同的历史学家观点的挪用,以便描述英国法律在面临外国和"国内"威胁的状态下未改变的本质。与之相似的是英国王后在第三幕中的话语,王后对罗马使者路修斯说道:"恺撒侵犯过这里,可并非在这里夸下海口'吾来,吾见,吾征服'。"(221)尽管现代读者会质疑莎士比亚对王后话语的赞同,但王后将因包含史学和法律原则的话语得到支持。② 克拉姆利(J. Clinton Crumley)就指出王后的视角来源于《高卢战记》(*De Bello Gallico*)中恺撒自己对英国征服的叙述以及16世纪英国关于古代征服的历史。他进一步指出莎士比亚的观众会倾向同意王后的民族主义叙述,尽管这位恶毒的王后后来被证明有背叛的罪行。③ 同样一幕中,辛白林也说出了类似观点。为了证明其拒绝给予罗马贡金的正当性,辛白林援引了英国君王在祖先血脉和法律上的历史范例。从世系来看,英王玛穆提斯是辛白林的祖先,是其家族血脉的原点,因此他继承了王位。而从英国律法角度来看,辛白林将玛穆提斯作为本土法律传统的集大成者。国王之前为英国脱离罗马独立的理由是基于起初独立的英国身份。辛白林的皇家血统世系便是这一身份的一部分。然而,同样重要的是尽管英国本土律法在罗马征服后被破坏但仍然存在。辛白林对罗马使者提到自己将武力反抗罗马,修复和保护英国法律传统:"您必须明白,我们在傲慢的罗马人榨取贡金之前,向来是自由之邦。恺撒的野心无限地膨胀,差不多扩展到了世界的四面八方。他不顾一切用重轭套住我们;善战的人们正准备将它摆脱,而我们正是这样的人。因此我这样对恺撒作回答:先祖玛穆提斯为我们定下律法,恺撒的刀剑虽把它拨乱,我们却要用自己的力量

---

① Brian C. Lockey, *Law and Empire in English Renaissance Literature*, New York: Cambridge University Press, 2006, pp. 162-163.

② See Leah Marcus, *Puzzling Shakespeare, Local Reading and Its Discontents*, Berkeley: University of California Press, 1988, pp. 128-129.

③ J. Clinton Crumley, "Questioning History in *Cymbeline*", *Studies in English Literature* 41.2 (2001): 297-315.

和勇敢行为将它修复,不在乎罗马人的愤怒。玛穆提斯定下了律法,是不列颠国土上第一人,把黄金的冠冕戴上头顶,登基称王。"(222—223)

洛克说道,在詹姆斯一世时期的英格兰,这两种关于祖先和法律的基本叙述,与同时代争论最激烈的关于统治的话语——专制主义(absolutism)和立宪主义(constitutionalism)相一致。① 辛白林认为其祖先玛穆提斯"为我们定下律法"而且"是不列颠国土上第一人,把黄金的冠冕戴上头顶,登基称王"。(223)回应了那种将国王置于法律之上的专制主义法律观点。② 但辛白林同时说,"我们勇敢的行为"将"修复""恺撒刀剑拨乱的律法",又回应了当时的普通法生活。为了达到这一目的,辛白林想要像英王亨利一世那样:"在亨利一世征服之后,这位征服者的儿子……一位博学之士,因为他废除了其父亲加诸在我们普通法上的诺曼底习惯,被认为修复了古代的英格兰律法。"③ 因此辛白林呼吁恢复英国法律的完整反映了普通法律师关于普通法一贯性、连续性的历史观。

二

《辛白林》中结尾处主要有辛白林对罗马战俘以及古德里乌的审判、波斯休谟对吉亚奇默的判决,而这几次判决实际上都包含着复杂的法律话语体系,其行为都与罗马法相关,我们可以看到罗马法模式成了修复不列颠主权的手段之一。

在最后一幕,罗马俘虏面临国王的裁决,辛白林的判决标志着对不列颠法律的恢复。实际上,他恢复了原有的法律并将其引用到了审判罗马入侵者身上。然而在审判之中,辛白林扮演了旧普通法法官角色,即不顾公平原则而采用普通法。他一开始就以英国胜利者的姿态,认为罗马人是不列颠的物品而非不列颠从属于罗马。但是罗马俘虏不仅仅是不列颠的物品,他们也是不列颠法律的物品:"凯厄斯,这回你可不是来讨贡金吧;不列颠已把它一笔勾销,我们虽损失了许多英勇战士,他们的亲属为

---

① Brian C. Lockey, *Law and Empire in English Renaissance Literature*, p. 165.
② Paul Christianson, "Royal and Parliamentary Voices on the Ancient Constitution", in Linda Levy Peck, ed., *The Mental World of the Jacobean Court*, New York: Cambridge University Press, 1991, pp. 71—79.
③ Brian C. Lockey, *Law and Empire in English Renaissance Literature*, p. 166.

安慰他们的英灵,要求把你们这些俘虏全数杀掉。我允准了。所以为你们的灵魂想想吧。"(211—312)辛白林承认了战十亲属们的"起诉(made suit)",让我们想起这是一个法庭而辛白林则有权依据法律进行裁定。但这一裁决颇有些"野蛮",具有人类的献祭形式。

同样处以死刑的不单单是罗马俘虏,后来古德里乌无意透露出自己谋杀克罗顿的罪行,辛白林也判处其同样的酷刑。他机械、无意识地遵循法律,无视每一个判决的不同情况。实际上,普通法法庭的判决固执的名声源于很多案件的不公正的裁决。① 像普通法法官一样,辛白林站在了路修斯所声称的罗马公平的对立面。当他宣布罗马俘虏死刑时,路修斯曾为罗马俘虏求情,劝谏辛白林:"陛下,战争变幻无常,你们得胜了,是碰巧罢了。可我们若赢了这一仗,在热血冷静之后,绝不会再拿起刀剑,要俘虏的命。"(312)同样,古德里乌承认自己的罪行时说:"(克罗顿)是最不讲理的王子。他侮辱我,有哪一点像王子,他口出秽言,激恼我,哪怕他大海般冲着我咆哮,我也要唾弃他。"(324)但是辛白林拒绝了这类公平的请求,坚持自己的判决。"真为你可惜。你亲口说的话,为自己定了罪。国法难逃,你死定了。"(324)更为重要的是他暗示着之前古德里乌救出国王的功劳被无情抹杀。实际上早在 16 世纪,格曼(Christopher St. German)就指出当普通法无法体现公平正义原则时,衡平法院须将罗马法作为参考依据。②

而且我们看到《辛白林》暗含着对罗马法和罗马文明的必要需求,波斯休谟对吉亚奇默的宽恕这一行为,表现出罗马法律是英国法律必不可少的部分。继古德里乌之后,吉亚奇默是在被判存活以偿还所犯罪行的角色,波斯休谟的判决与国王之前的判决相对比,从而产生了戏剧性的效果。剧中吉亚奇默跪下恳求以死赎罪,但波斯休谟却说:"不要向我下跪,我对你施加的威力就是宽恕,对你的惩罚就是原谅。活下去吧,今后对人要好一些。"(330)这一结果非常重要,因为对后来国王的改判和接受公平的原则起到至关重要的作用。辛白林欣赏波斯休谟的判决并选择效仿:"高尚的发落!从女婿身上我学到了宽大为怀。一概都赦免了,这就是我

---

① See J. H. Baker, "Introduction", *The Reports of Sir John Spelman*, Vol. II, London: Selden Society, 1977, pp. 40—41.

② Louis A. Knafla, *Law and Politics in Jacobean England: The Tracts of Lord Chancellor Ellesmere*, Cambridge: Cambridge University Press, 1977, p. 162.

第四章　现代英国的法律基础:《辛白林》中的法律与帝国想象 | 57

的旨令。"(330—331)辛白林赦免了俘虏并行使了国王的特权,从公平公正的角度出发违反了法律条文。从这一点而言,他行使的君主特权是民法学家坚持民法法庭存在的决定性条件。显然,与之前草率、意气用事或专制残暴的行为相比,辛白林对君王特权的行使对普遍意义上的公平正义而言是"负责任的"屈服。①

莎士比亚以辛白林的特权宽赦作为对专制的背离,流露出民法话语和普通法话语的身份构建和认识。广为人知的是很多英国民法学家对专制统治情有独钟而造成了对普通法的威胁。② 对普通法法学家而言,专制统治最终会导致民法法庭的无节制发展以及特权的滥用。为了避免专制的出现,大部分普通法法学家坚持国王应在普通法范围内行使权力。③然而,莎士比亚的戏剧则表明普通法本身会变得专制残暴,辛白林对贝拉里乌和波斯休谟以及罗马俘虏的不公正和专横处罚都和普通法的意识形态相联系。唯有对其进行改造才能返回到公平正义的轨道。从这点来说,莎士比亚以国王行使特权进行补救,代表了对共同价值的公平与正义平等价值观的认同。④

虽然我们看到辛白林在第三幕中的言行似乎在宣称反抗罗马以恢复和保留被破坏的英国法律,以及恢复不列颠本身的主权。但是莎士比亚又提供了反抗罗马的第二种司法,其依据来源于罗马民法传统,即假定自然法是所有法律体系和主权/统治权的源头。⑤ 根据这一原则,辛白林自相矛盾地以罗马帝国主权的文明的范例来反对罗马,即不列颠采用了罗马的原则夺回自己的主权。很多批评家认为,莎士比亚最后表述的不列

---

① See John Hamilton Baker, *Introduction to English Legal History*, London: Butterworth, 1979, p. 50.
② Brian P. Levack, *The Civil Lawyers in England*, 1603—1641: A Political Study, Oxford: Clarendon Press, 1973, pp. 3—6, pp. 86—121.
③ John Hamilton Baker, *Introduction to English Legal History*, pp. 43—45, pp. 50—58.
④ 因此我们可以这样认为,普通法的延续性加上其易于修改、吸收的灵活性,造就了现代的英国律法。正如麦克法兰指出的那样,法律上平等的概念是13世纪以前在英格兰就确立下来的,首先被输入美国,继而又被输入法国和欧洲各地,如今成为世界的主流。参见清华大学国学研究院主编,艾伦·麦克法兰主讲,刘北成评议,刘东主持:《现代世界的诞生》,上海:世纪出版集团/上海人民出版社,2013年,第207页。
⑤ Brian P. Levack, *The Civil Lawyers in England*, 1603—1641, pp. 131—150.

颠是一个将普通法屈从于罗马民法的帝国形象。① 在最后一幕,莎士比亚在不列颠高举罗马的法律准则。② 剧中辛白林在其著名的演说中讲道:"罗马的军旗和不列颠的军旗友好地交叉招展。"(333)象征着罗马和不列颠的主权平等存在。同样重要的是辛白林两个儿子的身份的重获,使得不列颠的王冠可以根据英国长子继承权的传统得以延续,这直接导致了国王以特权实践公平并减轻之前给予罗马俘虏的残酷处罚。可见辛白林既保留了广泛认可的英国继承传统,又承认了罗马统治的律法和平等原则对权威的超越。罗马法和英国传统法律的妥协可以在贝拉里乌以痣证明古德里乌身份的陈述中找到暗示,他说道:"这就是他,身上依然保留着那天生的印记。精细的造物主给他这印记,目的就为了好今日作个证。"(328)在这一明显的法律话语中,"天生的印记(natural stamp)"或者说自然法(natural law)(与罗马法相联系)证明了古德里乌的身份,并让他得以问鼎王位。于是自然修复了王位的男性继承人,也恢复了英国传统的长子继承制。

而戏剧最后则以一种君王的政治的一致性作结,既有奥古斯都的和平(*pax Augusta*)也有詹姆斯一世的外交箴言"上帝保佑和解人"(*Beati Pacifici*)③。最终此剧构建了新的和平:"罗马的军旗和不列颠的军旗友好地交叉招展",同时占卜人对罗马鹰进行了政治重释:"罗马之鹰振翅高飞,由南向西,它放慢了速度,在一片阳光灿烂中消失了;这预示着我们高贵的神鹰——恺撒大帝,会再次将自己的恩惠施加于光焰四射的辛白林,他正在西方照耀。"(333)比起简单的投降,这种从文本到视觉的表述与戏剧的政治调解一起体现出某些不同。就这点而言,重要的是双方都成了对方的代言人,因此路修斯的占卜人给辛白林一种优越感,即当罗马之鹰消失在阳光中时,辛白林代表着一种"统治转移"视角——不列颠吸收并

---

① 关于莎士比亚对罗马的支持参见 J. P. Brockbank,"History and Histrionics in *Cymbeline*", *Shakespeare Survey* 11 (1958):42—49。

② See Willy Maley, *Nation, State and Empire in English Renaissance Literature*, New York: Palgrave, 2003, pp. 31—44.

③ See W. B. Patterson, *King James VI and I and the Reunion of Christendom*, Cambridge: Cambridge University Press, 1997.

制服了之前臣服的世界霸主。① 这一点同样重要,因为辛白林代替了其早前所依据以反对罗马的祖先范例:"和平由我开始……虽然我取得胜利,我仍然向恺撒称臣,并答应像罗马帝国继续交纳应付的贡金。"(333)

三

从上面两段分析中,我们发现剧中出现的普通法和罗马法呈现一种张力状态,那么我们再从剧中其他情节加以对照论证。哈兹里特说,"《辛白林》是莎士比亚历史剧中最有趣的一部"②,他对于此剧的布局也甚为推崇。正如贝文顿(David Bevington)指出的那样,三个主要情节似乎并无联系,但实际上是经过精心设计的,因为战争(军事冲突)最后将所有人都连接在了一起。③ 通过对不列颠与罗马之争的法律/主权切入,我们发现了剧中复杂的国家意识形态,那么我们再以此角度回顾戏剧的主要情节——依摩根与波斯休谟的婚姻纠葛。戏剧甫一开场就谈到了依摩根与波斯休谟的婚姻。贵族甲:"你看见人人都皱眉。我们的心不再听星辰的旨意,虽然朝臣仍服从国王"(157),随后又说道:"她是王国的继承人。"(157)而剧中有很多暗示依摩根与不列颠的例子。例如第一幕第五场中,仆人皮萨尼奥报告波斯休谟离开时喊道,"我的女王,女王"(169),回应着他们告别时波斯休谟的称呼:"我的王后,我的爱人。"(161)即便这个称呼仅仅在剧中适用于辛白林的王后。而后波斯休谟将不列颠视作"我夫人的国家(my lady's kingdom)"(291)。而在回应吉亚奇默说起自己丈夫在罗马花天酒地时,依摩根说:"只怕我丈夫已把不列颠遗忘了"(188),可见依摩根是作为不列颠的象征存在的。④

---

① 菲力普·爱德华兹认为最终不列颠和罗马被描述为伙伴,莎士比亚所关注的"不是……对帝国的继承而……仅仅是帝国的真实形式,即当附属身份除去后所签订的协议组成的联盟"。Philip Edwards, *Threshold of a Nation: A Study in English and Irish Drama*, Cambridge: Cambridge University Press, 1979, p. 93.

② Quoted in Jonathan Bate & Eric Rasmussen, eds., *William Shakespeare: Cymbeline*, Basingstoke: Macmillan Publishing Ltd., 2011, p. 7.

③ David Bevington, ed., *The Complete Works of Shakespeare* (six edition), New York: Pearson Education Inc., 2009, p. 1478.

④ 详见 Ann Thompson, "Person and Office: The Case of Imogen, Princess of Britain", in Vincent Newby and Ann Thompson, eds., *Literature and Nationalism*, Liverpool: Liverpool University Press, 1991, pp. 76—87.

莎士比亚设计的第二个情节源于薄伽丘的故事，讲的是意大利商人以自己妻子的贞洁打赌的故事。这一家庭情节与政治情节一样，都表达出英国不同司法体系的竞争。因为依摩根无论在何处都是以不列颠的身份出现的，她是英国继承人的象征，波斯休谟决定信任罗马人吉亚奇默关于妻子的谣言时，实际上也是在两个帝国文化（罗马帝国与英国）中的选择。吉亚奇默的欺骗和波斯休谟的反应从同样的角度看也是不列颠和罗马在帝国叙述时的结合，因为波斯休谟的选择在本质上是在不同主权的两个文本间选择。波斯休谟拥有依摩根之前的合法誓言及她的书信，但这一切都被吉亚奇默在依摩根卧室里收集的"证据"解构了：

> 还得找一点她身体上面的印记，
> 这可比描绘千万件细屑的家具
> 更让人信服，使陈述更有声有色……
> 还有个梅花痣，像樱草花花心
> 有几点深红。这个证据比法律上
> 任何证明更确凿。(199)

在了解这些活灵活现的"确凿证据"之后，波斯休谟对象征不列颠的依摩根采取了路修斯相同的立场。他在给仆人皮萨尼奥的信中指示仆人杀掉依摩根："我说的不是无端的猜测，而是证据确凿，令我伤心欲绝，立誓报复。"(234)与此呼应的是路修斯的声明和证据，这和路修斯之前对辛白林所说的话类似："让事实说话吧。"(224)

此外，吉亚奇默偷窃的手镯也具有象征意义。首先，手镯代表了波斯休谟和依摩根的爱情，这是一个象征的具体物质。一旦被偷，手镯就产生了另外的意义，它被一个商人带出不列颠国界以打击不列颠声誉。其次，吉亚奇默将此作为"证据"呈现给了波斯休谟。进一步说，意大利人所谓取得证据的行为也指涉着罗马对不列颠的侵入。同样波斯休谟的梦也极具启示性：当一头幼狮信步而行，无意中发觉身处一片柔和的氤氲中，当从挺拔的雪松上砍下的枝叶虽枯死多年却又恢复生机，接上原来的老干又长出新叶，波斯休谟就此结束苦难，不列颠将有繁荣富强的太平盛世。占卜人解释说波斯休谟就是这头幼狮，因为他的名字是雷昂-那托（Leo-natus，拉丁文，意为狮子所生的），实际上，在戏剧一开始波斯休谟就打上了罗马的印记——他的父亲叫西西利乌，是个罗马名字，而依摩根将波斯休谟比作一只鹰，这也是罗马的象征。此外他的名字还暗示了当时英国由于苏格兰而面临的外国威胁:他的名字 Posthumus Leonatus 是法律术语 Postnati 的变形,意为苏格兰和英格兰联合后所出生的、继承英格兰的苏格兰人。① 而柔和的氤氲指依摩根(拉丁文称柔和的氤氲为 mollis aer,与 mulier "女人"读音接近),高耸的雪松代表辛白林,两条分叉的树枝是两个王子,多年来被认为已死,现在又复生,接上了庄严的雪松,他们的后代预示着不列颠的和平与繁荣。(331—332)可见,最终作为罗马人象征的波斯休谟降服在不列颠之下。

正如贝文顿指出的那样,此剧将国族身份和性别身份联系起来。依摩根被诡计多端的意大利人吉亚奇默的事实上的强奸遭遇和随后的诽谤可能暗示着不列颠对侵略的担忧和对天主教意大利的不信任。相反,波斯休谟的传奇故事如失去妻子的信赖,试图安排谋杀妻子及最终的懊悔都说明了对不列颠男性气质的一种测试和定义,因为他最后成为不列颠军事的英雄。而不列颠和罗马的关系则指出了英国人对罗马征服时代历史的矛盾心理,即古代罗马的文化传奇与自己原初文学民族主义的对立。罗马人的出现也让莎士比亚的观众想到自己的君王詹姆斯一世,以及他以奥古斯都帝国为模式塑造一个联合的不列颠的愿望。②

四

威利·梅里(Willy Maley)认为此剧"明显专注于帝国及其后的指涉。作为前罗马帝国的殖民地,英格兰在莎士比亚时代是逐渐浮现的大英帝国的一部分,其殖民地包括了组成古代不列颠的凯尔特民族。因此《辛白林》是一部批评家关注不列颠书写的验证之作"③。正如霍华德(Jean E. Howard)指出的那样,《辛白林》与詹姆斯一世统治时期的某些

---

① 大卫·贝杰龙(David Bergeron)指出波斯休谟是"最具罗马特质的不列颠角色",参见 David Bergeron, "Cymbeline: Shakespeare's Last Roman Play", *Shakespeare Quarterly* 31 (1980): 31—41, p.36.

② David Bevington, *The Complete Works of Shakespeare* (six edition), p.1475.

③ 我们知道莎士比亚的职业生涯处于两个统治者时期,1603 年以前是伊丽莎白一世,而之后则是詹姆斯一世。詹姆斯一世登基后莎士比亚的剧团更是改名为国王供奉剧团,很多戏剧都是直面君王及其家庭。See Willy Maley, "*Cymbeline*, the Font of History, and the Matter of Britain: From Times New Roman to Italic Type", in Diana E. Henderson, ed., *Alternative Shakespeare* 3, London: Routledge, 2008, pp.119—137.

事件和观念相联系。詹姆斯一世一直试图将罗马帝国、罗马皇帝与早期现代英国和自己的统治类比。他自己在王冠上添上罗马式的月桂树叶,并在钱币上也铸造上这一图案,并将自己塑造成和奥古斯都·恺撒一样的形象,在让伊丽莎白陷入泥潭的爱尔兰战争和欧陆新教国家反对天主教的西班牙时期都以伟大的和平缔造者姿态出现。而且就像奥古斯都统治广袤的帝国一样,詹姆斯一世试图合并苏格兰和英格兰(威尔士此时已并入),使之成为一个教会和法律体系统一的单独有机体。虽然其谋划落空,但在最初即位的那几年,他一直在试图达成自己的愿望。《辛白林》的出现不可思议地回应了某些詹姆斯一世倾力所做之事。① 正如布兰迪·科马克(Bradin Cormack)指出那样,《辛白林》重塑了早期现代关于治权的张力,在作品中探讨了斯图亚特王朝以及英格兰和苏格兰、国家和帝国、自治和扩张之间的关系,即运用不列颠从罗马帝国脱离获得司法独立的历史问题来质询詹姆斯一世时期英国的内部关系、帝国的各部分与整体的关系。② 剧中的罗马帝国的超越民族的权威力量,与詹姆斯一世和辛白林统治下的不列颠如出一辙。③这出戏实际上代表了对罗马帝国西进传播的"统治继承"的两种视角,以及与此相应的两种皇室权威的解释。

　　从这一点上看,罗马对辛白林的不列颠有文明化的功能。但同时莎士比亚又暗示着不列颠将持续与来自边界的野蛮、未开化状态的力量进行斗争。剧中有很多戏剧张力体现在对倒退的力量和新的不列颠文明的共存渴望。依摩根走到贝拉里乌的洞穴前时说这"大概是野人的住处吧"(253),而后克罗顿也说贝拉里乌等三人是"下贱的山民",即指出了传闻中不列颠的边界存在着野蛮人。④ 而且威尔士本身在戏剧中就是一个重要的象征,尽管威尔士于16世纪30年代通过官方形式并入英格兰,但仍被指为野蛮和未开化之地。威尔士语也在公共场合被禁止使用,因其象征着这一野蛮的边缘之地。一方面,在某些叙述中,威尔士也被视作英格

---

① Stephen Greenblatt, ed., *The Norton Shakespeare*, New York & London: W. W. Norton & Company, 1997, p. 2957.

② Bradin Cormack, *A Power to Do Justice: Jurisdiction, English Literature, and the Rise of Common Law, 1509—1625*, Chicago & London: The University of Chicago Press, 2007, p. 230.

③ Emrys Jones, "Stuart Cymbeline", *Essays in Criticism* 11 (1961): 84—89.

④ Peggy Munez Simonds, *Myth, Emblem and Music in Shakespeare's Cymbeline: An Iconographic Reconstruction*, Newark: University of Delaware Press, 1992, pp. 159—161.

兰后裔的合法统治者之地。例如传说亚瑟王就是来自威尔士,而且英国王室传统上赐予大儿子威尔士王子的头衔。《辛白林》中的威尔士被想象成一个粗犷的田园之地,贝拉里乌和国王的两个儿子住在洞穴里,以打猎为生,与世隔绝。这两个儿子常常抱怨不能和外界联系,也不知道外面的习惯和风俗。但是威尔士保护了两个王子得以长大成人,远离宫廷的罪恶。① 而当罗马人入侵首先抵达米尔福德港(Milford Haven)时,他们所看见的也是同样野蛮血腥的场景。依摩根躺在克罗顿的无头尸体上,对路修斯说:"这是我的主人,一个勇敢的不列颠人,是好人,被山民杀死后抛尸在这里。"(282)罗马军队甫一到场就遇到了不列颠原住民的可怕场景,正如路修斯提到对自然法的亵渎:"天性最讨厌和已死的人共眠,也不愿睡在死人身上。"(281)这表明入侵的罗马人怀疑不列颠在实践非自然的罪孽。② 不列颠的未开化状态威胁在戏剧中频繁具体出现,直到戏剧最后才消除,因此一个新的罗马征服景象与不列颠未开化状态的回归相联系。

但是不列颠的年轻一代如波斯休谟和依摩根则讲述了一个新的不列颠文明,这说明了借助外国人之手进行改革已全无必要。这些角色人物认为不列颠人已经和敌人罗马人一样处于一个成熟的文明之中。当意大利人费拉里奥预言辛白林会同意交礼金时,波斯休谟持不同意见,他从军事纪律方面形容这种文明:"英国人素有纪律,当年恺撒大帝虽然笑他们迟钝,面对他们的勇气也只好皱眉头。"(209—210)显然波斯休谟在赞颂不列颠人的严明军纪,但其话语中的纪律并不仅限于军事,实际上不列颠人"更有秩序(more ordered)",更加文明。他继续说道:"他们纪律严明,加上勇气就如虎添翼,定会让入侵者承认,这民族坚忍不拔,要提高自己在世人前的声誉。"(210)而且依摩根看到三个威尔士洞穴人——贝拉里乌、古德里乌、阿维拉古时很惊讶,因为他们比起宫廷中的传闻要友好、文明得多:"都是些好人。我先前听到的都是胡说!廷臣们说,王宫之外全都是野蛮人,可我的经历却否定了这个说法!汪洋大海里出海怪,支流小河却养育出餐桌上美味可口的鱼儿。"(263)根据依摩根的陈述,不列颠这

---

① Stephen Greenblatt, ed., *The Norton Shakespeare*, 1997, p. 2959.
② Erica Sheen, "'The Agent for His Master': Political Service and Professional Liberty in *Cymbeline*", in Gordon Mcmullan and Jonathan Hope, eds., *The Politics of Tragicomedy: Shakespeare and After*, London: Routledge, 1992, pp. 55—76.

"支流小河"比起罗马帝国那汪洋更加文明。她的认识是在罗马人入侵之前,然而也可视为对新的"文明"的认识,因此不列颠值得拥有自己的主权。

  这些将不列颠文明和罗马文明的对比说明了不列颠人能够自我统治,因为现在他们更加守纪律,更加文明,对之前统治者的文明有过之而无不及。显然这些想法来源于自然法,即那些"野蛮的"政治会被改造或开化。将罗马视为准绳,这些不列颠的抵抗者认可罗马文明及其开化岛国的作用。不列颠的军队更加纪律严明是因为它曾反抗罗马军队,不列颠因为罗马的影响不再野蛮。戏剧的最后展示出帝国的胜利,罗马的占卜人阐释了之前所预见的景象,宣称罗马帝国向不列颠的过渡:"恺撒大帝,会再次将自己的恩惠施加于光艳四射的辛白林,他正照耀西方。"(333)这表明罗马法律作为帝国政府的模式对转移"统治的继承"十分必要。丽萨·贾迪恩(Lisa Jardine)指出早在 16 世纪 70 年代,不单单是莎士比亚,还有托马斯·斯密斯、爱德蒙·斯宾塞等都在讨论罗马法律策略在爱尔兰问题上的适用性,都认为英国是新的罗马帝国,它会征服并使爱尔兰开化,正如罗马征服和开化不列颠一样。[1]

  莎士比亚将罗马的统治视为英国法律和文明的必要成分,但是又暗示罗马和罗马对不列颠的征服是绝佳的例子,会成为现在文明的不列颠可效仿以征服落后民族的案例。虽然米尔福德海港曾作为罗马入侵英国的登陆港口,但同时也是英国军队征服威尔士和爱尔兰的军事基地,12 世纪曾作为亨利二世发动对爱尔兰战争的起始点。[2] 因此辛白林以维护本土习惯和法律为依据反对外国侵略,但同时又将罗马法律和文明作为不列颠这一新兴帝国的依据,说明不列颠已经在基于普通法基础上吸收了罗马法从而形成了一个稳定的法律体系以建立英国的征服模式。

---

  [1] Lisa Jardine, "Encountering Ireland: Gabriel Harvey, Edmund Spenser, and English Colonial Ventures", in Brendan Bradshaw, Andrew Hadfield and Willy Maley, eds., *Representing Ireland: Literature and the Origins of Conflict, 1534—1660*, New York: Cambridge University Press, 1993, pp. 62—64; Nicholas P. Canny, *The Elizabethan Conquest of Ireland: A Pattern Established, 1565—1576*, New York: Barnes & Noble Books, 1976, pp. 128—129.

  [2] Ronald Boling, "Anglo-Welsh Relations in Cymbeline", *Shakespeare Quarterly* 51.1 (2000):33—69, p. 41.

第四章 现代英国的法律基础:《辛白林》中的法律与帝国想象

英格兰何以能长期保持约翰·贝克所谓的"法律之岛(an island of law)"的状态,这是个很大的话题。贝克本人提供了一份言简意赅的论述,阐明了英格兰如何抵制以身份为基础的罗马法,尽管此法在15－18世纪席卷了欧洲所有其他地区。托克尔维给出了一份更加简练的论述:"14－15世纪,各国君王在罗马法及其诠释者的帮助下,成功地在中世纪自由制度(free institutions)的废墟上建立了绝对君主制。唯独英格兰人拒绝采用罗马法,特立独行地保存了他们的自由。"① 实际上说是拒绝采用,毋宁说是吸收,因为正如史密斯指出的那样,罗马法与普通法的根本起点就南辕北辙:"英国的法律允许……灵活的调节。相反,法国法律(以罗马法为主)——它最完美地表达了在西方占主导地位的理性的法律理论——设定了一个超乎一切的主权法人,亦即国家,因此法国法律否认任何更重要单位或独立单位的合法性,除非这些单位得到了国家的明确承认。"②

丽贝卡·雷蒙(Rebecca Lemon)指出,莎士比亚的戏剧反复探索着各种法律体系和文学的相互影响,例如角色的讨论、维护甚至侵蚀观众所熟知的法律。③ 我们可以看到,莎士比亚在《辛白林》中利用三条主线来为法律这一主题服务,而且暗含着同时代的普通法与罗马法之争,在歌颂、赞扬詹姆斯一世统治的同时,也在表达自己对于不列颠法律的看法——即以普通法为主,摒弃旧的、不合时宜的陋法陈规,吸收罗马法的某些部分,从而形成自己独特的法律体系,并以此为基础构建新的帝国,而且王权和王室法令不能凌驾于普通法之上(辛白林的错误审判及最后纠正说明了这一点)。而这一基础则如梅特兰所言,成了"我们复杂而宽松的大英联邦的纽带"④,实际上此剧的题目就异常醒目:《不列颠国王辛白林》(Cymbeline, King of Britain)。莎士比亚一方面以此代称古代的英国,另一方面则是暗示着出生于苏格兰的詹姆斯一世所统治下的不列颠,更进一步则指向了未来的帝国统治。因此正如梅里所评论的那样:

---

① 清华大学国学研究院主编,艾伦·麦克法兰主讲,刘北成评议,刘东主持:《现代世界的诞生》,上海:世纪出版集团/上海人民出版社,2013年,第210页。

② Michael Garfield Smith, *Corporations and Society: The Social Anthropology of Collective Action*, London: Duckworth, 1974, p.131.

③ Arthur F. Kinney, ed., *The Oxford Handbook of Shakespeare*, p.559.

④ Frederic William Maitland, *English Law and the Renaissance*, *The Rede Lecture of 1901*, London: Cambridge University Press, 1901, p.33.

"莎士比亚的的确确是我们同时代的人,他紧紧抓住并努力试图解决一直延续着、实际上也同样急迫的英国的问题。"[1]

---

[1] Willy Maley, "'This Sceptered Isle': Shakespeare and the British Problem", in J. J. Joughin, ed., *Shakespeare and National Culture*, Manchester: Manchester University Press, 1997, pp. 83—108.

第五章

莎士比亚与物理学:《李尔王》中的原子论幽灵

　　莎士比亚和所有的诗人一样,都是在自然的感官体验和同时代自然哲学的基础上构建其本身的世界观的。例如盖尔·科恩·帕斯特就指出了体液生理学(humoral physiology)在早期现代戏剧中是作为表达身体的基础知识。这些戏剧的想象性语言暗含着体液学说,而这一理念影响着戏剧角色的行为模式。[1]显然,莎士比亚理解自然世界的基础是亚里士多德式的自然论,其四元素(水、火、土、气)和气象论(meteorology)等理论描述了世界及其运行规律。[2]但随着科技的发展,新的观念特别是抽象的阿拉伯数字和物质的微粒理论(corpuscular theories)对亚

---

[1] See Gail Kern Paster, *Drama and the Disciplines of Shame in Early Modern England*, Ithaca: Cornell University Press, 1993; Gail Kern Paster, *Humoring the Body: Emotions and the Shakespeare Stage*, Chicago: University of Chicago Press, 2004.

[2] 黑宁格(Heninger)指出:"莎士比亚对亚里士多德的气象论相当了解,其作品中富含气象方面的技术术语。"S. K. Heninger, *A Handbook of Renaissance Meteorology*, Durham: Duke University Press, 1960, p. 204; Rebecca Totaro, "The Meteorophysiology of the Curse in Shakespeare's First Tetralogy", *English Language* 51.1(2013):191—210.

里士多德的这些基本理念发起了挑战。同样也有证据表明莎士比亚对挑战自然本质观念很有兴趣,特别是关于可除性/可分性(divisibility)和空隙空间(void space)等粒子理论的出现挑战了亚里士多德的元素说。①

16世纪晚期到17世纪早期,自然哲学家们开始在物理学中寻找对重量、密度、气味、光学等长久以来固有问题的物质阐释。约翰·亨利(John Henry)指出:"当哲学家开始认识到需要在对自然系统的阐释中回避'神秘'的特性和力量/权力时,他们转向基于物体之间因解释力运转的接触作用观念的机械哲学(mechanical philosophy)。"②这种阐释系统的理论基础是物质由微小的颗粒组成,因为"化学、生理学和光学现象……只能用看不见的微小颗粒的运动和撞击来解释"。但是不同的思想家有不同的见地,伽利略、开普勒、托马斯·哈里奥特(Thomas Harriot)及后继者坎奈姆·狄戈比(Kenelm Digby)、罗伯特·波义耳(Robert Boyle)都形成了自己独特的物质原子理论。原子论源于伊壁鸠鲁(Epicurus,古希腊杰出唯物主义和无神论者)与卢克莱修(Lucretius,古罗马哲学家及诗人),他们认为漂浮在空间中的原子任意组合在一起产生了构成宇宙的物质。亚里士多德传统则提供了以"最小要素(minima naturalia)"的概念为基础的另一种阐释,这一观念在中世纪得以发展以处理无限可分性以及混合物中的连续性物质等问题。③ 17—18世纪之交,早期现代的原子论发展达到了顶峰,代表人物有化学家波义耳、物理学家牛顿、哲学家洛克。原子论在科学革命中的重要性在于其最好地理解了在更大的基本框架概念内本体论的普遍发展——机械哲学。④ 而莎士比亚处于原子论过渡时期,当时在英国产生巨大影响的原子论代表则是托马斯·哈里奥特及其团体。本章则试图以《李尔王》为例梳理英国早期现代原子论观念,探讨原子论中有关物质可分性、真空等概念在剧中的表现,指出莎士

---

① 有关莎士比亚的"原子"(atomies)指涉,参见 Jonathan Gil Harris, "Atomic Shakespeare", *Shakespeare Studies* 30(2002):47—51。

② John Henry, "Thomas Harriot and Atomism: A Reappraisal", *History of Science* 20 (1982):267—296, p. 267.

③ John E. Murdoch, "The Tradition of Minima Naturalia", in Christoph Luthy, John E. Murdoch, and William R. Newman, eds., *Late Medieval and Early Modern Corpuscular Matter Theories*, Leiden: Brill, 2001, pp. 91—132.

④ 关于这一时期原子论的详细发展情况参见 Wilbur Applebaum, ed., *Encyclopedia of the Scientific Revolution: From Copernicus to Newton*, New York & London: Garland Publishing, 2000, pp. 90—95。

比亚所描绘的虚无、混乱的世界正是对同时代原子论的体现。

一、可分性

原子论的概念是由布鲁诺(Giordano Bruno)于 1583—1585 年间传入英国的,哈里奥特仿效布鲁诺,挑战了亚里士多德认为原子是连续的、无限的观念。① 他深受布鲁诺信条影响:"物理学和数学中错误的基础是连续的无限可分。"②换句话说,他认为问题的关键在于对最小量的忽视或不承认。哈里奥特是从数学角度切入可分性研究的,他把原子当做了几何学上的点:"在减少连续时我们必须理解数量的绝对可分……"他进一步强调了可分性在定义物质上的中心作用。③ 而这对同时期文学作品也产生了影响,亚当·乐普卡(Adam Rzepka)在其文章中指出早期现代作品中出现的原子论话语,其中就有莎士比亚的《李尔王》《一报还一报》《罗密欧与朱丽叶》,斯宾塞的《仙后》等。④ 诚然诗人或剧作家是不会为物质的运行寻求科学解释的,反而会通过语言创造对于世界或部分世界的表述。从这方面来说,诸如戏剧《李尔王》中所呈现的物质世界是由作者对真实世界的感官模式所构成的,戏剧或诗歌的想象反映的是作者的心理模式。

在戏剧开始的前六句话中,葛乐斯德和李尔王就直接表明了对新物质观念的认同,两人都明白物质本质上的可分割性,但是他们继续假设无形的现象就像物质一样显示出同样的特质、遵循同样的规则。两人都认为国土是具体的物质,能够被划分,但这种划分可以有不同的方式,比如和抽象的"重量"有关。葛乐斯德讲道:"可是这一回划分领土,却看不出他对哪一位公爵存什么偏爱。两分土地,分配得均均匀匀,他们尽可去斤斤较量(weigh'd),也不能说谁沾了谁的光(neither can make choice of

---

① Hilary Gatti, *The Renaissance Drama of Knowledge*: *Giordano Bruno in England*, London: Routledge, 1989, p. 58.

② Robert Karagon, *Atomism in England from Harriot to Newton*, Oxford: Clarendon Press, 1966, p. 10.

③ John Henry, "Thomas Harriot and Atomism: A Reappraisal", p. 271.

④ Adam Rzepka, "Discourse Ex Nihilo: Epicurus and Lucretius in Sixteenth-Century England", in Brooke Holmes, W. H. Shearin, eds., *Dynamic Reading*: *Studies in the Reception of Epicureanism*, Oxford: Oxford University Press, 2012, pp. 113−132.

either's moi'ty)。"(21)两位公爵的相对价值造就了他们均分国土的结果。李尔在重复两种想法时讲道:"我已把我的国土,一分为三,决心要让我衰老之躯摆脱那一切操劳和烦恼,把国家大事交托给那年轻有为的;自己乐得一身轻松,好爬向最后的归宿。"(23)在第一个例子中,两位公爵的价值体现成重量,表现为"一半(moiety)"或同享相互都能接受的国土划分。而在后一个例子中,李尔想象划分后的国土能够减轻他肩上的重量,似乎对王国的物理/物质划分能够将抽象的责任移开一样。当然,将年老、责任、不幸或其他困境视为沉重负担是我们常用的类比,这种表述显然是将身体的肌肉运动知觉经验移植到抽象概念之上。但在《李尔王》中,莎士比亚没有简单地重复这些陈旧的比喻,同样也在质疑权威和责任的加诸或帮助承担重量,这成为戏剧中有疑问的物理学的一部分。因此玛丽·托马斯·克兰(Mary Thomas Crane)指出此剧测试了角色对这种类比和自然物质假说以及物质和非物质之间关系的依赖。①

李尔决定以爱的测试来决定划分国土,显然这是根据他和女儿们对物质、可分性及物质和精神/抽象之间对应关系的冲突观念来决定的。李尔认为国土是可分但有限的:"一分为三","从这条界线——到这一条","三分之一"。(23/25—26)他想象着抽象的主权划分:"政权、领土和国事的重任"都成为国土上类似的物质,李尔王把精神上的疲惫和压力当做身体上的重量,通过放弃王位,他也能够将年老的"重量"剥夺开而变得轻松。(25)更让人费解的是他的疯癫,批评家们指出这是其信念造成的,因为他一开始就认为能够从王国物质的"君权、土地、国家大事"中分离出"国王的名义和尊号",并在抛弃前者的同时保持后者。②(25)他天真地想象着卸去重任后不会快速迈向死亡,但潜意识里他知道是年龄自身而非责任带来了负担。

马克思主义批评试图指出贡纳莉和瑞干、埃德加都是新唯物主义的支持者,而李尔王、柯苔莉亚则是旧唯物主义的支持者,因此他们对待可分性的态度和立场是尖锐的。③ 李尔以女儿们对他的爱来衡量、决定领

---

① Mary Thomas Crane, *Losing Touch with Nature*: *Literature and the New Science in Sixteenth-Century England*, Baltimore: Johns Hopkins University Press, 2014, p.137.

② Richard Halpern, *The Poetics of Primitive Accumulation*: *English Renaissance Culture and the Genealogy of Capital*, Ithaca: Cornell University Press, 1991, pp.220—222.

③ John Danby, *Shakespeare and the Doctrine of Nature*, London: Faber and Faber, 1952, p.20, p.31.

土的划分,"谁的孝心最重,最值得眷宠,她自会得到我最大的一份赏赐"(25)。但爱是无形而抽象的,并不能真正像国土的划分那样遵循同样的可分性原则。贡纳莉和瑞干非常清楚这一点。因此贡纳莉将她对父亲的爱描绘成无形的现象:"我爱您胜过了爱自己的眼珠、天地和自由。"(25)① 她似乎认为爱是可以无限划分的,可以用重量和价值来进行衡量:"超越了那能用金银买到的一切,稀世的宝贝;不下于我爱那享受人间的尊荣、健康又美貌的生命。从来小辈爱长辈,为父的受孝敬,像这样也就到了顶。这一片孝心,叫人有口说不出,语言太寒碜。这种种比方都道不尽我对你的爱/是不可以数量计算的。"(25)同样瑞干也提到了她的"真心",将爱描绘成一种过程而非物质,她所描述的爱超越了理智和精确的计量:"我认定:凡是敏锐的感官所享受到的种种欢乐,对于我都成了仇敌。"(26)另一方面李尔和柯苔莉亚则似乎更是坚决的唯物主义,他们认为爱和诸如"政权、统治、国事"等其他抽象概念一样必须遵循物质的密度和可分性原则。李尔指出他可以在交出三分国土后卸下王国的重任。他将贡纳莉的抽象描述等同于王国的对应物质:"遮天的森林、肥沃的田地、富饶的江河、一望无际的草原"(26)等同于贡纳莉的"眼珠、天地、自由"。柯苔莉亚在讲述她的爱时就像它是彻底物质化的。爱有重量:"没什么好说的(my love's more ponderous than my tongue)";"我心里有一份爱,我敢说,比我这舌尖更有分量些。"(26—27)她能够准确地衡量对父亲的爱,而且她的爱被限制在一定范围内,就像对王国的划分一样。因此她只能"按照应尽的本分来爱父王;不多也不少",是有限限度的主体:"有一天,也许我要出嫁,对我的夫君许下了终身相托的盟誓,我的心,我的关怀,责任,就要分一半献给他。"(27—28)她根据自己对爱的限定为姐姐们算了一下,指出:"为什么,我两位姐姐,说是一心只爱你,却又嫁了人……我绝不能像姐姐一般,一心只爱父王,可偏又嫁了人。"(28)但是如果爱是可以进行限定划分的话,那么"胜过了爱自己的眼珠、天地和自由"也就不需要等同于"整个心"了,显然柯苔莉亚对待宇宙和物质的看法比姐姐们更加有限和受束缚。

而且李尔在戏剧中始终被可分性和物质性的问题所左右。例如,在第一场中他对坎特的警告就反映出,他日益认识到如果物质自身能够分

---

① Henry S. Turner, "King Lear Without: The Health", *Renaissance Drama* 28(1997): 161—183, p. 172.

割,那么物质也能够从限定其本身的无形的、精神的抽象概念中剥离出来。他命令坎特闭嘴,"怒龙已经发作了(come not between the dragon and his wrath)",也不要"阻挠我的说话行事"。(29,32)实际上他把自己随扈的数量当做保留抽象权威的具体体现,因此才会在减少人员数量上大发雷霆,愤怒于"她(贡纳莉)一下子把我的随从裁掉了一半"(99)。李尔对瑞干强调:"你那半份江山,你绝不会忘记是我赐给你的吧。"(100)从某种相反的比例来看即是姐妹俩可以强迫李尔将随从二等分。

但是可分性是相当危险的,我们看到了之后分江山所带来的悲剧,同样的危险可能性也在奥尔巴尼公爵与康沃尔公爵之间以内战的形式体现在戏剧中,而这在历史上从未发生过。坎特评论道:"你别看奥尔巴尼和康沃尔两人好来好去,其实呢,彼此在耍手段,早就面和心不和了。"(109)。葛乐斯德同样也注意到"两个公爵之间有了裂痕(there is division between the dukes)"①(117)。葛乐斯德认为是神秘学(天文现象)导致了分裂、分割的扩散,明显这里"分割"是混乱的中心征兆,葛乐斯德认为这是由于"日食、月食"造成的:"骨肉至亲,翻脸无情……兄弟成了冤家……父亲不认子女。"(45)实际上这是在表达一种从物质的原子模式而来的可分性的扩大概念,在坎奈姆·狄戈比看来:"量或无穷大,代表着可分割性;……一个足够大的事物有着分割的能力,甚至其就是由分割产生的。"②从此剧可认识到分割和纷争的社会暗示,当然长期的社会传统也导致了分封国土造成的纷乱。但是本剧的分割是基于深层次的物质与精神之间、物质与其本质之间的本体论分裂(ontological rift),因此葛乐斯德认为天体星辰限制和控制基本物质的想法是过时的,原子论才是正确理解世界的途径。

二、虚无、真空

我们一般会将《李尔王》中的虚无与数学上的零符号联系起来,很多学者注意到莎士比亚对改变中的数学观念的兴趣,特别是对阿拉伯数字以及"零"/零符号的介绍,指出这些数学观念已经与诸如商业剧场中采用

---

① Gary Taylor,"The War in *King Lear*",*Shakespeare Survey* 33(1980):27-31.
② Quoted in Mary Thomas Crane,*Losing Touch with Nature*,p. 141.

的重要的复式记账法等新的商业技术密切相关。① 如尚卡·拉曼(Shankar Raman)指出莎士比亚对数学的沉迷与这一时期代数学(algebra)的发展有关。② 但更深入地看,实际上 nothing 表达出的是原子论中的与可分性直接相关的真空观念,因为若物质可分为细小的微粒,那么微粒之间就不是连续的,必定存在真空。而在哈里奥特看来,原子是永恒的、坚固的、不可改变的,且之间存在着真空空间。③

李尔王问柯苔莉亚:"你用怎样一番话好博取一份比两个姐姐更富庶的土地?说吧。"柯苔莉亚指出没什么话说,(27)这是极为真实的:因为只剩下三分之一,不管她说什么也只能得到剩下的这部分。由于不愿参与姐妹们的无限夸张的经济计算游戏,她坚持王国和她的爱都是有限的物质。"没有(nothing)"表明了柯苔莉亚在戏剧中无意识谈到了无穷的关联词——空无的虚空(the void)。亚里士多德认为实心的充满的物质上不存在空无的虚空和真空空间,但显然柯苔莉亚认为其假说并不正确。坎特随后分析了她的观点:"不会说大话,更不肯花言巧语,可并不就是没良心。"(31)他试图劝说李尔"没有"并不代表虚无的空间。但是李尔认为物质和无意识之间是对应和相称的,或许是被之前贡纳莉和瑞干所言的无限观念影响,李尔更夸大了对柯苔莉亚"没有"的理解。"没有"潜在地暗示着空无的虚空空间的存在,李尔想象着柯苔莉亚本身便是排除一切物质的真空空间,他称她为:"不起眼的小东西,如果她有哪点儿地方——从头到脚,加上我们的厌恶,此外一无所有——居然能叫你中意,她就在那里,你带她走就是了。"(34)他的回答"没有只能讨来个没有(nothing will come nothing)"(27)回应着原子论者的观点,即在可分割物质的不可分粒子之间和周围存在着"没有"。

剧中弄人对可分性和物质也有着多种变化的态度,他的建议"家当大,场面却要小"(56)即是一种物质的积累建议,让李尔王明白任何对资源的划分都应该对自己有利才行。"多"和"少"/"大"和"小"的逻辑,比起

---

① Linda Woodbridge, ed., *Money and the Age of Shakespeare: Essays in New Economic Criticism*, New York: Palgrave, 2003, pp.1—18.

② See Shankar Raman, "Specifying Unknown Things: The Algebra of *The Merchant of Venice*", in Bronwen Wilson and Paul Yachnin, eds., *Making Publics in Early Modern Europe: People, Things, Forms, of Knowledge*, New York: Routledge, 2010, pp.212—231.

③ Jean Jacuot, "Thomas Harriot's Reputation for Impiety", in John Shirley, ed., *A Source Book for the Study of Thomas Harriot*, New York: Amo Press, 1981, p.180.

"全部"或"没有"更加在无限和真空之间定义了一个中间地带。但是李尔拒绝接受这样的建议,认为自律会抵消物质产生的恐怖的新特性,一方面会延伸变得无穷,另一方面会破碎为虚无。这个建议对他而言也是"虚无"的,并促使他重申"'什么也没有'就只能没有什么了(nothing can be made out of nothing)"(57),李尔是在重复先前与柯苔莉亚对话时的计算公式:关于零的任何计算结果只能是零。随后弄人将李尔的逻辑发挥至极致,认为李尔的抽象权威是不能从其物质统治中分割的,也指出可以分割的点只有真空。零、零符号从限定数字分离出时代表着真空、虚无:"你的灵性已经从两边削掉了,连中间的芯子都不剩。"(59)"你呀,成了连一位数都不是的圆圈儿'零'啦。我还是个傻子,你什么都不是。"(60)正如李尔早前骂柯苔莉亚变成"东西"了,弄人现在也把李尔当做"李尔的影子"。

特纳(Henry S. Turner)指出,李尔的疯癫不是发生在荒野,而是在某种真空空间。李尔"徘徊进入虚构空间的一处裂缝……处于连贯位置与开放舞台之间的某处节点。"特纳将这一空间与"准科学/类似科学(quasi scientific)的真空、虚空空间"联系起来。① 李尔突然意识到真空的存在,他对哈里奥特观点"没有产生没有"的发声展示了真空的概念,在可分割物质的结构里、在物质周围,甚至物质世界的感官经验和意义中都存在真空。当李尔对着闪电呼喊"给我把这浑圆结实的地球锤它个扁吧!给我把'造化'的模型捣个粉碎,把生命的种子一股脑儿都泼翻了吧"(111),他呼唤的正是一个绝对真空。自然的模型是亚里士多德式的形式,在一些理论中赋予物质限定的塑造;"种子"则潜在指向了新柏拉图主义中的赋予生命的种子或哈里奥特理论中的无生命原子,抑或两种都是。② 不管怎样,对模型和种子的破坏都会留下真空,其中又重新制造虚无。在这种背景下,李尔关于财富分割的思想,关于富人"把你们多余的散布给他们(shake the superflux)"(120)救济穷人的思想似乎就不大妥当了。显然真空中没有用不了的、多余的福泽。在经历了一无所有之后,李尔失去了之前对可分割性的迷信,终止去理解物质和非物质是如何构

---

① Henry S. Turner, "King Lear Without: The Health", p. 177.
② 鲍尔温指出,一系列段落都表明莎士比亚将大地比作子宫的观念,怀着种子意味着未来的希望。See T. W. Baldwin, "Nature's Moulds", *Shakespeare Quarterly* 3(1952):237 – 241.

成世界的,从而变得疯癫,因为他已经不能理解所在的世界了。

三、无神论

进一步而言,这一时期的原子论是和无神论紧密相连的。在 1606 年左右,托马斯·哈里奥特的未出版物就提供了某种能够破坏人与物质世界关系的原子论猜测。莎士比亚几乎没有读过他的作品,也不可能完全了解其原子理论的细节。但是哈里奥特颠覆性理论的基本轮廓——无神论、原子论以及无中生有(*ex nihilo*)的信条都由于他在其恩主诺森伯兰伯爵和沃尔特·雷利(Walter Raleigh)的案件中的证词而广为人知,这些都在约翰·奥布里(John Aubrey)死后出版的自传中被当做奇闻逸事记载下来。① 16 世纪 90 年代,哈里奥特和其赞助人由于原子论而被监视,但是 1591 年罗伯特·帕森斯(Robert Parsons)就揭发哈里奥特是伊壁鸠鲁学派的无神论者和巫师。② 正像奥布里记载的那样,他因让人震惊的言论"压根没有无中生有的契合(nihil ex nihilo fit)"而广为人知:"哈里奥特先生……不喜欢旧的上帝创世故事。他不认为'没有只能换到没有(nothing will come nothing)'。但是夏甲(Hagar)先生说,最后是没有(nothing)杀死了他。他的鼻尖上出现了小红点,越长越大,最后导致死亡。"③ 权威版本《莎士比亚全集》的编者们把李尔王的台词"没有只能换到没有(nothing will come of nothing)"当做"亚里士多德式的格言(an Aristotelian maxim)",认为这"回应了亚里士多德的信条'无中不能生有/无风不起浪(*ex nihilo nihil fit*)'"。④ 但是,到了 1606 年,这一短语更多的和哈里奥特的原子论以及宇宙是从先前存在的原子和微粒中诞生的观念相关。

在《李尔王》中,李尔和葛乐斯德及其他角色常常呼喊上帝和神明,但都没有得到回应。正如杰伊·哈利奥指出:"找不到或感受不到他们(上

---

① Thomas Shirley, *Thomas Harriot*: *A Biography*, Oxford: Clarendon, 1983, pp. 327—379.

② Robert Karagon, *Atomism in England from Harriot to Newton*, p. 27.

③ John Aubrey, *Brief Lives*, Ed. Richard Barber, Totowa, NJ: Barnes and Noble, 1975, pp. 126—127.

④ 亚里士多德的格言由于与《创世纪》矛盾而遭到基督教哲学家的否认,诺顿版认为这一信条在基督教的中世纪被接受,但唯一的例外是上帝从无中创造了世界。

帝、神明)的存在。"①而格林布拉特也指出,神明"是显而易见地、讽刺性地沉默的",由于他们的缺席,公平正义得不到保证,变得极其脆弱。② 陷入绝望的李尔希望所有的事件会"让冥冥中查访人间罪恶的天神"知晓(121),但这无助的呼喊只是徒劳。正如威廉·埃尔顿(William Elton)指出戏剧"是以善良之辈死于恶徒之手"作结,在此剧最有名也是最黑暗的台词中,葛乐斯德恸哭"人,在天神的手心里,就像苍蝇落进顽童的手里,他伤害一条命,只是为了好玩儿"③(146)。在《李尔王与神明》一书中,埃尔顿指出了造成所谓"文艺复兴的怀疑论者"所具备的条件——否认神圣天命、否认灵魂的不朽、将人类置于动物之中、否认上帝是宇宙的创造者、认为宇宙的形成是自然之力,进而指出戏剧中的李尔正是这种怀疑论者/无神论者。这是一个平缓但残酷的过程,"李尔一旦醒悟,就彻底摒弃了之前的想法,推翻了上帝和人、神性和人性正义的类似"④。托马斯·麦克阿林顿(Thomas McAlindon)指出这部戏剧"对多数虔诚的信徒而言,当信仰变成无根之萍时必须至少为大多数基督徒唤起了灵魂的黑夜"。我们出生、死亡,似乎就终结了。不管活得好坏,上天似乎都不会理会。戏剧中"没有明确的来世暗示,既没有天使高歌的天堂,也没有恶人必须受罚的地狱",麦克阿林顿继续写道:"人类最终被独自留在了自然之中,尘归尘土归土",或者正如埃里克·马林(Eric Mallin)在采访中指出,《李尔王》"本质上是一个无神的文档",其描述的世界是"摈除神性"之地。⑤而哈罗德·布鲁姆(Harold Bloom)也指出,爱德蒙这一角色是"异教的无神论者和浪荡的自然主义者",而这是被马洛所激发的"马洛其人或莎士比亚记忆中的马洛,正是爱德蒙奇怪性格的线索"。从而《李尔王》"充满了政治上和艺术上的危险"。⑥

"无神论者莎士比亚"这一观念产生于20世纪早期。哲学家科林·

---

① Jay L. Halio, ed., *King Lear*, Cambridge: Cambridge University Press, 2007, p. 15.
② Stephen Greenblatt, *Will in the World*, p. 357.
③ William Elton, *King Lear and the Gods*, Kentucky: The University Press of Kentucky, 1988, p. 337.
④ Ibid., p. 230.
⑤ Quoted in Dan Falk, *The Science of Shakespeare: A New Look at the Playwright's Universe*, New York: Thomas Dunne Books, St. Martin's Press, 2014, p. 296.
⑥ Harold Bloom, *King Lear: Bloom's Shakespeare Through the Ages*, New York: Bloom's Literary Criticism, 2008, p. 317; William Elton, *King Lear and the Gods*, p. 337.

麦吉恩(Colin McGinn)认为莎士比亚就是无神论者,但更倾向以"自然主义者"称呼他。他的道德思维是"完全世俗的",对莎士比亚来说,"公平正义是人为的,因此他对法律特别感兴趣……有时事情的发生是毫无理由的,这正是《李尔王》中莎士比亚整体世界观的一部分,莎士比亚有着强烈的悲观情绪,对所有事物无意义、虚无的非常阴郁的观点"①。罗莎莉·科利(Rosalie Colie)说道:"伴生的虚无与无穷的概念在技术上是危险的,因为它们非常疯狂,处于概念化和话语……心理学破坏性的变动边界上","威胁着人类经验以及知识分子试图获得更好的反抗经验的熟悉边界"。② 正如乔治·桑塔亚那(George Santayana)指出,剧作家面临着鲜明的选择:"对莎士比亚而言,在宗教问题上的选择只有基督教和虚无。他选择了虚无……他描绘了人类生活的丰富和多样,但是却没有设定生活,也没有赋予其意义。"③"虚无(nothing)"显然是《李尔王》中一个重要的主题,仅在第一幕中就出现了四次。在瑞干和贡纳莉花言巧语夸张地描述对父亲之爱后,李尔王询问柯苔莉亚是否能比上姐姐们:

柯苔莉亚:没什么好说的,父王。
李尔:没什么好说的?
柯苔莉亚:没有。
李尔:"没有"只能讨来个"没有"。重新说吧。(27)

莎士比亚铺设好舞台,故意的伤害和黑暗即将展开。对于剧作家是否"选择了虚无",马林并未深入下去,但他指出《李尔王》缺乏"存在仁慈的神的仁慈的宇宙的想象",这点或许正是由于作家本身缺乏信仰,也或许是因为莎士比亚最关心的不是超自然。"他对社会、世俗、性、语言学有兴趣","他对地球上发生的事感兴趣。存在是怎么回事,我们的行为又是怎样的。我相当震惊,因为这些都相当现代"④。

---

① Colin McGinn, *Shakespeare's Philosophy*, New York: Harper Perennial, 2006, p. 15, pp. 185—186.

② Rosalie Colie, *Paradoxica Epidemica: The Renaissance Tradition of Paradox*, Princeton: Princeton University Press, 1966, p. 222.

③ Quoted in Eric S. Mallin, *Godless Shakespeare*, New York: Continuum, 2007. p. 6; George Santayana, *Interpretations of Poetry and Religion*, New York: Harper and Bros., 1957, p. 152.

④ Quoted in Dan Falk, *The Science of Shakespeare*, pp. 298—299.

从原子论的角度看《李尔王》,一方面让我们明白世界观是基于之前的塑造社会结构的空间感觉所决定的,另一方面它们则是由构建文化和语言的意识形态所决定的。以社会变革视角解读此剧的批评家常认为此剧萦绕着物质的空间体验。斯蒂芬·格林布拉特就以"空洞、空虚(hollowness, emptiness)"来描述戏剧与宗教信仰的关系。他指出,"宗教祛魅后剩下的只有空虚的仪式",同样"仪式与信仰也不再有效,都变得虚无",继而"官方职位也变得虚无,即便被皇室承认",剧场"成为所有事物的宣泄口。由此剧场成为空洞"。① 而理查德·哈彭(Richard Halpern)的马克思主义解读则接近物质的物质性和对重量和数量的反复想象,称"此剧就像一部'历史之上的总结(sum over histories)',假设了每一个可能的历史进程,最终得到平衡的结果"②。

乔纳森·吉尔·哈里斯(Jonathan Gil Harris)指出莎士比亚的原子论表达出当时新近物体批评想要暗地里抹去的东西——即在历史条件下物质和形式的双螺旋(double helix)结构。③ 值得注意的是,戏剧中的这种危机与物质性的基本分离和其他分离危机相关。例如,哈彭就指出,"我认为《李尔王》很大程度上是关于王室权力的符号和物质现实之间的离异",他加入了社会分离的分析,认为这反映出了认识论的断裂。④ 保拉·布兰克(Paula Blank)明确指出新数理观念特别是其中有关物质结构的新观念对莎士比亚创作《李尔王》产生了影响。⑤ 在哈彭看来,《李尔王》与"唯物主义"密切相关。很多批评家也注意到此剧包含了"一套或多或少的'唯物主义者'话语的嵌入式设置",他们试图以马克思主义术语(如资本主义者的唯物主义替代了封建主义)或宗教术语(如无神论者的唯物主义替代了正统的宗教信仰)来解读这种唯物主义。⑥ 部分学者将"唯物主义"文学化,以便考察这一时期戏剧中所体现的物质本质和物质

---

① Stephen Greenblatt, *Shakespearean Negotiations: The Circulation of Social Energy in Renaissance England*, Berkeley: University of California Press, 1988, p. 113, p. 119, p. 126, p. 127.
② Richard Halpern, *The Poetics of Primitive Accumulation*, p. 256.
③ Jonathan Gil Harris, "Atomic Shakespeare", p. 51.
④ Richard Halpern, *The Poetics of Primitive Accumulation*, p. 220.
⑤ Paula Blank, *Shakespeare and the Mismeasure of Renaissance Man*, Ithaca: Cornell University Press, 2006. p. 122.
⑥ Richard Halpern, *The Poetics of Primitive Accumulation*, p. 219. 关于无神论参见 Steven Greenblatt, *Shakespearean Negotiations*, p. 119。

世界结构理论的改变。① 因此实际上我们看到《李尔王》是一部探讨物质世界本质的戏剧,李尔和柯苔莉亚可以视为以哈里奥特为代表的原子论学者,而瑞干与贡纳莉则是亚里士多德原子论的代表,他们之间的冲突斗争正体现出原子论发展的认知历程,反映出科学革命的曲折历程。整部戏剧所充斥的混乱、无序正反映出宗教改革后、科学革命兴起时人们世界观的破碎,也反映出在新科学构建过程中新秩序、新世界观的塑造过程。

---

① John Danby, *Shakespeare and the Doctrine of Nature*, p. 20, p. 31.

第六章

从占星学到天文学家:莎士比亚的宇宙观

占星术(astrology)肇始于古代巴比伦人对身体的探索,由古希腊和古罗马人发展,经中世纪早期阿拉伯占星家进一步完善,然后传入欧洲。在16世纪、17世纪的英格兰,占星术的影响达到了顶峰,人们有着广泛的共识,即星星有着巨大的力量。众多得以保留的年历和书籍便是明证,不管它们是赞成抑或反对占星学。① 天体知识深入大众的日常生活,文学作品中也大量涌现相关内容。正如胡家峦先生在《历史的星空》中说道:"宇宙……在文艺复兴时期英国诗歌中都以不同的方式得到直接或间接的反映。"②而德瑞克·帕克(Derek Parker)在其书《众人皆知:威廉·李理和17世纪占星学》(*Familiar to All: William Lilly and Astrology in the Seventeenth Century*)中就以莎士比

---

① Carroll Camden, "Astrology in Shakespeare's Day", *Isis*, 19.1(1933):26—73, p. 26. 其实在整个世界范围都有占星学(即古代天文学)的影响,最普遍的是古代人民利用天体运动变化规律所制定的历法。

② 胡家峦:《历史的星空——英国文艺复兴时期诗歌与西方宇宙》,北京:北京大学出版社,2001年,第3页。

亚为例指出伊丽莎白一世时期占星学在大众心中的重要地位。① 实际上,占星学(Astrology)这个词及其衍生词并未直接出现在莎士比亚剧中。正如巴特利特(John Bartlett)在《莎士比亚词语索引》(*A Complete Concordance to Shakespeare*)中指出,莎士比亚使用了 astronomy, astronomical, astronomer 共计四次。astronomy 只在十四行诗第十四首中出现;《特洛伊罗斯与克瑞西达》中忒西忒斯说道:"天文学家(astronomer)会预告说,天使将会发生奇异惊人的某种变化。"(315);《李尔王》中埃德加问弟弟,"你几时变成了一个星占家(a sectary astronomical)"(47);《辛白林》中依摩根说:"啊,星象家(astronomer),你看天识星的本领,像我认他的字迹,你就能明察未来一切。"(226)②但是,间接的相关知识则大量出现在戏剧中,如太阳、月亮、地球和其他行星(金星、水星、火星、木星、土星)的意义和天体变化现象(如日食、月食、彗星、流星雨,等等)。而 1572—1620 年间所发生的众多天文事件更是将占星学推到了风口浪尖,引起众多的讨论并促使了现代天文学的诞生。③ 因此,本章拟通过对莎士比亚作品中的天体星辰现象的表述进行分析,试图梳理出莎士比亚对待占星术和天文学的态度,指出莎士比亚在这一转折

---

① Derek Parker, *Familiar to All: William Lilly and Astrology in the Seventeenth Century*, London:Jonathan Cape Ltd. , 1975.

② Quoted in Moriz Sondheim, "Shakespeare and the Astrology of His Time", *Journal of the Warburg Institute* 2.3(Jan. , 1939):249—250. 实际上,"astronomy"这个词在莎士比亚时代不具备现代天文学意义,当时的占星术和天文学类似于同义词,一直到 17 世纪才开始区分开来。根据《不列颠百科全书》中的定义,astronomy"天文学"指研究宇宙内所有天体和散布其中的一切物质起源、演化、组成、距离和运动的科学。它还包括研讨各种宇宙物质的物理性质和结构的天体物理学。……16 世纪,哥白尼的日心说载于《天体运行论》,它标志着现代天文学时代的开端。17 世纪出现的几项重大进展导致天文学获得巨大成就:开普勒发现行星运动原理,伽利略将望远镜应用于天文观测,牛顿建立起运动定律和引力定律。astrology"占星术"指以解释行星和恒星对地上事物的影响而预告或左右个人、群体或民族命运为内容的一种占卜。See *The New Encyclopedia Britannica*, Vol. 2, Chicago: Encyclopedia Britannica, Inc. , 1983, p. 219, p. 246.

③ 利维(David H. Levy)指出,在 1572—1620 年间有几件主要的天文事件:1. 1572 年超新星的出现(也称第谷超新星,但这颗新星大约三个月后就消失了)。2. 1577 年大彗星,这是由丹麦天文学家 Tycho Brahe(第谷·布拉赫)于 1577 年 11 月 13 日发现的,这颗彗星非常明亮,而且伴随着 20 颗其他的彗星,形成壮观景象。3. 1583 年的木星与金星相聚。4. 1591 年 12 月的日食。5. 1598 年和 1605 年的日食。6. 1602 年的流星雨。7. 1604 年出现的超新星。See David H. Levy, *The Sky in Early Modern English Literature: A Study of Allusions to Celestial Events in Elizabethan and Jacobean Writing ,1572—1620*, New York: Springer, 2011, pp. xi—xii.

时期的宇宙观。

一、自然占星学

桑德海姆(Moriz Sondheim)指出,频繁提及的占星学不单单出现在莎士比亚的戏剧中,观众对这一现象和相关的民间传说也相当熟悉。占星学分为两类:自然占星学 astrologia naturalis（natural astrology）和决疑占星学 astrologia judicialis（judicial astrology）。自然占星学研究的是自然现象的推测预言以及天体(包括太阳、月亮)对气候、潮汐和所有生物的诞生、成长、死亡的影响;而决疑占星学则是关于用天体的相对位置和相对运动(尤其是太阳系内的行星的位置)来解释或预言人的命运和行为的系统。① 但两者由于互相交错的复杂关系常常被混淆,笔者认为从某种程度上来说,前者与其说是真理信仰不若说是物理研究的分支,更是现代天文学的基础,而后者可看作一种神秘主义。

那么,我们首先来看看莎士比亚在戏剧中所进行的一般性天体现象陈述(即自然占星学)。自然占星学认为星体会影响天气以及人的身体,诸如人的出生、成长和陨落。正如李尔王说道:"凭太阳的圣光,黑夜女神的魔法,主宰人类生死的天体的运行。"(28)莎士比亚在其诗歌中分享了同时代关于自然占星学的观念,在第 15 首十四行诗中这样写道:

> 我这样考虑着:世间的一切生物
> 只能够繁茂一个极短的时期,
> 而这座大舞台上的全部演出
> 没有不受到星象的默化潜移;
> 我看见:人类像植物一样增多,
> 一样被头上的天空所鼓舞,所责备。
> （229）

在笔者看来,莎士比亚戏剧中有两类关于自然占星学的表述:一是单纯记述,二是间接反映历史上所出现的天文现象。

第一种以《暴风雨》为例,卡力班对普洛斯帕罗说道:

---

① Moriz Sondheim, "Shakespeare and the Astrology of His Time", pp. 243—259.

第六章　从占星学到天文学家：莎士比亚的宇宙观

> 这个岛是我的,是我亲娘传给我的。
> 却给你抢了去。你刚来新到的时候,
> 拍拍我的背,待我可好呢:把浆果
> 泡了水给我喝;教给我:白天升起的
> 大亮光叫什么,黑夜升起的小亮光
> 那又叫什么。
> 　　　　　　　　　　　(528)

这是自然占星学的基本知识,即以光亮来区分太阳和月亮。而且在西方传统中,《圣经·创世纪》开篇就有"神造了两个大光,大的管昼,小的管夜,又造众星,就把这些光摆列在天空普照在地上,管理昼夜,分别明暗",很明显,这里所反映的正是古代人类对天体观察最初的认识。①

而第二种则可以在《哈姆莱特》中发现,戏剧一开篇就出现了关于新星的描述,霍拉旭这样说道:

> 就在昨天那一晚,
> 就是北极星西边的那颗星星
> 移到了它现在闪耀光辉的位置,
> 玛赛勒斯和我,这时候,钟敲了一下——
> 　　　　　　　　　　　(217)

1572年11月,英格兰的星空出现了一颗闪亮的新星(之后被命名为第谷超新星,因为是第谷·布拉赫②于11日首先观测到的),甚至在白天同样肉眼可见,并持续了数月之久。莎士比亚创作戏剧最重要的来源——霍林舍得的《编年史》中也这样记述道:"11月18日的清晨,北边仙后座的星群中出现了一颗异常明亮的星星……它比木星还要闪亮,不比金星差多少。而且这颗星星没有改变过自己的位置……"③而詹姆斯·乔伊斯在《尤利西斯》也借斯蒂芬之口说道:"当那颗星消失的时候,

---

① *Holy Bible*, 第 1—2 页; Mason Vaughan & A. T. Vaughan, eds., *The Tempest*, London: Methuen Drama, 1999, p. 173.

② 第谷·布拉赫,丹麦天文学家,近代天文学的奠基人。发明了"新星"(Nova)一词。

③ Raphael Holinshed, *The Chronicles of England, Scotland and Ireland*, Vol. 3, 1587, p. 1257. Printed by Henry Denham, at the expenses of Iohn Harison, George Bishop, Rafe Newberie, Henrie Denham, and Thomas Woodcocke.

他年方九岁。"①诚如利维所说:"莎士比亚对天体星辰的兴趣很有可能就始于 8 岁时目睹的 1572 年超新星。"②

同样,莎士比亚的戏剧中也记述了行星相聚的场景。《亨利四世 下篇》中,太子说道:"土星和金星(Saturn and Venus)聚在一起了(conjunction)!③ 不知道这一年的历书上要怎么说?"波因斯回应:"你看,伺候他的那个人,那个火焰熊熊的三角星群(Trigon),也在跟他的主人的心腹、手册和记事本说体己话呢。"(428—429)诚然,这里太子把福斯塔夫比作土星(年老而又纵欲狂欢之神),把桃儿比作了金星(青春和爱的女神)。但正如安·格勒瓦(Ann Geneva)指出,1583 年木星和金星相聚靠在一起的天文事件有着重大的文化影响,时年 20 来岁的莎士比亚当然受到了影响。④ 于是阿斯顿(Margaret Aston)进一步说明了莎士比亚在可能创作于 16 世纪 90 年代的《亨利四世》中所描述的两星相聚就是对这一事件的一种回忆。⑤ 尼尔森(Benjamin Nelson)就指出这些事件的文化意义是"带着明显的目的和意图以及历史的形式赋予文本服务于某种改变感以弥补时间差","是作为一种将经验转化为戏剧设计的象征形式"。⑥ 可见将新星的出现、木星和金星相聚的历史事件的文本植入正是莎士比亚对宇宙的原初体验。

二、决疑占星学

实际上,决疑占星学在莎士比亚的时代才是真正的主流。伊丽莎白

---

① James Joyce, *Ulysses*, London: Wordsworth Editions Limited, 2010, p.189. 第谷新星在夜晚是最明亮的星辰,甚至在白天依然清晰可见,于 1572 年开始逐渐消失,而 1574 年 3 月以后,第谷新星不再能用肉眼看到,当时莎士比亚是 9 岁 10 个月。See Don Gifford & Robert J. Seidman, *Ulysses Annotate: Notes for Joyces's Ulysses*, New York: E. P. Dutton, 1974, p.244.

② David H. Levy, *The Sky in Early Modern English Literature*, pp. xi—xii.

③ 实际上天文事件为木星和金星相聚,但剧作家并不十分清楚,因此表述为"土星和金星聚在一起了!"。

④ Ann Geneva, *Astrology and the Seventeenth Century Mind*, Manchester: Manchester University Press, 1995, p.118.

⑤ Margaret Aston, "The Fiery Trigon Conjunction: An Elizabethan Astrological Prediction", *Isis* 1/2, 207(1970):158—187, p.161.

⑥ Benjamin Nelson, "Actors, Directors, Roles, Cues, Meanings, Identities: Further Thought on 'Anomie'", *The Psychoanalytic Review* 51.1(1965):141—142.

时期的大众一直处在恐惧之中,因为他们相信自己的生命和世界都是天体的恩赐。① 历史学家托马斯总结说,在 16 世纪、17 世纪,对于决疑占星学有四个主要的实践分支:一是"一般性预言(时事占星学)"(general predictions),即根据天体运行进行总体预测,通常是关于天气、庄稼收成、死亡率、流行病、政治和战争的,是关乎社会整体而非个人的。二是"星盘/星图"(nativities),即一个人出生时天体状况图,通常用于个人的运势预测。三是"择日"(elections),即在正确的时刻做出正确的选择。比如挑选良辰吉日。四是"卜卦"(horary questions),这是占星师能力中最具争议的部分,即占卜各种个体事件。② 在笔者看来,莎士比亚戏剧中的决疑占星学的相关材料可以分为两种:第一种是突发的、让人恐惧的、带来不幸的天文现象,诸如日食、月食和彗星、流星雨等,它们一般带来厄运和不幸;第二种则是人出生时的星图,它们与性格相联系,并预示着人从星辰那里得来的命运和机会。

彗星和流星、日食和月食都被视作对统治者和民族的警示,它们意味着变革和君王的死亡,莎士比亚戏剧中发生的不幸都会有这样的警示。《亨利六世 上篇》一开头就指出彗星可以"预兆时事更迭、沧桑变迁"(18)。《居里厄斯·恺撒》中卡尔帕尼娅警告自己的丈夫,"乞丐死去时天上不会有彗星出现;只有君王的陨落才会有天象来宣布"(214)。同样在《理查二世》中,军官对索尔兹伯雷说道:"都说,王上已过世了……流星震撼了天心的星座,苍白的月亮洒下了一片血光……理查王不在人世了。"(81)而日食被视为即将到来的灾难的征兆,也是人们极端恐惧的源头,会引起人们的焦虑、哭喊和祈祷。比如《李尔王》中葛乐斯德说道:"最近又是日食,又是月食,这不会是什么好兆头啊。尽管人们的智慧可以对自然界有这样那样的解释,可是到头来,天下还不是出了乱子!骨肉至亲,翻脸无情;朋友绝交;兄弟成了冤家;城里骚动;乡下发生冲突;宫廷里潜伏着叛逆;父子的关系出现了裂痕……"(45)他的话正好预示了李尔王所要经受的痛苦和不幸。在《哈姆莱特》一开篇霍拉旭更是以恺撒为例指出:"恺撒遇刺的前几天……天上的星星拖着一条火焰的尾巴……太阳变

---

① Margaret Aston, "The Fiery Trigon Conjunction: An Elizabethan Astrological Prediction", p. 161.

② Keith Thomas, *Religion and the Decline of Magic*, New York: Penguin Books, 1971, pp. 338—339.

色,支配着潮汐的月亮满脸病容,奄奄一息,像已到了世界末日。大难临头,必出现种种征兆,劫数难逃,少不了先有那警告;如今天上天下都一齐向我国,向人民显示出种种不祥的迹象,重大的灾祸要降临了。"(221—222)

除此之外,彗星之外的星星形象也会象征着厄运,正如罗密欧与朱丽叶的命运悲剧一开始便是指 star-cross'd lovers。在前往卡普莱家参加舞会第一次见朱丽叶之前,罗密欧就有预感:"有一种不祥的预感让我好担心,那主宰命运的星星让你猜不透,也许今晚的狂欢到头来就是灾难的开始……"(49)而在听说朱丽叶殉情的消息后,他说道:"那么,命运啊(星星啊),来跟我较量吧……朱丽叶啊,今晚我要跟你一起睡了"(165—166),"让我在这儿得到永久啊,安息吧,我厌倦了人世的肉体,从此摆脱了跟人敌对的星辰的捉弄。"(176)弗莱就指出在剧中"占星学起了相当大的作用"①,而戈达德认为前言"把这部戏剧置于占星家影响之下"②。还有《奥瑟罗》第二幕第三场中伊阿哥告诉奥瑟罗卡西奥和蒙坦诺"就像碰到了恶星宿,迷失了本性"(508)。于是两人拔剑相向。同样,奥瑟罗也在剧中表达了普遍流行的观念:"月亮出轨了,忽然逼近了地球,害得地面上的人全都发疯了。"(612)(月亮出轨了,当时迷信的观念,月亮逸出常规会致使人发疯。)

星辰对人们的直接影响则是个人出生时所对应的星图/星盘。《结局好万事好》中海伦娜感叹自己的出身不好:"可惜祝福没有依托的实体,无法感觉到。我们出身贫寒,卑微的命星把我们关在祝福中。"(26)而《捕风捉影》中,唐约翰批评亢拉德说:"我真不懂,像你这么一个自称'土星照命(born under Saturn)'的人,居然也会借道德的教训来医治人家心头的创痛!"(32)(土星照命的人,阴沉忧郁。欧洲中世纪的星相学认为人的性格由出生时照临当空的星辰所决定;土星被说成是一颗"阴冷、干枯、满含恶意的行星"。)还有《泰特斯·安德洛尼克斯》中阿龙也对塔摩拉说:"夫人,虽然金星(Venus)主宰着您的欲望,我的命运却为土星所左右:我那杀气

---

① Northrop Frye, "Romeo and Juliet", in Harold Bloom, ed., *Modern Critical Interpretations of William Shakespeare's Romeo and Juliet*, Philadelphia: Chelsea House, 2000, p. 165.

② Harold C. Goddard, "Romeo and Juliet", in Harold Bloom, ed., *Modern Critical Interpretations of Shakespeare's Romeo and Juliet*, Philadelphia: Chelsea House, 2000, p. 25.

腾腾的凝视的目光,我的沉默,我的阴沉的忧郁,我那毛茸茸的直立的头发,就像舒展着身子准备咬人的毒蛇。"(53)(金星照命主多情,土星照命主阴郁孤独。)

更为重要的是莎士比亚的戏剧中还出现了大量不相信占星学的角色。比如《李尔王》第一幕第二场中,爱德蒙认为人相信星辰的权威和力量是愚蠢的,尽管他自己在占星家所谓的好的"星图"下出生,但同样是邪恶的:"世上最好笑的事儿是,我们碰到了什么晦气——其实是自作自受罢了——却往往归罪于日月星辰;好像我们做恶人也是命中注定,做傻瓜也是出于天意,做强盗、做贼、当奸细,都是冥冥之中早就决定了的;你变成酒鬼,你背信弃义,你犯下奸淫,这叫作劫数难逃。我们身上有一百桩罪过,桩桩都怪在老天头上好啦。那奸夫不承认自己是个色鬼,倒说是因为他色星高照,你看,他推托得多妙!我那父亲在'天龙星'的尾巴底下,跟我母亲交合,我又是在'大熊星'底下出世,因此我这个人理该又粗俗又淫荡了。呸,当初爹娘在制造我这野种的时候,即使天上有一颗最贞洁的星星在眨眼睛,我还不是我现在这个样儿!"(46)类似的是,《奥瑟罗》中伊阿哥证明了我们的性格并不是由星辰所决定的,人的自由和命运是自己意志选择的结果,作为对爱德蒙的呼应,伊阿哥否定了流行的占星学,将人的身体比作花园:"我们变成这样,变成那样,全在于咱们自个儿。我们的身子好比一座花园,我们的意志就是园丁……让田园变成荒地也罢,把它辛勤浇灌也罢……这一切都听凭我们的意志来安排、来决定。"(477)

不仅仅是反面角色,莎士比亚剧中的其他角色也表现出对此类占星学的嘲讽。在《亨利四世》中飞将军在关于星辰和命运的观念上和爱德蒙有所呼应。在第三幕第一场中,格兰道尔吹嘘自己出生时的异象:"在我降生的时候,天空布满了无数燃烧的形体,无数辉煌的灯笼;我出生的时候,大地的整个身躯,庞大的基座,像一个懦夫似的颤抖。"而飞将军则毫不留情地回答他:"情形也会一模一样吧——如果那时候你妈妈的母猫下了一窝小猫咪,你当时却根本没来得及出生呢。"(278)随即又指出地震是由于天空患病。飞将军在剧中并不是一个反面角色。格兰道尔称呼他为"荣誉之王"(309)。他的对手亨利王子,在战场上杀死他的人,也说他有"伟大的心灵!狂妄的野心……"甚至《约翰王》中教皇使者潘杜夫主教还推翻了天体运动的启示:"老百姓会抓住任何小小的机会,趁势站出来,抗击约翰的统治;即便是划过长空的流星运动,天上的异象,狂风暴雨的日子,普通的和风,习以为常的小事,老百姓也要排除自然的起因,把这些现象看作噩兆和凶象、灾变的预示,上帝下达的口谕,明确地号召对约翰进行惩处。"(322—323)

在莎士比亚的喜剧中虽然鲜少涉及占星学,似乎欢乐的世界中不存在命运的捉弄,但是角色并不能完全从有关星星的观念中摆脱。他们不担心星星,不恐惧其力量,反而开起了玩笑。《捕风捉影》中,彼得罗问贝特丽丝是否是"在一个快活的时辰里出世的",贝特丽丝则回复道:"不,哪儿的话,殿下,我的妈才哭得好苦呢;可是天上刚巧有颗星星在跳舞,我就在那闪闪的星光下落地啦。"(51)同样,在第五幕第二场中班尼迪被玛格丽要求作一首诗来称赞其美貌,班尼迪说道:"不,我大概不是在诗星高照的时辰里降生的,所以也别指望用什么花言巧语来求爱了。"(142)同样的情况也出现在《结局好万事好》中海伦娜的玩笑话中:"帕罗先生,您是在慈悲的星座下出生的。"帕罗反驳:"在战神星座下。"海伦娜说:"我特意想起是在战神星座下。"帕罗说:"为什么是在战神星座下?"海伦娜说:"战争已经把您安插在下级位置上,所以您必定是在战神星座下出生的。"帕罗说:"那时他声势显赫。"海伦娜说:"我想,不如说,那时他声势式微。"帕罗说:"您为什么这么想?"海伦娜说:"您打仗的时候总是大踏步地后退。"(26)

而这样的情况又可以在《第十二夜》第一幕第三场中托比和安德鲁的对话中找到,两人谈论着星座的象征及其对身体的影响:

> 托比:凭你长着这么一双好腿,我就知道了,原来你是在跳舞星高照的时辰出世的啊。
> 安德鲁:说的也是,我这双腿倒是很结实……我们要不要来几杯酒?
> 托比:不喝酒还干些什么?难道我们不是在金牛星高照的时辰来到这世界上的吗?
> 安德鲁:金牛星(TAURUS)?金牛星是主管人的腰和心。
> 托比:错了,大爷,它管的是小腿和大腿。……跳得再高些!哈哈!好极了!(357)

有批评家指出,根据占星学,金牛座主管的是脖子和喉咙,所以安德鲁和托比所认为的管人的腰和心以及大腿、小腿都是错误的。实际上不论托比也好,观众也好,都知道这类普及的知识。因此他才会以"不喝酒还干些什么"来回复安德鲁的问题。

更为瞩目的是《居里厄斯·恺撒》中卡修斯对勃鲁托斯的劝告:"人们有时可以成为自己命运的主人,亲爱的勃鲁托斯,但我们只是走卒随从(not in our stars)。错处不在我们的命运,而是在于我们自己。"(179)这里卡修斯指出人不能将自己的错误归咎于星辰,反对宇宙对命运主宰的观念。但是帕克则认为这些话经常被误读,他认为这里意味着有时候人能够很好掌控自己的命运——杰出的占星师能为他们算命——因此若天体的位置恰好而人又没有在那一时刻行动的话,就会被命运支配。他认为这里暗示了占星学,星辰"倾斜(incline)"但是没有"强迫(compel)"。[1]还有很多莎士比亚的戏剧段落也有这样相似的观点。《暴风雨》中普洛斯帕罗说道:"凭着我占卜的本领,我知道当头有一颗福星(a most auspicious star)照临,即使此番我不仰仗它、借光它,不把这机会抓住,那么从此我的运气会一天天衰落下去。"(518)

那么,莎士比亚到底是赞成还是反对呢?卡姆登看到莎士比亚剧中大量不同观点后,认为很难确定莎士比亚对待星体预测的态度,并质疑奇佐治(Kittridge)认为莎士比亚的"信仰似乎给出了名义上我们不知道的貌似正确的答案"的正确性。[2] 因此我们不能仅仅重复莎士比亚在戏剧中没有接受占星学观念,而应该深入看待天文现象在莎剧中的实质。

三、从地心说到日心说

莎士比亚的时代占星学的基础——托勒密(Ptolemy)的地心说——认为地球是宇宙的中心,是静止不动的,而其他的星球都环绕着地球而运行。一般而言,文艺复兴时期的天文学就是指托勒密天文学,就其基本构成来说是简明易懂的。根据托勒密天文体系,宇宙是被一种有秩序的、和谐的循环运动所支配,整个宇宙是完美的、有限的空间。地球处于宇宙的中心,固定不动,外围有数重透明的天,分别包含围着地球绕行的七颗行星和恒星(依次为月亮、水星、金星、太阳、火星、木星、土星),每一重天都有其自身的特殊运动。很多受过高等教育的人都知道水星(Mercury)和金星(Venus)比太阳更靠近地球。正因为这些球体以轮轴式环绕运动,

---

[1] Derek Parker, *Familiar to All*, pp. 47—54, p. 105.
[2] Carroll Camden, "Astrology in Shakespeare's Day", p. 69, p. 71.

因此它们的摩擦碰撞产生一种优美的天空音乐,而这在莎士比亚的戏剧中有时会暗指并让我们听到。①

因此,莎士比亚的戏剧中不可避免地出现了地心说的表述。在《仲夏夜之梦》第二幕第一场中,这里隐约提到了托勒密的天文学观点,在回答浦克的提问时,仙子回答:"我到东到西地漂游,就像东升西落的月球;我侍奉在仙后的身畔,用露珠浇洒草坪一圈。"(35)托勒密的宇宙观认为所有的星体都按照不同的速度绕地球旋转,每一个星体包括月亮都被一个单独的星体所吸引。正如仙子所提及的,月亮就是绕地球旋转的。这一观点直到伽利略 1610 年证明日心说之前都是人们的普遍常识。② 同样,《暴风雨》中,安东尼说道:"她(克拉莉蓓)在突尼斯做王后;赶一辈子的路,你还差七十里才到得了她的家呢;那不勒斯的消息要传到她那儿,除非请太阳给她捎个信——就连月中老人也嫌太慢了。"(553)实际上,这里安东尼提到了比起太阳,月亮绕地球的时间更长一些,反映了托勒密的宇宙观。之后贡扎罗对安东尼和西巴斯显说道:"你们二位贵人浑身是胆,要是月亮接连五个星期没有变圆变缺,你们也会把她从她运行的轨道上给摘下来吧。"(549)实际上观众知道月亮有着自己固定的运行规律,也能够理解贡扎罗的潜台词,即那是不可能的事,因此尽管安东尼和西巴斯显言之凿凿,但不会做出任何举动。③

在莎士比亚的作品中有大量涉及托勒密地心说的叙述,都提及静止不动的地球是宇宙的中心。实际上戏剧中的"中心"一词就常常作为地球的同义词。例如在《仲夏夜之梦》中,赫密雅说道:"你还不如叫我相信:地球会张开口,月亮会穿过地心,从对面钻出来,跟那边的白天捣乱。"(73)显然这里暗指月亮和"她的兄弟"太阳,都将地球作为中心旋转运动。《特洛伊罗斯与克瑞西达》中特洛伊罗斯就指出写诗的套语:"什么'坚贞如钢,如草木对月亮,如太阳对白昼,如斑鸠对他的配偶,如铁对磁石,如地球对中心'等等。"(260)克瑞西达在表述自己的爱情时将其比喻成地球:"我的爱情的根基和结构都很坚固,就像把万物吸引到自己身上的地球中

---

① 胡家峦先生指出"诗歌应当反映行星的音乐,即西方传统宇宙论中被看作是宇宙和谐象征的天体音乐。"实际上莎士比亚的诗歌和戏剧中的韵律也可同样看待。参见胡家峦:《历史的星空——英国文艺复兴时期诗歌与西方宇宙》,北京:北京大学出版社,2001 年,第 1 页。

② Maurice Hussey, *The World of Shakespeare and His Contemporaries*: *A Visual Approach*, London: Heinemann, 1971, p. 23.

③ V. Mason Vaughan & A. T. Vaughan, eds., *The Tempest*, p. 197.

心一样。"(286)

实际上,地心说最重要的特征就是稳定性。在《特洛伊罗斯与克瑞西达》中,乌利西斯作为一个典型的政治家,是一个精通修辞艺术的人。他在第一幕第三场中就将宇宙、秩序和国家等同起来:

> 天体本身、行星和这个地球(this centre)
> 都遵循着等级、顺序和位置、
> 运行的规律、轨道、比例、季节、
> 形式、职责和习惯,有条不紊。
> 所以这个灿烂的恒星太阳(Sol)
> 就在其他星辰的环拱之中,
> 端坐在辉煌的宝座上,他的慧眼
> 纠正着一切凶恶运星的邪光,
> 并像国王的旨令通行无阻地
> 巡视着福星和祸星……
>
> (202)

乌利西斯谈到维持严格的等级制度是社会的需要或一种政治策略。他谈到了阿伽门农的失败就是由于等级受践踏而导致混乱产生的。帕克认为这段话"异常生动地描述了伊丽莎白一世时期天体系统和社会秩序的平行视角……以及两者非常明显的联系"①。这里,乌利西斯将太阳(Sol)比作端坐宝座,凌驾于其他星辰之上的统治者。但是即便在这种清晰的传统等级制度想象下,依然有某种潜在的不确定性。乌利西斯的模式是典型的地心说——因为地球是"这个中心(this centre)"而太阳在这个体系中是"在其他星辰之中(amdist the other)",但是对地球的突出强调可能暗示着通向一种新的日心说的天文学。

尽管莎士比亚的戏剧和诗歌中似乎没有提及哥白尼的日心说,但天文学家彼得·阿瑟(Peter Usher)在出版的两本书《哈姆莱特的宇宙》(Hamlet's Universe, 2006)和《莎士比亚与现代科学的开端》(Shakespeare and the Dawn of Modern Science, 2010)以及一系列的文章中指出,《哈姆莱特》是一部关于哥白尼主义(copernicanism)的复杂寓言,同时预示着英国天文学家托马斯·狄格思所代表的前伽利略式的望

---

① Derek Parker, *Familiar to All*, p.54.

远镜观测。① 阿瑟在《〈哈姆莱特〉的新解读》一文中指出《哈姆莱特》是托马斯·狄格思和第谷·布拉赫两人宇宙学模式竞争的寓言。② 因为莎士比亚和狄格思相熟,因此可以了解哥白尼革命性的日心说的本质以及狄格思对其的延伸。莎士比亚知道第谷,而且以 Rosencrantz 和 Guildenstern 作为其祖先。同样奥尔森(Donald W. Olson)也指出第谷在 Uraniborg 的观测地点距离哈姆莱特的城堡所在地埃尔西诺不远,而且第谷 1596 年出版的一本书 *Epistolarum astronomicarum* 中有一幅插图描绘了祖先的纹章,其中祖先的名字就包括了 Rosenkrans 和 Guldensteren,③这两个名字跟克劳迪斯(Claudius)派去刺探哈姆莱特的两位同学罗森克兰(Rosencrantz)和吉登斯丹(Guildenstern)几乎一样。④ 同样金格里奇(Owen Gingerich)也认为莎士比亚可能看过这本书并将这两个独特的名字用在了自己的剧中。⑤ 阿瑟认为克劳迪斯暗指地心说的托勒密(Claudius Ptolemy),而波洛纽斯暗指普利尼(Pollinio,亚里士多德派的学究),是克劳迪斯的坚定追随者。哈姆莱特是威登堡的学生,而

---

① Peter Usher, *Hamlet's Universe*, San Diego: Aventine Press, 2007; Peter Usher, *Shakespeare and the Dawn of Modern Science*, Amherst, New York: Cambria Press, 2010.

② 托马斯·狄格思(Thomas Digges, 1546—1595)是当时英国著名的天文学家,他是第一个将哥白尼日心说引入英国并加以阐释延伸的人。他们一家与莎士比亚关系密切,他死后其妻子嫁给了莎士比亚的好友(遗嘱中提到过的)托马斯·拉塞尔(Thomas Russell)。其子 Leonard Digges 是莎士比亚的崇拜者,而且在 1623 年第一对开本中还题献了赞美莎士比亚的诗歌。See Alan Palmer, Veronica Palmer, eds., *Who's Who in Shakespeare's England*, New York: Palgrave Macmillan, 1999, pp. 66 – 67; Jonathan Bate, *Soul of the Age: The Life, Mind and World of William Shakespeare*, London: Penguin Books, 2008, pp. 64 – 65. 关于狄格思一家与莎士比亚的关系详见 Leslie Hotson, *I, William Shakespeare, Do Appoint Thomas Russell, Esquire*, New York: Oxford University Press. 1938. 第谷·布拉赫(Tycho Brahe, 1546—1601)欣赏哥白尼宇宙体系但又是一个传统主义者。他的宇宙体系认为地球是静止的,位于中心,月亮和太阳围绕着它。其他的五个行星是太阳的卫星,被太阳带动着围绕地球旋转。这一体系实际上是托勒密地心说和哥白尼日心说的过渡体系。See Michael Hoskin, ed., *The Cambridge Concise History of Astronomy*, Cambridge: Cambridge University Press, 1999, pp. 101 – 103.

③ 莎士比亚时代的英文拼写并不规范,没有标准的拼写方法,如 shakespeare 的拼法就有十几种,此处是以此为例说明类似的情况,即实际上在当时的人们看来,Rosencrantz 与 Rosenkrans,以及 Guildenstern 与 Guldenstern 是基本上一样通用的。

④ Donald W. Olson, Marilyn S. Olson and Russell L. Doescher, "The Stars of Hamlet", *Sky & Telescope* (November 1998): 68 – 73, p. 70, p. 68.

⑤ Owen Gingerich, "Great Conjunctions, Tycho, and Shakespeare", *Sky & Telescope* 61 (1981): 393 – 395, pp. 394 – 395.

这正是哥白尼式知识的中心,第谷曾经学习的地方。他更进一步指出剧中罗森克兰和吉登斯丹的死是莎士比亚除去第谷式宇宙模式的方式,而克劳迪斯的死则表示地心说的终结。但是戏剧的高潮并不是任何宇宙学说支持者认为的死亡。而是福丁布拉从波兰顺利归来并向英格兰大使致敬。这里莎士比亚赞扬了哥白尼的理论以及狄格思的延伸。从而对新的宇宙秩序和人类在宇宙中所处的地位重新进行诗学定义。哈姆莱特在给奥菲丽雅的信中所写的"许你怀疑星星会发光,许你怀疑太阳在远行,许你怀疑真理会说谎……"(276)正是莎士比亚怀疑地心说的有力表达。而且他借哈姆莱特之口说:"在天地之间,有许许多多事情,霍拉旭,是你们的哲学(相当于现代的自然科学)所梦想不到的。"(261)可见,哈姆莱特不单单是在文学和哲学上占有重要的位置,在宇宙科学上也不遑多让。①

四、争论与转变

艾伦指出,莎士比亚和众多同时代的人一样开始质疑占星学是否是值得信赖的科学,尽管这种观点逐渐成为例外而非常规。②那么要理解为什么大部分人认为人的命运依赖于星辰,我们就必须了解莎士比亚时代的英格兰的知识氛围。③ 尽管占星学现在被视为算命,但在早期现代的英格兰却是一种"教授人宇宙知识、受人尊重的学问"④。占星学和年历的流行表明了占星知识在伊丽莎白时期的大众心里根深蒂固。⑤ 实际上,很多上层贵族都相信占星术。例如莱赛斯特伯爵雇用了理查德·福斯特(Richard Forster)作为其占星师并委托托马斯·艾伦(Thomas Allen)给他算命,甚至还给了艾伦主教职位。而且他还推荐当时著名的占星家约翰·迪伊(John Dee)为伊丽莎白一世的加冕礼选择黄道吉日。

---

① Peter Usher, "A New Reading of Shakespeare's *Hamlet*", *Bulletin of the American Astronomical Society* 28 (1996): 1305.

② Don Cameron Allen, *The Star-Crossed Renaissance*, New York: Octagon, 1966, p. 104.

③ Warren D. Smith, "The Elizabethan Rejection of Judicial Astrology and Shakespeare's Practice", *Shakespeare Quarterly* 9.2 (1975): 159—176, p. 159.

④ Lucinda McCray Beier, *Sufferers and Healers: The Experience of Illness in Seventeenth-Century England*, London: Routledge and Kegan Paul, 1987, p. 23.

⑤ S. P. Cerasano, "Philip Henslowe, Simon Forman, and the Theatrical Community of the 1590s", *Shakespeare Quarterly* 44.2(1993): 145—158.

迪伊和当时众多掌权的贵族都有深交,还曾在 1577 年给伊丽莎白女王提供有关彗星的建言。叶慈认为在分析《暴风雨》时不能把普洛斯帕罗和迪伊割裂开来,他是伊丽莎白一世所信任的占星家,能够"读懂星辰"①。当时的埃塞克斯伯爵还因拥有一份记述占星学、地理学的 15 世纪书稿而闻名。克里斯多夫·哈顿爵士(Sir Christopher Hatton),伊丽莎白后来的宫廷大臣,还接受了一本题献给他的占星术教科书,即约翰·曼普雷特(John Maplet)的《命运的轮盘》(The Dial of Destiny,1581)。牛津伯爵一直在学习占星知识,等等。甚至在某些家庭里小孩一出生就被算命,某些医生也采用占星知识治疗疾病。这种情况直到 17 世纪也几乎没有太大改变。很多精英贵族和政治家仍然在学习占星术。②

但是,关于占星学是否有效的争论在早期现代的英格兰一直持续不断,《李尔王》中爱德蒙和父亲的相反立场正是明证,代表着观众的不同态度。莎士比亚在创造持相反立场的角色时,在占星学的超自然主义和自我决定论(astrological supernaturalism and self-determinism)之间展开了探索。实际上,其后期的赞助人詹姆斯一世所写的作品《灵鬼论》(Daemonologie,1597)中就流露出对决疑占星学的厌恶。③ 而且占星学面临严峻的挑战,因为被认为削弱了英格兰的社会秩序并导致了市民的混乱。在受过教育的人群中,占星学由于其无根据的论断而逐渐被抛弃。但是,一些批评家认为占星学代表了潜在的危险的颠覆性的真理。④ 特别是决疑占星学作为一种宿命论观点,很容易与神性和神的万能相冲突,并与基督教会的自由意志(Free Will)相冲突(他们坚持原罪和救赎)。教会通常会规避这种比较。这些定理常常被莎士比亚的同胞所谨记,认为人的意志是自由的,而他(神)有力量掌握命运。因此《结局好万事好》中海伦娜说道:"司命的上苍让我们自由行动,当我们滞重时,才让我们的计划往后推迟。"(27)于是明面上教会和国家都谴责占星学为渎神或叛

---

① F. A. Yates, *Shakespeare's Last Plays: A New Approach*, London: Routledge & Kegan Paul Ltd., 1975, p. 95.
② Keith Thomas, *Religion and the Decline of Magic*, pp. 343—344.
③ W. R. Elton, *King Lear and the Gods*, p. 156.
④ Peter Wright, "Astrology and Science in Seventeenth-Century England", *Social Studies of Science* 5 (1975):399—442, p. 400.

国,认为其是一种破坏英格兰法律和政治结构的社会进程。①这种威胁实际上非常现实。比如,一个人可以将自己的错误和过失归结于星辰的影响。② 从这点出发,人们反对占星学因为它会鼓励暴力犯罪,而且那些骗人的占星家用占星术做出预言以获取声望和权力,这将导致对公众的误导,破坏社会秩序。

占星术在17世纪末期就迅速走向了没落。托马斯指出其原因大致有二:一是很多占星家所宣称已解决的问题变得更加严重;二是占星家所提供的解决方法似乎没什么说服力。第二种原因似乎更接近真相。③ 关于占星术的理论被哥白尼和后来的牛顿无可挽回地粉碎了。不变的宇宙的观念被突如其来出现的天体消解,例如1572年和1604年出现的"新星(new stars)";如果天体都是可变的,那么它的影响显然是不可预测的。而伽利略对木星的四个行星的发现则使人们明白了宇宙中有众多看不见的星星,而它们的影响则是无法解释的。这些证据都表明了占星术的不可信,因此没落也就理所当然了。莎士比亚出生于哥白尼逝世21年之后,似乎他的作品中没有任何关于哥白尼理论的痕迹。他所有的关于天体的记述都是基于地心说的。而伽利略和莎士比亚同年出生,直到45岁才发明了望远镜并观测到木星,但是同样其理论也没有在莎士比亚作品中出现。但是,我们不必惊讶于这样明显的疏忽,因为哥白尼的理论在长达两百年的时间内才被大众所完全接受。④ 哥白尼的观点实际上到了17世纪30年代才在英国流行文学中开始讨论。正如尼克森指出的,"哥白尼的理论直到伽利略的望远镜发明后才产生影响"⑤,利维做出了敏锐的评论:"在莎士比亚写作大部分作品的时候,哥白尼观点的实际影响难以察觉……直到其早期写作生涯结束数年后,他的戏剧才开始反映广泛的不同视角。"⑥格思里指出,接受了哥白尼日心说的布鲁诺(1548—1600)

---

① Warren D. Smith, "The Elizabethan Rejection of Judicial Astrology and Shakespeare's Practice", p. 159.
② Peter Wright, "Astrology and Science in Seventeenth-Century England", p. 402.
③ Keith Thomas, *Religion and the Decline of Magic*, p. 414.
④ John Candee Dean, "The Astronomy of Shakespeare", *The Scientific Monthly* 19. 4 (Oct., 1924):400—406, p. 400.
⑤ M. H. Nicolson, "English Almanacs and the 'New Astronomy'", *Annals of Science* 4.1(1939): 1—33.
⑥ D. H. Levy, *Starry Night: Astronomers and Poets Read the Stars*, Amherst: Prometheus Books, 2000, pp. 65—66.

在1583—1586年间访问了英格兰并在此演讲,他和伊丽莎白女王的宫廷成员有过相当密切的接触,由此莎士比亚可能接触到了这些新知识。①

威尔森(W. Wilson)认为莎士比亚"不仅仅表达出对占星的流行的理解,同时似乎也找到机会……来把自己大部分注意力放在获取这方面知识上",他认为"莎士比亚自己是金牛座的,而在爱德蒙和埃德加的对话场景中,实际上是作者自己成了占星家并在某种著名的占星状况之下发展着角色和情节"。但这种观点并无牢靠的基础。而克拉克在其两本著作中处理了莎士比亚对待占星学的态度问题。在1929年的第一本书中,他指出:"总之,作为诗人和戏剧家的莎士比亚采纳并接受了占星学的理论,但是作为一位积极进取、富于实践的哲学家和思想家,他知道个体的力量和自我尊重将会产生自己的解决之道,在他的时代具有变革意义的声音应该发出,而这正是宇宙的真相。"②而在两年之后的另一本书中,克拉克更进一步指出:"那些依靠剧场并决定剧作家命运的人(指观众)不会对太枯燥、哲学化的语言感兴趣,他们需要的是仙女、鬼魂和巫术这些普遍了解的知识,而莎士比亚则持续不断地对观众要求做出妥协,将所有流行的观念都打包在戏剧的超自然因素中。或许这正是如爱德蒙和伊阿哥这样反面人物所声称的更合理、明智而科学的理由出现的原因。"③

于是我们可以得出这样的结论:莎士比亚分享了同时代的科学观点,但他接受的是自然占星学的观念而并没有将星星在个人、国家或统治者的命运的影响的观点继承过来,拒绝了声称通过行星运行轨道预测未来的决疑占星学观点。同时,他表达出他的远见,表达出对新科学的浓厚兴趣。④ 因为他对于天体星辰有着自己的理解,我们不能忽视十四行诗中的第十四首:

> 我的判断并不是来自星象中(NOT from the stars do I my judgment pluck),

---

① W. G. Guthrie,"The Astronomy of Shakespeare",*Irish Astronomical Journal* 6.6 (1964):201—211, p.201.

② Cumberland Clark, *Shakespeare and Science*, New York: Haskell House Publishers Ltd.,1929, p.59.

③ Cumberland Clark, *Shakespearean and the Supernatural*, New York: Haskell House Publishers Ltd.,1931[reprint 1972], p.39.

④ Moriz Sondheim,"Shakespeare and the Astrology of His Time", p.258.

不过我想我自有占星的学说(And yet methinks I have astronomy)，
可是我不用它来卜命运的吉凶，
卜疫疠、灾荒或者季候的性格；
我也不会给一刻刻时光掐算，
因为我没有从天上得到过启示，
指不出每分钟前途的风雨雷电，
指不出帝王将相的时运趋势；
但是我从你眼睛里引出知识，
从这不变的恒星中学到这学问 (But from thine eyes my knowledge I derive)，
说是美与真能够共同繁滋，
只要你能够转入永久的仓廪；
如若不然，我能够这样预言你：
你的末日，就是真与美的死期。

(228)

借用贝特(Jonathan Bate)在《时代的灵魂》(*Soul of the Age*)中的标题，莎士比亚戏剧中所呈现的宇宙观正表明了他是旧世界中的"新星和新人"(New Star, New Man)。

第七章

莎士比亚与医学:《罗密欧与朱丽叶》中的瘟疫话语

瘟疫文学(plague literature)是指"那些主题与一些有传染性的或是致命的身体疾病以及与社会或心理导致的疾病相联系的文学"①,更进一步说是"直接反映瘟疫的作品或是那些鼠疫(bubonic plague)作为基本事件或首要比喻的作品"②。《罗密欧与朱丽叶》是莎士比亚的代表作品,众多批评家从不同角度进行解读,且大多集中在两个家族的仇恨给两位恋人带来的悲剧。③

---

① Barbara Fass Leavy, *To Blight with Plague: Studies in a Literary Theme*, New York: New York University Press, 1992, p.1.
② Rebecca Totaro, *Suffering in Paradise: The Bubonic Plague in English Literature from More to Milton*, Pittsburgh, Pa.: Duquesne University Press, 2005, p.13.
③ 据笔者目前掌握的资料来看,国内只有李伟民先生在《英国莎士比亚时代的环境及其瘟疫》一文中提及:"(瘟疫)在他(莎士比亚)的许多剧中都有所反映……作为特定时代的背景,在莎士比亚的剧作中被抹上了浓重的色彩",但可惜并未进行深入分析。参见李伟民:《英国莎士比亚时代的环境及其瘟疫》,《环境保护导报》1990年3月28日,第4版。

第七章　莎士比亚与医学:《罗密欧与朱丽叶》中的瘟疫话语 | 99

但实际上此剧更接近瘟疫文学的定义,首先它写于 1595 年,①正是莎士比亚写作生涯中第一次大规模的瘟疫(1593 年)爆发之后。② 而《罗密欧与朱丽叶》1597 年首次出版的四开本(Q1)中牟克休说的"A poxe(梅毒) on both your houses",两年之后,在"新校正、增补、修订"的第二四开本(Q2)中莎士比亚特意改成了"A plague(瘟疫) o' both your houses",明显有突出"瘟疫"之意。③ 因此分析剧中隐藏的瘟疫表述对我们理解瘟疫这一文化现象有重要意义,因为很多历史学家认为其包含在都铎和斯图亚特时期英格兰生活定义之中。④ 迪茨就指出在爆发瘟疫之时,瘟疫成了广义的文化存在:城市官员、教堂首领、反剧场作家都利用对瘟疫的恐惧来提升自己的意识形态传播,实际上"此剧明显将由瘟疫全方位(如家庭、贫民、教会、政府)转化的社会戏剧化了"。⑤ 因此本章拟将文本与宗教、医学、政治、占星学等相结合,特别分析其中的清教对"瘟疫话语"的征用表现,指出莎士比亚在戏剧背后所隐藏的宗教和政治意识。

---

① 剧中奶妈在第一幕第三场中说距离地震"已经十一年过去了",批评家们推断,此地震 1584 年发生在英国,因此剧本写作时间推定为 1595 年。See Brian Gibbons, ed., *Romeo and Juliet: The Arden Edition*, London and New York: Methuen, 1980, pp. 26-27.

② 根据官方死亡记载,1570 到 1670 年间在伦敦及其附近有至少 225000 人死于黑死病(英格兰全境的数字大约为 750000)。仅 1593 年就有超过 15000 人死去,几乎是伦敦人口的八分之一(总人口约为 123000)。See Charles F Mullett, *The Bubonic Plague and England*, Lexington: University of Kentucky Press, 1956, p. 86; Paul Slack, *The Impact of Plague on Tudor and Stuart England*, Oxford: Clarendon Press, 1985, p. 146.

③ William Shakespeare, *The Dramatic Works of William Shakespeare with a Life of the Poet, and Notes*, Vol. VII, Ed. Oliver William Bourn Peabody, Samuel Weller Singer, Charles Symmons, John Payne Collier, Sampson, Martin Van Buren, Boston: Hilliard, Gray, and Company, 1839, p. 192, n. 1.

④ 鼠疫(黑死病)的流行引起了一系列相互交错(或独立)的反应,从进行宗教忏悔、大恐慌到隔离病人,乃至到大学里的医生为病人配制并分发大量解毒剂。当时人们认为,其起因涉及一系列的问题。首先是上帝,道德的不洁引来了上帝的惩罚,也许通过祈祷和忏悔可以平息上帝的愤怒。上帝之下是天体,恒星和行星的形状可以影响天气和人类。天体或不卫生的沼泽和污水坑释放的有毒蒸汽(瘴气)都可以改变周围的空气。最后,所有的疾病的发生都有其个体因素,因为决定健康或疾病的体液平衡是极不稳定的。See Roy Portey, ed., *The Cambridge Illustrated History of Medicine*, Cambridge: Cambridge University Press, 2006, p. 78.

⑤ Sara Munson Deats, "Isolation, Miscommunication, and Adolescent Suicide in the Play", in Harold Bloom, ed., *Bloom's Guides: Romeo and Juliet—New Edition*, New York: Bloom's Literary Criticism, 2010, p. 76.

一

批评家诸如约翰·劳勒和鲁斯·内沃指出,《罗密欧与朱丽叶》是一部"命运之剧",也是"强调偶然"的戏剧。① 罗密欧一开始就害怕"漆黑的厄运不只是今天下毒手,灾祸开了端,还有未来的在后头"并感叹"命运把我玩弄得好苦呀"。(103,104)在罗密欧前往曼图亚时,朱丽叶哭道:"命运啊命运!都说你反复无常……命运啊,你只管反复无常吧。"(129—130)通过死亡,两人试图"摆脱那跟人敌对的命运"(176),而剧中的角色似乎不断意识到自己是"命运的玩物"(104)。但隐含在剧中的大背景却是瘟疫袭击了维罗那,本来去送信的约翰恰好遇到这种情况:

> 为了出门有个伴,我去找一位赤脚的苦修僧,跟咱们同一个教派,他正在慰问本城的得病的人家,谁知碰上了巡逻的警官们,怀疑我们进入了染上瘟疫的人家,封住了门,不让我们走出来,本来要赶往曼图亚,这下子就耽搁了。(169)

正是由于送信的耽搁,直接导致了罗密欧与朱丽叶的殉情悲剧。当卡普莱看着死去的女儿诅咒着说道,"你,你害人,你恨人,折磨人,你杀人,拿好人做牺牲;你这'命运',好残忍!……我的女儿已经死啦!落葬了我女儿,从此也埋葬了欢乐"(160),其对命运的控诉和失去亲人的痛苦让观众不由想到死于瘟疫的亲人。父母不愿白发人送黑发人,但是瘟疫常常使情况发生变化。《罗密欧与朱丽叶》的悲剧性讽刺还在于两大家族虽然逃脱了瘟疫,但子女还是死去了,剧中那些死去的都是城中的年轻精英——牟克休、蒂巴特、朱丽叶与罗密欧。②

诚如苏珊·桑塔格在《疾病的隐喻》中所指出的那样,这类疾病的大规模发生"在那时获得的意义是群体灾难,是对共同体的审判","不只被

---

① Harold Bloom, ed., *Modern Critical Interpretations of William Shakespeare's Romeo and Juliet*, p. 51, p. 71.

② See Jonathan Bate, *Soul of the Age*, p. 13. 在佩林的评论中加上了"城市的死亡率"中有"很大部分是小孩子",这对我们进一步理解剧中年轻人的死亡有所帮助。See also M. Pelling, "Skirting the City? Disease, Social Change and Divided Households in the Seventeenth Century", in P. Griffiths and M. S. R. Jenner, eds., *Londinopolis*, Manchester: Manchester University Press, 2000, p. 172, n. 33.

看作是遭难,还被看作是惩罚"。① 我们可以看到整部戏剧的悲剧性是必然的,是符合宗教神学对瘟疫降临的阐释,即所有人都因为道德的不洁受到了上帝的惩罚。罗密欧有罪,因为他在见了朱丽叶之后立即移情别恋,正如神父所言,"这是天大的变化!你把罗瑟琳就那么轻易抛下?——你从前却那么爱她!年轻人的爱情不出于真心,原来全凭着眼睛"(77),并在命运的捉弄下杀死了蒂巴特。朱丽叶有罪,在婚姻前失去了贞洁,这也表示她失去了自我,因为在当时女性的贞洁是无价之宝,贞洁确保了未来丈夫家家族的纯洁、继承人的合法性及其家族的名声,因此守护贞洁是头等大事。正如玛格丽特在《文艺复兴时期的妇女》中指出:"一个女人的性荣誉不只是她个人的,首先不是她的;它与一种更为复杂的荣誉计算(calculus of honour)紧密相连,其中既涉及家族荣誉,也涉及支配该家族的男人的荣誉……整个家族以及对家族负责的男人的荣誉都以保持一个女儿的童贞为核心。"②两人共同的罪是私订终身,他们违背了当时的社会核心价值,即年轻人应服从老人,婚姻不是爱情的产物而是财富与地位的巩固与联合。③ 一如宗教改革家约翰内斯·布伦兹(Johannes Brenz)所强烈谴责未批准的婚姻:"当两个年轻人出于叛逆和无知,在父母不知晓和不同意的情况下,像着了魔一样,偷偷摸摸、轻率、欺骗——有时是通过一个媒人、甜言蜜语的谎言或其他不正当手段的帮助和教唆——结合在一起,谁会否认这种结合是撒旦而不是上帝带来的呢?"④因此神父亦有罪,故而在给两人私订终身祝福时,其内心极为忐忑:"但愿上帝祝福这神圣的结合,没有日后的灾难把我们谴责!"并预告"会带来凶猛的结局……乐极生悲。"(94—95)此剧重要取材来源——布鲁克的《罗密乌斯与朱丽叶哀史》的前言("To the Reader")中就这样描述了劳伦斯神父:"滥用合理婚姻的神圣名义来掩盖偷换契约的羞耻;最终当然可以让不忠

---

① Susan Sontag, *Illness as Metaphor & Aids and Its Metaphors*, New York: Penguin Books, 1991, p. 131. 后文出自该著作的引文,将随文在括号内标出该著作名称首词和引文出处页码,不另作注。

② Margaret L. King, *Women of the Renaissance*, Chicago: University of Chicago Press, 1991, p. 30.

③ See Jonathan Bate & Rasumussen Eric, eds., *William Shakespeare Complete Works*, p. 1677.

④ Steven Ozment, *When Fathers Ruled: Family Life in Reformation Europe*, Cambridge, Mass., and London: Harvard University Press, 1983, p. 28.

的人生赶往悲凉的结局……试图冒险获得自己期望的欲望,利用听到的忏悔、偶像崇拜与背叛来促进他们的意图实现。"①随后布鲁克称他为"一个明显无知的傻瓜",而且谴责说劳伦斯神父的密室是个"用来利用年轻人的秘密场所"。② 两大家族有罪,长期的械斗给整个城市带来巨大灾难。戏剧一开场就发生了两个家族的械斗,但是市民们的反应却是相当奇特的——众市民:"有棍子的用棍子,有枪的使枪,打呀! 把他们打下去! 打倒卡普莱家的人! 打倒蒙太古家的人!"(32)对市民而言,这两个家族就像瘟疫一样让人厌恶,因为他们的争斗持续到哪儿,哪儿就会有流血死亡。而亲王的谴责也印证了这一点:"用乡亲的鲜血把刀剑玷污了……你们这些个畜生! 为了给你们满腔怨毒的怒火解渴,不惜叫血管迸射出殷红的喷泉……只为了发泄你们发了霉的仇恨。"(23)罗密欧一出场就发现满地狼藉还有血迹,于是说道:"一切的一切,原来是无中生有啊!"③他的话点出了所有人的悲剧源泉,"上帝造了他,毁了他的是他自个儿"(84),最后亲王哭诉说,"是上帝在惩罚你们……我们都受到了惩罚"(187),意味着所有人的结局都是自己造成的。

　　实际上,当时的天主教、新教、清教都认为瘟疫是"上帝之怒"(the wrath of God),即神惩罚人类罪孽的工具,身体的受辱是获取救赎所必需的一种方式,而处理的唯一方法就是忏悔和接受。④ 正如神父所说:"为我们的罪孽,灾祸从天而降,上帝的意旨要顺从,不能有违抗。"(161)在那个《圣经》深入人心的年代,我们不能忽视其中第 92 则诗篇中的话:"他必救你脱离……和毒害的瘟疫。"⑤这并不能免疫,但是对瘟疫时期的信徒而言,诗篇提供了特别的保护和希望。莎士比亚同时代的演员爱德华·艾来恩在 1593 年 8 月写给妻子的信中说道:"祈祷者必得上帝庇佑,

---

① 莎士比亚的《罗密欧与朱丽叶》取材于英国文人布鲁克的叙事长诗《罗密乌斯与朱丽叶哀史》(Arthur Brooke, *The Tragicall Historye of Romeus and Juliet*, 1562)。See Arthur Brooke, *The Tragicall Historye of Romeus and Juliet*, in G. Blakemore Evans, ed., *Romeo and Juliet*, Cambridge: Cambridge University Press, 2003, pp. 229—230.

② Arthur Brooke, *The Tragicall Historye of Romeus and Juliet*, p. 237, p. 244.

③ 指上帝在虚无中创造天地万物。

④ Richard A. Hughes, *Lament, Death, and Destiny*, New York: Peter Lang Publishing, Inc., 2004, p. 102.

⑤ *Holy Bible*, 第 935 页。

不要怀疑上帝会仁慈地保护你。"①那时的瘟疫被认为是普通人的堕落导致的,但是宗教改革则添加了新的内容:在日内瓦的天主教徒将上帝的愤怒归咎为加尔文教徒的异端邪说,而加尔文教徒则指责天主教徒的渎神。他们总是责怪敌对宗教势力带来或延长了瘟疫。② 同样,在玛丽女王执政时期爆发的瘟疫被认为是之前亨利八世与爱德华六世的新教政策导致的,而重建新教的伊丽莎白一世治下的伦敦 1563 年爆发的瘟疫则被归咎于天主教残余分子。③ 可见瘟疫总被看作"对个体的惩罚,也是对某个群体的惩罚"(*Illness*:140),此时则成为清教徒坚定上帝权威、攻讦天主教的有力武器。

二

实际上,《罗密欧与朱丽叶》的语言比起莎士比亚其他戏剧更多涉及了早期现代的疾病和治疗,评论家琳内特·亨特就认为:"《罗密欧与朱丽叶》明显是一出关于医学话语和 16 世纪 90 年代医学与比喻关系在英语实践中应用的戏剧。"④剧中"和平与仇恨"都是"发了霉"的,(23)而月亮也是"脸色都变黄了"(63)。人物同样说明了关于体液和瘴气相关理论的复杂知识⑤,诸如罗密欧"黑暗和不吉利的……怪癖(体液)(black and

---

① Quoted in Stanley Wells, *Shakespeare & CO*, New York: PENGUIN BOOKS, 2007, p. 39.

② See Joseph Patricfk Byrne, *Daily Life During the Black Death*, Westport: Greenwood Press, 2006, pp. 29—30.

③ Quoted in Alan D. Dyer, "The Influence of Bubonic Plague in England 1500—1667", *Medical History* 22(1978):308—326, p. 322.

④ Lynette Hunter, "Cankers in *Romeo and Juliet*: Sixteenth-Century Medicine at a Figural / Literal Cusp", in Stephanie Moss and Kaara L. Peterson, eds., *Disease, Diagnosis, and Cure on the Early Modern Stage*, Burlington, VT: Ashgate, 2004, p. 171.

⑤ 体液理论(humoral theory)源于古希腊,认为人体的健康是由四种体液(血液、黏液、黑胆汁、黄胆汁)、四种元素(土、气、火、水)、四种特质(热、冷、湿、干)的微妙平衡所维持的。而其最重要的一个特点就是强调个体与环境之间的关系。See Thomas P. Gullotta, Martin Bloom, Child and Family Agency of Southeastern Connecticut, eds., *Encyclopedia of Primary Prevention and Health Promotion*, New York: Kluwer Academic/Plenum Publishers, 2003, p. 19. 瘴气理论(miasma theory)则认为疾病是由空气里面的某些物质直接造成的或周围的物质间接造成的。See Ingvar Johansson & Niels Lynöe, *Medicine & Philosophy: A Twenty-first Century Introduction*, Heusenstamm: ontos verlag, 2008, p. 35.

portentous... humor)",蒂巴特的"一腔怒火(黄胆汁)(willful choler)"和"火爆的烈性子(unruly spleen)"。(25,54)

但神父、卖药人和搜寻者的直接出场让《罗密欧与朱丽叶》看起来更像一部瘟疫戏剧,特别是此剧中的劳伦斯神父,实际上更接近瘟疫时期伦敦的治疗者形象。其刚出场就在阐述药物的使用:

> 为了采药草,和那有特效的花瓣,我来到户外……大地本是哺育众生的慈母……众生万物都是她赐给的生命,靠吸吮她的乳汁,才获得了养分。世上的有生和无生,没一样没用……一草一木一石,都各有其特性,都各有奇妙的效用……这世上哪有一物,一身都是恶?对人对世,它总有一点用处,哪怕是尽善尽美,使用没分寸,"善"就会变质,丧失了它的本性。"善"成了"恶",如果无节制地滥用;掌握得好,"恶"也能为人们立功。小小的这朵花……贮藏着毒性,具有毒药般威力;嗅着那花香,会使人神清气爽,吞下那花汁,就叫人昏迷不醒。善和恶,好和坏,是难分难解的一双……一旦恶势力在内部占了上风,枯萎的树木很快就被虫子蛀空。(74—75)

鼠疫和梅毒的肆虐与帕拉塞尔斯及欧陆其他科学家逐渐浓厚的化学药品兴趣相结合,导致了大量使用效果明显但经常会导致中毒的疗法。劳伦斯神父最引人注目的是使用了帕氏医学理论来强调有害物质的潜在益处:"有害的野草"同时包含着毒药和治疗效能,"闻一下神清气爽,尝一下就性命堪忧",对劳伦斯神父而言,世上的物质"不可看轻",没有"一身都是恶"。亨特认为这段将"劳伦斯置于传统的格林派医学之下"①,劳伦斯神父这里涉及了格林派体液平衡原则,但更多涉及了帕拉塞尔斯的药物观点。首先是治疗药物与毒药存在的统一性。② 剧中劳伦斯给他们的"蒸馏的液体"很可能是曼陀罗草(mandragora)制作的汁液,但它潜在蕴含着毒素。朱丽叶似乎对药瓶中的汁液(以及神父的用心)心存疑虑:"万一这配制的汁液没有效力呢?……如果这是毒药呢?是神父私下配好了存心叫我死。"(152)其次,劳伦斯神父独白中的"一草一木一石"与帕氏宇

---

① Lynette Hunter, "Cankers in *Romeo and Juliet*", p.173.

② Galen(约 AD 129—204),Paracelsus(1493—1541),两人一为古典医学代表,一为现代医学代表。关于其生平参见 Jeanne Bendick, *Galen and the Gateway to Medicine*, Bathgate: Behtlehem Books & Ignatius Press, 2002 以及 Nicholas Goodrick-Clarke, *Paracelsus: Essential Readings*, Berkeley: North Atlantic Books, 1999。

宙活力观点如出一辙。像帕拉塞尔斯一样,劳伦斯服从自然世界,而同时帕氏也在其作品中提到大地为"母亲",与劳伦斯独白中的"大地慈母"以及众生都"吸吮她的乳汁"相呼应。① 再次,帕氏认为每一种植物、动物和矿石都是由有着特定行星给予的神圣"部分"——外貌。诸如核桃就被认为能治愈头部疾病,因为它们看起来像大脑。在劳伦斯神父那里,植物会告诉你其使用方法,上帝"赐给了生命","都有奇妙效用"。(74)而且帕氏认为,对植物的外部特征或矿石的内部特性的理解能拓展实践于病人内部状况所反映的表象。但是格林派的医生则专注于检验病人的血液、尿液和排泄物。然后帕氏坚持认为事物间直接的相互影响,临床经验是最重要的:"因此一个内科医生必须有大量经验,不仅仅是书本的记载,还有自己所记录的病症,这些记录不会让他失望和被蒙骗。"②劳伦斯神父就推测罗密欧因为"坐卧不安"而"一整晚没有躺下身子"(76),并认为罗密欧的外部表现符合内部心理:"你可是男子汉?凭你这身材,谁能说不是?可你却跟娘儿们学,泪流满面的",罗密欧成了"不成体统的娘儿们,还不够格做一头野兽"(121)。最后,劳伦斯神父使用炼金术的比喻来描述两人的婚姻,同样也表达了帕氏的信条:他们的婚姻将"把他们俩结为一体(这里的 incorporate 是炼金术话语)"并"将两家的仇恨变成纯爱"。(96,78)可见实际上神父是被置于帕氏医学之下的。

宗教和医学在一开始就有着共同的目的——创造生命的完美。从语源上讲,神圣(holiness)和治疗(healing)从同一词源 wholeness 演化而来,同样,拯救(salvation)和有益健康(salubrity),治疗(cure)、照顾(care)和仁慈(charity)也是由同一词根演变而来。但是身体(body)和灵魂(soul)、心智(mind)、精神(spirit)还是有着明显分界的。这种二元论使得医学从宗教分化出来,使治愈机体的医生和治疗灵魂的牧师区分开来。因此医学和宗教、医生和牧师互相争夺领地,而机体和信仰也始终相互交织、相互抵触地存在和发展。但更重要的是,西方医学是在宗教价值体系的基础上发展起来的。③ 因此我们在分析医学因素时必须联系宗教因素。实际上,帕拉塞尔斯偏离了医学正统,他将自己的理论与基督教、

---

① Owsei Temkin, *The Double Face of Janus and Other Essays in the History of Medicine*, Baltimore: Johns Hopkins University Press, 1977, p. 235, p. 230.
② Ibid., pp. 235−236.
③ See Roy Portey, ed., *The Cambridge Illustrated History of Medicine*, p. 84.

新柏拉图神秘主义以及新教宗教改革相联系,宣称自己对医学的改革是宗教改革必不可少的一部分。尽管拥有大量信徒并影响了生物化学史,但他和追随者常作为"魔法师"(magician)或"巫师"(conjurer)被驱逐,不被清教所认可。① 而且"巫师"一词在莎士比亚其他戏剧中常被用作"天主教驱魔师"②。莎士比亚材料来源中的劳伦斯神父就已经被设置为"迷信的行乞修道士"③,莎士比亚延续了这一设置,而且很多内科医生在宗教改革后的英格兰同样也是神职人员,可见劳伦斯神父是作为天主教和帕拉塞尔斯的化身出现的。严格说来,劳伦斯神父(Friar)是不存在于莎士比亚时代的英格兰的,因为亨利八世早在1535年就驱逐了这类天主教徒。而且当瘟疫降临英格兰时,罗马天主教教堂的圣礼仪式受到了严重挑战,很多教徒并未受到圣餐和救赎告解的庇佑,更由于大量的牧师也死于瘟疫或因担心瘟疫而逃离教区,导致在一些偏远城镇的教堂和政府里只有单个的清教牧师坚守阵地,扩散了人们对天主教的怀疑。④ 剧中对天主教徒和帕氏医学的双重否定正是当时清教所持有的普遍观念。

三

由于瘟疫是大规模群体性事件,除了神学、医学的活动之外,当局则试图用预防与隔离的方式与之对抗。于是我们还可以在剧中看到关于罗密欧与朱丽叶被隔离(束缚)的隐喻,它们影射了当局的隔离手段:石头筑的果园围墙、劳伦斯神父的密室、朱丽叶的橱柜、陵墓等。蒙太古就描述了罗密欧的隔离:"我那儿子……独自躲进房内……紧闭门窗。"(25)而后罗密欧认为自己的心"牢插在地面,一步也不许动"(44),"比被疯子绑得更紧,禁闭在监狱中……受折磨"(33—35),最终两人深陷的命运又出现在最后封闭的空间"祖先的坟墓"。而且我们还可以看到瘟疫的爆发完全契合了罗密欧的悲伤:"在这儿无论是猫,是狗,是小耗子,不管是多么卑贱的生灵,都生活在天堂里……唯独罗密欧,办不到! 就算是最肮脏的苍

---

① See Joseph Patricfk Byrne, *Daily Life During the Black Death*, p. 28.

② 诸如在《错尽错绝》中品契尔士在剧中反复被提到是 conjurer(4. 4. 42;5. 1. 178;5. 1. 243),都指向说明他是一个天主教驱魔师。See Peter Milward, *Shakespeare's Religious Background*, Bloomington: Indiana University Press, 1973, pp. 52−53.

③ Arthur Brooke, *The Tragicall Historye of Romeus and Juliet*, pp. 229−230.

④ See Alan D. Dyer, "The Influence of Bubonic Plague in England 1500—1667", p. 325.

蝇也比罗密欧活得更光彩,更得意。"(117)将瘟疫与小动物的结合证明了牟克休死前的咒骂:"明明是狗,是老鼠,是小耗子,是猫。"(102)两段话中的相同语言提醒我们在瘟疫爆发期间城市的自由只属于家畜、蚊虫、苍蝇,我们会更进一步回忆起瘟疫实际上是由那些"猫、狗、小老鼠"身上携带的跳蚤传播的。尽管这种流行病学在莎士比亚时代并不为太多人所知,但其联系却是无法不让人正视的。①显然,这种体验——封门闭户的隔离正是16世纪晚期"伦敦瘟疫爆发时"的标准做法②,市政当局通常会"将瘟疫患者封闭在房子里,与社区隔绝让其自生自灭,而门上划十字标明内有病患"③。因此感染者也只能与感染者有所接触,这正是剧中约翰神父送信失败的原因。但尽管"花园的围墙那么高,爬墙不容易",罗密欧仍然能"轻易地翻过墙"(67),可以"趁城门还没有放哨就走"或天亮了"乔装打扮混出城去"(117),可见瘟疫既不能在隔离房内也不能在墙内受到控制。

而且莎士比亚进一步创造了一个由不幸带来的偶然性导致最终无法避免结局的忙乱环境④,这种背景的表述是人人都被瘟疫感染的状态;所有提到的中毒、瘟疫、感染结合起来组成了维罗那混乱与灾难的中心象征。⑤维罗那已经被"两户大族"所分解和削弱,这两个家族的"新近的厮杀"可以说重新释放了"两家的诅咒(瘟疫)",而且散播了污染,因为"私斗叫清白的手把血污染上"(14)。倘若说维罗那由于两大家族而混乱无序的话,那剧中另一城市曼图亚也有类似情况,它们既有联系又相互隔离。那里居住着药剂师——药铺的店主"衣衫褴褛,面黄肌瘦……无情的贫穷磨得他剩下一把骨头……冷清的店堂里……散放在架子上,是零零落落的空匣子……稀稀朗朗地乱放着,支撑起一个空门面"(166)。毒药在曼图亚"严禁出售,违者处死",但是贫穷的卖药人依旧出售毒药给罗密

---

① See Leeds Barroll, *Politics, Plague, and Shakespeare's Theater: The Stuart Years*, Ithaca, New York: Cornell University Press, 1991, pp. 92—96.

② See Jill L. Levenson, ed., *Romeo and Juliet*, New York: Oxford University Press, 2000, fn. L, 11.

③ Ian Munro, "The City and Its Double: Plague Time in Early Modern London", *English Literary Renaissance* 30:2(2000):241—261, p. 258.

④ See M. C. Bradbrook, *Shakespeare and Elizabethan Poetry*, London: Chatto & Windus, 1951, p. 109.

⑤ See Janyce Marson, ed., *Bloom's Shakespeare Through the Ages*, New York: Bloom's Literary Criticism, 2008, p. 268.

欧，剧中指涉了贫穷和随之而来的犯罪行为可能威胁那个城市（克里斯·菲特认为这是当时伦敦的现实情况）。① 比起维罗那，曼图亚仍然是法律约束较强的地方：在布鲁克的作品中，卖药人最后被绞死，但相反的是，莎士比亚的作品中维罗那的亲王任意地改变刑罚，并推迟了判决：在"把这事谈个透彻"之后"该恕的当宽恕，该罚的就要惩罚"（187—188），城市的状况和统治术令人怀疑，正如苏珊·桑塔格指出"城市自身就已经被看作……一个畸形的、非自然的地方，一个充斥着挥霍、贪婪和情欲的地方"（*Illness*:74）。维罗那和曼图亚的混乱和失序也正是导致瘟疫的重要原因，正是城市生活导致了牟克休的诅咒，"A plague o' both your houses"在此也是"瘟疫房子"，因此瘟疫成为双重指向：既是袭击城市的疾病，又是被感染的城市。

即便莎士比亚把戏剧场景设在其他国家，他提到的城市始终是伦敦。②英国都铎王朝时代和斯图亚特王朝时代，负责隔离检疫的英国皇家警察和抗议的清教徒在瘟疫发生后曾发生格斗。③ 国王和市政府对流行病实行了抑制政策，他们关闭城门，禁止商业活动，隔离患者和潜伏期病人。牧师们谴责当局的行为是误导，无医疗意义的，因为它违背了上帝的旨意，又是不虔诚的。清教徒牧师查德顿（Laurence Chaderton）曾悲叹："能驱散上帝愤怒的不是打扫卫生，保持室内和街道的清洁，而是净化我们的心灵，使我们的灵魂远离罪恶。"真正需要的不是肉体的卫生，而是灵魂的圣洁，不是扣押、没收，而是信奉上帝。④ 桑塔格认为这一时期的"（瘟疫）隐喻被用来表达对某种终究会波及个体的总体失调或公共灾难的不满"（*Illness*:74），而且"瘟疫隐喻在对社会危机进行即决审判方面不可或缺"（*Illness*:142），联系当时的状况，莎士比亚描绘的隔离措施的

---

① See Chris Fitter, "'The Quarrel Is Between Our Masters and Us Their Men': *Romeo and Juliet*, Dearth, and the London Riots", *English Literary Renaissance* 30(2000):154—183, p.160.

② See Stephen Greenblatt, ed., *The Norton Shakespeare*, 1997, p.170.

③ 克里斯·菲特认为，"逐步升级的阶级间年轻人的暴力冲突，1594—1597 年间对死亡的恐惧，以及 1595 年伦敦耸人听闻的骚乱"都成了本剧政治指涉的关键证据，但是没有提到毁灭性的瘟疫爆发几乎灭绝了城市。See Chris Fitter, "'The Quarrel Is Between Our Masters and Us Their Men': *Romeo and Juliet*, Dearth, and the London Riots", p.155.

④ 转引自 Richard Palmer, "The Church, Leprosy and the Plague in Medieval and Early Modern Europe", in W. J. Sheils, ed., *The Church and Healing*, Oxford: Basil Blackwell, 1982, p.97.

无效和城市混乱无序状况正是为了"以强化的效果来呼吁人们作出理性反应"并以此来"敦促统治者追求更为理性的政策"(*Illness*:78—79),隐藏着清教追求社会在上帝治下恢复正常均衡状态(即清教统治)的要求。

四

在莎士比亚的戏剧中,"瘟疫"(plague)和"鼠疫"(pestilence)反复出现,但是通常被用来作为诅咒或灾难的一般表述。① 既然瘟疫在早期现代英格兰随处可见,为什么莎士比亚几乎没有在舞台上呈现瘟疫这一其生活中重要的文化现象呢?最明显的答案是这样做对生意有影响,通不过审查(当局担心对民众造成恐慌心理)。但莎士比亚并没有彻底避开瘟疫意象的使用,因为其最主要的艺术特点之一,是他那充满真实性的笔触。② 实际上早期现代爆发的瘟疫对宗教有着显著意义,因为它们是与新教主义、清教主义、不服从国教的发展相一致的。从某种程度上说,正是瘟疫导致了后来的宗教改革与各方面的现代化。③ 因此对于莎士比亚的整部作品都暗含着清教笃信上帝权威、反天主教、反国家政府的观念我们不会感到奇怪,但仔细分析却能挖掘出两个隐藏的矛盾:

其一是关于占星术。由于在认知系统上的矛盾,占星术和宗教是明显不同的两个系统。占星术的阐释是瘟疫流行时期知识分子最偏向的方式,并广泛被人们所接受直到瘟疫停止的17世纪后期。④ 它非常符合流行的瘴气理论,天体状态的改变为空气的腐坏提供了貌似正确的解释:当星星带着热度和湿气时,腐朽的状态很自然就开始了。⑤ 命运在星星的主宰之下弥漫着整个早期现代的瘟疫书写,莎士比亚的作品中也是一样,如开场白提到两位恋人是"a pair of star-crossed lovers"⑥,罗密欧注意到

---

① 莎士比亚的文本中使用"plague"共计98次,"plagues"14次,"pestilence"14次。See M. Spevack, *A Complete and Systematic Concordance to the Works of Shakespeare*, Hildesheim: Georg Olms Verlagsbuchhandlung, 1970, p. 2628, p. 2616.

② See Stephen Greenblatt, ed., *The Norton Shakespeare*, 1997, p. 13.

③ See Alan D. Dyer, "The Influence of Bubonic Plague in England 1500—1667", pp. 323—324.

④ Quoted in Keith Thomas, *Religion and the Decline of Magic*, p. 388.

⑤ Ibid., p. 389.

⑥ "star-crossed"指"被命运所阻碍和受星体的恶劣影响的",See Jonathan Bate & Rasumussen Eric, eds., *William Shakespeare Complete Works*, p. 1679, n. 6.

了"主宰命运的星星"。弗莱就指出在剧中"占星学起了相当大的作用"①,而戈达德认为前言"把这部戏剧置于占星家影响之下"②。但是通常占星术会与巫术相联系,尤其遭到清教的反对,诸如《穷人的宝石》(The Poor Man's Jewel, 1578)的作者清教牧师托马斯·布拉布里吉(Thomas Brabridge)就咒骂占星术为"异教徒的偶像崇拜"(idolatry of the heathen)③。其二则是关于劳伦斯神父。通过上文分析我们可知他是天主教的代表,在剧中似乎是被指责的对象,但是另一方面莎士比亚又给予了他同情。保罗·沃斯就指出了莎士比亚对劳伦斯神父的描述是有正面效果的④,而格林布拉特也认为"劳伦斯神父有着显著的社会特征,他将集体智慧和团体的圣洁结合在一起……积极参与社会活动"⑤。

这种矛盾态度是如何出现的呢?依笔者看来,其一是莎士比亚模糊的宗教观念。他与天主教、新教、清教甚至其他异教都保有一定距离,既可说信仰也可说不信仰。正如格林布拉特所分析的,几乎可以确定莎士比亚的家庭倾向天主教,其妻子安妮的家庭则几乎必定倾向于与其相对立的新教,而其父既是天主教徒又是新教徒。莎士比亚拥有多重信仰,或者向着不信奉的方向发展。⑥ 其二是基于经济原因。清教的观念在学者、商人中最先得到支持,而其主体则是市镇成长起来的中下层绅士和市民,而这些人正是剧场观众的主体。⑦ 莎士比亚与清教反对当局隔离的态度是一致的,因为瘟疫爆发时期莎士比亚被迫关闭剧场,陷入了经济困

---

① Northrop Frye, "Romeo and Juliet", in Harold Bloom, ed., *Modern Critical Interpretations of William Shakespeare's Romeo and Juliet*, Philadelphia: Chelsea House, 2000, p. 165.
② Harold C. Goddard, "Romeo and Juliet", in Harold Bloom, ed., *Modern Critical Interpretations of Shakespeare's Romeo and Juliet*, Philadelphia: Chelsea House, 2000, p. 25.
③ Joseph Patricfk Byrne, *Daily Life During the Black Death*, p. 29.
④ See Paul Voss, "The Antifraternal Tradition in English Renaissance Drama", *Cithara: Essays in the Judeo-Christian Tradition* 33.1 (1993):3—16, p. 14.
⑤ Stephen Greenblatt, ed., *The Norton Shakespeare*, 1997, p. 870.
⑥ See Stephen Greenblatt, *Will in the World*, p. 118, p. 113.
⑦ 参见 Clayton Roberts, David Roberts,《英国史》(上),第 347 页。

境,即便是向伊丽莎白一世寻求特许与庇护,也难以改变窘境。① 在利兹·巴罗的《政治、瘟疫与莎士比亚剧场》(Politics, Plague, and Shakespeare's Theater)一书中就提到剧场在莎士比亚生前由于五次较大规模瘟疫而关闭(1581—1582,1592—1594,1603—1604,1608—1609,1609—1610)。但清教徒激进的观念则让他大为恼火,因为他们将剧场与瘟疫等同,宣称要废除剧场,一位清教牧师声称:"如果你仔细留意的话会发现导致瘟疫的原因是罪孽,而罪孽则来源于戏剧;因此导致瘟疫的是戏剧。"② 其三是政治原因。在伊丽莎白女王统治的早期,戏剧演员无形中被鼓励在节目中表现反天主教的情绪,只有在宣传清教的好处要大于煽动反天主教情绪带来的好处时,王室才开始采取比较谨慎的态度。在莎士比亚活动时期,演员已经被禁止在戏剧中表现宗教问题。③ 因为伊丽莎白不仅要抵抗教会以外的天主教威胁,而且还要与来自教会内部的清教徒威胁搏斗——清教徒攻击主教的权威,并要求引进长老会制的教会政府,使权威归于集会的长老及牧师,这对伊丽莎白的统治构成了威胁。④ 为了通过审查,在兼顾经济利益的同时,莎士比亚必然会迎合当局的谨慎宗教态度。

在如此复杂的状态下,我们就易于理解莎士比亚剧中的暗示隐喻和复杂的瘟疫表述了,莎士比亚"让观众重临想象的鲜活的灾难场景来获得某些控制感"⑤,在使用瘟疫的隐喻来为生计、政治、宗教等服务的同时,表达出了对当局措施和清教激进观念的不满。因为即使清教成功征用了"瘟疫话语",但由于莎士比亚在宗教上的暧昧和世俗化倾向,其在清教徒眼中也是散布"社会瘟疫"之人。但正如杰曼·格里尔指出的那样,莎士

---

① 1593 年瘟疫爆发关闭剧场使得莎士比亚不得不另谋职业,像同时代的 George Chapman 和 Michael Drayton 一样通过写诗歌来寻求赞助和庇护,于是他写下了长诗《维纳斯与阿董尼》以及《鲁克丽丝失贞记》献给南安普顿伯爵。See Jonathan Bate, *Soul of the Age*, pp. 223-224. 而且献给贵族有三重好处:首先可以从出版商那里得到一些钱,其次可从被题献者处得到作为感谢的礼物,最后若幸运的话还可以在被题献者处获得文秘或其他职位。See also Jonathan Bate & Rasumussen Eric, eds., *William Shakespeare Complete Works*, p. 31.

② Quoted in Frank Percy Wilson, *The Plague in Shakespeare's London*, Oxford: Oxford University Press, 1927, p. 52.

③ See Germaine Greer, *Shakespeare: A Very Short Introduction*, p. 26.

④ 参见 Clayton Roberts, David Roberts,《英国史》(上),第 389 页。

⑤ Catherine I. Cox, "'Lord Have Mercy Upon Us': The King, the Pestilence, and Shakespeare's *Measure for Measure*", *Exemplaria* 20 (2008):430-457, p. 434.

比亚戏剧的目的就是"让人们意识到思想之外的维度,意识到日常生活中充满想象力的维度",其"充满了辩证冲突的"舞台上"不同的思想观点针锋相对,而对于思想本身更为深刻的理解就在这些思想的交锋和冲突中得以浮现出来"。①

---

① Germaine Greer, *Shakespeare: A Very Short Introduction*, p. 23.

第八章

《泰特斯·安德洛尼克斯》中食人的文化意义

《泰特斯·安德洛尼克斯》(以下简称《泰特斯》)(约1590)是莎士比亚早期之作,这是一部充满了"血腥味"的"复仇剧":血祭、奸污、截肢、屠杀、母食子肉等元素充斥整部戏剧。剧中演绎的复仇情节残忍血腥,达到了荒唐、难以置信的程度,在当时此剧非常卖座,伊丽莎白时代的伦敦观众爱看这类相互厮杀,直到同归于尽的"复仇剧"。《泰特斯》演出后的七年间(1594—1601),伦敦坊间先后有三种单行本问世,反映了这一时期复仇剧很受欢迎。该剧的结构由敌对双方相互伤害、彼此报复的事件松散地堆集在一起。泰特斯胜利归来,命令将被俘的哥特人女王塔摩拉的儿子切断四肢投入火堆,以祭战死的众多儿子的在天之灵,这一斩祭行为种下了新的仇恨,引出了塔摩拉为儿子报仇的行动。可是,设计暗杀泰特斯的女婿、奸污和残害其女儿拉维妮娅并把罪责转嫁给泰特斯两个儿子的人,却不是塔摩拉,而是她的情人阿龙,实施阴谋的则是她的两个儿子。新的一轮伤害之后,剧情转入泰特斯失宠、被骗又遭嘲弄以及拉维妮娅被奸污后的惨状等场面,直到泰特斯得知残害女儿的真凶时,才有他、他的护民官弟弟以及泰特斯一家的复仇行动。这样,敌对双方似乎成了两队人马、两条拉锯似的复仇线索,此剧虽缺乏一个中心的复仇动机,但却在情节推动中展开了一场复仇行动并在最后的"食人"宴会场景上达到高潮并结尾。1614年本·琼生还提到(虽不无讽刺地)浅薄无知的观众就爱看这类浮词堆砌的戏剧。之后此剧被贬得一文不值,受到剧团、观众和批评家的冷落,甚至出现否认其为莎翁手笔的声音。艾略特还曾批评此剧是"最愚蠢和枯燥的"①。而本章拟将剧中的食人作为主线,置于复仇文学传统、宗教仪式、同时代的医学观念以及新大陆书写之中,指出莎士比亚对人与人之间的血腥和暴力所进行的反思,即莎士比亚是在"食人"文化中寻找一种平衡,一方面通过对食人的展示,置入复仇等内容来迎合观众心理,宣示一种正义形式,另一方面在其中探讨一种文明的界限。

一、《泰特斯》中的食人表征

正如琼·菲兹帕特里克(Joan Fitzpatrick)指出的那样,《泰特斯》是莎士比亚戏剧中唯一直接出现"食人/同类相残"(cannibalism)的戏剧。② 在戏剧的最后一幕中,泰特斯用塔摩拉两个儿子契伦和狄米特律斯的血肉做成馅饼,设宴款待罗马皇帝萨特尼纳斯和皇后塔摩拉,在对话中塔摩拉无意识地吃下了馅饼。当问及两人的下落时,泰特斯带着复仇者的快感洋洋得意地说道:

> 嘿,他们就在这儿,被烤成了馅饼;
> 他们的母亲刚才吃得津津有味的,
> 正是她自己的亲生骨肉。这是真的,
> 这是真的,我的刀尖可以作证。(140)

评论家们对塔摩拉是否吃过泰特斯提供的馅饼争论不已。雷蒙德·赖斯(Raymond J. Rice)就认为"莎士比亚的作品中没有出现真正的人吃人现象"③,因为在所有文明体系内食人被当做一种禁忌的存在,是人类

---

① Stephen Greenblatt, ed., *The Norton Shakespeare*, 1997. p. 371.
② Joan Fitzpatrick, *Shakespeare and the Language of Food*, New York: Continuum, 2011, pp. 69—70.
③ Raymond J. Rice, "Cannibalism and the Act of Revenge in Tudor-Stuart Drama", *SEL* 44.2(2004):297—316, p. 298.

不应冒犯的道德禁区。剧中泰特斯多次力劝塔摩拉吃饼,但舞台上并未提到任何人动过食物。而泰特斯得意的话语无疑表明塔摩拉吃下了自己儿子血肉做成的馅饼。

除此之外,剧中还出现了大量的隐性的"食人"比喻,而这又与大量关于食物和饮食的指涉相关,即将人比作食物。比如在森林惨剧之中,契伦和狄米特律斯两人谋杀了巴西安纳斯,把他的未婚妻——泰特斯的女儿拉维妮娅强暴并断肢割舌,他们在谈话中都将受害人比作食物。行动之前,狄米特律斯讲道:"面包既已切开,偷走其中的一片岂不轻而易举(Easy it is/ of a cut loaf to steal a shive)。虽说巴西安纳斯是皇帝的兄弟,比他更有地位的人也带过绿头巾。"(47)他将拉维妮娅比作被切开的面包,因为她已经许配给巴西安纳斯因此不再是处女,所以他们计划的强奸并不会留下多少证据,如同切开的面包拿走一片后再拿走一片并不会引人注目。他们的逻辑是建立在拉维妮娅已经"被伤害"了,因此进一步的伤害无关紧要。紧接着拉维妮娅又被比作了"母鹿(doe)",暗示着她不仅仅是捕猎的目标,也是食物,狄米特律斯又一次以食物比喻自己的暴力行为:"先把谷粒打出,然后再焚烧稻草。"(57)而塔摩拉也鼓励儿子们侵犯拉维妮娅并警告:"获得蜂蜜后,不要让这黄蜂活下来刺伤我们。"(58)而玛库斯发现巴西安纳斯的尸体"就像一头被人屠宰的羔羊一样"(62)。让观众联想到即将被食用的牲畜。随后玛库斯发现了被割掉舌头、砍去双手的侄女,拉维妮娅再一次被比作蜂蜜:"唉,那热血组成的一道殷红的水流,像一泓被风激起泡沫的泉水一样,在你两片蔷薇色的嘴唇间浮沉起伏,随着你那甘美的呼吸(honey breath)而汩汩流出。"(68)我们可以看到,这些受害者们都被比作了食物(如面包、母鹿、谷粒、羔羊、蜂蜜),而犯罪者则成了消费品(巴西安纳斯的生命、拉维妮娅的身体)的享用者。

而且我们还可以发现,作为复仇的"食人"贯穿着整部戏剧。莎士比亚在之前就预示了这样的结局,第三幕第一场中,泰特斯的两个儿子被处决,女儿也被强暴、残害,自己也失去了一只手,看着儿子的头颅他不禁说道:"这两颗头颅似乎在向我说话,恐吓我要是不让那些制造灾难的人亲自尝一尝我们所受的苦难(in their throats that have committed them),我将永远得不到天堂的幸福。"(84)实际上,这时的泰特斯还不知道幕后黑手,但他强调了"喉咙(throats)",让犯人"亲自尝一尝"。当泰特斯实施报复时确实是"用剩下的手割断喉咙"(135)。而另一个预示则是出现在

第一幕第一场中,泰特斯的兄弟玛库斯在陈述泰特斯的功绩时提到了他"护送儿子的灵柩,那战死疆场的英雄的灵柩回到罗马(his valiant sons/in coffins from the field)"(20)。在伊丽莎白时期,coffin通常指"上有一层硬皮的馅饼,源于中古法语 coffin,意为篮子或持有者、占有者。它是长方形、正方形或圆形的,有一层厚厚的硬皮足以装在大锅中"①(《驯悍记》第四幕第三场中也提到了 custard-coffin)。而在最后一幕中,泰特斯同样以 coffin 来描述将要制作的"人体馅饼"。这是剧中仅有两次用到 coffin 一词,都含有死亡之意,因此我们可以认为莎士比亚将两种情况混合起来了。(71)②泰特斯用敌人血肉制作的"馅饼(coffin)"是这样的:"听着,狗东西!听我怎样处死你们。我用剩下的手来割断你们的喉咙,拉维妮娅用断臂捧着盆子来盛放你们罪恶的血液。你们都已知道,你们的母亲准备到我家里来赴宴,她自称复仇女神,以为我已经疯了。听着,恶贼们!我要把你们的骨头磨成齑粉(dust),用你们的血调成面糊(paste),把你们两颗无耻的头颅捣成肉泥,做成馅包在饼里(paste a coffin I will rear),叫那个婊子,你们那罪孽深重的老娘,吃下她自己的亲生骨肉。这就是我邀请她前来享用的盛宴,这就是她将要饱餐一顿的美馔……"(135 – 136)这里的"面糊/面团(paste)"指向制作馅饼或"coffin"。③ 泰特斯以极为隆重的礼节和装扮款待来客,不断地殷勤劝道:"您不吃点吗?皇后也请吃一点。"(140)随即话锋一转开始数落皇后两个儿子契伦和狄米特律斯的罪行:"他们奸污了她,割掉了她的舌头"(140),而当萨特尼纳斯要求将两人带上时,泰特斯戏剧性地透露两人的去向:被他们的母亲吃掉了。可见这实际上是一出与"吃"有关的戏剧,进一步说是"食人"的复仇剧,而这与欧洲复仇文学传统中的食人主题息息相关。④

---

① Francine Segan, *Shakespeare's Kitchen: Renaissance Recipes for the Contemporary Cook*, New York: Random, 2003, p. 93.

② See Joan Fitzpatrick, *Shakespeare and the Language of Food*, New York: Continuum, 2011, p. 97.

③ Lorna J. Sass, *To the Queen's Taste*, New York: The Metropolitan Museum of Art, 1976, p. 127.

④ 中外作品中,尽管食人动机与表现方式各有不同,但都有食人场景的出现与对食人的描写。

二、食人的文学传统与献祭仪式

　　食人的主题早在古希腊罗马时代的神话中就出现了,正如艾科指出的那样,古典神话就是一份残酷事物的目录:萨图恩生吞亲生子女……坦塔勒斯烹其子培洛普斯以飨众神……阿楚斯杀死亲兄弟泰斯提斯之子,以其肉宴请泰斯提斯……①而作为莎士比亚最早悲剧之一的《泰特斯》,则受到了古希腊罗马以来复仇悲剧的影响,实际上直接继承了塞内加和埃斯库罗斯的传统。塞内加的《提埃斯忒斯》(Thyestes)是莎士比亚《泰特斯》的主要取材来源之一。尤其令人注目的还有他对奥维德《变形记》的直接挪用和模仿,如泰特斯在抓住契伦和狄米特律斯之后说道:"因为你们虐待我女儿甚于菲罗梅尔受到的虐待,所以我对你们的报复,也要超过波洛涅。……但愿这酒席比起当年肯陶洛斯的盛宴还要惨无人道,还要充满血腥。"②菲罗梅尔的故事是《泰特斯》中"食人"报复的直接来源,其中讲道:"她们(普洛克涅和菲罗梅尔两姊妹)把它(伊堤斯——即孩子的尸体)肢解了。一部分扔进铜釜里去煮,一部分放在火上去烤。满屋里血渍斑驳。……普洛克涅随后请丈夫来赴宴……忒柔斯独自一个……开始大嚼自己的骨肉。他这时完全蒙在鼓里,说道:'去把伊堤斯找来!'狠心的普洛克涅再也忍不住心中的快活,很想把害死儿子的消息说了出来,她说:'你要找的人在你肚子里呢。'……忒柔斯大叫一声,一下子把桌子推翻……他恨不得能劈开自己的胸膛,把方才所吃的可怕的酒席挖出来,把自己的骨肉倾倒出来。这时他失声痛哭,把自己叫作儿子葬身的坟墓。"③这和《泰特斯》中塔摩拉吃掉自己孩子做成的馅饼如出一辙,但莎士比亚省去了塔摩拉知晓真相后的反应。

　　更近一步说,食人这一主题往往代表着某种宗教的神秘主义成分。《圣经·新约》中"约翰福音"6.53—58中这样写道:

---

① 翁贝托·艾科编著:《丑的历史》,彭淮栋译,北京:中央编译出版社,2012年,第34、41页。
② 肯陶洛斯的盛宴,是奥维德《变形记》中的故事,即在庇泰国王皮利托士与希波达弥亚的婚宴上,被邀请来做客的半人半马的肯陶洛斯企图抢走新娘,于是酒宴变成了一场血肉横飞的厮杀。而波洛涅/普洛克涅是菲罗梅尔之姊,忒柔斯之妻,为了报复其夫对菲罗梅尔的奸污,她杀死他们的儿子并用肉做成菜肴给他吃。See Stephen Greenblatt, ed., *The Norton Shakespeare*, 1997, p.429, n.5—6.
③ 奥维德:《变形记》,杨周翰译,北京:人民文学出版社,1984年,第87—88页。

耶稣说:"你们若不吃人子的肉,不喝人子的血,就没有生命在你们里面。吃我肉喝我血的人就有永生,在末日我要他复活。我的肉真是可吃的,我的血真是可喝的。吃我肉喝我血的人常在我里面,我也常在他里面。永活的父怎样差我来,我又因父活着;照样,吃我肉的人也要因我活着。这就是从天上降下来的粮食。吃这粮的人,就永远活着。不像你们祖宗吃过吗哪,还是死了。"

在这个过程中,身体转变为精神,超越生死界限获得永恒。天主教的圣餐仪式中,面包转变为耶稣基督的身体,红酒转变为耶稣的血,被牧师代表教徒食用。这便象征着把基督融于自身,与上帝融为一体,同时也表达对为人类赎罪而做出牺牲的耶稣的爱。在这种经过升华的仪式中,不难看出祭礼与食人的某种历史渊源关系。为了和平而被献出的牺牲者被转换为膜拜仪式的对象。而那些"原始、野蛮"部落的食人行为也往往极富仪式意味,因为人肉是神的食物,食人行为是人与神交流的形式,实际上食人行为成为"象征支配的隐喻"模式的一部分。① 但在《泰特斯》中莎士比亚则将食人的献祭仪式维度大大拓展了。

因此我们看到在《泰特斯》中一开场就出现了献祭的场面——泰特斯将哥特女王塔摩拉的长子砍断四肢进行火祭。实际上献祭仪式通常用以消除群体中的污染物,因为受害者将带走邪恶与污秽。正如勒内•吉拉尔(René Girard)所言:"这是一种强加给作为替代品的受害人的暴力行为……减轻了所有内部的紧张状态、争斗以及群体内的对抗怨气。"而且献祭仪式的过程会"通过有节制的复仇/报复防止暴力的扩散"②。然而剧中的献祭仪式却没有任何效果和意义——即使作为将罗马从危险的、外国的污染中摆脱出来的方式——仅仅是泰特斯为了战争中死去的家族男子而进行的私人报复,正如卢修斯毫不客气地指出:"让我们砍下他的四肢,在那些埋葬死者忠骨的坟前将他烧死,作为献给亡灵的祭品。这样做,为的是平息阴魂的怒气,使它们不致为祟人间,给我们带来凶兆。"(23)随后不理塔摩拉的苦苦哀求,"马上生起火来,让我们在木柴堆上用剑砍下他的肢体,直到烈火把他烧成一片灰烬"(24)。可见对阿拉勃斯身

---

① P. R. Sandy, *Divine Hunger: Cannibalism as a Cultural System*, Cambridge: Cambridge University Press, 1986, p.21.

② René Girard, *Violence and the Sacred*, Trans. Patrick Gregory, Baltimore: Johns Hopkins University Press, 1979, p.7, p.18.

体的暴力行为是作为安德洛尼克斯家族创伤的治愈,体现出罗马人献祭仪式的真正本质是专制而残暴的。而且对于献祭罗马人没有任何异议,证实了帝国统治法则下的个人报复性,这种法则镇压了任何政治理性以及和平和文明。祭火的"烟气就像焚烧的香烛一样熏彻天空"(25),污染的残暴罪行都被掩盖和压制。

而随后对拉维妮娅的暴行其实也是献祭仪式的一种。阿龙遭受了迈克尔·尼尔(Michael Neill)所描述的"复仇者可怕的狂乱行为"之后,声称"我的心头怀着复仇的欲望,我的手上握有死亡的权柄,我头脑里充满着流血和复仇的恶念"(53)。而这与塔摩拉用"天赋的智慧,致力于复仇的阴谋"(49)达成了危险的一致。① 实际上对拉维妮娅、巴西安纳斯、昆塔斯、玛库斯身体的暴行都是哥特人复仇式献祭的一部分,正如阿龙对塔摩拉所说:"你的儿子们将要夺去她的贞操,在巴西安纳斯的血泊中洗手"(54),暴行换来的是更加残忍的暴行。阿龙设局的复仇情节中,拉维妮娅作为安德洛尼克斯家族的代表成为献祭的替代品,明显暗示着在复仇的毁灭性力量之下的脆弱。而巴西安纳斯被血腥谋杀的场景中更是将食人与染病/污染联系起来,拓展了阿拉勃斯献祭的维度,表现出复仇的原始本质,这一幕回应并超越了阿拉勃斯的献祭。首先,巴西安纳斯的死亡并不是公共的净化献祭仪式;他和阿拉勃斯一样,是复仇循环中的牺牲品。其次,阿拉勃斯的身体被肢解,像烹饪一样焚烧。而巴西安纳斯的尸身则被描述为屠刀下可食的肉类——"就像一头被人屠宰的羔羊一样"(62)。第三,阿拉勃斯身体焚烧的烟火被进一步发展成巴西安纳斯被丢弃到地穴的残酷的食人描述("令人厌恶的黑暗嗜血的地穴")(62)。

而最后的献祭则出现在食人宴会上,特别是塔摩拉和阿龙最终的下场,体现出对罗马帝国以及安德洛尼克斯家族的献祭。"至于那一头贪得无厌的恶虎塔摩拉,不得为她举行葬礼,不得为她服丧致哀,也不得为她鸣响丧钟,只是将她弃之荒野,任野兽猛禽去争相攫食:她的一生,像野兽般不知怜悯,她死后,让那些猛禽去对她怜悯吧。"(146—147)塔摩拉受到的惩罚重新定义了她的身体,正像拉维妮娅在泰特斯眼中的形象一样,因为一个被玷污的人必须从生活和社会中被驱逐出去。通过食人的风俗,塔摩拉跨越了这一界限。这一惩罚展现出圣餐的模仿——因为变成了凶

---

① Michael Neill, *Issues of Death: Mortality and Identity in English Renaissance Tragedy*, Oxford: Oxford University Press, 1998, pp. 243—261.

残的野兽,她最终会被野兽同类相残。塔摩拉对罗马的吸收和蚕食则始于对奥古斯丁观念的模仿,奥古斯丁认为:"你不得将上帝变成自己身体的一部分,而是成为上帝的一部分。"①塔摩拉就像一位虔诚的基督徒,通过萨特尼纳斯的性别身体和政治身体吸收并消耗着罗马的养分。但是当塔摩拉模仿罗马的食人行为,将亲生儿子吃下时,她将政治控制的模式具体化了。她在作品中的"消耗与吸收"是"不自然的(unnatural)",因为她是生育的主体,但却将生育变为吞噬。矛盾的是身体层面上的政治意味,塔摩拉对儿子的吞食让人厌恶,但罗马对她的吞食则成为治国之道的必由之路。塔摩拉的身体就像拉维妮娅的一样,成为"灾难的图景(map of woe)"存在于帝国的焦虑之中。② 而阿龙则被"埋在齐胸的泥里,活活饿死"(146),奥古斯丁的解读消解了吃与被吃的关系:面包(上帝的身体)被领受圣餐者所吸收的同时,领受圣餐者又被上帝的身体所吸收。从神学上看来,吃与被吃并无差异。因此乔治·巴塔耶(Georges Bataille)称"普遍的机体(general economy)"③就是上帝,即当机体/身体与上帝相连时,就变成了重生的进程,将自我带回到自我的源泉中去。通过将戏剧置于非基督文化中的写实主义与人类献祭中,莎士比亚除去了奥古斯丁式的基督观念,仅留下肠胃的吞食以及对贪婪和复仇的自我指涉。

三、医学食人

实际上关于吃人有着多种目的:获得营养、自我转化、挪用权力、食人者与被食人者之间关系的仪式化。这使得人肉等同于其他许多种食物,我们吃这些东西,并不单因为我们必须吃才能维生,也因为我们希望吃了它们能改善我们自己:我们想沾这些食物的光。④ 如果说献祭食人与圣餐有共通之处的话,即在于获得力量,而这则与早期现代的医学观念有着

---

① Augustine, *The Confessions of St. Augustine*, Books I – X, New York: Sheed & Ward, 1942, p. 118.

② Heather James, *Shakespeare's Troy: Drama, Politics, and the Translation of Empire*, Cambridge: Cambridge University Press, 1997, p. 106.

③ Georges Bataille, *The Accursed Share: An Essay on General Economy*, Vol. I, New York: Zone Books, 1991.

④ Felipe Fernández-Armesto, *Near a Thousand Tables: A History of Food*, New York: The Free Press, 2002, p. 22.

直接关系。路易斯·诺布尔(Louise Noble)将这种实践及其同时代书写的起源分门别类,而琼·菲兹帕特里克则指出莎士比亚及其观众会联想到这种实践,"因为在厨房用于治疗目的的身体部分很常见,如粪便、母乳、尿液和动物器官"①。诺布尔进一步说道:"现代早期的药典中充斥着……一个早已构建好的治疗模式,这种模式赞成人类身体(活人的和尸体的)的药理权威作用,而且规定了医学上的食人(像药物一样吞食),即以药理目的食用处理过的人肉、人血、脂肪、骨头、分泌物。"②

在《泰特斯》中,人类的身体被伤害、献祭、肢解乃至吃掉,将早期现代的尸体药理学研究(corpse pharmacology)和复仇正义的残酷现实的显著相似性联系起来。正如诺布尔指出的那样,在人类关于遭遇和牺牲的记录中存在着将医学、惩罚和复仇词汇紧密并长久联系的特征:病痛常以报复/复仇描述,惩罚和复仇也与医学联系。特里·伊格尔顿(Terry Eagleton)就认为尽管历史归约于变化,"在人类的记录中还有许多不变化或循序渐进改变的东西"③。因此我们能认识到有关治疗逻辑的历时性(trans-historicality)表达了对公共和私人复仇的宣泄和净化。④ 在司法约束缺席的状态下,一种恶意形式的个人司法,即勒内·吉拉尔称为"令人恐惧的暴力疾病"成为戏剧的统一主题。⑤《泰特斯》中的罗马城如众多批评家指出的那样,是一个堕落的帝国,内部政治冲突不断、腐败丛生、人人冷酷无情。莎士比亚采用了流行的生物模式作为对危险文化腐败的比喻:女性身体。戏剧第一幕中就将罗马比作无头的、拥有贪婪欲望的女性,是安德洛尼克斯儿子们的仓库:"啊,收藏着我喜爱者的神圣库房,美德与高尚的可爱的巢穴,您已容纳了我多少个儿子,再也不会将他

---

① Joan Fitzparick, *Food in Shakespeare*, Burlington: Ashgate, 2007, p.123.
② Louise Noble, "'And Make Two Pasties of Your Shameful Heads': Medicinal Cannibalism and Healing the Body Politic in *Titus Andronicus*", ELH 70(2003):677−708, p.677.
③ Terry Eagleton, *Sweet Violence: The Idea of the Tragic*, Oxford: Blackwell Publishing, 2003, p.xii.
④ Louise Noble, *Medicinal Cannibalism in Early Modern English Literature and Culture*, New York: PALGRAVE MACMILLAN, 2011, p.40.
⑤ René Girard, *Violence and the Sacred*, p.33.

们交还给我!"①(23)众望所归的泰特斯身负治愈国家躯体的重责,当他没能"使群龙无首的罗马获得一个首脑"完善"她光荣的躯体"(27),于是罗马病情恶化受到"致命伤口"的折磨,成为"斫断的肢体"(141)。在早期现代英语中"无头(headless)"意为"缺少脑子或智力;愚蠢的",同样也将泰特斯家族的谱系变成心理学的不稳定状态,因为这两种遭遇都必须治疗。②进一步说莎士比亚通过用身体术语描述罗马,将之纳入身体话语特别是医学话语对血腥解剖和污染治疗的描述之中。莎士比亚夹杂了同时代那些政治作家的观点,那些乔纳森·吉尔·哈里斯所描述的"通过解剖医学和病理学新发展将身体和社会的比较转化为高度复杂的比喻"③。在《泰特斯》中,提及了大量的医学词汇,例如帕勃留斯说道,"尽量顺着他(泰特斯)的性子(feed humour kindly),对他要百般迁就,让时间慢慢地治愈他心上的伤痕"(108);塔摩拉也说道,"他的这番表白完全符合疯人的心态……我编出谎话来迷惑他怪诞的头脑(feed brain-sick humours)"(130);拉维妮娅是泰特斯"暮年的安慰(the cordial of age)"(26);泰特斯的手是"适合剪除的枯枝败梗(withered herbs)"(79)。这些都增强了戏剧可疑的治愈主题,即将残酷的复仇限定为病体政治的放血疗法。

进一步而言,昆塔斯和玛库斯对血腥场面的充满好奇心的观察则将戏剧中明确的食人语言与屠夫的野蛮甚至早期现代的解剖学联系起来。同样在阿龙的计划中,他引导昆塔斯和玛库斯进入洞穴,昆塔斯惊叹:"这是一个怎样幽深莫测的洞穴?洞口布满蔓生的荆棘,叶子上还染有刚洒下的鲜血。"(61)这一幕和早期现代解剖学者对尸体内部观测的情形相似,在公开的解剖课上,尸体会被以探寻身体的内部奥秘为由进行处理,之后解剖的部分通常会作为药物成分保留储存甚至被吞食。在表现出解剖学者似的好奇心之后,玛库斯跌入了罗马土地上的"洞穴(子宫

---

① 伍德布里奇(J. Woodbridge)指出墓穴"作为舞台的决定性想象……持续吞噬着安德洛尼克斯家族"。J. Woodbridge, "Palisading the Elizabethan Body Politic", *Texas Studies in Literature and Language* 33.3 (1991):327—354, p. 327. 而大卫·威尔伯恩(David Willbern)也注意到了罗马与母亲子宫的联系。See David Willbern, "Rape and Revenge in *Titus Andronicus*", in Philip C. Kolin, ed., *Titus Andronicus: Critical Essays*, New York: Garland Publishing, 1995, pp. 171—194.

② David Willbern, "Rape and Revenge in *Titus Andronicus*", p. 188.

③ Jonathan Gil Harris, *Foreign Bodies and the Body Politic*, Cambridge: Cambridge University Press, 1998, p. 35.

womb)",看到内部"满是血腥"并发现了洞穴血污的秘密:"洞穴粗糙不规则的脏腑(ragged entrails of this pit)"(62)。复仇的鲜血——滴答流下,血迹斑斑,污染腐蚀,让人毛骨悚然,但血液在早期现代医学观念中却是复杂的存在,具有医学意义。人在喝醉的时候,放血被认为具有非常好的治愈功能,正如坎普若瑟(Piero Camporesi)描述的那样,血液"是再生的优点和缓解的力量……是不可思议的、神圣的……但也会导致死亡"①。但帕斯特也指出血液拥有"一种多重的、竞争的散漫形式,甚至有自相矛盾的意味"②。因此不是所有的放血都具有疗效。如吉拉尔就认为血液的洒落是和暴力一样浸透在同一污染物中的:"血液的流动性为暴力的传染性本质提供了一种形式。"③特别是女性的血液,被认为是不纯洁和多余的,具有腐蚀和污染的能力。实际上,传统的观点认为女性自身就处于一种持续排泄和溢出(excremental overflowing)的循环之中,永远处于被"强奸玷污"这一必要的不纯洁的危险之中。④ 进一步而言,在女性经期流血和血腥暴力之间存在着明显的联系:讽刺的是月经排血(menstrual blood)常被理解为性暴力(sexual violence)的具体描述。⑤

剧中被玷污的拉维妮娅为我们探寻暴力下的身体提供了材料。奸污、断肢、割舌、血流不止,但拉维妮娅仍然幸存,她的身体成了暴力污染的场所和流行的血药(以血配药 bloody elixir)的来源,充满了矛盾的意义,浸透了罗马的土地。玛库斯这样形容自己的侄女:"唉,那热血组成的一道殷红的水流(river),像一泓被风激起泡沫的泉水一样,在你两片蔷薇色的嘴唇间浮沉起伏,随着你那甘美的呼吸而汩汩流出。准是那个忒柔斯玷污了你,唯恐你说出他的罪恶才把你的舌头割下。"(68)这里的"水流"还有另一重意思,即 course,含有"流动/溢出(flow or flux)"之意,在早期现代英语中又是"月经(menses)"的替换词。⑥ 拉维妮娅已经成为能

---

① Piero Camporesi, *Juice of Life: The Symbolic and Magic Significance of Blood*, Trans. Robert R. Barr, New York: Continuum, 1995, p. 31.
② Gail Kern Paster, *The Body Embarrassed*, p. 66.
③ René Girard, *Violence and the Sacred*, p. 34.
④ Heinrich Von Staden, "Women and Dirt", *Helios* 19.1—2 (1992): 7—30, p. 20; Gail Kern Paster, *The Body Embarrassed*, p. 79.
⑤ René Girard, *Violence and the Sacred*, p. 36.
⑥ Helkiah Crooke, *Microkosmografia: A Description of the Body of Man*, London: William Laggard, 1615.

够"冷却"狄米特律斯"情焰"的"清泉(the stream)"(49),这代表了一种女性的血液流动的现象——一种很有效的、潜在净化的"兴奋剂(cordial)"(26)从"三处创口同时喷涌出"(68)流入污染的环境。①

拉维妮娅失去舌头的场景实际上是对"导泻法(catharisis)"和治疗怀有疑问的比喻。坦登认为月经血液能够制造出消极的症候(negative phenomena)作用与它有着"相当大的农业和医学力量……因此月经有益也有害,能救人也能杀人,能污染也能净化"的观念一道产生作用。于是他说道:"我们不应该忽视一些将污染净化的仪式中使用的词汇——通便法、导泻法及其同根词汇,最早在古希腊希波克拉底医学派著作就提到了月经:最基本的是每个月的子宫杂质的排泄……为了城邦的再生(reproduction of the polis)。"②

因此,拉维妮娅的身体和血液的流出就承担起了净化安德洛尼克斯家族罪行所污染的罗马帝国的重任,而他们的罪行则是为了创造并保证一个对哥特人充满政治欲求的延续帝国。③ 但是我们看到剧中永不停歇的暴力,越来越不能起到治愈作用,女性的重生、泻法疗效都被否定。而暴力后产生的恐怖则否定了任何治疗措施并解构了月经之血能够产生消极疗效,污染大于净化的观念。正如剧中泰特斯所言,悲剧的暴力逐步升级,就像"朝大海里添水,或者向火光冲天的特洛伊城投进柴火"(74)。

作为暴力的轮回,契伦和狄米特律斯构成了泰特斯净化尸体、治疗罗马的药物。不单单是复仇的血肉,还有早期现代药理学的残忍成分都在为了罗马的健康而使用着。拉维妮娅用盆子接住哥特人的血液,正是收集并喝下有益健康的物质的描绘——刚刚流出的斗士和死刑犯的鲜血。

而当泰特斯命令:"伸出你们的头颅来吧"(136),观众看到泰特斯此时已经成为药剂师/外科医生,表现出他自己的烹饪法和秘诀:"我去把他们的骨骼磨成齑粉,用这可憎的血水将粉调和,再让他们奸恶的头颅包在面饼里烘烤。"(136)泰特斯所使用的语言——血、骨头、骨髓、头盖骨等正

---

① Gail Kern Paster, The Body Embarrassed, p. 98.
② Heinrich Von Staden, "Women and Dirt", pp. 14—15.
③ 正如乔纳森·索戴伊(Jonathan Sawday)说道:"早期现代时解剖学家和活体解剖者常常出现在解剖演示剧场。"See Jonathan Sawday, The Body Emblazoned: Dissections and the Human Body in Renaissance Culture, London: Routledge, 1995, p. 80.

是早期现代药理学中常常提到的,而他的方法则是对流行的治疗,如癫痫一类病症的处方的诙谐模仿,同样也是更早之前制作干尸的方法。① 可见莎士比亚不仅仅关注复仇正义和尸体药理学的紧密联系,也关注人类身体的医学与烹饪进食的联系。在这一幕中,泰特斯的处理方法表达出了作为食人形式之一的尸体药理学。

莎士比亚试图将自己文化中的食人方面的内容合理化,通过联系古典文学引起剧场观众的共鸣。戏剧所呈现的身体伤害和食人成为公平正义的形式并让我们通过身体的惩罚反思文明的国家及其司法系统。而剧中尸体药理学、身体残害以及复仇食人的隐喻则成为拥有医学身体处理和身体审判的文化必然产生的结果。政治的腐败和复仇正义的循环对罗马的影响没有根除,相反,残暴的个人野心和政治权宜随时会再涌现。当然从某种意义上讲,剧中的鲜明的现实主义环绕在伦敦剧场观众心头,而这正是格林布拉特所描述的"无止境的、残酷的刑罚制裁场面"②,戏剧正上演着为国家"心理健康"所进行的制裁场面。

四、新大陆书写

除医学食人观念以外,莎士比亚更加入了新大陆有关食人族叙述的因素。文艺复兴时代"发现人的价值",被发现的不只是人,还有吃人的人,意大利探险家韦斯普奇(Vespucci)的著作《航海记》(*Voyages*)最早的版本中就收录有食人族把人烤来吃的木版画插图。③ 在中古世纪晚期以及热潮渐缓的16世纪及17世纪,形容敌人有食人恶行已极其有利,因为食人和强奸以及渎神的行径一样,都是违背自然法则的行为,有此犯行者不受法律保护,欧洲人大可攻击、奴役食人族,用武力迫使他们屈服,扣押他们的财产,而不必受法律制裁。"吃人迷思"有时会主客异位,白人征服者意外发觉"土著"也害怕食人族,还疑心白人会吃人。英国航海家罗

---

① See Eugene M. Waith, "The Metamorphosis of Violence in *Titus Andronicus*", in Philip C. Kolin, ed., *Titus Andronicus: Critical Essays*, New York: Garland Publishing, 1995, pp. 99—114.
② Stephen Greenblatt, *Will in the World*, p. 180.
③ Felipe Fernández-Armesto, *Near a Thousand Tables*, p. 27.

利在圭亚那就被当地的阿拉瓦克人误会为食人族。① 冈比亚的马尼人（Mani）认为葡萄牙人之所以贪得无厌地捕捉奴隶,是因为嗜食人肉的胃口太大。②

戈德斯坦（David B. Goldstein）详细探究了《泰特斯》与16世纪有关征服美洲写作中的新大陆食人描写的关系,认为"通过在舞台上呈现食人,《泰特斯》展现了'吃'的含义"③。cannibal 这个词最先出现是在哥伦布的日记中用以描述伊斯帕尼奥拉岛（Hispaniola 西印度群岛中部岛屿）附近岛屿上可怕的食人部落。这一词似乎是用来描述一种人类学/人种史而非神话现象,因此就与古希腊罗马的食人有所不同。但奎恩（David Beers Quinn）则提醒我们:"在联系新大陆时,大部分所谓新的地理观念实际上很大程度上是旧观点的西移;真正的新观念形成的进程相当缓慢。"④尽管这个词源自阿拉瓦克语（Arawak）的"cariba"或"carib",但哥伦布对食人族的"发现"则是源于其掌握的古代游记叙述和寻找中国的信念。他把最初提到的部落和历史学家希罗多德和普林尼提到的长着狗头的塞西亚人联系起来,随后认为他们是"大汗"的人民。⑤

戈德斯坦指出欧洲与美洲的"食人"有所不同:欧洲的人类学和神话学上的食人叙述集中在吃的身体动作上（physical act of eating）,而美洲的食人叙述则集中在对身体肢解和烹饪（dismemberment and cooking）场面或者是剩余的食物的描绘上。⑥ 其差异正如迈克尔·斯褚富勒（Michael J. Schreffler）所谓的欧洲的"对事实和可信度（truth and believability）的焦虑",即不单单把食人,还把对新世界方方面面的认识

---

① Quoted in Stephen Greenblatt, ed. , *New World Encounters*, Berkeley: University of Califronia Press, 1993, p.196.
② A. R. Pagden, *The Fall of Natural Man*, Cambridge: Cambridge University Press, 1982, p.83.
③ David B. Goldstein, *Eating and Ethics in Shakespeare's England*, Cambridge: Cambridge University Press, 2013, p.35.
④ David Beers Quinn, "New Geographical Horizons: Literature", in Fredi Chiappelli, Michael J. B. Allen, and Robert Louis Benson, eds. , *First Images of America: The Impact of the New World on the Old*, Berkeley: University of California Press, 1976, p.635.
⑤ Frank Lestringant, *Cannibals*, Berkeley: University of California Press, 1997, p.16.
⑥ David B. Goldstein, *Eating and Ethics in Shakespeare's England*, p.38.

视觉化。① 在戈德斯坦看来，美洲的食人逻辑首先是切碎的逻辑(logic of leftover)。从一个西方的角度看对独立他者的吞食既是涉及也是否定(referenced and withheld)，是一种强有力的暴力象征行为，随后则缄默地害羞地移除，正如一种"荡来荡去(fort-da)"的烹饪。②戈德斯坦指出那时的游记叙述中，身体描述比语言更加有力：悬挂的手臂、割断的头颅、锅中的人肉、血染的溪流都包含着大量的信息。③ 新大陆的游记叙述解构/分解了人类的身体，但并未重新构建新的整体，而是任其支离破碎，身体在某种意义上毫无意义，或者仅仅意味着难以平息的仇恨。④

实际上《泰特斯》无论在结构、情节上还是在修辞上都为我们展开了对新大陆的描述。戏剧一开场就是罗马对哥特的征服。泰特斯想象自己是"一艘满载珍宝的三桅船"的船长，从遥远的异国"回到当初启碇的港口"(22)。而哥特女王塔摩拉及三个儿子还有摩尔人阿龙都是泰特斯的货物。阿龙想象塔摩拉是"割喉迷人的海妖，将要诱惑罗马的萨特尼纳斯，颠覆他的航船，毁灭他的国家。啊，这是一场生命风暴？"(44)在暴风雨中颠簸的航船变形为主调母题，在泰特斯看到受害的拉维妮娅时得到重复："现在我犹如站在一块岩石上一样，周围是一望无际的茫茫大海。"(75)而塔摩拉也对萨特尼纳斯说道："一切平安，绝无风险(船在港中一切平安)(all is safe, the anchor in the port)。"(115)最后罗马自身在人肉宴

---

① Michael J. Schreffler，"Vespucci Rediscovers America：The Pictorial Rhetoric of Cannibalism in Early Modern Culture"，*Art History* 28.3（2005）：295—310，p.304.

② David B. Goldstein，*Eating and Ethics in Shakespeare's England*，p.45. "荡来荡去 fort-da"：弗洛伊德曾经描述过幼童的一种奇行，他发现他们有时会把自己藏起来，好让大人找不着，这时他们会感到格外的紧张，生怕大人会自此忘却他们，甚至趁机抛弃他们。可是在这个躲藏的过程里，他们却又享受着刺激的快感，把它当成一个好玩的游戏。然后，他们或者被发现，或者干脆耐不住性子自己跑了出来，与父母相拥团圆。这就是有名的"去/来"(fort/da)游戏，后来成了精神分析史上著名的模式，引起无数的诠释和争论。有学者认为这是自虐的基本形式之一：先是自我制造一个被舍弃被厌恶的状态，同时暗自咀嚼其中的痛苦刺激，于是可以期待破镜重圆的圆满幸福。正如一人偏执地怀疑伴侣的不忠，把任何小事都理解为对方变心的蛛丝马迹，甚或幻想出丰富的情节。表面上他很痛苦，实际上他很享受。当伴侣费了九牛二虎之力证明了自己的忠诚之后，他那失而复得的满足才能达到最高程度。问题是这个结局并不是真的结局，对爱侣忠诚奉献、对父母全心爱护，以至于对他人的认同，肯定是一个永无止境的追寻。所以小孩会一遍又一遍地玩着这种游戏，情侣会一遍又一遍地期待誓言与许诺，直至我们真正长大，真正自立。

③ David B. Goldstein，*Eating and Ethics in Shakespeare's England*，p.53.

④ David Hillman and Carla Mazzio，*The Body in Parts：Fantasies of Corporeality in Early Modern Europe*，New York：Routledge，1997.

席后成为"被人遗忘的弃儿"(141)。船舰沉没在敌方的海岸成为帝国主义者深切的焦虑的比喻,因为他们担心殖民地的风俗习惯会污染和破坏殖民者。《泰特斯》着重强调了阿龙和塔摩拉的肤色,即强调了外来者和本土者的差异,而两人所生的黑肤儿子则表明外来者篡夺的失败,这些都指向了对异国和游记叙述的认识和利用。①

《泰特斯》中的野蛮他者构建所依据的食人特征定义却由"文明的"罗马所妥协/折中。剧中阿龙和塔摩拉的食人者标签正是罗马社会普遍承认的食人话语的体现,因为罗马人认为自己的文化优越,但对自己的政治前景和帝国主义实践感到忧心。摩尔人阿龙和哥特人塔摩拉都因其野蛮的欲望(食人)被定义为野蛮人,是"罗马的敌人"(21)。阿龙是"野蛮的摩尔人",是"贪婪的饿虎,可恶的恶魔"(137),他"发黑的肤色"是"玷污的、可憎的"(55)。而另一只"恶虎"塔摩拉则是"蛮族哥特人的"女王(19),是"没有宽恕和女性温柔"的"禽兽"(60)。因为和阿龙通奸,塔摩拉生下了黑色的婴儿:"一个令人乏味的、可悲的黑孩子……置身于这一带白嫩的孩子中间,就像一只蛤蟆那样让人生厌。"(101)肤色的不同所导致的种族歧视出现了,正如巴特尔斯(Emily C. Bartels)所定义的早期英格兰跨文化语境中的观念:"开始勾勒空间和隔断边界,以外貌特征歧视,将他者和自我区分开来。"②因此"野蛮人"和"恶虎"不单单含有歧视之意,还意味着在欧洲殖民者话语体系中所想象的野蛮的、食人的他者威胁着欧洲文明。③

但《泰特斯》中又不经意流露出这种身份建构的不确定性。当罗马人高声宣布自己是哥特人的主人时,玛库斯劝告泰特斯,"您是罗马人,不要像野蛮人一样"(36),告诉了我们"文明的"罗马人身份的表现本质以及野蛮/文明之间区别的虚幻状态。而第五幕第一场中,阿龙采用了种族歧视的俗语自嘲"常言道黑狗不会脸红"(124),表现出其身份是由西方文明话语所构建的。虽然他们的行为是邪恶残忍的,但阿龙和塔摩拉仅仅利用

---

① See Francesca T. Royster, "White-limed Walls: Whiteness and Gothic Extremism in Shakespeare's *Titus Andronicus*", *Shakespeare Quarterly* 51. 4 (2000): 432—455.

② Emily C. Bartels, "Making More of the Moor: Aaron, Othello, and Renaissance Refashionings of Race", *Shakespeare Quarterly* 41. 4 (1990): 442—447.

③ See also Anthony Pagden, *The Fall of Natural Man*, 2nd ed., New York: Cambridge University Press, 1992, pp. 15—26; Peter Hulme, *Colonial Encounters: Europe and the Native Caribbean*, *1492—1797*, London: Methuen, 1986, pp. 86—87.

了罗马的混乱时局,通过复仇逻辑展现出凶残和贪婪的帝国主义。在这个世界中,诸如阿龙和塔摩拉这类潜伏的食人者所带来的威胁都应该立即被"文明的"罗马以坚定的"为国为君而战"(23)用野蛮的手法除去。

《泰特斯》第五幕是全剧的高潮和核心,体现出一种饮食伦理。巴塔耶指出,"食用另一物种,是奢侈品的最简单形式"。因为进食者所吃的"脆弱而复杂的动物身体"是一种"光荣"的消耗能量。① 至于同类相食则指涉了对近亲和世代繁衍的抹杀。莎士比亚通过改变取材中食人者的性别强调了这一段。对所有人而言,食人既是非人的(inhuman)也是纯人的(fully human),因为只有人类会进行食人行为并称其为犯罪。对母亲而言,这种行为则象征了一种本质的边缘,即人与非人之间。所以为了创造食人者,首先要将其贴上"非人"的标签。因此我们在第五幕第三场中看到泰特斯劝塔摩拉进食时所说的话:"您不吃点吗?皇后也请吃一点。"(Will't please you eat? Will't please your highness feed?)(140)前一句很好理解,是主人对客人的好客。而后一句,正如露丝·莫尔斯(Ruth Morse)指出:"让前一句话变得具有讽刺意味。"因为人类是用"吃",而动物才用"喂食"。莫尔斯进一步指出"莎士比亚用'喂食(feed)'暗示了动物的指涉并强调人和动物分享的必要性",因此这里的转移意义是非常明显的。② 泰特斯的语言标志着一种伦理界限:你是人类,但现在是动物。在贪婪的暴饮暴食中你已经成了食人者。

戈德斯坦指出,显然我们可以做出物质上和比喻上的有用区分:当我们观看《泰特斯》和其他人吃人的场景时,我们自己的确不会吃人,但是交换的前景结构会质询我们自己对暴力、食物和违法的渴望,殖民地的食人族会让我们感到不适,因为我们自己就是殖民地上的食人者。③ 首先是剧中的显性食人者塔摩拉,她其实和早期现代游记中描述的印第安人相似。而她对拉维妮娅的残忍则反映出其角色性格,将哥特人和西班牙人联系起来,也说明她转变成了复仇的化身。塔摩拉的行为从边缘到中心,从外围的哥特人/印第安人转变为罗马人。在第一幕第一场中,塔摩拉声

---

① Georges Bataille, *The Accursed Share*, Vol. I, Trans. Robert Hurley, New York: Zone Books, 1991, pp. 33–34.

② Ruth Morse, "Unfit for Human Consumption: Shakespeare's Unnatural Food", *Jahrbuch der Deutschen Shakespeare-Gesellschaft West* (1983): 125–149, p. 130.

③ David B. Goldstein, *Eating and Ethics in Shakespeare's England*, p. 46.

称:"泰特斯,我已和罗马合为一体(incorporate),成为罗马人中的一员。"(41)"和罗马合为一体"不仅仅暗示着消解个体的吸收消化的消极进程(因为罗马式吸收者),也暗示着从边缘到中心的积极重新布局,但是同样指向了圣体的混合(Eucharistic blending)——塔摩拉在罗马,而罗马也存在于塔摩拉。而且还暗示着塔摩拉从一个眼睁睁目睹儿子被献祭的弱者角色的突然转变。批评家们一直试图辨明《泰特斯》中哥特人和罗马人所代表的群体身份,起初他们将新教英国和罗马人联系起来,因为罗马人明显比哥特人高贵,而且英格兰自我定义为从罗马帝国取得"帝国继承(translatio imperii)"。而另一些批评家如塞缪尔·克利格尔(Samuel Kliger)则持不同意见,因为根据中世纪和文艺复兴的编年史,哥特人也是伊丽莎白时期英国人的祖先。① 因此正如罗纳德·布鲁德(Ronald Broude)指出的那样,英国继承了《泰特斯》中对立分明的阵营。② 而最新的奥登版中,乔纳森·贝特将《泰特斯》置于16世纪90年代对伊丽莎白一世继承人的不确定问题之中,认为由戏剧表达出对暴君和外国侵略的担忧。由此观之,哥特人则反讽地作为那些恢复天主教罗马的新教徒,"罗马人"也就是罗马天主教徒,这一时代英格兰最恐惧的就是天主教的西班牙。因此贝特指出篡夺罗马的萨特尼纳斯是威胁英国的西班牙。而戏剧最后场景则被认为是"捍卫了新教的继承"(21)。而埃里克·马林也将泰特斯及其家族视作"天主教的代码",尽管他是以圣餐的视角分析的。③

在16世纪,诸如野蛮人(barbarian)、凶恶的人(savage)、屠杀(massacre)以及食人(cannibal)等一系列的词语被创制出来,或者被重新定义,而且人们把它们同欧洲的那些宗教战争扯上了关系。④ 蒙田所著《论食人族》一文常被人引用,说明西方在历经征服美洲所带来的文化冲击和文艺复兴时期"人的发现"运动的洗礼后,自我的认知是如何彻底革新的。他表示,尽管欧洲有基督教育和哲学传统的优势,但是让欧洲人

---

① Samuel Kliger, *The Goths in England: A Study in Seventeenth and Eighteenth Century Thought*, Cambridge: Harvard University Press, 1952.

② Ronald Broude, "Roman and Goth in *Titus Andronicus*", *Shakespeare Studies* 6 (1970): 27—34; Francesca T. Royster, "White-limed Walls: Whiteness and Gothic Extremism in Shakespeare's *Titus Andronicus*", *Shakespeare Quarterly* 51. 4 (2000): 432—455, p. 437.

③ Eric S. Mallin, *Godless Shakespeare*, p. 35.

④ Russell Jacoby, *Bloodlust*, p. 11.

自以为是、互相残杀的那一套八股假道学并不比食人行为的道德水平高尚多少。在法国，宗教仇敌彼此凌虐、焚烧对手，形同"吃活人"，"我认为吃活人比吃死人更加野蛮……按照理性法则，我们可以称呼这些人为野蛮人，但是论野蛮，这些人却比不上我们，我们在这方面可是有过之而无不及。"①勒维纳斯（Emmanuel Levinas）说道，如果将"道德意识的开端"置于"对他者的宽容和拥抱/欢迎"之中的话，那对于他者的绝对拒绝则标志着对道德意识的封闭。② 而这正是泰特斯的行为方式，莎士比亚将戏剧置于新大陆的游记叙述之中，泰特斯在第五幕中重获权力，但并不是通过一种新的公平正义的伦理，而是重归人类献祭的仪式。可见莎士比亚对西方文明基石的罗马神话提出了批评，拷问着罗马帝国所构建的文明与野蛮文化，通过对阿龙和哥特人的凶残野蛮的描述对"文明"的罗马人的野蛮提出质疑，而罗马人对野蛮文化的对抗和处理正是戏剧中血腥元素风靡的催化剂，因为它上演着早期现代欧洲对待其他"野蛮"国度和民族这一至关重要的话题。③

诺布尔指出，西方文学史中的食人主题为探寻人类的脆弱（human frailty）和政治侵染（political infection）提供了鲜明的比喻空间，而且通过对非理性野蛮行为的想象探讨了复仇的有悖逻辑的本质（illogical nature）。④众多批评家赞同食人的行为实际上是对自我—他者界限的冒犯和重构。如马吉·基尔戈（Maggie Kilgour）就指出，"食人者的比喻将划分绝对疆界的危险戏剧化"⑤，而丹尼尔·科顿姆（Daniel Cottom）也谈到食人"是一种预设并拒绝自我和他者界限的行为"⑥。

---

① 蒙田：《蒙田随笔全集》（上卷），潘丽珍、王论跃、丁步洲译，南京：译林出版社，1996 年，第 235—236 页。

② Emmanuel Levinas, *Totality and Infinity*: *An Essay on Exteriority*, Trans. Alphonso Lingis, Pittsburgh, PA: Duquesne University Press, 1969, p. 84.

③ 科佩利亚·卡恩（Coppelia Kahn）指出莎士比亚使得《泰特斯》成为"对罗马的意识形态、政治等的一种严肃批评"。See Coppelia Kahn, *Roman Shakespeare*: *Warriors, Wounds and Women*, New York: Routledge, 1997, p. 47.

④ Louise Noble, *Medicinal Cannibalism in Early Modern English Literature and Culture*, p. 38.

⑤ Maggie Kilgour, "Foreword", in Kristen Guest, ed., *Eating Their Words*: *Cannibalism and the Boundaries of Cultural Identity*, Albany: State University of New York Press, 2001, p. viii.

⑥ Daniel Cottom, *Cannibals and Philosophers*: *Bodies of Enlightenment*, Baltimore: Johns Hopkins University Press, 2001, p. 178.

实际上无论是文学传统、献祭仪式、医学还是新大陆书写,莎士比亚所表现的食人都突出了一个共性,即模糊自我与他者、外在与内在的界限,深刻地藉此拷问人类的道德良心。作为暴力的最极端形式之一,食人这一饮食文化的另类部分,是文化的转化行为。饮食、饮食习惯和文化的其他部分是密不可分的,更甚者,它们和宗教、道德以及医药有互动关系。它们也与饮食过程中的精神认知有关,也就是"滋养灵魂"的那一部分。①

莎士比亚展示了罗马帝国所构建的文明与野蛮间对立的文化力量,也呈现了文艺复兴文化与早前的形式、传统间的区别,即寻求吸收与取代。更进一步则是中和、调解了社会与政治,食人复仇主题,通过非理性的报复、残酷的政治、偏执多疑的逻辑质疑了文明状态的原初本质,在英格兰试图调和自己的帝国主义政治、道德和司法系统、浮现的个人主义观念以及扩张所面临的境遇之时掀起了热烈的讨论。而这种复杂的文化困境一直延续至今。②

---

① Felipe Fernádez-Armesto, *Near a Thousand Tables: A History of Food*, p. 29.
② Louise Noble, *Medicinal Cannibalism in Early Modern English Literature and Culture*, p. 39.

第九章

《皆大欢喜》中的狩猎与素食主义

田园文学是欧洲一个源远流长的文学样式。在这一模式中,主人公通常会被驱逐出宫廷或城市,居住在乡村,和牧羊人为伴,并将自己伪装成牧羊人,直到最后回归原来所逃离的生活。其关注的主要是"自然(natural)"和"人工(artificial)"的关系,即人类与自然的关系。正如格林布拉特指出,这种假定使田园文学非常适宜进行社会批评。① 《皆大欢喜》是莎士比亚创作于 1599 年的一部优秀喜剧,戏剧取材于洛奇(T. Lodge,1557—1625)的绮丽体传奇小说《罗瑟琳德》(Rosalynde,1590),故事的设置大部分是在亚登森林中,从形式上与文艺复兴时期流行的田园文学近似,但从文化意义上来看,剧本却包含了较传奇故事远为丰富的内容。此剧的恩怨冲突几乎全发生在第一幕,奥兰多被哥哥奥利弗虐待愤而出走,老公爵被弟弟篡位流放,茜莉亚和罗瑟琳姐妹俩离开宫廷,他们全都进入了森林,最后则是大结局。本章将戏剧与同时代的狩猎文化和素食主义

---

① Stephen Greenblatt, ed., *The Norton Shakespeare*, 1997, p. 1591.

联系起来,剖析其中所包含的复杂的宗教、社会伦理意识,以及莎士比亚所表现的早期现代人类与自然世界的关系。

一、狩猎/猎鹿

在乡下,从远古时代开始,人们就把追杀野生动物当做消遣。莫里森(Fynes Moryson)谈到狩猎与放鹰时说道:"没有哪个民族像英国人那样频繁地把狩猎当做消遣。"①都铎王朝时期流行一个谚语:"不爱狩猎、不爱放鹰就不是个绅士。"②1575 年,伊丽莎白女王参观凯尼尔沃思,其中一个娱乐节目就是请女王捕猎雄鹿,直到鹿逃到水中被猎狗咬死为止。当时,罗伯特·莱恩汉姆(Robert Laneham)写道:"这种消遣娱乐程度如此之高,任何人都会立刻投入进去,许多感官都得到愉快享受,在我看来没有什么能与之相比。"③从这段著名的描述来看,当时人们对猎杀动物缺少任何道德考虑。而且猎鹿作为一项贵族运动被王室赋予了特权。伊丽莎白一世就是一位坚定的爱好者,直到 1600 年 9 月年已 67 岁的女王仍在参加狩猎。④ 这一运动被认为是绅士的消遣和作战的热身运动。

正如保罗·阿尔佩斯(Paul Alpers)指出的那样,田园文学的中心应该是表现"牧人及其生活",因此捕猎在其中频繁出现也就不足为奇了。⑤《皆大欢喜》中首次提到捕猎是第二幕第一场,老公爵和贵族甲谈论着雅克对一头濒死哭泣的鹿的反应。尽管这一段话集中在雅克身上,但却反映出三个角色对待动物遭遇的不同态度:提及猎鹿话题的老公爵;继续话题并描述状况的贵族甲;还有间接出现的充满道德同情的雅克。他们各自的表达都涉及一个残酷的事实:在被迫的流放中,他们只能依靠对野生动物的暴力屠杀得以生存,但都对动物抱有不同程度的同情。

老公爵说"石头在讲道,都是各尽其妙啊",这种遵循自然法的斯多葛

---

① Charles Hughes, ed., *Shakespeare's Europe*, New York: Benjamin Blom, 1967, p. 477.
② Keith Thomas, *Man and the Natural World*, p. 145.
③ Frederick J. Furnivall, ed., *Captain Cox, His Ballads and Books* or *Robert Laneham's Letter*, Ballad Soc., 1871, pp. 13–14.
④ Edward Berry, *Shakespeare and the Hunt: A Cultural and Social Study*, Cambridge: Cambridge University Press, 2001, p. 3.
⑤ Paul Alpers, *What Is Pastoral?* Chicago: University of Chicago Press, 1996, p. 22.

主义似乎成了这部戏剧的道德中心,然后他向随从提议进行狩猎活动:"来吧,我们打鹿去,好不好?(kill us venison)"但他之后的话语则有所保留:"可是我又很难受——可怜那些有花斑的傻东西,在这个偏僻的'乡镇'里,它们本是土生土长的'居民',却在自己的领地上,它们滚圆的屁股给刺进了钢叉。"显然,老公爵这段对鹿的遭遇的同情表露无遗,他非常悲伤,因为鹿的森林被侵占了,最后还会被他们的武器"钢叉"(210)杀死。

虽然老公爵话语中有对动物的同情,但是这段话作为一个整体并未将老公爵当做一个素食者或阻止狩猎的人,相反,这说明一系列修辞性和心理学上的策略,抑制了老公爵由于良心不安带来的烦恼后果。老公爵一开口就是"杀"和"鹿肉",充满了欲望,因为他完全忘记了在捕杀和得到鹿肉之间必须进行暴力的屠宰;而直接食用肉则回避了个人行为的道德后果。鹿肉这个词的使用在伊丽莎白一世时期更加富有逃避意味,因为这一词从单纯的肉逐渐只指涉鹿的肉。

老公爵本能的回避,只是一闪而逝。他马上就想到了去追捕"那些有花斑的傻东西"。"fool"这个词在莎士比亚的戏剧中常常含有强烈的感情色彩,作为昵称的一种。而将鹿称为傻东西,则贯穿着这部戏剧。在公爵的话中,"傻瓜"不仅仅将鹿拟人化,而且将其和天真与最接近上帝的"自然"傻瓜联系起来。追捕意味着这个比喻将和捕猎一起终结:没有人杀死无助和天真的傻瓜。在这两行中,老公爵从对残忍的捕猎的完全漠不关心转向了对捕猎行为的感伤。因为老公爵的处境和鹿是一样的,他自己就是弟弟所"追捕"的猎物。爱德华·贝瑞(Edward Berry)指出:"老公爵及其随从严格讲来是偷猎,因为他们是亡命之徒,是在弗莱德里克公爵治下的土地上猎鹿。"①尽管弗莱德里克的权力是通过不合法手段得来的。

但在接下来的一句中,老公爵又重构了这一想象。鹿不再是傻东西,而是"土生土长的'居民'",立即消解了对"傻瓜"的感伤,表现出高人一等的感觉:老公爵和伴随公爵随时讽谏的傻瓜在社会、智力、情感上的关系显然比起老公爵和居民的关系更接近。但是居民或鹿"在自己的领地上"都忽视了居民对老公爵的政治依靠和鹿的独立。而对居住在森林中的鹿和乡镇的居民的比喻性认同则在公爵最后一句话中制造出复杂的重叠效

---

① Edward Berry, *Shakespeare and the Hunt*, p.25.

果。对最后一句最广泛的解释是众多编辑者所采用的,他们将"forked heads"解释为箭矢的叉头,并想象鹿的臀部受伤,正如戴利(A. Stuart Daley)认为的那样,这不可避免地会导致非常疼痛的死亡。① 臀部从来不是捕猎的目标,但是因为他们很想切下鹿肉,所以老公爵会直接跳过猎鹿行为而谈到鹿肉本身。另一些批评家则认为角色将对鹿的暴力用于己身,就像发情季节时将鹿角刺入对手的臀部一样。还有一种解释则难以证明老公爵的心理,但是在语言学层面上则成了对性的含沙射影,"居民"戴上了绿帽子,他们的钢叉由刺入妻子的臀部得以显现。可见莎士比亚通过"钢叉"的比喻暗示了社会和自然都处于一个暴力的循环状态。鹿被猎人的箭叉刺中,同样人类也遭受同类的猎杀。因此公爵表述同情的过程被"猎杀"话语所控制,从而形成一种反讽式表达,其话语效果是肯定猎杀的合理性。而莎士比亚借此突出说明那个时代人与自然的对立状态,以及人性被时代性所绑架的状态。贵族甲和雅克也是如此,只是表现方式不同。

贵族甲的立场则是通过描绘雅克的状况进行表达的:

有一只可怜的失群的公鹿,身上中了猎人的箭,受了伤,逃到了那里,喘几口气,说真的,殿下,那倒霉的畜生倾吐出一声声的呻吟,差点儿把它那一身毛皮都胀破了。大滴儿泪珠滚滚地像断了的线,顺着它无辜的鼻管纷纷掉下来。忧郁的雅克眼睁睁瞧着那毛茸茸的傻小子紧挨着急流的岸边,用泪水去增添那溪水。(210—211)

正如老公爵的例子一样,贵族甲的意象也包含了复杂的含义,不仅仅是对动物的同情。从某方面来说,贵族甲的语言加速了猎人手中动物疼痛的经历,让我们意识到这种痛苦在生活中是无法避免的,不仅仅是因为这是暴力攻击的结果。贵族甲看待公鹿是拟人化的,首先公鹿是"失群的",指向了"脱离处所"和"与周边隔断"。像人一样,公鹿穿着"一身毛皮",像一个"毛茸茸的傻小子",就像剧中的傻子试金石一样。因此鹿的形象不单单是像受伤的人,而且和老公爵的话语一样,成了一个天真的傻瓜,一个穿着动物皮毛的傻瓜,而这正是这一时期民间故事和戏剧中的傻瓜扮相。贵族甲的话说明不是猎人伤害了鹿,而是鹿"身上中了猎人的

---

① A. Stuart Daley, "The Idea of Hunting in *As You Like It*", *Shakespeare Studies* 21(1993):72—95, p.83.

箭"。鹿自己反倒成了自己受伤的推手，而且是被猎人游荡的"箭"射中的。细读贵族甲的话，这里有对人类暴力和动物遭遇的明显回避："箭"导致了伤害，而疼痛仅仅靠人的想象，就像"傻子"的无辜遭遇一样。对鹿被猎手攻击受伤的同情矛盾地唤起了人们对天真人类的同情。贵族甲的话不仅仅指向了人类的天真也指向了自然的罪恶。我们看到鹿需要为自己的行为负责，因为它"失群"，不是因为被猎人找到而是自己被同伴抛弃。

而雅各的立场则是通过贵族甲的引诉表现的，我们可以看到正如贵族甲所表现出的传统和象征的表述一样，雅克认为每一种关于鹿的意象都代表了人类的一种恶行或愚蠢。鹿就像"凡人"一样自己立下了"遗嘱"，在不需要水的溪流中遗赠自己的泪水，这时的行为就像葬礼一样。而鹿的孤单则说明了"人倒了霉，谁也不理！"，那些个招呼都不打的吃得饱饱的鹿一步都不停地奔了过去，证明了那些"油腻腻的市民"不会看一眼"破产的可怜家伙"。某种程度上而言，这些拟人化的意象与老公爵和贵族甲的表达相互呼应：如果鹿有人类的情感和行为就会和"油腻腻的市民"一样冷淡以对。雅克对于愚蠢和恶行的强调将老公爵和贵族甲强调的身体暴力加以完善和拓展。自然与社会的交织在贵族甲的评论中得以展现："讽刺了乡村、京城、宫廷，连咱们过的这种日子，也一起给嘲弄了。"对雅克而言，愚蠢、恶行和苦难共同构成了他们的生活。（211—212）

雅克的说教不单单完善和拓展了老公爵、贵族甲的视角，更是自相矛盾和交织的整体。众多批评家将雅克的说教看作是其忧郁性格的一般性阐释，即对待传统习俗、真正苦难的漠视、犬儒主义。雅克之前就批评老公爵"强占了鹿儿的地盘，并不比篡夺你爵位的弟弟好多少"(210)，之后在荒野中批评暴君则成为本场的高潮，他咒骂老公爵和随从"是篡位者，是暴君，比暴君还不如，更残暴，闯进了天然是禽兽出没栖息的领域，任性地围剿它们，杀害它们"。雅克的话将动物遭遇拓展及人，而后"流着泪，发议论，为着那呜咽的公鹿"(212)。总体而言，雅克的反应是矛盾的，一方面他的道德说教既包含了对动物遭遇的冷淡，也包含了将整个世界、人类和动物置于苦难、愚蠢、恶行的犬儒主义中；另一方面，他对暴君的抨击和为鹿流泪则表现出基于人类罪恶和动物无辜的对动物的深层感情认同。

可见，虽然三人对猎鹿一事持不同的立场和态度，但都有不同程度的保留。贝瑞指出，尽管老公爵和贵族甲对自己猎杀的动物怀有本能的同情,但他们两人的言语只展示出在想象人类遭遇的同时才能感受到动物的遭遇,这种反应实际上是在拒绝现实和动物遭遇的真实性。[1] 两人仅仅含蓄地表达出参与暴力活动的烦恼,而雅克的批判其实是对两人态度的拓展和现实的直接承认。三人其实质都是一样的,即人性本善,但他们却被"狩猎"话语所控制——人类在自然中处于统治地位,可以随意处置动物,而弱者也只能被强者所支配、控制,他们怜悯与自己同样境遇的动物的同时也在进行着"狩猎"行为,即同时充当着猎手与猎物的角色,而莎士比亚通过他们的反讽式语言所造成的陌生化效果表达了他对那个时代人与自然关系的理解。

二、人与动物的类同

贝瑞认为拟人化的处理实际上有着双重的效果,一是将动物的经历与人的经历同化,二是将人类纳入动物的经历之中。如果动物像人,那么人也像动物,两者都拥有暴力的特质,也有受难的特质。[2] 我们看到鹿被人为的对象化了,而与此同时,人类的弱者也被降到了动物的等级,被压迫者、女性、仆人等都被降等为动物,而这种叙事形式正说明莎士比亚在昭示着早期现代性背景下人的等级化秩序的建立。

因此除了上文所分析的老公爵与贵族甲、雅克对鹿的拟人化处理之外,剧中还充满了关于动物的双关和同形同音,特别是关于鹿这一词汇的双关大量出现在戏剧之中。作为捕猎的对象,鹿根据其大小、外形、年龄和性别被冠以不同的称呼。在英格兰,红色的雄鹿是最大的猎物,在其年满6岁时称为"hart",尽管有时会严格要求至少有四个分叉鹿角。而红色的雌鹿满5岁后被称为"stag"。但狩猎指南书常常不区分这两种鹿。红色的雌鹿又叫"hind"。[3]

另一幕关于猎鹿的场景出现在第四幕第二场:

  雅克:是哪一个把鹿儿(deer)射杀的?
  ……咱们引他去见公爵……最好把公鹿的一对角儿插在他头上,作为胜利的象征。……

---

[1] Edward Berry, *Shakespeare and the Hunt*, p.176.
[2] Ibid., p.176.
[3] Ibid., p.17.

贵族乙[唱]：他杀了一头公鹿又怎么样？披上它皮毛,顶着它角儿一双,唱着歌儿把他送回家。[众人合唱]顶着角儿不用多讥笑,天生角儿往男人头上套,你父亲的老父亲顶着它,你父亲同样戴着它,角儿啊角儿,你真是棒,讥笑你可真不应当。(285)

这一场异常突兀,短小地横插在剧中。但在这一幕中对 deare(deer)的独特使用证明了此段不是后来加入的。狄森伯莉(Juliet Dusinberre)指出,第一对开本中第四幕第二场中出现的鹿 deer 实际上写作 deare,而这种拼法源于排字工 C(Compositor C)或莎士比亚本人,70 年后的杜埃版(Douai text)中依然保留了第一对开本的拼法,杜埃的抄写员将第一行和第四行中的 deer 写作 dear,并将后面的歌删掉了。"deare"在捕猎舞台和情人间制造出双关的可能性(punning contingency),而这种联系又和戏剧中频繁出现的同形同音异义词 hart/heart 相呼应。傻子试金石唱道:"要是公鹿少了母鹿活不成,快快前去寻找罗瑟琳(If a hart do lack a hind)"(244)。罗瑟琳:"哎哟不好了！他此来是要杀死我心头的小鹿呀(kill my heart)!"(250)而且在第一幕第三场中,罗瑟琳说:"我父亲老公爵对他的父亲很见爱呢(lou'd his Father deerelie)。"茜莉亚回答:"这是不是因此说明了你就只能亲亲热热地把他的儿子爱上了？顺着这个道理推下去,那我就该恨他了,因为我的爸爸恨透了他爸爸呀(hated his father deerely)——可是我并不恨奥兰多。"这样,罗瑟琳的"deerelie"与捕猎词汇"追捕追逐(chase)"以及后面跑到森林的场景联系起来。而杜埃版中则直接拼做"chace"——一个森林中追捕猎物的旧词。在第二幕第一场中,老公爵谈到的鹿被"刺进了滚圆的屁股",这一意象唤起了将鹿与人类情人等同的效果,而对鹿的宰杀则包含了人类性欲的比喻。在格里高利·汤普森(Gregory Thompson) 2003 年排演的戏剧中,正如 19 世纪的演出戏剧一样,被追捕的鹿并不是受伤的动物而是熟睡的茜莉亚的身体;这一幕暗示着后面奥利弗成功俘获茜莉亚的芳心。[①]

即便从《皆大欢喜》最开始看,同样有着对人的动物化降等,而这是以"喂养"(feeding)连接的。奥兰多和哥哥奥利弗:"田里的雇工们(hinds)"

---

① Juliet Dusinberre, ed., *The Arden Shakespeare*: *As You Like It*, London: Thomson Learning, 2006, pp. 134—135.

一起吃饭,他质问奥利弗:"让我看管你那些猪,跟猪一起吃糠好吗?"(182)在奥兰多看来,被迫和动物一起吃饭是对人格的侮辱,但同时又给予了他奥利弗不能拥有的高贵。①相似的是当奥利弗称呼老仆亚当"老狗"时,既强调了狗的忠诚也强调了对亚当的蔑视,就像卡洛琳·斯珀吉翁(Caroline Spurgeon)认为的那样,莎士比亚将狗、虚伪的朋友和奉承者联系在一起。②实际上正如基思·托马斯(Keith Thomas)指出:"描述一个人像牲畜暗含着把他当牲畜一样对待。早期现代的宗教迫害故事向我们充分说明,对于犯下血腥暴行的人来说,他们头脑中事先把受害者归入动物类,从而使之非人化,这是必要的精神条件。"③亚当提到奥利弗的房子时说它"不过是屠宰场"(215)凸显了哥哥的野蛮残忍并暗示了对弟弟的迫害,就像邓肯-琼斯(Katherine Duncan-Jones)说的那样,屠宰场的意象代表着残忍血腥、暴力的交易,遍布莎士比亚的戏剧,④对奥兰多的屠宰杀戮与上帝和人对动物、人的照料形成对比:当亚当将积蓄交给奥兰多时,他说"把乌鸦喂得饱饱的老天,也不让麻雀儿空着肚子挨饿。"(216)奥兰多不离弃他,坚持"咱们俩一块儿走"(217),亚当现在能够养活奥兰多正像柯林一样,因为他一生都喂养适度:"这归功当初年轻时,我可从不曾沾一滴叫血液沸腾,让人闹事的烈酒;也从没不知害臊地去寻欢作乐,伤了我元气,掏空了自己的身体。"(216)奥兰多愿意在森林里猎杀动物获取食物,但是他瞄准的都是那些"野兽",而且不是为了自己:为了饥饿的亚当。(225)当老公爵邀请奥兰多"坐下来吧,欢迎你和我们一起吃"(231)时,奥兰多拒绝进食,也要求其他人克制:"请你们暂时不要去碰那些吃的……不等到解决了他(亚当)的饥渴,我绝不碰一下眼前的食物。"(232)随后雅克说出了最著名的"人生的七个阶段",其中将老年期比作"回到了婴儿期,脑袋里一片混沌"(235),随即奥兰多背着亚当上场。阿兰·布里森

---

① 尽管众多批评家和权威版本将 hinds 仅仅解释为"雇工、帮工",但明显的是这个词与动物(鹿)相关联。

② Caroline Spurgeon, *Shakespeare's Imagery: And What It Tells Us*, Cambridge: Cambridge University Press, 1935, pp. 194—199.

③ Keith Thomas, *Man and the Natural World*, p. 48.

④ Katherine Duncan-Jones, "Did the Boy Shakespeare Kill Calves?" *Review of English Studies* 55(2004): 183—195, pp. 192—194.

登(Alan Brissenden)对此评论道,这是"对雅克悲观主义否认的视觉冲击"①。但这仅仅部分正确:亚当变得像小孩一样,因为他不能养活自己,只能依靠他人本能的仁慈,正如奥兰多将自己比作母鹿,将亚当比作小鹿,必须要养活亚当:"我就像母鹿去寻找她的小鹿,要喂它吃东西。"(232)在《皆大欢喜》中,喂养和群体/人道同义,而且奥兰多和亚当被邀请分享的酒宴明显仅仅是果子,奥兰多叫大家别动"这些果子"(231)。因为任何动物血肉的提及都会刺激到老公爵。这种对集体喂养的强调弥漫着整部戏剧:奥兰多感觉被虐待,因为他和哥哥的雇工们一起吃饭,茜莉亚谈及和罗瑟琳的交往也强调了共有的方面:"这些年姐妹俩一向睡的是一张床,她起身,我跟着起了床,我和她一块儿念书,一块儿玩耍,吃也在一起,同出同行,活像是朱诺跟前的一双天鹅,拆不开,永远是一对。"(206)

我们可以看到戏剧中被比作动物的人几乎都是人类中的弱者,女性、仆人、被欺压流放者。就像托马斯指出的那样:"然而早期现代为穷人和受压迫者代言的差不多所有抗议,与用来证明压迫有理所使用的语言都出自同一个意识形态,即人类居统治地位。奴隶制因为混淆了牲畜与人的范畴而受到抨击,暴君专制受到抨击的根据在于不应当像对待动物那样对待人类。"②就像辛格(Peter Singer)论称,对动物的压迫在道德上是和性别歧视与种族歧视一样令人厌恶的。③

三、素食主义与黄金时代

实际上,反对狩猎和同情动物与同时代的素食主义观念息息相关,而这一轮转在某种意义上是对人与自然对立现象的一种反拨,其目的就是

---

① Alan Brissenden, ed., *As You Like It*, Oxford: Oxford University Press, 1993, p. 152, n. 166.
② Keith Thomas, *Man and the Natural World*, p. 48.
③ Peter Singer, *Animal Liberation*, New York: ECCO, 2002, pp. 185−212. 应该指出的是,辛格的立场屡屡被误解,而且普遍受到错误的阐释;他并没有主张动物所受的压迫具有和性别歧视与种族歧视完全相同的特性,而是认为它产生于相同的错误,即基于在伦理道德上无意义的差异而产生的歧视。

在基督教伦理基础上重建人与自然的新伦理。①

奇怪的是,虽然戏剧中出现了猎鹿,但却没有出现食用鹿肉的场景。在猎鹿场景之后,追随老公爵的贵族阿米昂在森林中歌唱:"富贵荣华不追求,阳光熏风归我有;野果菜蔬来充饥,知足常乐心满意。"(223)并随后说道:"我要找公爵去,他那有酒有野果的'宴席'已经准备好了。"(225)老公爵念想中的鹿肉并没有出现在宴席上。

琼·菲兹帕特里克在《莎士比亚的食物》一书中探讨了伊丽莎白一世时期的素食主义存在状况。这一时期的民众常被古典思想所影响,其中有一些认为"人类的灵魂会轮回投胎到动物身体中",因此"批评杀害或虐待动物";一些哲学家认为动物拥有理性,而其他没有。②"而在早期现代,通常认为上帝规定了在去除血液之后的动物肉才适合人类食用。"③而同时代的日常饮食指南甚至指责不吃肉食:"一份素食者食谱逐渐被认为是不健康的,而且违反了上帝的旨意。"④但她对这些日常饮食的研究详细说明了一些伊丽莎白时期作家的观点,即宣称食肉是错误的,因为在杀戮中常常包含着残忍的兽性。其他人谴责作为运动休闲方式的捕

---

① 巴伦坦(Rudolph Ballentine)谈到,"伦理素食者"(ethical vegetarian)的名单非常长,很多历史上著名的人物都是素食者,他们因为各种原因避免屠宰动物。他们包括……爱因斯坦、萧伯纳……达尔文、富兰克林……牛顿、达·芬奇、莎士比亚,还有古希腊罗马的维吉尔、贺拉斯、柏拉图和毕达哥拉斯。See Rudolph Ballentine, *Transition to Vegetarianism: An Evolutionary Step*, Honesdale: The Himalayan International Institute of Yoga Science & Philosophy, 1987, p.5. 实际上,根据《圣经》记载,人类一直以蔬果为生,而开始食肉则是在经历大洪水之后得到上帝的旨意"凡地上的走兽和空中的飞鸟,都必惊恐、惧怕你们;连地上一切的昆虫和海里一切的鱼,都交付你们的手。凡活着的动物,都可以作你们的食物,这一切我都赐给你们,如同蔬菜一样。"(Genesis, 9.2—3)因此,人类就成了肉食者,动物可以被合法地杀死并食用,人类对自然的统治就建立在这个基础之上。参见《圣经》(*Holy Bible*),南京:中国基督教协会,2000年,第11—12页。

② Joan Fitzpatrick, *Food in Shakespeare*, Burlington: Ashgate, 2007, p.58.

③ Joan Fitzpatrick, *Food in Shakespeare*, p.59, p.60.《圣经》中记载:"唯独肉带着血,那就是它的生命,你们不可以吃。"以及"凡以色列家中的人,或是寄居在他们中间的外人,若吃什么血,我必向那吃血的人变脸,把他从民中剪除。"参见《圣经》(*Holy Bible*),南京:中国基督教协会,2000年,第12,180页。

④ Joan Fitzpatrick, *Food in Shakespeare*, p.80. 肯·阿巴拉(Ken Albala)基本上赞同了关于素食主义不健康的观点,但是他注意到判断一份食谱是否健康必须考虑个体差异。因此"拥有强健或'热'胃的个人能够消化和吸收坚硬的、大量的食物,而虚弱的胃则需要吸收少量、轻软的食物。牛肉就可能只满足前者,对后者则不能提供营养价值。"See Ken Albala, *Eating Right in the Renaissance*, Berkeley: University of California Press, 2002, p.6.

猎，但是却接受为了获取食物而进行的狩猎，也有不论任何目的都对这一行径加以谴责的人。贝瑞进一步说明："在一个捕猎—采摘社会，狩猎的仪式含有真正的意味，它与人类对食物的真实需求相联系；然而在伊丽莎白一世时期的社会，没有人需要以狩猎为生。在伊丽莎白时期的狩猎文化中，实际上为了'锅碗瓢盆（for the pot）'而狩猎被认为是庸俗粗鄙的。因此在这一时期的文化中，狩猎的仪式已经极度虚假了。"① 贝瑞认为狩猎理所当然与上层阶级有联系，因为它首先成为一种运动，但是也可假设下层阶级也能够从野外捕获的游戏中获得战利品以丰富自己的餐桌。（《皆大欢喜》中的老公爵和随从"以打猎为生"是因为他们被驱逐出城市。）

　　莎士比亚知道当观众想到食物的时候，自然会联想到节日蛋糕和啤酒，也会联想到屠宰、剥皮和被掏出内脏的动物，锅中的烹饪和摆上供桌以及随葬的食物等。② 因此关于食用动物的道德含义的讨论及素食主义自然逐渐和狩猎联系起来。③ 人文主义者攻击狩猎和战争都是残酷的屠杀，但并不意味着他们的反狩猎就是素食主义。一些狩猎的反对者将体育活动和生存活动区分开，而另一些则全盘反对。阿古利巴（Heinrich Cornelius Agrippa）就是坚定的反狩猎者，他认为这是人类原罪的结果，将"永远终结人类和动物之间的和平"，摒弃暗示伊甸园中的生活就是素食的生活，而蒙田的散文《论残忍》（"Of Cruelty"）提到了毕达哥拉斯和基

---

① Edward Berry, *Shakespeare and the Hunt*, p. 78.
② See Colin Spencer, *Heretic's Feast: A History of Vegetarianism*, Hanover, NH: University Press of New England, 1995, pp. 180—200.
③ 在西方，毕达哥拉斯（Pythagoras，约公元前580—前500）一般被认为是第一个规定信徒要吃素的著名思想家。虽然他自己的著作没有存留下来，他的哲学却可以从其他作者的若干著作中推断而得，包括奥维德（Ovid，公元前43—公元17）的《变形记》（*Metamorphoses*）、普卢塔克（Plutarch，约46—119）的《道德》（*Moralia*），以及波菲力的《论禁食动物食品》（*On Abstinence from Animal Food*）。See Michael Allen Fox, *Deep Vegetarianism*, Philadelphia: Temple University Press, 1999, p. 6. 素食主义（Vegetarianism）的观念可以追溯到古希腊时代，毕达哥拉斯常被认为是"素食主义之父"，他认为人类死后灵魂会转移到动物体内，因此对动物的杀戮无异于谋杀。之后普卢塔克又加入新内容，认为杀死动物会降低人性，而且肉食会损害人的身体和智力。而后素食主义继续发展甚至成为包括印度教、佛教在内的古代宗教的伦理基础之一。即使在基督教内部也有素食者的支派，在中世纪有时被认为是异端邪说。See Gary Allen & Ken Albala, eds., *The Business of Food: Encyclopedia of the Food and Drink Industries*, Westport, Connecticut & London: Greenwood Press, 2007, p. 380, p. 16.

督教对待动物的态度。①

　　毕达哥拉斯的素食主义源于他对下列事物的信念:动物被赋予灵魂、人类与动物灵魂有相同构成、死后灵魂会轮回转生、非暴力是必需的,以及人类和动物之间的自然与超自然亲属关系。而莎士比亚也认为食物与人的轮回有关,人类通常被认为死后是"虫子的食物",暗示着是在作为整体世界中的更大系统的一部分。如《皆大欢喜》中傻子称呼牧羊人柯林"你只算得一块给蛆虫吃的臭肉罢了"(242),而罗瑟琳思考"男人们一代又一代死去,死了去喂地下的蛙虫"(280)。这种形式的素食主义因而有精神与形而上学的基础及伦理上的意义,因为善待非人动物成为毕达哥拉斯追随者必须遵守的信条,他们相信人性与同情会被残酷的做法削弱,而被恒常的尊奉强化。② 同样,西门·恩斯托克(Simon C. Estok)将吃的主题和角色与动物比较的例子作为支持素食者的信息加以联系分析。他指出的那样把拟人化的特点归因于提高动物的地位和状态,"因为当它们的情感、智慧、行为和感受似乎和我们自己类似时,我们不大容易能忍受这些非人的动物的遭遇。"③更进一步说,康德就指出非人性的行为,不管是由我们或由做我们模范的某个人所为,将会散布到人类性格里,并破坏我们执行对同种人类之直接义务的意向。④因此正如菲兹帕特里克指出的那样,雅克在狩猎时所表现出的忧郁成为人类和动物、素食主义和食肉、群居和苦修式独居之间关系的一大表征。⑤

　　而且《皆大欢喜》中的对人类和动物生活界限的破除可能来自于莎士比亚对奥维德的致敬和模仿,《变形记》中的描述就是所有自然的结合的物质主义观念。正如哈里森(Robert Pogue Harrison)指出的那样,《变形记》的基础观念是"所有物种先于形式的亲属关系(pre-formal kinship),

---

① Edward Berry, *Shakespeare and the Hunt*, pp. 24—27.
② Plutarch, "Whether Land or Sea Animals Are Cleverer", in Harold Cherniss and William C. Helmbold, Vol. 12, Trans. *Moralia*, Cambridge: Harvard University Press, 1957, pp. 323—324.
③ Simon C. Estok, "Theory from the Fringes: Animals, Ecocriticism, Shakespeare", *Mosaic* 40.1(2007):61—79, p. 66.
④ Immanuel Kant, "Of Duties to Animals and Spirits", in Peter Heath and J. B. Schneewind, ed., Peter Heath, trans., *Lectures on Ethics*, Cambridge: Cambridge University Press, 1997, pp. 212—213.
⑤ Joan Fitzpatrick, *Food in Shakespeare*, p. 57.

这样就可以使人类变成动物、花草树木及其他森林事物"①。奥维德在《变形记》中这样记述黄金时代:"人们不必强求就可得到食物,感觉满足;他们采集杨梅树上的果子,山边的草莓,山茱萸,刺荆上密密层层悬挂着的浆果和朱庇特的大树下落下的橡子。"因此在奥维德的《变形记》中,黄金时代的特点就是素食主义,奥维德想象毕达哥拉斯谴责第一位食肉者:

> 但是在古代,我们所谓的黄金时代,人们过的是幸福生活,树上结着果子,地上长着草蔬,污血从不沾唇。飞鸟在天空安全地翱翔,野兔在田垄间安全地踯躅,游鱼毫无猜疑,也没有吞钩的危险。天地万物不畏网罗,安享太平。但是不知是什么人羡慕狮虎之所食,也吞吃起肉食来,他开了恶端,从此罪孽之门大开。我相信人类杀生是从杀野兽开始的。有的野兽威胁我们的生命,我们把它们杀了,本来也合乎情理,没有什么不应该。杀尽管杀,但是万万不应该吃它们。②

我们看到在《皆大欢喜》第一幕第一场,查尔斯对奥利弗谈到老公爵的状况:"听说他已进入了亚登森林,有好些人跟随着他,轻松自在;他们就在森林里安顿下来,日子过得就像当年英国的罗宾汉一般。听人们说,每天都有些子弟投奔到他那儿去,无忧无虑地打发着光阴,仿佛上古的黄金时代又回到人间了。"(185)但是,老公爵和随从所进行的捕猎和食肉活动并不能和作为另一个黄金时代的亚登森林轻易联系起来;而查尔斯对亚登森林生活的描述更是讽刺性的,查尔斯是一个摔跤师,以和捕猎类似的体育活动为生。尽管老公爵认为他和随从们没有感觉到"亚当受的罪:那季节的变化",但同样感受到了"严冬用冰冻的獠牙,尖利的寒风的爪牙,咆哮着,把我的肉体又刺又咬,冷得我直发抖"(209)。沃特·怀特(Walter Whiter)就指出"亚当受的罪"可能指向了疼痛和劳作的生活,而非季节的变化。③ 但是老公爵和随从没有遭受疼痛,他们捕猎,但是并没有为食物而进行劳作。因此一般意义上讲,黄金时代的永恒之春和伊甸园被季节替代、人们和牲畜之间的和睦则被人类的罪所破坏。

辛格认为:"当我们将素食主义视为一种对我们纯粹简单地利用动物

---

① Robert Pogue Harrison, *Forests: The Shadow of Civilization*, Chicago: University of Chicago Press, 2009, p. 26.
② 奥维德:《变形记》,杨周翰译,北京:人民文学出版社,1984年,第4,206页。
③ Walter Whiter, *A Specimen of a Commentary on Shakespeare*, London: T. Cadell, 1794, pp. 13—15.

和最易为我们所使用的物品的道德反抗时,素食主义最有力量。"①反对虐待动物运动的思想起源于人类应该照顾上帝造物的(少数派)基督教传统,随着世界专门为人类而存在的旧观念瓦解,运动进一步加强;并在重视感觉与感情中得以巩固,感觉被当做提出道德关怀要求的真正基础。这样,人类中心主义传统通过微妙的辩证法,别无选择地把动物纳入道德关怀的领域。关于动物的辩论又一次形象生动地展示了向比较世俗的思维模式的转变,而这正是现代初期许多思想的特点。然而,最初的动机却带有强烈的宗教色彩。②

正如帕特里克·康奈尔(Patrick O'Connell)说的那样,"若了解食物也会了解历史、语言与文化"③,食物不仅仅是我们生理需要的必需品,它同样指涉了社会身份、物质财富、多元农业、贸易、宗教信仰、价值观、同时代医学观念以及生活方式。研究莎士比亚戏剧中的食物是因为戏剧和食物是同时被享受的,"食物和饮料作为戏剧欣赏经历的一部分……伊丽莎白一世时期的人们在欣赏戏剧的同时吃吃喝喝"④。而莎士比亚通过食物探讨着舞台上人生的各个阶段:诞生、个人身份的形成、社会群体的定义、生理需要的满足、爱和性、死亡,他同样以作为生理基本需求的食物作为表达更加复杂的情感的手段。

迈克尔·博伦(Michael Pollan)强调:"我们的饮食习惯代表着与自然世界最复杂深远的关系。我们每天都在将自然转变为文化,将世界的部分植入我们的身体和思维。"⑤而安娜·威利特(Anna Willett)指出:"食肉和素食主义代表着两种截然相反的独特世界观。"⑥同样尼克·菲德斯(Nick Fiddes)将素食主义话语和人类与自然关系结合起来讨论,他认为食肉象征着人类对动物和其他物质世界的绝对统治,而现今的素食

---

① Peter Singer, "A Vegetarian Philosophy", in Sian Griffiths, Jennifer Wallace, eds., *Consuming Passions: Food in the Age of Anxiety*, Manchester: Manchester University Press, 1998, p. 77.
② Keith Thomas, *Man and the Natural World*, p. 180.
③ Francine Segan, *Shakespeare's Kitchen: Renaissance Recipes for the Contemporary Cook*, p. 13.
④ Joan Fitzpatrick, *Food in Shakespeare*, p. 5.
⑤ Michael Pollan, *The Omnivore's Dilemma*, New York: Penguin, 2006, p. 10.
⑥ Pat Caplan, ed., *Food, Health and Identity*, London: Routledge, 1997, p. 112.

者和动物权利的讨论反映了当代日益增长的对这一关系的怀疑:"对动物的关注往往发展偏向其他社会话语……实际上现在如何利用现代动物成为一个悬而未决的巨大问题,同样也是日益活跃的话题——人类不应仅仅考虑自己和其他物种的关系,而是要考虑和作为整体的自然世界的关系。"①

著名历史学家基思·托马斯爵士在《人类与自然世界》序言中就指出:"1500—1800 年间,发生了令人应接不暇的变化,社会各阶层、男男女女以变化了的方式理解周围的自然,并进行分类。在这个过程中,一些长期固有的关于人在自然中位置的观念被摒弃了。人们对动物、植物与景观产生了新的情感。人与其他物种之间的关系被重新界定;人为了自身利益而利用其他物种的权力受到尖锐的挑战。"②到了 17 世纪后期,人类中心主义传统本身开始瓦解。世界不只是为了人类而存在,明确地接受这种观点在相当程度上被认为是现代西方思想中的一场重要革命。③ 而正如福克斯(Michael Allen Fox)指出的那样,确实有素食良心(vegetarian conscience)的存在,而这个用语指的是一个伦理角度,我们可以从这一角度决定我们在自然社群中的位置。素食良心把人类看作自然的一部分(a part of nature),而不是和自然分离的(apart from nature)。④ 同样戈德斯坦指出,没有吃的伦理,只有作为吃的伦理,吃就是伦理(eating is as ethics)。吃不仅关乎我们怎样正确对待自己的身体、动物、植物和环境,也关乎我们认识自我的起点。吃塑造了我们的伦理自我(ethical selves)。⑤

通过对《皆大欢喜》中狩猎与素食主义的分析,我们可以看到莎士比亚所表达的人与动物的类同和平等,更进一步说则是打破人与自然的二元对立,将人纳入整体自然的伦理之道。但是杰曼·格里尔(Germaine Greer)指出:"莎士比亚并没有为我们勾勒出一套系统的伦理思想体系……因为他与同时代的人一样,莎士比亚有着一种既深刻又敏锐的道

---

① Pat Caplan, ed., *Food, Health and Identity*, pp. 259—260.
② Keith Thomas, *Man and the Natural World*, p. 15.
③ Ibid., p. 166.
④ Michael Allen Fox, *Deep Vegetarianism*, pp. 175—176. 关于素食良心一词的另一用法,见 Harold Hillman, "The Vegetarian Conscience", *Philosophy and Social Actions* 15(1989): 51—59.
⑤ David B. Goldstein, *Eating and Ethics in Shakespeare's England*, p. 209.

德感;而且这种道德感总是必需的和充满活力的,它的全貌无法被任何一个人所把握。戏剧家的任务不是喋喋不休地解释道德伦理问题,而是要用令人铭记和生动活泼的形式表现出道德问题本身具有的真实性。"①

---

① Germaine Greer, *Shakespeare: A Very Short Introduction*, pp. 75—77.

第十章

儿童与教育:莎士比亚戏剧与早期现代英格兰的个人主义

莎士比亚生活的时代和我们的时代最大的不同就是儿童在人口中所占的超高比例。尽管有着高夭折率——大概所有孩童中有四分之一未能活到10岁,但正如历史学家基思·怀特森(Keith Wrightson)所指出的:"在(英格兰)某些地区大约有40%的人口是由那些依赖父母而待在家的孩童所构成的。"① 而彼得·拉斯利特(Peter Laslett)也指出:"到处都是孩童……所有成人事务中都有他们的身影,比如嬉戏的孩童经常作为背景或者匍匐的孩童作为前景出现在这个时代的一些画作中。"② 正如埃尔金(Kathy Elgin)所言,这个时代(伊丽莎白时代)是历史上首个重视儿童的时代。尽管儿童常被看作小大人,但据记载,由于高夭折率,儿童受到了更多的关注。③ 而在莎士比亚戏剧

---

① Keith Wrightson, *English Society 1580—1680*, Hutchinson Social History of England, London: Hutchinson, 1982, pp. 105—106.
② Peter Laslett, *The World We Have Lost Further Explored*, 3rd edn, London: Methuen, 1983, p. 119.
③ Kathy Elgin, *Elizabethan England*, Hong Kong: Bailey Publishing Associates Ltd., 2009.

虚构的世界中也同样反映出了这些时代背景。

儿童时期是人类成长的必经阶段,莫里斯(Tim Morris)称其为"一种他者的形式,可能的一种原型形式(archetypal form)"①。而批评家们认为书写儿童几乎"不可能",亨利曼(Susan Honeyman)就说"儿童期是成人失去并永远再也无法拥有的",因此"成人作家如何能以任何形式的权威有说服力地呈现这种天真和充满幻想的状态呢?"②但是,部分原因正如莉比·布鲁克斯(Libby Brooks)所说:"我们记忆中最深远最有影响的故事都是童年时期听来的。"③作家们不断回归作为主体的儿童。正如儿童作家菲利帕·皮尔斯(Philippa Pearce)指出的那样,作家们通过文学艺术而非现实创造着真实性(authenticity):"童年最强烈的经历莫过于不能言说,因为以小孩的词汇和思想不能完全理解和表达……所以小说家将很多话语通过儿童的角色说出,以不太现实却又更有力的表达来替代某些言说。"④

尽管莎士比亚戏剧中的儿童是作为次文本出现的,他们往往是戏剧进程中的点缀,而主角依然是那些成人。但是,通过仔细的调查研究我们吃惊地发现,这些儿童对剧中的情节推动起到了某些关键作用。而且更为有趣的是,很多儿童角色都是莎士比亚自己创造的。如《泰特斯·安德洛尼克斯》中的小卢修斯,《亨利五世》中的童儿,《居里厄斯·恺撒》中的卢西留斯和勃鲁托斯的侍童,在莎士比亚来源材料中都是没有的。同时,《麦克贝斯》中的小麦克德夫和《冬天的故事》中的小王子也仅仅出现在最简略的暗示中。马乔里·加伯(Marjorie Garber)认为:"他们(儿童)不是重要的、成功的戏剧角色……古怪的他们对成长的焦虑冲击着观众,当那些讨厌的孩童离开舞台时我们松了一口气,而且对这些角色走向死亡感到毫不奇怪。"⑤但是这种观点并不正确,因为这些角色的早熟和哀怨有

---

① Tim Morris, *You're Only Young Twice: Children's Literature and Film*, Urbana and Chicago: University of Illinois Press, 2000, p. 9.

② Susan Honeyman, *Elusive Childhood: Impossible Representations in Modern Literature*, Columbus, OH: Ohio State University Press, 2005, p. 4.

③ Libby Brooks, *The Story of Childhood: Growing Up in Modern Britain*, London: Bloomsbury, 2006, p. 2.

④ Philippa Pearce, "The Writer's View of Childhood", in Elinor Whitney Field, ed., *Horn Book Reflections: On Children's Books and Reading*, Boston: Horn Book, 1969, pp. 49–53.

⑤ Marjorie Garber, *Coming of Age in Shakespeare*, London: Routledge, 1997, p. 30.

着"陌生的非现实感"①。本章拟透过莎士比亚戏剧中所表现的早熟的儿童形象,分析造成他们性格特点的教育因素(即学校教育与英格兰独有的学徒/仆童制度),进一步指出由此带来的与他人关系的疏离和个人主义的凸显,说明英格兰早期现代性的隐现。②

一、早熟而天真的儿童

贝文顿指出,莎士比亚戏剧中的儿童形象很少涉及当时的宗教和教育的不完整性。这些儿童往往是娇嫩、忠诚、勇敢以及理想主义的,而且他们没有成人的缺点,天真无邪。③ 莎士比亚笔下的儿童很多出现在悲剧中,正如安·布莱克(Ann Blake)在20世纪90年代早期发表了两篇论文探讨莎剧中的儿童问题,她指出:"莎士比亚悲剧中每个儿童的角色……有着显著的标签,强调着一个儿童的本质或经验的不同方面,以此实践特殊的戏剧作用。"④

《理查三世》中的两个小王子在其父亲英王爱德华四世死后被带到伦敦。小王子(理查)被叔父理查认为"不好对付,没顾忌,机灵,聪明,不怕冲撞人"(110),因为他在和另一个小王子——随后的王太子爱德华对话中取笑了驼背的叔叔,"只因为我是个小人儿,像个小猴子,他认为你就该把我扛在你肩头"(109)。连白金汉公爵都悄悄对黑斯丁说:"他这张小嘴多厉害,多会说话啊!先取笑了他叔父,转过来又消他的气,机灵地随口把自己也取笑在内了。这么小年纪就这么伶俐,了不起啊!"(109)而他的兄长王太子此时还没有加冕,只能模糊感受到围绕自身所展开的阴谋与权力斗争。他只知道站在母亲一边的叔叔们被流放,而他希望那些人还活着并效忠他。正如他坚持认为史册上恺撒建造古堡的记载就是事实,

---

① Leah S. Marcus, *Childhood and Cultural Despair: A Theme and Variations in Seventeenth-Century Literature*, Pittsburgh: Pittsburgh University Press, 1978, p. 6.

② 本章主要分析的是男孩的角色,一方面,因为在莎士比亚戏剧中主要出现的儿童是男孩形象。另一方面,在早期现代英国,女孩几乎是被直接当做成人的,而且她们也没有接受学校教育的权利。

③ David Bevington, *Shakespeare: the Seven Ages of Human Experience* (second edition), Oxford: Blackwell Publishing, 2005, p. 29.

④ Ann Blake, "Children and Suffering in Shakespeare's Plays", *The Yearbook of English Studies* 23(1993):293—304, p. 300.

其谈话充满了小孩子的理想主义:"真情实况仍然会口口相传,一遍又一遍,子子孙孙地传下去,直到末日审判,一切都终止了"(106),而叔父理查则悄悄评论这样的理想主义并不能在现实的残酷世界中得到善终:"俗话说:'智慧开得早,寿命活不长。'"(106)当王太子爱德华发出豪言壮志当"长成堂堂男子汉"时,"要去法兰西夺回我祖先的统治权。要不然,我生而为君主,死而为战士"(107)。此时理查又一次悄声诅咒:"春天来得早,夏天匆匆凋谢了"(107),引人注目和命中注定的早熟便显现了。

两个王子都害怕他们的三叔克拉伦斯,那位在古堡被谋杀的人,其冤魂还时时徘徊在古堡之中。正是这种焦虑在王太子爱德华和叔父理查之间产生了深层次的意义交换:

> 王太子:我说,死了的叔父没什么好怕的。(I fear no uncles dead.)
> 理　查:活着的叔父也没什么好怕的,是不是?(Nor none that live, I hope.)
> 王太子:叔父还活着,我但愿用不着害怕。(And if they live, I hope I need not fear.)(110)

我们看到对话的开头和结尾都是害怕,实际上这段对话充满了激烈的交锋,因为我们知道这些小孩的生命即将走到尽头。理查的话表明将像谋杀克拉伦斯那样将兄弟的后裔剪除,而王太子爱德华则隐隐表露出求生的愿望。贝文顿指出,莎士比亚在诸如《理查三世》这样的悲剧中使用儿童这样的角色来强调年轻的理想主义与老于世故的、折磨天真无邪并破坏理想主义的犬儒主义之间痛苦的对比。①

《理查三世》中克拉伦斯公爵的两个孩子的遭遇同样重要,他们为后面的王太子和小王子的遭遇埋下了伏笔。在和他们的奶奶(太后)讨论其父被捕的原因和可能的结果时,孩子们戳穿了太后的谎言,他们的话语似乎是对太后对孩童时期的他们定义的反抗。尽管早熟的孩子们质疑她的行为,她仍然称他们为"孤儿、弃儿、小可怜虫"(86),随后,小孙儿告诉太后他的叔叔(理查三世)"一边哭泣,把我搂在怀里,只顾亲我的脸,要我把他当做父亲般信任他,他自会喜欢我,就像我是他的亲儿子"(87)。这里孩子因为天真而容易受到误导和引诱的特性展现在观众面前。小孙子的

---

① David Bevington, *Shakespeare: the Seven Ages of Human Experience*, p.30.

男性自信在问句中充分表现出来:"你认为我叔叔是装模作样吗,奶奶?"太后回答:"是呀,孩子。"但孩子的回答似乎说明性别在这一刻凌驾于年龄之上:"我想不明白。"(87)这说明理查的影响已经扩散到了年轻的一代,而老太后的权威则被削弱和消解了。

而《约翰王》中的亚瑟王子的周围是一群处在朝代更迭期间的急于攫取权力的成年人,而且自己被侵占着属于自己的王位继承权的叔叔约翰王所看护着,因此这个男孩不可避免成了斗争的焦点,他卷入了法国和英格兰的不同利益党派。而亚瑟自己则处在休伯特这个受命谋害他的监护人的监视之下。在第四幕第一场中,亚瑟得知休伯特受命"用烙铁烫瞎"他的双眼,他的独白天真而富有感情。休伯特最后发现他不能对如此可爱的小孩下手,于是冒着危险将亚瑟藏了起来。然而危险并未结束,因为亚瑟的存在始终对约翰王造成威胁。亚瑟试图从城堡的高墙上越狱,但最终却死在了冰冷的石板上,"哎哟!我叔叔的魂灵附在这石头上。我灵魂升天吧,我尸骨在英国埋葬"(347),因此国内爆发了贵族的叛乱,异邦法国也趁势入侵。亚瑟王子的天真无邪只是一个堕落世界中微弱的希望之光。然而他温柔善良的形象是无法磨灭的,不管是作为对成人世界愚蠢的控诉还是对更好世界的应许。

同样,《麦克贝斯》中麦克德夫夫人的幼子也是一个相似的角色。像亚瑟一样,他是自己无法掌控的权力斗争中的牺牲者。他父亲的敌人麦克贝斯,在寻找证明其僭越合法性并进行残暴统治时,叫嚣着:"叫他(麦克德夫)的妻子儿女死在刀锋下——还有那些倒霉鬼:他的近亲远房。"(346)麦克贝斯不能容忍在自己没有子嗣时其他的权力竞争对手有孩子。他已经开始根除其主要敌手班柯的直系亲属了,但那却失败了,因为女巫的预言暗示着班柯的后代将做王,但是麦克德夫的孩子没有这种超自然的保护。

在第四幕第二场中,麦克德夫夫人和她的幼子得知即将发生的屠杀并勇敢地直面屠夫,这是莎士比亚在悲剧中使用孩童的典型。孩子是幼小、天真、聪明的。

夫人:孩子,你爸爸死了,看你怎么好?日子怎么过呢?
孩子:学小鸟儿,妈妈。
夫人:怎么,吃小虫,吃苍蝇吗?
孩子:我是说,有什么吃什么,小鸟就这样。

他知道小鸟要"吃小虫,吃苍蝇",因此自己也是可以生存下去的。他与母亲天真的对话似乎将死亡和危险以另一种方式表达出来了,显示出超越年龄的智慧。如果他的父亲死了,正如其母亲所言(其实是不真实的,母亲这样说以免孩子质问为什么父亲不在家保护他们),他知道实情:"那些个不是对付可怜的小鸟儿的。爸爸没有死,尽管你说他死了。"并说为什么母亲不去市场上另买一个丈夫。如果奸贼是背信弃义的人,当然都应该"起来打败那些正人君子,把他们吊起来"。正如其母亲所言,孩子是"可怜的小油嘴",但说的都是"睿智"的话语。这些对话让我们回忆起《李尔王》中的傻子,李尔王所称的"孩子",其看似疯癫的语言反复出现,预示着真相。

　　当然孩童并不是都处在这样的危险境地。除了上层阶级的孩子有着具体的政治含义之外,在喜剧中,下层阶级的孩子冒失而早熟的智慧也是欢乐的组成部分。《爱的徒劳》中,西班牙绅士爱马多的侍童毛斯(词语 moth"蛾子"在词源上意为 mote"微尘",或者是在阳光中飞舞的斑点,抑或一只蛾子)揶揄其主人假装的行为举止。爱马多称呼自己的侍童为"孩子""小子"和"我的嫩芽儿",简单暗示着这个角色是男孩。(486)傲慢自大的仆人通常被称为"孩子"(BOY),例如《错尽错绝》和《维罗纳二绅士》,实际上他们的智慧已经达到了青春期甚至成人期。

　　而《温莎的风流娘儿们》第三幕第三场中福斯塔夫的仆童罗宾则更加早熟和聪慧,他既是小孩,更是一个双面间谍。剧中他和裴琪大娘交换情报以获取利益:

> 裴琪大娘:小罗宾来了。
> 傅德大娘:怎么样,我的小鹰儿!带来了什么消息?
> 罗宾:我家老爷约翰爵士已经从你的后门进来了,傅德奶奶,想跟你谈谈心。
> 裴琪大娘:你这小精灵,你可曾把这儿的什么泄露出去了?
> 罗宾:不,我可以对天发誓。我家老爷并不知道你也在这儿;他还吓唬我呢,要是我把他溜到这儿来的事告诉了你,那我这一辈子可再也别想有主子来管束了——一句话,他赌咒说,他就要把我一脚踢出大门外。
> 裴琪大娘:真是个好孩子。小嘴巴闭得紧,新衣裳就穿上身——我要叫裁缝替你做一身新衣新裤呢。(391)

这里小孩是作为信息的保守秘密者出现的,但是与此同时他具有仆人和儿童的双重社会身份,因此可以扮演信差的角色而不至于引起怀疑。罗宾对主人的"背叛"表明他知道自己的定位和可以做的事情,于是他出卖情报获得"一身新衣新裤"的奖赏。实际上他和裴琪大娘之流属于同一阶层。他愿意拥护她们的道德,而不是那些宫廷的道德,将小孩和更广泛的道德工程联系在一起,这部戏剧体现了那些娘儿们常识的、小城镇的、女性的中产阶级道德,并与福斯塔夫所代表的腐朽堕落的、低级的上层阶级边缘的男性城市道德相对立。①

皮耶斯(A.J.Piesse)指出:"儿童的政治/社会自我意识的时刻是作为一种舞台符号出现的,观众由此可立即认识到戏剧的基本事实。"②因此莎剧中儿童的角色往往起着暗示本质的作用。实际上伊丽莎白时期的观众能够更好地理解这些儿童的形象,因为他们就是这样成长起来的,因为"儿童是最容易理解的,不仅仅是其作为同一性的'他们',更是多样性的'我们'"③。

二、教育

倘若我们广义定义文化的话,那么作为文化传承者的儿童(或子女),以及作为学习知识、塑造性格的童年就对文化再生产有着至关重要的作用。④ 当莎士比亚描写其戏剧中的儿童和童年时,他一定是将自己的儿童角色与文本和历史结合在一起的。实际上,莎士比亚描写的这类角色几乎都是男孩,而女孩却没有,因为只有男孩才被纳入了都铎王朝的教育系统。

莎剧中最让人喜爱的孩童描述,特别是上学的孩童,可以在《温莎的

---

① A. J. Piesse, "Character Building: Shakespeare's Children in Context", in Kate Chedgzoy, Susanne Greenhalgh, and Robert Shaughnessy, eds., *Shakespeare and Childhood*, Cambridge: Cambridge University Press, 2007, pp. 64—79.

② Ibid., p. 65.

③ Kate Chedgzoy, "Introduction: 'What, Are They Children?'", in Kate Chedgzoy, Susanne Greenhalgh, and Robert Shaughnessy, eds., *Shakespeare and Childhood*, Cambridge: Cambridge University Press, 2007, pp. 15—31.

④ Chris Curtin and Anthony Varley, "Children and Childhood in Rural Ireland: A Consideration of the Ethnographic Structure", in Chris Curtin, Mary Kelly and Liam O'Dowd, eds., *Culture and Ideology in Ireland*, Galway: Galway University Press, 1984, pp. 30—46.

风流娘儿们》中找到。裴琪大娘的幼子威廉是一个文法学校的学童,威廉正被妈妈押去学校时,却遇到老师,得知了放假的好消息。但不开心的是,裴琪大娘坚持要老师威尔士牧师休·伊文检查他的拉丁文法。他努力表现,但是其答案明显是死记硬背而非自己理解了的。他很喜欢照字面意思解释:

> 牧师:"lapis"这个词怎么解释,威廉?
> 威廉:"石子"(stone)。
> 牧师:石子这个词又怎么解释呢?
> 威廉:"石头"(pebble)。(418)
> ……
> 威廉:所有格——horum, harum, horum
> 桂嫂:去他妈的——"苏苏"有个"哥哥"! 好不要脸的东西! 提都不要提起她,孩子,她无非是个婊子罢了。(420)

但实际上这种教学法是相当落后的,仅仅是让孩子记住拉丁文的英文定义和对应单词。而牧师问及:"威廉,再问你,'冠词'是从什么地方'借'来的",威廉的答案则是机械地从另一本由威廉·李理(大学才子派成员约翰·李理的祖父)写的拉丁文法书上找来的:"'冠词'是从'代名词'借来的,具有这样几种变格——'单数''主格'是: $hic, haec, hoc$ 。"由于紧张,威廉把应该是 hunc 的宾格发成了"hinc"并受到了牧师的责备:"请你给我记牢了",但不幸的是,由于牧师是威尔士人,宾格(hunc 阳性,hanc 阴性,hoc 中性)在他古怪的威尔士发音中变成了"hung,hang,hog"(419)。牧师试图认真严肃地指导学生,但却由于桂嫂的插科打诨而削弱了效果,桂嫂不懂拉丁文,她把宾格听成英语,认为"'hang hog'就是拉丁文中的'火腿',我跟你说,还错不了",因为在英语中听来像"挂猪肉",她以讹传讹猜想如此。正如梅尔基奥(Giorgio Melchiori)指出的那样,"喜剧的语言"在这一以语法为中心的场景中是戏剧的中心主题,而"在语法的术语和翻译(错译)过程中含有淫秽隐射的文字游戏……犹如把所有角色串联起来的隐藏的语法线索贯穿全剧",梅尔基奥更进一步注意到这个特别的场景是"和早先的场景以及行为无关的",但是提供了"戏剧内涵的基本线索"。正如语法的结构提供了一个基本的、流动的结构,这一场景展示出戏剧所表达的社会结构核心——中产阶级的愿望和期待,莎士比亚利用剧中的孩童对此核心的服从行为展示出社会的某种过渡的稳定性特征。① 小男孩炫耀了自己的所学,但也被自己的遗忘吓到了,因此可能会被打屁股。"小心你的屁股儿",牧师警告的话说明了可能的惩罚即脱下裤子被打。莎士比亚这种看似无聊的记述,实际上正是自己在斯特拉福德镇上学时的一种记述。《驯悍记》中二小姐说:"我又不是屁股要挨打的小学生。"在《皆大欢喜》中,雅克著名的一段台词指出了人生的七个阶段,而其中的童年正是不愿上学的小孩:

> 这世界是一座舞台,所有的男男女女都只是些演员,一个个到时候该下场了,到时候该上场了;一个人的一生扮演了好几种角色呢,他的演出分七个时期:一上来,是婴儿,在乳母的怀抱中,又哭又吐;接着是小学生,透红光的小脸,像朝霞,背着个书包,泪汪汪,在上学的路上慢吞吞地拖着步子,像蜗牛在爬。(233)

此外,在莎士比亚一个早期剧本《爱的徒劳》中,他创造了一个滑稽角色——塾师霍罗弗尼,这个人物的表现是对一种课堂学风做滑稽模仿,当时的大多数观众无疑能够立即辨别出这种模仿的用意所在。霍罗弗尼如果要提到苹果,就一定会补充说苹果悬在枝头是"挂在天空中,吊在苍穹下,悬在太虚内——犹如一颗明珠挂在耳朵边",而烂了之后则是"落到了地皮上,落进了泥土里,还落到了陆地上、大地上。"(529)他这个人物实际上是对某门课程做滑稽拟人化表演。那门课程的主要课本是伊拉斯谟的《论丰富多彩》(On Copiousness),该书教导学生用150种不同的拉丁文表达"来信已收到"这句话。如果说莎士比亚巧妙地讽刺了这种病态的文字游戏的话,他自己也干劲十足地玩过这种游戏。例如他在《十四行诗集》中第129首写"情欲",便说情欲是:"阴谋、罪恶和杀机,变得野蛮、狂暴、残忍、没信用"(343)。正如格林布拉特指出的那样,在这种激情的发泄背后掩盖的是这个少年男子也曾在学校中消磨过许多时光,誊抄过大量拉丁语同义词。②

伊丽莎白女王的宫廷教师罗杰阿斯坎姆曾写道:"所有人都千方百计让自己的孩子能说拉丁语。"实际上,16世纪,下层阶级(如泥瓦匠、羊毛商、手套商、乡下农夫)都不能获得正规教育,当然他们也希望后代能够掌

---

① Giorgio Melchiori, ed., *The Merry Wives of Windsor*, Arden Third Series, London: Thomas Nelson and Sons, 2000, note to 4.1.356.

② Stephen Greenblatt, *Will in the World*, p. 24.

握拉丁语法,拉丁语代表着文化、教养和往上爬的敲门砖。莎士比亚的父亲约翰·莎士比亚曾担当过斯特拉福德镇的公务人员,按照市政人员子弟可以免费入学的优待规定,莎士比亚进入了文法学校。但是此时的英格兰女孩们是被排除在学校教育之外的,而且贫穷家庭的男孩(他们占人口的比例相当高)是不能上学读书的,因为家庭指望他们在年纪还小的时候就开始工作。此外,虽说不交学费,但学习上的花费也颇多。①

那么,除了学校教育之外,另一种为全民所接受并广泛认可的教育——社会教育(对儿童而言是学徒/仆童/佣工制度),实际上才是早期现代英格兰所更加注重的。英格兰的这一教育体制非常独特且历史悠久,麦克法兰就指出英格兰与欧洲大陆其他国家不同,早在13世纪开始就出现了"现代社会"的某些特征,特别是家庭方面,英格兰儿童小小年纪就被送出他们出生的家庭,通过佣工或学徒制度,或者——对富家子女而言——通过大中小学的正式教育渠道,被非亲属抚养成人,个人变成了一个不得不以"自由的"、平等的公民身份去竞争的人。② 1497年,威尼斯驻英大使特雷维萨诺对这种模式作出了一份经典阐释:"英格兰人的缺乏亲情强烈地体现在对待子女的方式上,他们将子女留在家中养到7岁,顶多9岁,然后不管男孩女孩,一律打发出门,送到别人家去艰辛服役,在那里一般又羁留7—9年。这样的儿童名曰学徒。"他觉得,如果父母在学徒期满后将子女重新领回家,"或许也还情有可原",但是他发现,"子女们竟一去不复返"了! 他们不得不到大千世界去自谋生路,"在其庇护人的帮助下,而非其父亲的帮助下,另立门户,并以此为本,自己创造一般财富"③。

因此我们毫不奇怪在《亨利四世 下篇》中浅潭法官说道:"那会儿杰克·福斯塔夫还是个孩子呢——在诺福克公爵托马斯·毛勃莱家当侍童;现在他已经是约翰爵士了。……他还是没有这么高的一个小嘎嘣豆子的时候,我就看见他在大门口跟斯科金打架,把人家的头打破了;就在同一天,我也在格瑞学院后面跟一个卖果子的打架来着,一个叫参孙·干鱼的。耶稣! 耶稣! 那些日子我胡搞得可真够瞧的! 现在呢,一转眼不

---

① Stephen Greenblatt, *Will in the World*, pp. 25—26.
② 清华大学国学研究院主编,艾伦·麦克法兰主讲,刘北成评议,刘东主持:《现代世界的诞生》,第139—144页。
③ 转引自清华大学国学研究院主编,艾伦·麦克法兰主讲,刘北成评议,刘东主持:《现代世界的诞生》,第144页。

少我的老朋友全死了!"(441—442)

　　莎士比亚时期的英格兰几乎是家庭服务或者学徒制相重合的年代。仆人的无所不在是伊丽莎白时期的英国特色,不管是城市或乡村的家庭都雇用了仆人;大约有四分之一的人口是仆人,而三分之一强的家庭都有仆人。而仆人和雇主的关系在很大程度上类似亲子关系。他们不单拿工钱,而且是这个家庭的次要成员,住在雇主家中。① 《威尼斯商人》中的一个喜剧片段正说明了仆人和孩童角色之间的文化混杂,进一步为戏剧的情节发展和冲突提供了丰富的来源。在第二幕第二场中,夏洛克的仆人朗西洛就戏弄了自己眼神不好的父亲,然后劝其父假扮他去送礼物给巴珊尼。(184)

　　而且年轻人通常会和仆人交往,不管他们是否也会成为仆人。② 作为教育的一部分,父母会把青春期的孩子送到其他人家去,也会接收年轻的仆人到自己家。贵族们常常相互交换孩子。例如哈姆莱特这样的王子就会被送往朝臣家里抚养。霍拉旭认为的"乌鸦"——拥有很多土地的奥里克这类人,就能参加国王和王后举办的宴会。而伊丽莎白一世的主要谋臣塞西尔则描述这种体制为年轻贵族的"学校",他的描述为交换教育孩子提供了有力证据。③在同一屋檐下意味着将同坐一张桌、接受同一教育并睡在一起。这样的情况会导致一种"一生的忠实与亲密"④。对一个贵族或王子而言,看到自己的伴读者再次出现,作为家庭的仆人和宫廷侍从是习以为常的。

　　这种社会教育有着几种目的。将来自不同社会阶层的儿童聚在一起,教导他们社会地位的重要性以及培养他们与人相处的能力。⑤ 特别

---

① Jeffrey L. Forgeng, *Daily Life in Elizabethan England*, Oxford: Greenwood Press, 2010, p. 43.

② 彼得·拉斯莱特(Peter Laslett)指出 20%的小孩成长在有仆人的家庭,40%的小孩自己成为仆人,而仅仅 20%既没有和仆人生活过也没当过仆人。See Peter Laslett, *Family Life and Illicit Love in Earlier Generations: Essays in Historical Sociology*, Cambridge: Cambridge University Press, 1977, p. 43.

③ Louis B. Wright, *Advice to a Son: Precepts of Lord Burghley, Sir Walter Raleigh, and Francis Osborne*, Ithaca: Cornell University Press, 1962, p. xvi.

④ See Muriel St. Clare Byrne, ed., *The Lisle Letters*, vol. 3, Chicago: University of Chicago Press, 1981, p. 13.

⑤ See Nicholas Orme, *From Childhood to Chivalry: The Education of the English Kings and Aristocracy 1066—1530*, London: Methuen, 1984, pp. 29—30.

在宗教改革之后,这可以增强宗教合作意识。新教徒的家庭通过盘问家庭中的仆人和儿童来增强秩序观念,也可能会培养政治的独立性和宗派主义。① 同样,天主教徒也实践着宗教宣扬。很多英国人会把年轻人和服务理所当然地联系起来。家庭服务的意识形态观念教导人们最好的主人都是做过仆人的,而家庭管理的指导通常会给渡过儿童期的仆人很多建议。早期现代英语词汇中包含着对封建骑士或者作为"小孩"的侍从荣誉和声望的回忆。莎士比亚戏剧角色中的仆人——狗宝(Launcelot Gobbo)的名字就是亚瑟王的骑士之一。福斯塔夫的侍从称赞亨利五世为"好小子"(642)。在英语和其他语言中,"儿童""男孩""女孩"通常可以表示"仆人"甚至"奴隶"。② 莉亚·马库斯(Leah S. Marcus)指出,上层阶级的成员通常会把所有的儿童作为稍低一级的阶层对待。③因此对哈姆莱特和莎士比亚其他换装的角色而言,无赖似的话语可以唤起人们对幼时当仆童的经历的回忆。

三、社会关系

从广义的角度看,无论是学校教育还是学徒/佣工制度,其实都是将儿童剥离出家庭而独立成长。正如历史学家斯通指出,"将青春期孩童送往他人处寄养"的普遍做法,对其中的"输出"家庭而言产生了重要影响:一、大大削弱了在父母与子女间必然产生的俄狄浦斯冲突,于是婚姻伴侣的选择成了此时亲子间冲突的一个主要议题。二、减少了乱伦在居住条件差、无足够屋室的社会阶级里发生的机会。三、意味着无论上层阶级或劳工阶级父母都不常见自己的子女,因为子女在家中待的时间可能不过是两岁到 10 岁或 17 岁之间的一段时间。一旦孩子结婚,就在稍远的地方建立自己的家庭。四、导致 16 世纪、17 世纪的人强烈以为青春期是介

---

① Ian W. Archer, *The Pursuit of Stability*: *Social Relations in Elizabethan London*, Cambridge: Cambridge University Press, 1991, p. 88, p. 215.

② John Boswell, *The Kindness of Strangers*: *The Abandonment of Children in Western Europe from Late Antiquity to the Renaissance*, New York: Pantheon Books, 1988, pp. 27 − 35.

③ Leah S. Marcus, *Childhood and Cultural Despair*, p. 6, p. 29.

于性成熟(在约 15 岁)与结婚(约 26 岁)之间的明显人生阶段。①

那么,这样会导致怎样的社会人际关系呢?首先,我们要看到的是比较冷漠而独立的亲子关系。我们在莎士比亚的戏剧中可以发现大量出现的亲子冲突问题,特别是在婚姻问题上。既然英格兰人是独立的个体,那就难怪他们被期待要为自己的婚姻当家做主了。对爱情和孝道冲突的最伟大的探索,当首推莎士比亚《奥赛罗》中勃拉班旭与女儿苔丝德梦娜之间的对话,勃拉班旭问道:"过来,好姑娘,你看,在满院的贵人中间,哪一个你最应该服从?"(469)苔丝德梦娜回答:"我的父亲大人,两重责任叫女儿左右为难——一方面,我蒙受你生养、教诲的恩情,凭着我的生命和教养,我怎么能不尊敬你;你是我的家长和亲尊,我直到现在还是您的亲女儿。可这儿还有我丈夫,正像当初我母亲对你尽了做妻子的责任,把你看得比父亲还重,我也该有权利对这个摩尔人,我的夫君,尽我的本分。"(470)

而《李尔王》著名的"分江山"一幕中,同样也有类似的拷问,柯苔莉亚在被问及孝心和爱情时回答道:"我的好父王,你生下我,疼我,对我有养育之恩;我理该按照应尽的责任,孝顺你,爱你,对你十二分的尊敬……有一天,也许我要出嫁,对我的夫君许下了终身相托的盟誓,我的心,我的关怀,责任,就要分一半献给他。"(27—28)同样《罗密欧与朱丽叶》中的朱丽叶也是如此,尽管才刚满十四岁,却为了自己的爱情毅然违背了家庭和父母的期望。

当然,莎士比亚戏剧中的男性则更是非常有自主权选择配偶的,这样的例子比比皆是,而且莎士比亚自己的婚姻同样是自己决定的。

其次是同胞间的竞争关系。莎士比亚在剧中常常描绘的是同性之友谊,例如在《冬天的故事》和《仲夏夜之梦》中,都提及了孩提时代友谊的瞬间转变。天真而富有理想主义的儿童时代,在莎士比亚的剧中是作为没有污染的同性间的纯净友谊的时代,也是一个兄弟姊妹间竞争开始的时代。《冬天的故事》中,波利西尼向赫梅昂妮提及他和莱昂提斯青梅竹马、天真无邪的童年:

美丽的夫人,那时我们还只是小孩,一心以为这世上只有和今天

---

① Lawrence Stone, *The Family, Sex and Marriage in England 1500—1800*, New York: Harper & Row Publisher, 1979, p. 84.

一样的明天,我们会永远是孩子。我们像孪生的羔羊在阳光下嬉耍,互相咩咩地呼唤。相互间的交往以天真换天真。我们对恶行劣迹一无所知,从来想不到有人会干坏事。如果一直这样地过日子,软弱的意志从未让旺盛的血气挑起那激情,我们会毫无顾忌地对上天说"我们无罪;本应承继的原罪也不见踪影"。(357)

两人的确切年龄并无说明,但可以肯定他们还没到性成熟的年龄,因为赫梅昂妮开玩笑地问道:"我猜想,你们后来堕落了",波利西尼在后面的对话中谴责了导致他们失去纯真的性欲望:

最圣洁的娘娘啊,我们生来就注定要受到引诱:当初我羽毛未丰,我妻子还是个女孩;您娇美的身影还没有掠过我那位年轻友伴的眼前。(358)

由于欲望的缺席,青春期总是伴随着一种对先前缺失的罪感的意识和潜在性。性在人类历史上直接和原罪联系在一起,因为人类的堕落和被驱逐出伊甸园。作为对此的回应,波利西尼和莱昂提斯才会"对恶行劣迹一无所知",也不知道其他人会干坏事。

而犹如孪生姐妹般的感情在《仲夏夜之梦》也得到回应,海伦娜回忆起和赫密雅一起度过的快乐童年时光:

我们俩从小交换了多少知心话,结拜成姐妹的盟誓,同出又同游,不觉得半天过去了,却埋怨时光,催我们该分手了——难道这些全忘了?做同学的友谊,孩子时代的天真?我们两个,赫密雅,像精巧的手艺神,一起用针线合绣出一朵好花,合描一个花样,合坐着一个软垫,异口同音,合唱着一支歌儿,仿佛我们的手、身子、声音、思想,连接在一起。我们就这么一起长大,好比一条树枝上结的一双樱桃,看似两个,这两个可不能分家。好像两朵鲜花开在一个枝头;外表上两个个体,却连着一条心;就像有两户名门,互通婚姻,男家和女家的徽章合而为一。(81)

海伦娜讲到和赫密雅的童年友谊胜似孪生姐妹,她们同享一个身体、一颗心,她们的手、身子都连在一起,就像一条树枝上的一双樱桃。因此她们的声音、思想也是一样:唱着同样的歌,合绣作品、合描花样、合坐软垫。这样的描述准确地抓住了孩童时同性之间的友谊。随着从孩童进入青春期,他们/她们不可避免地寻找家庭之外的新社会关系,在同龄同性的人身上发现了一个改变的自我,一个包含自我的形象。当然友谊也存在在男孩和女孩之间,但莎士比亚试图戏剧化描述的重点是青春期前的同性友谊,这种友谊则是家庭无法提供的。但是这种友谊并不持久,我们看到随后的这两部戏剧中波利西尼和莱昂提斯、海伦娜和赫密雅都因为异性的原因反目。

尽管莎士比亚没有直接呈现儿童的竞争,但他对出现在人生早期的烦恼关系充满了兴趣,我们可以从戏剧中看到成长后更加残酷的兄弟、姊妹竞争。《皆大欢喜》中奥兰多就没有受到过如一位绅士般那样得体的教育和抚养,因为他的哥哥,奥利弗没有服从父亲的遗嘱来好好培养他。奥兰多抱怨"这跟把一头牛关在牛棚里"没有区别(180),被哥哥打发和"田里的雇工一起吃饭","在他家里根本没有我做兄弟的地位;他想尽一切办法,用这种'培养'的方式来埋没我高贵的气质"(181)。这种情形和剧中另一对相互竞争的兄弟老公爵和弗莱德里克一模一样,弗莱德里克篡夺了哥哥的爵位并将其流放到森林中。这部戏剧简直就是围绕兄弟之争而产生的。

而且奥利弗委托摔跤手查尔斯在比赛中把弟弟的脖子摔断,独白中坦承对奥兰多的厌恶和暴力倾向的困惑:"我也说不上为什么,我从心底最恨不过的就是他了。"(187)为什么呢?奥利弗承认讨厌弟弟不单单是因为兄弟关系,同样弟弟是一个健康可爱的年轻男人:

> 可他天生是个上等人,没受过教育,照样很有学问,所作所为,都正大光明;不论富贵贫贱,人人都不由得像着迷似地喜欢他。他到东到西都深得人心——尤其是我自己手下的人,都一心向着他,因为他们最了解他;到后来谁都不把我看在眼里了。(187)

奥利弗最后的话"不把我看在眼里了"似乎向我们解释了他所认为的神秘的东西。实际上,他对奥兰多的不满和愤恨更多来自于他人对待奥兰多的态度。他知道自己需要杀掉兄弟,人们才可能忘掉奥兰多而转向自己。这种对关注度的竞争在他们的家庭中尤为激烈。奥利弗因弟弟总是得到父亲的宠爱而不高兴,而现在作为家庭财产的继承者和拥有权威的户主,奥利弗因此可以报复。而公爵对老公爵的愤恨也是同样。弗莱德里克同样认为老公爵比自己得到了更多的爱。在要求老公爵的女儿罗瑟琳离开时,他给出的理由相当简单:"你是你父亲的女儿,这就足够了"。(205)他建议自己的女儿要远离罗瑟琳,因为"赶走了她,就显得你光彩夺目,才貌双全了"(206)。

同样激烈的还有《李尔王》中的爱德蒙与埃德加。爱德蒙是葛乐斯德伯爵一时兴起的产物,是个私生子。爱德蒙的独白显示出自己要遵从自己的"天性"——不受宗教、法律、世俗观念束缚的个人的欲望和野心:

> 凭什么我就该受世俗的瘟气,容许那些人编排一套规矩来剥夺我的权利——只因为我晚生了一年或十四个月,在我的前头,我还有一个哥哥?为什么是"野种"?凭什么叫我"低贱"?我这身材长得不也端端正正?没有远大的志气?人品不美吗?难道比不上好女人生下的好儿子吗?(40—41)

这种在长子继承制下无法摆脱的长子和其他儿子的对抗在剧中通过爱德蒙的话得到了凸显。① 同样在《皆大欢喜》和《暴风雨》中,年幼的兄弟的愤恨都因兄长得到更多关爱而加重。

综上我们可以发现,莎士比亚戏剧中的儿童/童年对戏剧的发展有着重要推动作用,正如加文指出的那样,文学作品中的儿童通常在文本中起着重要的作用,作家在想象、设计儿童时,通常会构建想象和角色来服务文本:教导、预言、哀婉、逃避、讽刺、认同、改变、理想化。② 但是莎剧中儿童的聪慧、早熟特点则是这一时期交叉的学校教育和"儿童输出"相互影响的产物,而这一特点正是英格兰独有的,更导致了个体的突出——即个人主义的凸显。

阿利埃斯指出,传统社会看不到儿童,甚至更看不到青少年。儿童期缩减为儿童最为脆弱的时期,即这些小孩尚不足以自我料理的时候。一旦在体力上勉强可以自立时,儿童就混入成年人的队伍,他们与成年人一样地工作生活。小孩一下子就成了低龄的成年人,而不存在少年发展阶段。③ 而且在中世纪和现代的开端时期,在下层阶级中,儿童和成人混处的状况保持了很长时间。一旦儿童被认为可以离开他们的母亲或乳母独立生活的时候——那时断奶比较晚,因此大概在断奶后没过几年,一般是

---

① 长子继承制(primogeniture),根据苏格兰的实际情况,应更准确译为"长嗣继承制",因为继承权可以落在长女头上。

② Adreinne E. Gavin, ed., *The Child in British Literature: Literary Constructions of Childhood, Medieval to Contemporary*, New York: Palgrave Macmillan, 2012, p.2.

③ 菲力浦·阿利埃斯:《儿童的世纪:旧制度下的儿童和家庭生活》,沈坚、朱晓罕译,北京:北京大学出版社,2013年,第1页。

七岁左右——儿童就和成人混杂在一起了。从那时起,儿童立刻进入庞大的成人群体中,每天和同伴一起工作玩耍。这些同伴既有年轻的,也有年长的。① 这就导致了大量儿童成为"小大人",而且从小就学会独立思考和生活。这正是莎士比亚戏剧中所描绘的那些早熟而天真的儿童。

实际上,我们可以看到英格兰的家庭体系结构是以自我为中心的亲属网络(ego-centred networks),麦克法兰曾用"洋葱"和"多重同心圆"的隐喻描述并解释说:"这不是一种'聚焦于先祖'的体系……而是一种'聚焦于自我'的体系。换言之,在推算亲属关系时,一个人以自己为原点,逐步向外延展,而不是首先认定某一代先人,然后下行推算。……总之,个人是原点,然后上下左右地、不区分性别地追索自己的血缘关系。在一个流动的工业社会,这是一种极其有效的认亲体系,但是放在一个静态的'农民社会',就不免莫名其妙了。"②

例如,科利奥兰纳的儿子小马修斯在第五幕第三场中仅仅露了一面,说了一句话,藐视自己的父亲:"我可不让他踩,我要逃走,等我长大了,我也要打仗。"(481)正如科利奥兰纳努力争取维持自己和国家、家庭的纽带,但孩子的出现让他试图保持和母亲及母亲要求的不自然的距离的这种努力变得越发渺茫,他希望自己能拒绝血缘的自然社会关系:

> 我绝不做一只服从本能的呆鹅,我要巍然屹立,仿佛我是自己的创造者,不知道还有血缘亲族一样。(477)

既然是独立的个体,那么为自己的婚姻当家做主是题中之意,从子女对父母尽孝,转变为夫妻之间尽责,今人普遍认为是"现代性"的标志之一。(147)正如麦克法兰指出的那样,英格兰人在人与人的关系上有着一种张力:其一端是幼年离家后与他人建立的牢固私人关系(如同一机构成员——中小学等,或同玩一种游戏),而另一端则是将彼此当做潜在的合作人或对手。③ 于是正如斯通指出的那样,对同胞的疏离与不信任是伊丽莎白时代及斯图亚特王朝早期,人对于人的性格与行为的观点的主要

---

① 菲力浦・阿利埃斯:《儿童的世纪:旧制度下的儿童和家庭生活》,第328页。
② Alan Macfarlane, *The Origins of English Individualism*: *The Family Property and Social Transition*, Oxford: Wiley, 1978, pp. 145—146.
③ 清华大学国学研究院主编,艾伦・麦克法兰主讲,刘北成评议,刘东主持:《现代世界的诞生》,第154—155页。

特征。①

"现代"社会的要义是,每一个领域彼此分立,因而家户的宗教功能消失了,家庭生产方式也遁迹了。无论是一个家庭、一个种姓还是一个共同体,总之任何集体都不再高于一切,相反,个人变成了一个完整的社会缩影,赋予了属于其个人的各项权利和义务。他或她本身,凭自己的名分,成为一个法律—政治—宗教—经济实体,而不再像先前那样,仅仅是一个大于个人的团体中的一分子。在这种原子式的体系中,血缘纽带和地盘纽带变得荏弱了,实现融合的手段是货币、公民身份、契约、法律和情感。②所以爱默生在 1850 年说莎士比亚"书写着现代生活的文本",倘若我们把现代性和个人主义、自我意识以及选择、自由和本真联系起来——如果现代性意味着自我的话——我们能够同意爱默生所说的整个世界"莎士比亚化"了。③

---

① Lawrence Stone, *The Family, Sex and Marriage in England 1500—1800*, p. 78.
② 清华大学国学研究院主编,艾伦·麦克法兰主讲,刘北成评议,刘东主持:《现代世界的诞生》,第 140 页。
③ Michael D. Bristol, *Shakespeare's America, America's Shakespeare*, London: Routledge, 1990, p 127.

第十一章

作为机器的身体:《哈姆莱特》中的早期现代性隐喻

《哈姆莱特》作为莎士比亚的代表性悲剧作品,始终被批判家们所青睐,并不断激发出新的阐释和想象,甚至成为不同批判方法的汇聚和发源之地。艾略特在提出"客观对应物(objective correlative)"理论时就是以莎士比亚的《哈姆莱特》作为实例,在1919年《哈姆莱特及其问题》一文中,他指出:"用艺术形式表现情感的唯一方法,就是寻找'客观对应物';换言之,是寻找能够展示独特情感的一些对象、一种环境、一串事件。要做到最终形式必然是感觉经验的外部事实一旦出现,便能立刻唤起那种情感。"但他随即认为《哈姆莱特》是一个失败的例子:"哈姆莱特在没有客观对应物的困惑是其创造者面临着自己的艺术难题时的困惑的延续。"[①]虽然"客观对应物"就其作为一种文学观念来说,具有鲜明的"现代性"特征,但从我们现在的观点来看,艾略特对《哈姆莱特》的论断略显武断。细读之后我们发现,哈姆莱

[①] T. S. Eliot, "Hamlet and His Problems", in *Selected Essays*, New York: Harcout, Brace and Company, 1950, pp. 124—126.

特在写给奥菲丽雅的情书结尾出现了一句令人费解的话:"whilst this machine is to him, Hamlet(只要我一息尚存/只要这台机器属于他,哈姆莱特)"(276),"机器"一词在莎士比亚作品中只出现过两次,一次是在《哈姆莱特》中,另一次是在《两贵亲》中。一般认为这里的"机器"就是"身体",即便我们认定机器指哈姆莱特的身体,但在剧中这一词语的意义并不十分清晰,那么莎士比亚为何会使用这么奇怪的比喻?更奇怪的是,在17世纪早期,这一英语中的怪异词汇是什么意思呢?通过文化批评视角我们可以发现,《哈姆莱特》中的身体及其隐喻其实是可以作为此剧甚至作家的"客观对应物"的。因此本章拟结合文本与身体观念在早期现代的变化,指出莎士比亚在启蒙时期之前已然察觉并在剧中探索着身体意义的先见。

一、对身体的解构

传统概念上一般都将身体当做一个灵与肉结合的整体、一个小宇宙,并在各个领域作为隐喻使用。哲学家、历史学家、政治作家都长期使用身体的隐喻来描述左右有机统一整体的人的群体性。正如大卫·乔治·黑尔(David George Hale)指出,虽然这种隐喻千百年来不断进行重要调整和修正,但其始终是作为个体、政府、教会、世界和宇宙间对应系统的共通的真实视角。人类的身体被看作是小宇宙和一个"微观世界",与更大的结构或宏观世界相对应。① 但是我们发现《哈姆莱特》中的这种身体概念却被解构了。正如约翰·亨特(John Hunt)指出的那样:"比起简单为他的复仇悲剧描绘血腥的背景,以韦伯斯特的方式看来,莎士比亚似乎更是有条不紊地在解构着身体。"② 作为一部高度物质性的戏剧,《哈姆莱特》不断地提及身体的各个部分、身体的作用以及身体的异常状态。莎士比

---

① David George Hale, *The Body Politic: A Political Metaphor in Renaissance English Literature*, The Hague: Mouton, 1971, p. 13; E. M. W. Tillyard, *The Elizabethan World Picture*, New York: MacMillan, 1944, p. 95; George P. Coger, *Theories of Macrocosms and Microcosms*, New York: Columbia University Press, 1922; C. A. Patrides, "The Microcosm of Man", *Notes and Queries* CCV (1960):54—56 & CCVIII (1963):282—286.

② John Hunt, "A Thing of Nothing: The Catastrophic Body in Hamlet", *Shakespeare Quarterly* 39. 1(1988):27—44, p. 30.

亚高度凝练了身体器官的短暂性特质：衰老、疾病和死亡。[1] 霍华德·马其特罗（Howard Marchitello）指出，作为文学文本和戏剧事件的《哈姆莱特》以眼睛、耳朵、鼻子、嘴、皮肤等感知物质世界的器官表达出具有物质脆弱性特点的感觉身体（perceptual body）的衰败。他认为从这点来讲，戏剧构建了早期现代的文学传统：诗人理解感觉，特别是视角上具有攻击性和暴力，即便从神学家到生理学家到戏剧家到反剧场辩论家都确信外部刺激的力量常常对身体造成影响，这正是戏剧产生的原因和评判标准。[2] 但是《哈姆莱特》中的身体崩塌却是更加具有冲击性和不稳定性的。在第一幕第五场中哈姆莱特父亲的鬼魂就讲述了身体脆弱的关键寓言，鬼魂没有讲述其自身状态和死亡的现实想象，而是讲述了肉体瞬间衰败的极端想象：

> 每天下午，我照例要睡一会儿，正当我无忧无虑的，正自好睡，你叔父，手拿着一小瓶致命的毒草汁，悄悄地走近来，把我的耳朵当做了方便的通道，把毒汁全灌下了；那浓液，麻风病般可怕，碰上了血液，是势不两立的克星，像水银一样无孔不入，一下子流遍了周身的门户关节；猛烈的药性叫流动的血脉顿时凝住了，就像酸汁滴进了牛奶，结成了硬块，那毒药一进入我体内，就是这光景；我全身光滑的皮肤上便立刻生出无数疱疹，像害着癞病似的满布着可憎的鳞片。就这样，在睡梦中，我被兄弟的那只手一下子夺去了生命、王冠和王后……（255—256）

老哈姆莱特的描述正表现出身体感觉和肉体脆弱的一致性：耳朵被灌入了"毒草汁"（水银）。[3] 这种当时医学上的"蒸馏法（distilment）"正如鬼魂所说，同样被描述为"麻痹"对血液的首要影响，"迅速流过全身"，随后对皮肤造成影响："我全身光滑的皮肤上便立刻生出无数疱疹，像害着

---

[1] Hannah Chapelle Wojciehowski, *Group Identity in Renaissance World*, New York: Cambridge University Press, 2011, p. 250.

[2] Howard Marchitello, *The Machine in the Text: Science and Literature in the Age of Shakespeare and Galileo*, New York: Oxford University Press, 2011, p. 61.

[3] 实际上，老国王的耳朵自身就成了整个政府被背叛的"兄弟之手"毒害的比喻意象："我正在花园里午睡，被一条毒蛇咬了一口。这恶毒的捏造的谎言把整个丹麦王国都蒙在鼓里（the whole ear of Denmark）；可是你，品德高尚的孩子，要知道：咬死你父亲的那条'毒蛇'，他头上正戴着王冠。"（254）实际上这是剧中两个伪造之一，第二个是哈姆莱特的伪造，用他父王的私人印记伪造克劳迪斯给英格兰的国书。

癞病似的满布着可憎的鳞片。"老国王故事中的耳朵包含着两种相联系的叙述:首先,此剧强调的是身体感知器官在物质世界受到的围攻和袭击;其次,"光滑的皮肤"的意象首先是作为被攻击的目标,此后作为消失的理想典范,作为整体的、可靠的和无缺点的身体对应哈姆莱特自己"被玷污"的身体。这里"光滑的皮肤"是一种纯粹的理想化事物,更准确地说是父亲角色的理想化事物,它是封闭的和不受影响的,而且是非性别的(non-sexual)。但国王"光滑的皮肤"——他的健康、整体和完整的身体——依然易受暗中攻击的侵害。埃里克·马林在分析作品时将这一场景置于暗含的黑死病描述之下。瘟疫被认为是无法预料的,具有传染性作用的隐喻,因此哈姆莱特的语言与此相关,可见剧中的角色是为"传染病的幻影"服务的。① 而戏剧中作为传染疾病的另一个肉体物质主题则是性病(梅毒),在鬼魂的叙述中有好几处都暗示着这一疾病,它在那时是一种难以治愈的疾病,是会导致毁灭和衰老的疾病。戈登·威廉姆斯(Gordon Williams)分析了此段"疱疹"与梅毒的关系,认为这涉及了莎士比亚时代的传染疾病。② 乔纳斯·法布里休斯(Johannes Fabricius)则提供了hebona的有趣阐释。这一词汇让很多编者感到疑惑,它可能指代乌木,有时会和作为水银疗法替代品治疗性病/梅毒的愈创木脂(guaiac)相混淆。③ 最后,"像水银一样无孔不入/快(swift as quicksilver)"暗示着治疗性病的常用疗法。对这一时期的观众而言,鬼魂的话唤起了对疾病、伤害、侵害以及其他种种不胜枚举的身体脆弱形式的恐怖感。④ 珍妮特·阿德尔曼(Janet Adelman)的解读为我们提供了关于光滑身体想象的判断维度,特别是哈姆莱特以其父亲理想化的身体作为武器,以抵御来自其母具有性特征的母性身体。阿德尔曼引用了剧中戏中戏中的国王侄子路西安纳的观点"这毒药,半夜里采集的毒草(thou mixture rank, of midnight weeds collected)"(323)和有关鬼魂被谋杀的故事,指出戏剧表现了"从男性到女性的一种惊人转变",其中"在戏剧深层想象中,关于谋

---

① Eric Mallin, *Inscribing the Time: Shakespeare and the End of Elizabethan England*, Berkeley: University of California Press, 1995, p. 156.

② Gordon Williams, *A Glossary of Shakespeare's Sexual Language*, London: Athlone, 1997, pp. 304—305.

③ Johannes Fabricius, *Syphilis in Shakespeare's England*, London: Jessica Kingsley Publishers, 1994. p. 38, pp. 42—43.

④ Gordon Williams, *A Glossary of Shakespeare's Sexual Language*, p. 305.

第十一章 作为机器的身体：《哈姆莱特》中的早期现代性隐喻 | 171

杀老国王的恶毒力量和指责对象，似乎从克劳迪斯转移到哈姆莱特的母亲身上"①。对阿德尔曼来讲，毒药"谋篡健康生命并不是源于克劳迪斯政治野心而是王后的身体(rank weeds)"。其"混合等级(mixture rank)"仅仅浓缩和放置了等级混杂，因此克劳迪斯对老国王身体下毒复制和重叠了疾病，用皮疹患者来覆盖其光滑的身体，其中"像害着癞病似的满布着可憎的鳞片"正是性病的诊断标志之一，这正是此剧隐蔽的逻辑。②

但是角色的完美的、不受伤害的、复杂的身体——构建的光滑身体仅仅是本剧所展示证明的想象而已，光滑的身体及其知觉器官在被攻击状态下是自然而正常的，以便使得感觉自身成为可能。例如，鬼魂的耳朵就是间歇混杂地打开或闭合；如巴那多对霍拉旭讲道："不管你多么不爱听咱们的故事，咱们偏要把这两夜看到了什么硬塞进你的耳朵。"(217)；如戏剧的最后英国特使讲道："我等奉命从英国前来——来迟了，本是要禀报他的命令已经执行了：罗森克兰，吉尔登斯，都已被处死了；可他已听不见了，我们向谁去讨谢呢？"(423)不论理解耳朵是打开还是闭合，它确实总是被设想为自然中知觉的和认识论的某种暴力发生的地点。哈姆莱特告诉霍拉旭："我可不愿听到你仇敌再这么说你，也不让你冲着我耳朵说得多难听，硬是要它接受你对自己的糟蹋，你不是那种偷懒的人，我知道。"(235)王后祈求哈姆莱特："噢，别冲着我说这些啦！这些话像一把把刀子，直刺我耳朵，别说啦，好哈姆莱特！"(342)克劳迪斯对王后讲到波洛纽斯死后莱阿提斯回归丹麦时听到的流言："少不了那些嚼舌头的，来搬弄是非，拿他父亲的死，大做其文章，把挑拨的语言尽往他耳朵里灌。他们拿不出事实根据，就只好随心所欲地把罪名栽在我头上，还到处去散布。"(365—366)而哈姆莱特在给霍拉旭的信中则警告："你先设法把我那封信送到国王手里，然后就像逃命一般火速前来看我。我有话要凑在你耳边说，叫你听了张口结舌，话都说不出来。"(375—376)所有这些例子都证明了耳朵和暴力的一致性，特别是最后一个。对听觉效果的直接和身体反应的无意识本质的简短的介绍，正是老国王鬼魂所建立的模式，这种模式是炼狱折磨的未告知故事：

可是地狱你的禁令，不许我泄露秘密，要是我能把那里的亲身遭

---

① Janet Adelman, *Suffocating Mothers: Fantasies of Maternal Origin in Shakespeare's Plays, "Hamlet" to "The Tempest"*, New York: Routledge, 1992, p. 24.

② Ibid., pp. 25—26.

遇讲一讲,只一句话,就吓破你的胆,冻结了你青春热血,叫你的双眼流星般跳出了轨道,一束束纠结的卷发,一根根都分开,都直竖起来,像愤怒的豪猪矗竖着一身毛刺——可那永劫的内情怎么能向血肉之躯的耳朵细诉!(253)

这种结构性的对身体的暴力似乎也出现在其他知觉器官中,比如嘴的角色是无节制的抵抗,在克劳迪斯那里是"把国王的宴席上的欢呼(King's rouse)向天庭传送,让天上应和着底下——那一阵阵欢声雷动"(232),"今晚上国王要闹通宵"(247),哈姆莱特之后自己着重强调:"我简直喝得下热血,干得出狠心的勾当,叫光天化日不敢看一眼。"(330)达到高潮部分则是将死的哈姆莱特将毒酒灌入克劳迪斯的喉咙:"你这个乱伦的凶手,丹麦的魔王,给我干了这一杯毒酒吧。这儿是你的珍珠吧?追我的母亲去吧!"(419—420)①而鼻子这一味觉器官,频繁地与难闻的腐朽气味("我一身罪孽,臭气直冲天庭,那原始的、最古老的的诅咒落到了我头上——我犯下杀兄的罪行!"[333])以及死亡气息("你登上了楼梯,跨进了走廊,你的鼻子自会把他嗅出来"[355];"谁知道亚历山大大地的贵体化成的一堆尘土,不就是人家拿来给酒桶塞孔眼的泥巴?"[397])等联系在一起。

感觉器官的一般崩塌或者更抽象地说,感知本身的崩塌,以及光滑身体的不稳定是普遍的,而且威胁、颠覆着所有原因、所有本质,甚至语言本身。哈姆莱特在王后寝宫所言:"你有眼睛吗?"他不断提及这句话,在面对她的两位丈夫的画像时,表达出对王后感知能力丧失的讶异,因为她没能为自己的错误感到羞愧,她的身体失去了意义:

你有眼睛吗?走下了郁郁葱葱的山林,你居然去到荒野觅食!嘿!你有眼睛吗?你说不出口:为爱情;到了你这年纪,不该是欲火朝天了,该冷静下来了,能听从理智的判断了;你的头脑是怎么决定的呢?——叫你跨出这一步,从高处坠落到洼地。当然,你行动,就有知觉,可是你那知觉一定是麻木了——发了疯,也不会犯这个错;

---

① 这儿是你的珍珠吧?(Is thy union here?)——双关语。国王把珍珠投入酒杯时(实际上下毒),称之为"union(上好的珍珠)"。此词又可作"婚姻"解,有讽刺意味;"到地下去和我母亲做夫妻吧。"同时嘴也是脆弱易受攻击的,是作为谎言指控的无根据入口;"谁骂我恶棍,一棍子打破了我脑壳,一把拔下我胡子,冲着我脸上吹;谁拧我的鼻子,当面指控我撒下了弥天大谎——是谁这样糟蹋我?"(298)

第十一章　作为机器的身体:《哈姆莱特》中的早期现代性隐喻 | 173

神魂颠倒,也不至于黑白不分,看不出这千差万别的天悬地殊。哪一个魔鬼在跟你玩捉迷藏,把你的两眼蒙住了?有眼睛,没触觉;有了触觉,偏又丢掉了视觉;有耳朵,没眼睛,不长手,光剩下嗅觉,别的都没有了——哪怕仅有的感觉都残缺不全了,也不会糊涂到这地步!丢丑啊!你这张脸怎么不红一红?(341)

正如这些段落所描述的那样,在父亲死后,哈姆莱特坚持光滑身体的理想化已经被解构了。这种想象不仅坚持光滑的意象,而且更关注对自然/本质和感觉状态的传统理解,即认为身体与事件中的外部物质有关,以及在感知的身体的自然反应中显现躯体对事件的反应。

那么,此剧最初的观众会对鬼魂可怜的身体遭遇和坟墓中继续燃烧的故事作何反应?这一幕实际上和整个戏剧融为一体,唤醒了早期现代观众的广泛多样的恐惧症。故事中展示着他们的共同观念,即身体的高度脆弱及易受感染。这部戏剧对那些观众而言是一种媒介,探索着他们肉体的恐惧并让其经历"血肉遭受千种自然冲击"。更进一步来讲,对哈姆莱特身体的侵害和解构意味着整个身体政治的腐败堕落,玛塞勒斯在看到鬼魂后说"丹麦这王国有不可告人的丑事"(252)。在这部戏剧中,身体政治就像身体本身一样,是被预想成需要净化的身体组织器官,是脆弱且已然崩塌的。

二、身体—机器的隐喻

在《哈姆莱特》第二幕第二场中,朝臣波洛纽斯向国王和王后读着自己女儿转交的哈姆莱特写的私人信件。实际上这是哈姆莱特写给奥菲丽雅的情书,其中写道:

> 许你怀疑星星会发光,许你怀疑太阳在远行,许你怀疑真理会说谎,切不可怀疑我对你一片情!亲爱的奥菲丽雅啊!要我做诗可真是要命!我缺乏才华,不能把我一声声悲叹变成一行行诗;可我最爱最爱的就是你。亲人儿,请相信我吧。再见了。
>
> 最亲爱的小姐,只要我一息尚存(我永远是属于你的),哈姆莱特(whilst this machine is to him, Hamlet)。(276)

哈姆莱特自陈作的是烂诗一首,他缺乏艺术细胞,但却试图以真挚加以弥补,因为他的"愁怀"就是确实的证明。哈姆莱特认为自己的身体已经将言辞不及的感情清楚地表达出来了——爱与痛、爱情的痛苦,或以字句表达复杂情感的痛苦。年轻王子的平庸押韵,完全不能破坏其感受的表达,标志着爱人的激情不能被描绘的本质。"可我最爱最爱的就是你。亲人儿,请相信我吧。"

波洛纽斯试图解释哈姆莱特信中未能完全表达的情感,他问国王和王后:

> 但愿我能够证明自己是这么个人。可是陛下会怎么说呢?假如我看到了这热热的爱情已着火了(hot love on the wing)——不瞒陛下说,女儿还没告诉我,我已经觉得了——陛下,还有好王后娘娘,会怎么想呢?——要是我扮演了送情书、传条子的角色,或是故意地眼开眼闭,装聋作哑,或是瞧着这爱情,只当看热闹;陛下会怎么想呢?(277)

经由他人的观察和处理,"这热热的爱情已着火了"被解释为身体及身体的激情,而这些正是戏剧中长辈们试图控制或抑制年轻人的地方。哈姆莱特的情书以一种奇怪方式结尾,似乎是从波洛纽斯对他们关系的描述中调过来的一样:"Thine evermore, most dear lady/whilst this machine is to him, Hamlet",其结尾却用了 machine 一词。莎士比亚使用 machine 一词来描述人类的身体或身体部分,这是英语史上第一次。《牛津英语词典》就引用这段话说明名词 machine 的首次出现"适用于指人类和动物的构造就像几部分的集合体一样"①。这个新词的使用无疑说明了这一时期机器观念的重要发展。大部分莎士比亚戏剧的编辑者都将《哈姆莱特》中"机器"一词简单解释为"身体"②,偶然某位编辑的注释更加具有阐释意义。西尔万·巴尼特(Sylvan Barnet)就将此词定义为

---

① *The Oxford English Dictionary* (second edition), Vol. IX, Oxford: Clarendon Press, 1989, p. 157.

② 如 David Bevington, *The Complete Works of Shakespeare*, p. 1112; *The Norton Shakespeare*, p. 1693; *The Riverside Shakespeare*, p. 1202. 关于 body 参见 Eugene Shewmaker, *Shakespeare's Language: A Glossary of Unfamiliar Words in His Plays and Poems*, New York: Facts on File, 1996; C. T. Onions, *A Shakespeare Glossary*, Oxford: Clarendon, 1986. 另有学者注意到 machine 就"身体"意义而言并非是莎士比亚所使用的优先意义,而"是当做词语的、受到影响的运用"。Michael R. Martin and Richard Harrier, *The Concise Encyclopedic Guide to Shakespeare*, New York: Horizon Press, 1971.

"一种复杂的设备装置(这里指他的身体)"①。而现代编者假设哈姆莱特在某些方面提及了自己的身体和词语"机器";在1982年的阿登版中,哈罗德·詹金斯(Harold Jenkins)就是这种阐释的完美表现:"whilst this machine is to him(只要这台机器属于他)同时意味着这一身体的框架(bodily frame)属于他",他详细阐释说:"伊丽莎白时期人们的通常自然观和特别的人类身体都是被当做一种机械装置(mechanism)。而机器(machine)一词,未含有之后所具有的意义,指涉的是由多个部分组成的复杂结构。例如布莱特就认为身体是作为通过灵魂激发行为的'引擎'。哈姆莱特的话无疑是与他对躯体生活的蔑视结合的。"②

可见哈姆莱特的机器,比起信件本身似乎涉及得更多的是他的身体。哈姆莱特的机器源于其自身,最终会被分解掉。他的总结"whilst this machine is to him"表明了"只要我还活着,只要我还拥有这副身体,我对你的爱——这种具体的爱——将会永恒不变"。这封情书的关键就在于奇特的机械式隐喻,表明了一种对必定会死亡的命运以及身体和情感脆弱不堪的痛彻心扉。哈姆莱特的信以他将留下的作为事物的身体或将会离开他的事物的名义预示着自己最终的死亡悲歌,就像他与奥菲丽雅的关系一样,她由于父亲的要求而抛弃了哈姆莱特。可见情书的最后一句预言了两个情人的死亡。

哈姆莱特的机器具有双重的和相反的含义。一方面,其可能的无机共振(inorganic resonance)表明了相对的不被破坏、持久和力量。从这方面来说,哈姆莱特的机器表达出一种防卫式的或加强的身体。另一方面,因为哈姆莱特认为自己是不设防或缺乏控制的,实际上机器某天会被分解掉。无论如何,哈姆莱特的机器不会脱离哈姆莱特本身。讽刺的是,哈姆莱特的机器同时传达着情人身体的脆弱性与坚固性。③

哈姆莱特的机器,这一词语和概念仅仅在戏剧中出现过一次,为观众提供了有限的方式来防卫那些更加极端的有关肉体衰败、分解、死亡这类袭击观众听觉和视觉的想象并作为戏剧进程的一部分。我们能在这种隐喻或其他类似的事物中发现一种共同的早期现代想象的轮廓,即个体和社会对身体的极端物质和情感侵害的一种精神防卫的倾向。机器会损

---

① Sylvan Barnet, ed., *Hamlet*, New York: Signet, 1998, p.44.
② Harold Jenkins, ed., *Hamlet*, London and New York: Methuen, 1982, p.243.
③ Hannah Chapelle Wojciehowski, *Group Identity in Renaissance World*, p.250.

坏,但不会与瘟疫、梅毒或疱疹相联系。机器可以分解,但不会疯掉或被杀。它们会被破坏,但不会在婴幼儿时期就死去。某些机器可能会造成疼痛,但本身不会感知,它们会造成暴力,但不受战争和社会剧变或其他混乱形式的影响。

可见,哈姆莱特的机器最重要的作用就是强调感知身体的崩塌,同时为这一最基本问题提供解决之道:自主/自律(autonomic)的身体自身参与戏剧成为哈姆莱特的基本策略。在面对僵局时,哈姆莱特发现了第三条路:自律的身体能够通过人为刺激系统中的记忆重置和反应来代替失去的知觉身体。这一人造系统采用的形式就是剧场及其作用,剧场就是机器。乔纳森·索戴伊对机器这样定义:"就像我们现在的机器","文艺复兴的机器是人们工作和劳动的有用装置",他继续描述了作为机器的早期现代剧场:"遵循和投影世界,它们的目标是让人类的存在更加可容忍。但是这种伪造远远超越了诗歌、建筑、哲学、考古、神学、手艺、技术、设计的集合,文艺复兴的机器也和神话、传说、象征主义有关。"①

三、根源与变化

机器这一词语在《哈姆莱特》中的出现还牵扯出另一个重要的问题:历史上何时开始对身体进行机器想象?这种想象到底意味着什么?杰西卡·沃尔夫(Jessica Wolfe)集中研究了16世纪以及"文艺复兴作家是如何理解机器并在机械哲学(mechanical philosophy)兴起之前实践和应用机器的"②,她所列举的历史基本上是一部斗争史。"在自然哲学、逻辑、法律、政治中的一场思想革命",人文主义者担负起"在机械的和知识的思维间建立对应关系的危险工程。"她继续说道:"人文主义及其机器因此卷入了一系列持续的争斗,因此文艺复兴作家非常谨慎地将机器融入他们的思维习惯,机器的不断调整适应时而提升时而消解文化中最珍贵的价值和最危险的信念。"③正是这一"前机器时代的机器激进的多方面相关

---

① Jonathan Sawday, *Engines of the Imagination*: *Renaissance Culture and the Rise of Machine*, London and New York: Routledge, 2007, p.1.
② Jessica Wolfe, *Humanism*, *Machinery*, *and Renaissance Literature*, Cambridge: Cambridge University Press, 2004, p.1.
③ Ibid., pp.5—6.

性(radical polyvalence)"对早期现代作家构成了挑战,甚至成为面对危机的核心挑战,历史学家试图理解沃尔夫所称的"人类和机器工具之间不确定的区别"的早期现代协商。①

而乔纳森·索戴伊则注意到了早期现代性中机器的兴起,特别是人类与机器之间不确定区别的困境,一方面是机械进程共享的理论叙述中的复杂性,另一方面则是美学和文学:"对人造的机器或引擎的设备构建……惊人地与人为创作诗歌的神秘过程类同。诗和机器都是技艺的产物。实际上,机器语言和文艺复兴时期诗的理论似乎是无缝连接的。很多应用于文艺复兴时期机器的术语,例如'装置''发明'等词汇,也被诗人或剧作家用来描述人为之效果。"②

而霍华德·马其特罗则更进一步,结合布鲁诺·拉图尔(Bruno Latour)的科学实践和彼得·迪尔(Peter Dear)的自然科学实验,认为机器是用于人造经验以配置策略进行生产的混合的工具。③ 如果我们相信哈姆莱特的机器是其一系列的策略和假体系统(prosthetic system)——并非实际器具而是作为文学和修辞的表达系统的戏剧,死后生活的故事,秘密伪造产生人为经验的设计——那么就出现了一种理解机器和身体的新视角,哈姆莱特试图重构经验和知识的可能性。哈姆莱特写给奥菲丽雅的情书,就是作为更多情节或策略以使哈姆莱特达成更大的目标:不是为了获得或维持与奥菲丽雅的爱情,而是满足鬼魂的要求来为老国王复仇。如果哈姆莱特的情书是作为机器的策略,那么戏剧中他的其他的信件也一样。他在海上伪造皇家命令,例如,他给克劳迪斯的干扰信件:"启禀至高无上的陛下,我光着个身子,踏上了您的国土。"(379)他导演《捕鼠器》,由此"留意观察他(叔父)的神色,把他的心都看透"(299),同样是策略的例子。这些机器都被用以制造人为经验的生产并重新把握经验所产生的知识。彼得·阿瑟(Peter D. Usher)从天文学角度分析《哈姆莱

---

① Jessica Wolfe, *Humanism, Machinery, and Renaissance Literature*, p. 241, p. 114.
② Jonathan Sawday, *Engines of the Imagination: Renaissance Culture and the Rise of Machine*, p. 174.
③ 拉图尔认为:"一台机器,正如其名,首先是一种策略和计谋,借助力量来保持控制使之不剥离分散。" See Bruno Latour, *Science in Action: How to Follow Scientists and Engineers Through Society*, Cambridge: Harvard University Press, 1987, p. 129;有关实验和人为经验之间的关系参见 Peter Dear, *Revolutionizing the Sciences: European Knowledge and Its Ambitions, 1500—1700*, Princeton: Princeton University Press, 2001.

特》时,佐证了身体—机器的正确性。① 格林布拉特在《文艺复兴的自我塑型》中就将马洛笔下的帖木儿比作机器,而且是自动机器(automaton):"帖木儿是机器,是一部产生暴力和死亡的欲望机器。"接着在阐述他意识到的自动机器对文艺复兴宫廷文化的重要性时,格林布拉特继续说道,(剧中人物开始时)"对帖木儿的描述听起来就像达·芬奇的名画《维特鲁威人》(*The Vitruvian Man*)(这是他用来研究人体比例的手稿,圆形和方形是四肢展开到不同角度时所达到的范围)和米开朗基罗的大卫像,结尾则将其塑造成昂贵的接卸设备"②。

实际上英语中 machine 一词是 16 世纪经由拉丁语、法语从而进入英语的。③ 到 1549 年这一词被定义为"任何种类、物质或非物质的一种结构;一种组织构造、一种建造"。一直到 1692 年,它才获得了与我们现代相近的意义:"机械移动部分的一个结合体,与拥有生命、意识和意愿的物种形成对比。"④ 莎士比亚对机器的使用依然是神秘的,因为在此前的英语中从未出现过。哈姆莱特的机器可能是意大利语的舶来品,因为莎士比亚对这一词的使用发展了 15 世纪晚期至 16 世纪意大利词汇和概念。15 世纪晚期和 16 世纪早期,达·芬奇就频繁将人类或动物的身体部分或身体自身比作一台机器。在《哈姆莱特》创作一个世纪以前,达·芬奇就这样写道:"对我们自身机器的观察并不是让身体通过另一种死亡获得有关知识,而是庆贺我们在那种如此卓越的设备中建立理解能力。"⑤ 达·芬奇通过人体解剖研究,勤勉地寻找定义身体部分及其功能,并理论化了身体的多种系统运作。他对身体进行机械处理,在其人体和器官素描中采用了其机器研究的相似分析法。⑥ 正如保罗·卡鲁兹(Paolo Galluzzi)指出的那样,在 16 世纪开端,达·芬奇已经开始探寻不变的机

---

① Peter D. Usher, *Shakespeare and the Dawn of Modern Science*, Amherst, New York: Cambria Press, 2010, p.114.

② Stephen Greenblatt, *Renaissance Self-Fashioning: From More to Shakespeare*, Chicago: University of Chicago Press, 1980, p.195.

③ 有关机器一词的词源及演变详见 Hannah Chapelle Wojciehowski, *Group Identity in Renaissance World*, pp.231—249。

④ *The Oxford English Dictionary* (second edition), Vol. IX, pp.156—159.

⑤ Quoted from Kenneth D. Keele, *Leonardo da Vinci's Elements of the Science of Man*, New York: Academic Press, 1983, p.288.

⑥ Quoted from Kenneth D. Keele, *Leonardo da Vinci's Elements of the Science of Man*, pp.267—288.

械原理和模式并应用于所有事物——有机的或无机的,有生命的或无生命的东西。这正是源于他对机器、建筑、地球、动物、人类的理论化基础之上。①

哈姆莱特著名的独白讲述着人的意义:"人是多么了不起的一件杰作啊!理想是多么高贵,发挥不完的才能和智慧;仪表和举止又多么动人,多么优雅!行动就像天使,明察秋毫,多像个天神,宇宙的精英,万物之灵长——可惜在我看来,这用泥土提炼出来的玩意儿又算得什么呢?"(285)实际上,哈姆莱特忧郁的话语预先提出了笛卡儿(Rene Descartes)和欧洲启蒙运动所痴迷的事物:怎样论证"万物之灵长"。因此我们可以看到,推动这一问题的不仅仅是科学心态的兴起,人的身份危机同样是所有人考虑的问题。

司各特·梅瑟罗(Scott Maisano)认为哈姆莱特用"机器"对"身体"的巧妙置换与笛卡儿所称的"人类是机器,而且只能这样理解"相悖。更糟糕的是,哈姆莱特不仅仅将自己的身体比作一部"机器",甚至将自己置于第三人称视角。但这依然是笛卡儿而非莎士比亚,被约翰·库克(John Cook)和其他"在'自我和身体差异'中介绍引进'身体'一词极端用法"分析的哲学家所挑剔。② 罗纳德·诺尔斯(Ronald Knowles)在其《〈哈姆莱特〉与同时代人文主义》一文中从"莎士比亚的内部心理视角"来分析哈姆莱特,并总结哈姆莱特没能坚持自己重新发现的感性的主体性,因为他的"思想是由修辞塑造的":"修辞提供的不仅仅是知识,还有对知识的吸收与理解:它为执行西方的情感责难提供了一种认知结构。因此哈姆莱特在绝望中反复思量思维与身体的分离:'唉,但愿这一副——这一副臭皮囊,融化了,消散了,化解成一滴露水吧!'(233)但是当我们听到'whilst this machine is to him'首次含有这样意义的有记录的词条例子时,哈姆莱特的身体实际上所经历的是一种具体化。哈姆莱特成为修辞这一内部

---

① Paolo Galluzzi, *Renaissance Engineers from Brunelleschi to Leonardo da Vinci*: Florence: Istituo e Museo di Storia della Scienza, 1996, p. 78.

② Scott Maisano, "Infinite Gesture: Automata and the Emotions in Descartes and Shakespeare", in Jessica Riskin, ed., *Genesis Redux: Essays in the History and Philosophy of Artificial Life*, Chicago: The University of Chicago Press, 2007, p. 66; John Sutton, "Controlling the Passions: Passion, Memory, and the Moral Physiology of Self in Seventeenth-Century Neurophilosophy", in Stephen Gaukroger, ed., *The Soft Underbelly of Reason: The Passions in the Seventeenth Century*, London: Routledge, 1998, p. 121.

敌人的囚徒。"①

　　哈姆莱特对人的批判有着多层含义——个体的身体、身体政治以及整个人类社会。此剧对之前旧的隐喻提出了挑战，正如戏剧的结尾是血腥的结局。哈姆莱特在评论自己藏起来的波洛纽斯的尸体时讲到了国王两个身体的神秘信条，即自然身体和政府身体："那尸体附在国王身上，可国王并没附在尸体身上。国王是一件东西——"，吉尔登斯不解地问道："一件东西，殿下！"哈姆莱特神秘地回答："不是东西的东西。"(353)可见，在《哈姆莱特》中，身体-政治的隐喻实际上崩塌了。

　　乔纳森·索戴伊指出 16 世纪向机器化身体概念的转移，后来成为启蒙哲学的中心修辞。② 在哲学中，机器与身体的融合是早期的，正如其在这一时期其他话语之中。正如索戴伊写道："两种新生态的'科学'——科学技术与解剖科学共同激发了世界及定居于此的生物的完整的'机械'意象。"③比如亚当·麦克斯·科恩（Adam Max Cohen）就指出哈姆莱特在呼喊"tables"用以记录克劳迪斯的恶行时实际上是指备忘录或记事本。④ 而印刷出的记事本正是新技术挪用或重构旧科技的众多例子之一。⑤

　　进一步说，机器身体还适用于整个人类及社会政治。自古以来，世界范围内的社会政治都依赖于身体政治隐喻来调整或解释其结构。群体的等级结构组织形式通常会与人的身体联系起来，例如君王或统治者被隐喻为人之头。身体政治隐喻的运用在文艺复兴时期达到顶峰，随后逐渐被其他有关政府和社会秩序的不同隐喻所替代。黑尔将这种变化归结为多种不同的"对于拟人化宇宙观的挑战，这些挑战最终导致了对人自身及

---

① Ronald Knowles, "Hamlet and Counter-Humanism", *Renaissance Quarterly* 52(1999): 1046-1069, p.1064.

② Jonathan Sawday, "'Forms Such as Never Were in Nature': The Renaissance Cyborg", in Erica Fudge, Ruth Gilbert and Susan Wiseman, eds., *At the Borders of the Human: Beasts, Bodies and Natural Philosophy in the Early Modern Period*, Basingstoke: Palgrave Macmillan, 2002, pp.171-195; Jonathan Sawday, *Engines of the Imagination: Renaissance Culture and the Rise of the Machine*, pp.70-124.

③ Jonathan Sawday, "'Forms Such as Never Were in Nature': The Renaissance Cyborg", p.181.

④ Adam Max Cohen, *Technology and the Early Modern Self*, New York: Palgrave Macmillan, 2009, p.58.

⑤ Neil Rhodes and Jonathan Sawday, eds., *The Renaissance Computer: Knowledge Technology in the First Age of Print*, London and New York: Routledge, 2000, pp.12-13.

其环境理解的深刻改变"①。文艺复兴及其后所出现的最重要的新的群体概念,即作为机器的群体隐喻,最终替换了作为首要描述者和政治集合体拓展原则的身体政治隐喻。在欧洲的政治话语中,新的群体概念似乎是理性的、系统的、稳定的,摆脱了身体—政治隐喻的凌乱有机体论。在早期现代,新的科技开始被理所当然地认为拥有者会觉得更有控制身体的力量,这种观念逐渐转移到政府本身。机器能提供某些舒适以反对肉体的禁欲/坏疽——在极端物质和精神逻辑上脆弱的时代中一种虚幻的舒适。早期现代国内战争、国际战争、殖民地战争中的机器同样是粉碎身体的机械设备,同时是具有整体和不可战胜的集体想象物。这种解释就抓住了哈姆莱特机器的悖论,它暗示着暴力与脆弱的相反想象,并在群体和个体中得到持续的输入。

这种变化并非一蹴而就,而是经过了几个世纪的文化和社会转型并拓展到我们当下的渐变过程。这一变化彰显着人们如何看待自己与其他个体及社会的关系。实际上,作为机器的群体可被视为现代性的基本组织的想象,这一想象在后来的殖民主义历史中也出现过,并和资本主义、工业主义以及其他现代世界发展进程同步,拥有相同的概念形式,处于同一舞台之上。②因为群体被视为非生物的/无机的、机械的,首先是可预测的和可控制的,人体自身被认知为一部机器,就像世界自身一样。③ 文艺复兴时期技术上的发展和现代科学的发展,和启蒙时期的机械哲学一道,共同导致了令人讶异的个体身体的新观念,逐渐混合了系统性(systematicity)、抗毁性(invulnerability)、完全性(perfectibility)、力量(power)、不受影响(lack of affect)等特点。随着时间的发展,身体—机

---

① David George Hale, *The Body Politic: A Political Metaphor in Renaissance English Literature*, p. 47.

② 有关技术及其在西方殖民主义中的隐喻,参见 Michael Adas, *Machine as the Measure of Men: Science, Technology, and Ideologies of Western Dominance*, Ithaca, New York: Cornell University Press, 1989.

③ 早期现代有关身体作为机器概念化的分析,参见 Leonora Cohen Rosenfield, *From Beast-Machine to Man-Machine: Animal Soul in French Letters from Descartes to La Mettrie*, New York: Octagon Books, 1968; Dalia Judovitz, *The Culture of the Body: Genealogies of Modernity*, Ann Arbor: University of Michigan Press, 2001; Jessica Wolfe, *Humanism, Machinery, and Renaissance Literature*, Cambridge: Cambridge University Press, 2004;特别是 Jonathan Sawday, *Engines of the Imagination: Renaissance Culture and the Rise of Machine*, London: Routledge, 2007.

器概念成为一种集合概念并伴随着持久性(durability)、抗毁性/不会受伤害、无敌(invincibility)等补充的想象。

这种群体概念激进转变的出现有着特殊的原因,其关键时间节点我们应称之为早期现代而非文艺复兴,因为机器群体的兴起参与了一种未知和神秘的未来而非标志着遥远过去的复兴。正如我们看到的那样,早期现代欧洲日常生活中切实而具体的地方在逐渐机械化(mechanization),并伴随着对此的哲学和科学回应。新的技术导致我们看待世界和自身有了一套与以往迥异的视角。社会隐喻的机械化也应当被视为社会学家诺伯特·伊莱亚斯(Norbert Elias)所谓的"文明进程(civilizing process)",即身体的集体表达和开始在欧洲中世纪晚期发生并加速的一种延伸表达。伊莱亚斯将这种个体情感控制增长与民族国家的兴起联系起来。① 群体机器隐喻的出现表达出一种超脱有机体说(organicism)的社会共同体(social collective)视角,同样也便于表达动摇的个体或群体情感。机器是没有感情的。将群体视为机器的想象其自身也必然被理解为特定历史中技术的表达形式,是作为社会共同体调节其功能的一种方式,不管怎样,其组成部分就是人类的机器身体。

乔纳森·索戴伊在《身体装饰:文艺复兴文化中的解剖和人类身体》中这样讲道:"欧洲文艺复兴的'科学革命'鼓励对世界及其中一切事物进行表面上看来无止境的划分……这种划分进入了社会和知识生活中的所有形式:逻辑、修辞、绘画、建筑、哲学、医学,同样诗歌、政治、家庭、政府也都是划分的潜在对象。而这些所有不同形式的划分都源于人类身体……因此可以特别指出的是'文艺复兴文化'可以定义为'解剖文化'。"②17世纪正是身体作为小宇宙到作为机器的转变的关键时期。解剖教材的插图也从艺术的、程式化的转向对身体部分高度精确和模仿的描述。③ 索戴伊称这种"地理身体(geographic body)"逐渐被笛卡儿的"机器身体(mechanical body)"所取代。身体不再作为微观宇宙而是作为机器:"身体作为机器,像一台钟表,一台自动机器,自身是没有智力的。它默默地

---

① Norbert Elias, *The Civilizing Process: Sociogenetic and Psychogenetic Investigations*, Ed. Eric Dunning, Johan Goudsblom, and Stephen Mennell, Trans. Edmund Jephcott, Oxford: Blackwell, 2000.

② Jonathan Sawday, *The Body Emblazoned*, pp. 2—3.

③ Sarah Tarlow, *Ritual, Belief and the Dead in Early Modern Britain and Ireland*, Cambridge: Cambridge University Press, 2011, pp. 84—85.

按照机械原理运作。……作为机器的身体变得具体化;对强烈好奇的关注,但整个与世界言说和思考主体分离。笛卡儿的主体、肉体的客体之间,思考的'我'和'我们'所处的'在'之间,变得绝对了。"①

综上可见,身体观念及其隐喻在早期现代的变化过程是一个科技与解剖学合力发展的结果。莎士比亚在文学上对原有身体概念崩塌和身体—机器概念的预判运用先于启蒙时期的哲学,哈姆莱特被认为是"尘埃的典范(quintessence of dust)",哲学家笛卡儿称之为一台"移动的机器(moving machine)"②。进一步来讲,此剧并不单纯是哈姆莱特的故事,而是莎士比亚在特定时代对于我们整个人类进行的思考,虽然莎士比亚并未更深入阐释这一理念,但其戏剧无疑体现出其作为伟大剧作家和诗人对时代发展的敏锐触觉。哈罗德·布鲁姆曾提出一个著名论题:"重读莎士比亚的最大困难就是我们不会感到任何困难",因为莎士比亚已经深深融入了西方人的心理结构、表达方式和阅读习惯,并延续到现代西方,没有莎士比亚根本无法理解西方文学,也无法理解我们有关现代的观念,因此可以说"在上帝之后,莎士比亚决定了一切"③。

---

① Jonathan Sawday, *The Body Emblazoned*, p. 29.
② Jerry Brotton, *The Renaissance: A Very Short Introduction*, Oxford: Oxford University Press, 2006.
③ Harold Bloom, *Ruin the Sacred Truths: Poetry and Belief from the Bible to the Present*, Cambridge: Harvard University Press, 1989, p. 72, p. 53.

第十二章

食物、性与狂欢:福斯塔夫的吃喝

福斯塔夫是莎士比亚戏剧中最富有特色、最受欢迎的角色之一,他出现在莎士比亚的历史剧《亨利四世》和喜剧《温莎的风流娘儿们》中,其所展现出的"福斯塔夫式背景"描绘了"五光十色的平民社会",他的活动为我们展现出早期现代英国社会日常生活的绚丽图景。但正如安妮·巴顿(Anne Barton)指出历史剧和喜剧中的福斯塔夫其实是不同的,从文类的角度看这种观点是有道理的。①凯瑟琳·理查森(Catherine Richardson)指出:"倘若我们想充分理解莎士比亚的戏剧如何产生(戏剧)效果的话,就需要追问他是如何构思台词和(剧中)物品的。"②从这点来讲,福斯塔夫的戏剧功能体现在作为物质客体的话语中心及物质客体的多种潜在含义而存在着。本章将主要分析《亨利四

---

① See Anne Barton, "Falstaff and the Comic Community", in Peter Erickson and Coppelia Kahn, eds., *Shakespeare's "Rough Magic": Renaissance Essays in Honor of C. L. Barber*, Newark: University of Delaware Press, 1985, pp.131—148.
② Catherine Richardson, *Shakespeare and Material Culture*, Oxford: Oxford University Press, 2011, p.4.

第十二章　食物、性与狂欢：福斯塔夫的吃喝 | 185

世》中的福斯塔夫所展现出的日常生活状态，因为这是莎士比亚第一次描写下层/普通民众的日常生活，福斯塔夫是剧中当之无愧的主角，这种从贵族、伟人到大众、小人物的转向正体现出其早期现代日常审美意识的觉醒。① 福斯塔夫身份的问题无法避免地必须同其戏剧功用和意识形态功用联系起来。就像格林布拉特在其名篇《看不见的子弹》一文中分析指出的那样，福斯塔夫是作为颠覆性的多种声音的集合体，却被权力有组织地吸纳并最终销声匿迹。② 但与此对照，他对涉世未深的王子产生负面影响，其对法律和秩序的拒绝是"正确和必需的"，即便这样"莎士比亚自己也从未否定过福斯塔夫"③。本章则试图将福斯塔夫作为《亨利四世》的中心加以分析，特别是其形象与吃喝乃至整个戏剧的关系，指出福斯塔夫的吃喝逻辑及哈尔王子即位后必须杀害他的原因。

一

虽然福斯塔夫的舞台形象异常生动鲜明，但有时我们也会疑惑实际上某些方面的文本证据匮乏，而其中福斯塔夫和饮食的关系就是一个谜。虽然他被刻画成大腹便便，但正如多佛·威尔逊（J. Dover Wilson）指出的："我们从没看到或听到福斯塔夫吃东西或想吃东西，而只有屠夫妻子胖奶奶的一盆龙虾。"④而有关福斯塔夫饮食的实际指涉仅仅出现在快嘴桂嫂的话中："后来那个卖肉的老板娘，肥膘大妈，不是来了吗？不是管我叫快嘴桂嫂吗？她来是要借一点醋，还跟我们说她那儿有一碟上好的大虾，你听了就想要几个吃，我不是还跟你说伤口没好，不能吃虾吗？"（399）显然在这里，福斯塔夫的饮食并不重要。他的贪吃是由他人证明的，所以观众不会在舞台上看到。但即便如此，福斯塔夫也总是和食物联系在一起。最明显的证据是皮多在熟睡的福斯塔夫口袋里找到的若干纸片：

---

① 在《亨利四世》上、下两篇中，福斯塔夫一人的台词约占 20%，位居第一。而且正是《亨利四世》给莎士比亚带来写作生涯的巅峰，福斯塔夫的角色得到了大众的广泛喜爱，伊丽莎白一世甚至下令让莎士比亚为福斯塔夫单独创作了后来的喜剧《温莎的风流娘儿们》。Jonathan Bate & Eric Rasmussen, eds. , *William Shakespeare Complete Works*, pp. 898—899, p. 892.
② 详见 Stephen Greenblatt, *Shakespearean Negotiations*, pp. 21—65.
③ J. Dover Wilson, *The Fortunes of Falstaff*, Cambridge: Cambridge University Press, 1944, p. 126.
④ Ibid. , p. 27.

波因斯

烧鸡一只　二先令二便士

酱油　四便士

甜酒两加仑　五先令八便士

晚餐后的鱼和酒　二先令六便士

面包　半便士

太子

哎呀！真是骇人听闻！仅仅半便士的面包就灌了这么多得要死的酒！（275）

我们看到哈尔王子在野猪头酒店那一幕最后比起贪吃更强调了福斯塔夫嗜酒的习惯，而他之前将其视为暴食者，尤其特别嗜肉。因此我们看到福斯塔夫实际上是暴食者和嗜酒者的合体。但其他角色总将他和食物联系在一起，他自己则坚持对酒的喜爱。

实际上开设于依斯特溪泊（Eastcheap）的野猪头酒店本身就是依斯特溪泊本身的转喻，因为这一片区曾经是"中世纪的肉类市场"，因此一般和屠夫及肉类生意紧密联系在一起。① 当哈尔询问巴道夫，"那老野猪（old boar）还是钻在他那原来的猪圈（old frank）里吗？这个老野猪还在从前那个猪圈里吃喝吗？"（410）故意将福斯塔夫比作野猪。② 同样桃儿称呼他是"一只满满的大酒桶（a huge full hogshead）"（418），也将他和大木桶以及野猪头结合。福斯塔夫一直和屠宰生意有关，在戏剧中同时被当做贪吃的嗜肉者和肉本身。因此哈尔才会随意叫福斯塔夫是"我的美味的牛肉"（306）。此外，野猪头是一道传统基督教食谱，从而将福斯塔夫与失序之王（the Lord of Misrule）联系起来。

当哈尔王子决定在盖兹山抢劫后开福斯塔夫的玩笑，他命令福斯塔夫出场："叫瘦牛肉进来，叫肥油汤进来！（call in ribs, call in tallow）"

---

① Ben Weinreb, et al., *The London Encylopaedia* (third edition), London: Macmillan, 2008, p. 263.

② 哈尔王子的问题是确定福斯塔夫把著名的野猪头酒店当做在依斯特溪泊的家的文本证据；酒店的名字从未出现在文本中。实际上，伦敦当时有六家不同的著名酒店，其中一家还被当做剧场进行演出。See E. K. Chambers, *The Elizabethan Stage*, Vol. 2, Oxford: Clarendon Press, 1923, pp. 443－445; S. B. Hemingway, ed., *A New Variorum Edition of Henry the Fourth*, Part I, Philadelphia: Lippincott, 1936, pp. 124－125.

(254)福斯塔夫先变成了肋骨肉,后又成了价值更低的油脂。① 舞台上的福斯塔夫成了食物,会被食用——通过揭露他的懦弱与谎言,哈尔对其进行了比喻性屠宰:"给我来一杯酒,堂倌!(a cup of sack)"(255)随后又重复了一遍,而当他得到想要之物后,他吸入了酒——喝醉的福斯塔夫成为一大景("太阳跟一碟黄油接吻"[255])。因为像其他常见的恶人角色一样,他占据着最靠近观众的舞台位置,其直接的身形动作更增强了醉酒的形态。② 当他在舞台上一饮而尽时,这成了福斯塔夫身份的表征,无数有关福斯塔夫的图画和绘画都展示着他好酒的特点。

我们看到福斯塔夫如何猴急地将酒杯一饮而尽,哈尔回到了其食物想象,将这一场景和黄油的融化扭曲联系在一起:"你看见过太阳(泰坦巨人)跟一碟黄油接吻没有?——软心肠的黄油,一听见太阳的花言巧语就熔化了。要是你看见过,你一定认得出眼前的这个混合物。"(255)在哈尔的阐述中,主体和客体混合了。肥胖的福斯塔夫也许是在太阳面前熔化的一块黄油③,也许是像熔化黄油一样"熔化"酒水的太阳。同样哈尔的"混合物"指向了福斯塔夫——他是由肥肉和酒构成的不协调混合物,或者福斯塔夫和酒就像画面中的两种液体物质。满身大汗的福斯塔夫以成为一块黄油结束,呼应了前面哈尔肥油汤的描述。

在哈尔持续描述福斯塔夫的同时,福斯塔夫也念念不忘自己的酒。他抱怨"酒里也掺上石灰水"(112),这种观察将其作为现年龄段自我讽刺的一个借口:"这个世界里哪儿还找得到勇气,十足的勇气?你要是找得到,就算我是他妈的一条肚子瘪了的青鱼(肚子瘪了的青鱼,指排卵后的青鱼。这大胖子喜欢用他能想到的最瘦的动物和自己作比)。"(255)福斯塔夫将自己描述成与其体格和意识形态截然相反的物体。即便如此,他还是指向了食物。瘪了的青鱼即是排卵后的青鱼,与脑满肠肥的福斯塔夫完全相反。进一步而言,瘦小的、生存时间短的青鱼是宗教节日四旬斋

---

① 随后,哈尔称福斯塔夫为"肋骨上三指厚的肥肉"(319)。
② Robert Weimann, *Shakespeare and the Popular Tradition in the Theater: Studies in the Social Dimension of Dramatic Form and Function*, Baltimore: Johns Hopkins University Press, 1987, pp. 189—191.
③ 与此呼应的是,在战场上,哈尔清楚地称福斯塔夫为黄油:"你偷得把你自己都变成一整块黄油了。"(318)

的食物,是福斯塔夫这类快乐角色所最终拒绝的。① 通过对这种食物的提及,福斯塔夫利用了青鱼的文化内涵来再次强调其自身人物角色的重要特征。②

这里对待食物的不同观点显示出福斯塔夫和哈尔的差异。哈尔将福斯塔夫看作食物,同时福斯塔夫自己强调喝酒是其角色特质,将杯中之酒当做其身份表征,唯一的消极提法是四旬斋的青鱼。福斯塔夫持续对瘦肉和四旬斋食物的谴责:"可是和我交战的要没有五十个人,我就是一捆萝卜。"(258)萝卜,细小的根茎支撑着硕大的头部,是有关虚弱的另一象征。福斯塔夫之后就描述浅潭法官皮包骨头的外形:"他要是把衣服脱光,简直就像一个生权的萝卜。"(453)

终于,哈尔再也无法忍受福斯塔夫关于盖兹山抢劫事件的谎言,他骂道:"这个满脸热血的怂包,这个压破了床铺,骑折了马背,浑身是肉的家伙——"(260)福斯塔夫成为锅里的动物油脂,但是其与食物自身的联系得以强调。在下篇中,福斯塔夫对大法官说他是"一支狂欢夜的蜡头,大人,整个是脂油做的"(385)③。威尔逊提示我们早期现代 tallow 语义学上的可能性:"'油脂/肥油',通常讽刺、羞辱用以称福斯塔夫,并未得到正确理解,我们需要知道两个事实:首先,它指伊丽莎白时期的脂肪油,也指烤油或板油或动物脂肪提取油;其次,也指人的汗液,部分可能是因为与 suet 一词类似,与肥肉类同,像是由于身体的热量所溶出的。"④

因此福斯塔夫的一走路就出汗,哈尔早前评论"福斯塔夫流得那一身大汗,跑起路来倒给枯瘦的大地浇上不少油",为接下来将福斯塔夫比作

---

① 彼得·伯克(Peter Burke)在对早期现代流行文化中的狂欢节分析中解释了福斯塔夫是怎样成为狂欢节的创造物的。See Peter Burke, *Popular Culture in Early Modern Europe*, Farnham: Ashgate, 2009, pp. 261—266.

② 福斯塔夫随后在抱怨快嘴桂嫂时提及了性暗示:"她又不是鱼,又不是肉,一个人简直就拿她没办法。"(304)在下篇中,福斯塔夫表达了对那些不喝酒的年轻人的忧伤之情:"这些稳重的孩子们从来就不会有什么出息,因为淡而无味的饮料把他们的血都变得凉透了;再加上顿顿吃鱼,结果就害上了一种男性的经期失调,外带贫血病。"(476—477)同样福斯塔夫在领着随从奔向战场时也自比为另一种鱼:"我部下这些兵要不把我脸都丢光了,我就他妈的是一条醋熘鱼。"(316)

③ Giorgio Melchiori, ed., *The Second Part of King Henry IV*, Cambridge: Cambridge University Press, 1989, p. 75.

④ J. Dover Wilson, *The Fortunes of Falstaff*, p. 28.

食用的动物埋下伏笔。①

在野猪头酒店,福斯塔夫这样回应哈尔:"他妈的,你这饿死鬼,你这鳝鱼皮,你这干牛舌头,你这公牛鸡巴,你这咸鱼。"(260)福斯塔夫颠倒了哈尔食物比喻的要旨,他用风干的食物来描述哈尔王子,暗指其瘦弱冷漠。干牛舌头意味着哈尔贫乏的修辞能力,而其余则暗指其精力充沛、性欲旺盛的反面。福斯塔夫同样将哈尔比作食物,但是仅仅是与自己对比,王子只是进食少,用以果腹。

在角色扮演一幕中,福斯塔夫扮作国王,将自己比作被宰待售的动物。他采用了反证(ex negativo)的修辞策略:"听凭你把我提着脚后跟倒悬起来,跟一只吃奶的兔子或是跟卖鸡鸭的门口挂着的野猫似的。"(269)正如哈尔挑战了扮演其父亲,福斯塔夫也挑衅哈尔将其当做待售的肉。他恰当地将自己比作倒挂的死兔子,回忆起了战场上的羞辱,即将骑士脚跟倒悬使其蒙羞。② 而今哈尔假扮其父亲的角色预示着他即将成为国王以及未来对福斯塔夫的处置,表明了其最终抛弃了"野蛮王子"的面具:"有一个魔鬼变作一个肥胖的老人模样,正在纠缠着你,有一个大酒桶似的人正在伴随着你。你为什么要结交这样一个充满毛病的箱笼、只剩下兽性的面柜、水肿的脓包、庞大的酒囊、塞满了肠胃的衣袋、烤好了的曼宁垂肥牛,肚子里还塞着腊肠、道貌岸然的邪神、头发斑白的'罪恶'、年老的魔星、高龄的荒唐鬼?"(271)

此处复杂的比喻戏剧性地制造出哈尔和福斯塔夫在仔细构成身体-食物指涉上的张力。哈尔对福斯塔夫的宗教定义是"恶角",是传统宗教剧中的邪恶角色。而这些指涉又逐渐转变成食物的想象,是与体液着手进行的并最终成为烤熟的动物。③ 此处三种食物中,第一种酒是福斯塔夫最爱的液体,第二种腊肠,最后一种肥牛。福斯塔夫变成了填充上等食物以供整个宴会食用的动物。

而后两个指涉则暗示着剧中更广泛的福斯塔夫-食物比喻。哈尔将福斯塔夫比作"曼宁垂肥牛",曼宁垂是埃塞克斯的一个城镇,"以圣灵节

---

① 在《温莎的风流娘儿们》中,福斯塔夫将自己比作肥沃和滋养的象征,是一种动物:"说到我,我是温莎这儿的一头雄鹿啊——我还是森林中最肥的一头雄鹿呢。天老爷,让我过一个凉快的交配期吧,否则谁能怪得了我要排泄脂肪呢?"(453—454)

② 《牛津英语词典》(OED)中引用了哈尔(Edward Hall)的《编年史》(1809 年版)。

③ Dropsy"水肿"是与体液相关的,OED 定义其为"一种病态,在胸腔或身体的连接组织中累积了大量湿液"。福斯塔夫的身体因此被描述为不健康的,他的体液已失去平衡。

集市著称,特别是烤全牛"①。哈尔选择和地方传统相关的动物来指涉福斯塔夫,显然福斯塔夫就跟曼宁垂肥牛一样具备典型的英国本土和地方特点。此外,这一指涉强调了通过福斯塔夫具现了节日庆典的氛围。莎士比亚反复将福斯塔夫比作节日中食用之肉,例如波因斯问巴道夫:"你主人是不是还肥得像圣马丁节(圣马丁节,在 11 月 11 日,那时通常大宰猪牛,准备过冬)前后杀的猪牛似的?"(408)11 月 11 日的圣马丁节上会"杀牛、羊、猪和其他动物,为过冬做准备,因为冬天新鲜的食品会变得短缺甚至于全无"②。波因斯的话有两种互补的阐释:福斯塔夫本身就是节日,或者他是节日上待宰的动物。在文本中所有其他有关福斯塔夫和肉的类比中,后者绝不能被忽略。最明显的有关福斯塔夫作为特别节日上美味的肉食比喻是桃儿的话:"你这婊子养的,巴索罗缪(Bartholomew)市集上出卖的滚圆的小肥猪。"(206)这里的指涉又将福斯塔夫和伦敦 8 月 24 日举行的一年一度狂欢节——圣巴索罗缪节联系起来,这是伊丽莎白一世时期伦敦最流行的节日之一。实际上这一绰号来自于福斯塔夫最爱的妓女,又与其身体闭塞带来的性饥渴相连;桃儿在性与经济上都依靠福斯塔夫,节日上尽情享用的小肥猪显示出桃儿的食肉欲望和性欲望。

二

哈尔表述福斯塔夫是肉的第二个指涉物体是"腊肠"。动物的内脏是一种流行且便宜的食物。福斯塔夫的肠子,其便便大腹中的内脏是其自身的转喻,是作为其身体最重要部位而常常被提及的。如"肥肠"(fat-guts)以及"带着你的肠子跑"(239)。巴赫金就解释说如肠子等内脏是与狂欢传统相关的高度意义化的食物:"腹部不仅仅是用以吃和吞,它也被吃……进一步说,内脏与死亡相关,与屠宰、谋杀有关,因为取出内脏意味着杀戮。同样也与诞生相关,因为腹部也有繁殖功能。因此,关于内脏的意象中,诞生、排泄、食物都连接在一个怪诞的节点上;这是身体地理学的

---

① E. Cobham Brewer, "Manningtree", *The Dictionary of Phrase and Fable*, Philadelphia: Henry Altemus, 1898.

② John Brand, *Observations on Popular Antiquities: Chiefly Illustrating the Origin of Our Vulgar Customs, Ceremonies, and Superstitions*, London: Chatto and Windus, 1877, p. 216. See also J. Dover Wilson, *The Fortunes of Falstaff*, p. 30.

中心,上层和下层组织相互渗透。这一怪诞想象是物质身体下层组织矛盾状态的最爱的表达方式,其既破坏又生产,既吞咽又被食。"①这是巴赫金从拉伯雷中读出的,可以准确地描述作为食物的福斯塔夫丰富了戏剧中比喻的物质性特征。

福斯塔夫的肠子在被解读为反抗身体政治中又获得了更多层次的意义。作为狂欢文化的具现,福斯塔夫的"反抗首先就是腹部"②,其作为修辞的中心作用就是成为戏剧情节的马基雅维利权力政治的反抗和物质他者。从这点上讲,有趣的是之后莎士比亚将腹部作为相反的意识形态作用。在《科利奥兰纳》中,米尼涅斯向不满的罗马市民讲述肚子的语言故事以打消他们叛乱的意图:"从前有个时候,身上的各个器官起来向肚子造反……罗马的元老们就是这样一个好肚子,你们则是作乱的器官。"(324,326)

在这段话中,元老成为国家发号施令的肚子,福斯塔夫则是有叛乱潜质的贪婪的肚子。哈尔为福斯塔夫改名为"大肚子约翰爵士"戏谑地承认并打击了福斯塔夫肚子的权力。

在戏剧开场,亨利四世通过介绍性独白中高度凝练的意象表达出其统治的千疮百孔,他说道:"不久以前在自操干戈的屠杀中,刀对刀,枪对枪,疯狂地短兵相接。"(204)弗朗索瓦·拉罗克(Francois Laroque)将这一意象解读为反对福斯塔夫不受控制内脏的物质呈现:"自然引导了将附属的'内部'与福斯塔夫肚子或'内脏'的等同,其作为狂欢事物的食物和内脏的一部分。"③

作为继承人,哈尔暗示着国内局势的动荡威胁着其父的王位。然而,他已经决定在继承王位之后变成他严厉且独裁的父亲那样。他知道这将疏远代理父亲福斯塔夫。这就解释了哈尔在角色扮演场景中冷酷的食物类比,即莎士比亚设计展现出其最终对福斯塔夫的拒绝和否定。也是在福斯塔夫质疑其皇室权威时哈尔不能忍受福斯塔夫的腹部的原因:

---

① Mikhail Bakhtin, *Rabelais and His World*, Trans. Helence Iswolsky, Bloomington: Indiana University Press, 1984, p. 163.

② Francois Laroque, "Shakespeare's 'Battle of Carnival and Lent': The Falstaff Scenes Reconsidered (1 &2 *Henry IV*)", in Ronald Knowles, ed., *Shakespeare and Carnival: After Bakhtin*, Basingstoke: Macmillan, 1998, pp. 83—96.

③ Francois Laroque, "Shakespeare's 'Battle of Carnival and Lent'", p. 91.

>   福斯塔夫:你以为我怕你跟怕你爸爸一样吗？不,我要是那样,
>   但愿我的腰带断了！
>   太子:哎呀,要是你腰带断了,你的肠子还都不奔拉到你膝盖下
>   面来了！你这家伙,你肚子里哪儿还有容纳信心、诚实和
>   天良的地方啊！光装肠子和隔膜还不够呢！(305)

福斯塔夫怪诞的肠子和膝盖具体化了其畸形而缺陷的角色;这位膨胀的吃货没有高贵、无形的美德,有的仅仅是他自己享乐的肠胃。① 其放荡而堕落的身体不会惧怕未来的国王,因此,权威的力量将把福斯塔夫吞噬。

在《亨利四世 上篇》中,权力的主题和吃、食物的主题最终在战场上合而为一。当福斯塔夫强调为王而战时,最明显的莫过于他对荣誉和骑士精神的蔑视和不屑:"咄,咄,左不过是供枪挑的,充充炮灰,充充炮灰(food for powder)。"(319)战争充满了对人类血肉的渴望,在最终的战斗中,莎士比亚戏剧化地支持着福斯塔夫的肠胃。作为一个节日角色,福斯塔夫明显不该被放置在战场上,正如他告诉观众:"愿上帝别再给我铅吃啦！光是肚子里这点肠胃,我已经重的够瞧的了。"(342)这是福斯塔夫首次关心其肚子安危,对他而言,武器仅仅是和平时期用以自我表演的道具:

>   福斯塔夫:……你要的话,我可以把我的手枪给你。
>   太子:给我吧。怎么,在这盒子里吗？
>   福斯塔夫:不错,亨尔,滚烫的,滚烫的。它可以让一个城市的人
>   都不省人事。〔太子自盒中抽出一瓶酒〕
>   太子:怎么？ 现在是玩笑捣蛋的时候吗？〔把酒瓶掷向福斯塔
>   夫,下〕(343)

福斯塔夫的双关是混乱的,他的身份表征也是不合时宜的。作为一个不变的节日创造物,福斯塔夫不能在战争期间退场。为了继续其早期表征,他想象自己是对叛乱角色的烹饪治疗处方:"潘西要真还活着,我就把他的皮给剥得稀烂。要是他找到我头上来,那就没得说的了。要是他不来找我,我偏偏一心一意地找他,那就让他把我切作烤肉好了。"(343)

---

① 福斯塔夫著名的对荣誉的物质化表达强调了其缺乏对剧中战士精神的热衷:"荣誉不过是一副挽幛。"(335)

福斯塔夫自我描述为烤肉,也是其常用的反证风格。

而福斯塔夫与肉的类同以及福斯塔夫肚子主题在战役的决定性瞬间达到高潮。哈尔与霍茨波、福斯塔夫与道格拉斯的战斗——前者是对等的,而后者则是不对称且滑稽的,以霍茨波的死亡和福斯塔夫的倒地装死告终。哈尔赞扬了荣誉和骑士,认出了福斯塔夫:

> 怎么,老相好?难道你这一身的肉,还保不住一口气吗?可怜的杰克,再见吧,失去你比失去一个正经人更使我难过。假使我只知道享乐,一想起你,我心头会感到沉重。死神在今日的血战中大肆凶威,猎取了许多人,谁也比不上你肥(fat a deer),不久你就要开膛了;现在,对不起,请你在血泊中和潘西一起安息。(349—350)

这里哈尔使用了狩猎的象征主义,而 deer 与 dear 的双关常常出现在伊丽莎白时期的爱情诗中,用以表达对这位胖朋友的哀悼。显然,他又提到了福斯塔夫反抗的肚子;哈尔将亲眼看着福斯塔夫这头肥鹿被开膛破肚。(把死尸开膛,涂上香料和药,好保存尸体。)在哈尔将他比作死去的肥鹿之前,福斯塔夫就已经被多次比作鹿。他含糊地自称为"流氓(rascal)",但在早期现代英语中则含有"年轻、瘦弱或鹿群中的下等品种"等含义(OED)。在爱德华·贝瑞对莎士比亚与狩猎的研究中,他讨论了哈尔在战场上希望对福斯塔夫开膛破肚的场景:"开膛破肚取出内脏以便进行腌制或烹饪显然是一头死鹿不可避免的命运,特别是处于盛年的'血肉充盈'的肥鹿。将福斯塔夫比作'血肉充盈'的肥鹿即是将其纳入三倍的信任智慧。作为一个男人,福斯塔夫是卑鄙的,因此实不再此列。这里主要强调了其不光彩,然而,哈尔自己却没有察觉到的是对血液的保留:他没有'躺'在血泊中,而是'在'血泊中。作为一头鹿,福斯塔夫很难'躺在血泊中';尽管又老又肥,他已非壮年,哈尔忽略了这一事实。"①

哈尔准备将福斯塔夫开膛取出内脏也可以这样解释:"从尸体上取出内脏是荣誉,因为准备以此来保存尸体以免遗留在战场的乱尸堆中。"②哈尔也暗示了这种仪式将给福斯塔夫一种骑士的荣誉。从这个意义上来说,福斯塔夫的开膛破肚物质化了其大腹中的多样性。

---

① Edward Berry, *Shakespeare and the Hunt*, pp. 133—158.
② Frances Teague, *Shakespeare's Speaking Properties*, Lewisburg: Bucknell University Press, 1991, p. 33.

但是,放荡的狂欢国王的身体再次起身,宣告着其作为一种变质食物的状态:"开膛了?你要是今天给我开膛,明天我就让你给我腌起来吃下去。"(350)福斯塔夫解释了周围食人欲望以及狂欢复活延缓他们的实践。他拒绝被开膛,与作为意识形态反面的霍茨波形成相连对比,霍茨波实践了战士的荣誉精神并最终成为食物:

霍茨波:不,潘西,你就是尘土,只能供——

太子:——蛆虫吃,潘西,再见吧。(348)

最终,英勇的潘西将被吃掉,而福斯塔夫则没被杀掉,保留了其硕大的肚子,继续被所有猎人和追随者祈祷着。福斯塔夫和霍茨波是两个极端,一位对享乐孜孜以求,一位则对荣誉念念不忘,哈尔必须回避两者以便成为他理想中的完美君王。他可以从肉体上杀死荣誉的模范,将其变为蛆虫的食物,同时他必须等待适当的机会放弃、否定享乐原则的具体化身。

三

福斯塔夫身体有反抗的肚子,必须被驱逐出权力中心的另一原因是其性别。性别批评家们谈论着福斯塔夫代表着对历史上描述的男性同性暴力和权力阴谋的一种女性威胁:

福斯塔夫蔑视荣誉和军人的勇猛,他在战场上的怯懦,他的有始无终,他的装死,他的肥胖,以及对肉欲的纵容都暗示着早期现代英格兰区分精神/肉体、高雅/粗俗、男性/女性类比系统中的娇弱和女性气质。①

哈尔从一个野蛮王子到强权君主的转变需要否定、拒绝一切女性气质。福斯塔夫是女性特征的具体化身,他的身体不仅仅是贪婪的肠胃,也是诞生事物的子宫。即便他持久的对女性的性欲也意味着这些男性权力戏剧中的女性,正如霍茨波告诉他的妻子:"这个世界不是让我们玩娃娃和拥抱亲嘴的。"(47)丽贝卡·安·巴赫(Rebecca Ann Bach)就将福斯塔夫作为历史剧中怯懦男人群体的中心:"福斯塔夫是柔弱的,在历史剧中像个女人,因为他是个懦夫,他自我放纵,而且他所有的欲望都失去了

---

① Jean E. Howard and Phyllis Rackin, *Engendering a Nation: A Feminist Account of Shakespeare's English Histories*, London: Routledge, 1997, p. 166.

控制。福斯塔夫不像莎士比亚历史剧中的真男人,热爱生命、喜欢女人。历史剧中突出了那些和福斯塔夫相似的柔弱男人,他们共享了怯懦。福斯塔夫在历史剧中与其他柔弱角色(如浅潭、毕斯托尔等)共享了怯懦。"①

福斯塔夫甚至想象自己的身体有某些跨越性别的装束:"真是的,我浑身的皮奄拉下来就跟一个老太太宽大的袍子似的!"(299)同样这种思想也被哈尔接受,他想象着非现实的角色表演:"我就扮潘西,让那个该死的肥猪装他的夫人,摩提麦小娘子。"(254)然而,福斯塔夫在告诉佩吉时其扮演的母亲角色过度吸引了观众的注意力:"我现在在你前头走起道来,就活像一头母猪,把生下来的一窝小猪都压死了,就剩下你一个。"(380)他也认识到其身份是由肠胃所决定的:"我这个肚子里装满了一大堆舌头,每一个舌头都不说别的,只管宣扬我的大名。只要我肚子能变得大小再合适一点,我简直就可以是全欧洲最敏捷灵便的人了。全是这大肚子(womb),这大肚子,我这大肚子,把我给毁了。"(473)意为谁只要看见我这么个肚子,就可以立即认出我是福斯塔夫。这里的福斯塔夫肚子里的一堆舌头,呼应了序幕中介绍《亨利四世 下篇》的拟人化的谣言,一开场就是:["谣言"上,浑身画满了舌头]。(366)② 福斯塔夫明显的多嘴多舌的大肚子就像女人一样,因此对试图控制所有公共话语的国家政权是个威胁。此外,更重要的是,福斯塔夫的肚子像子宫(womb),是反政府权威对应话语产生的潜在根源。

福斯塔夫被赋予了怪诞的子宫和其他女性气质的用具,同样对失去母亲的哈尔是个威胁。严格来讲,哈尔即使在母亲缺席时也否认其存在,当父亲的信使前来通知他时,他说:"把他送回给我母亲去。"(263)因为他的母亲已死。哈尔的玩笑暗示着他对母亲的缺席没有任何哀痛,而且在他的世界也不欢迎母亲。福斯塔夫的圆胖的、给予生命的物质身体由于

---

① Rebecca Ann Bach, "Manliness Before Individualism: Masculinity, Effeminacy, and Homoerotics in Shakespeare's History Plays", in Richard Dutton and Jean Howard, eds., *A Companion to Shakespeare's Works*, vol. II: *The Histories*, *A Companion to Shakespeare's Works*, vol. II: *The Histories*, Oxford: Blackwell, 2005, pp. 220—243.

② Cf. Frederic Kiefer, *Shakespeare's Visual Theatre: Staging the Personified Characters*, Cambridge: Cambridge University Press, 2003, pp. 63—100.

非常物质化而威胁到了哈尔。① 瓦莱丽·特莱博(Valerie Traub)认为哈尔将女性气质和物质象征结合起来进入其父亲的法律和秩序世界,他必须否认和破坏作为"无处不在的母性物质化"能指的福斯塔夫:"哈尔发展成为男性主体不仅仅依靠从身体依赖和想象的身体共生状态中分离,也是依靠与这些状态相联系的性格祛除:母亲,物质。哈尔在《亨利四世下篇》中对福斯塔夫公开的否认和羞辱……表明了他需要将这种内心威胁具体化。"②

对吃的欲望和母性角色的吸收补足了吞噬一切的福斯塔夫的原始焦虑,于是修复了消灭承担欲望和恐惧的身体的这一消失的部分。③ 作为哈尔的转移了的母亲角色,福斯塔夫表现出的对身体享受和物质客体的欲望必须在哈尔追求权力的过程中加以否定和抹杀。休·格雷迪(Hugh Grady)就指出:"福斯塔夫主体性的源泉就是欲望。戏剧中他的智慧和行为动机就是著名的拉康所谓导致现代主题在无尽的链条中从一个客体到另一个的欲望'逻辑'。"④因此作为未来的君主,哈尔必须着眼自己对权力的迫切欲望并消除威胁其最高追求的福斯塔夫随心所欲的物质欲望。为了否定作为物质世界欲望和享受的福斯塔夫,哈尔将他当做"塞满了罪恶的大地球"(429)。

这些部分和抹杀的想象也可以从政治层面进行阐释,性别化的福斯塔夫身体与《亨利四世》中土地的表征重叠。作为一个明显的英国角色,贪吃嗜酒的福斯塔夫成为英格兰土地自身的清晰类比物,亨利王在想象内战结束的情景时这样说道:"这片土地焦渴的嘴唇将不再涂满她自亲生子女的鲜血。战争不再用壕沟把田野切断,不再以敌对的铁蹄去踩践地面上娇小的花朵。"(203)

地上的壕沟贪婪地喝着自己孩子的鲜血,而这正是在自相残杀(civil

---

① "哈尔王子否认在福斯塔夫这一圆形人物中存在代理母亲角色。"Bruce R. Smith, *Shakespeare and Masculinity*, Oxford: Oxford University Press, 2000, p.70.

② Valerie Traub, "Prince Hal's Falstaff: Positioning Psychoanalysis and the Female Reproductive Body", *Shakespeare Quarterly* 40.4(1989):456-474, p.464, p.471.

③ 福斯塔夫描述了在盖兹山的被劫遭遇,这是福斯塔夫试图在他人面前表现其怪诞的唯一例子:"该绞死的、肚子鼓鼓蓬蓬的王八蛋,你们是完了吗? 还差得远呢,你们这帮肥胖的守财奴! 你们要把全部家私都带来才好呢。"(241)

④ Hugh Grady, "Falstaff: Subjectivity Between the Carnival and the Aesthetic", *Modern Language Review* 96.3(2001):609-623, p.615.

butchery)中流出的。这一意象强烈地指出了剧中其他贪婪的饮者,那些从未觉得有足够的酒能涂抹其唇的人。"吸血的大地对血液的渴望就像他对酒的渴望一样!"①哈尔在其否定的独白中将福斯塔夫和大地联系在一起:"别狼吞虎咽了,要知道坟墓为你张着嘴,比任何人要扩大三倍。"饥饿的大地将吞噬福斯塔夫并实践渗透在两部《亨利四世》中的欲望;在哈尔否定福斯塔夫的时刻,吞噬者被吞噬了,福斯塔夫随后消失在《亨利五世》的舞台上,仅仅在《亨利四世 下篇》的收场白中提到了这一戏剧所迎合观众创造的食人/食肉想象:"如果诸位的口味对肥肉还没有腻的话,我们这位微不足道的作者就打算把这故事再继续下去。"(524)②

我们一定要还原解读、定义福斯塔夫及其作用的物质客体,其作用在于是他唯一在颠覆性的节日消费精神中反抗权力的狂欢秩序的物体。失序之王(the Lord of Misrule)和肉片仅仅是福斯塔夫众多化身之一,而与莎士比亚最成功的戏剧角色联系在一起的物质超过了任何单一的解读,消除了任何解读的封闭性。拉尔斯·恩格尔(Lars Engle)指出,福斯塔夫不但符合一个享乐主义者的节日和消费逻辑,更在其对自由的追求中显示出高度的经济实用主义:"福斯塔夫通过明显的自我意识也具现并促进了狂欢和节庆:他知道谁为狂欢买单,也确信不是自己。不论我们是从巴贝尔(Barber)或从巴赫金处得到狂欢理论,这种策略性的节日在福斯塔夫身上则包含了对所有狂欢化已有概念的调整。……巴赫金没有对狂欢节(欢庆为先)和市集(经济为先)加以区分……他没有看到他所推崇的市集简单语言与降等的价值规则在早期现代市场和集市供需中的可能关系。"③

从这点来讲,任何集中于将福斯塔夫当做巴赫金式狂欢的解读尽管正确,但却也忽视了福斯塔夫自己意识形态的扭曲和在困境中圆滑的处事手段。从他在野猪头酒店的债务管理到滥用国王的招牌再到诈骗法官浅潭,福斯塔夫完全是一个狡猾的经济动物。他不但是个著名的放荡者,同时也不能简单将其周围的客体看作狂欢或消费的物品,它们也具有交

---

① Francois Laroque, "Shakespeare's 'Battle of Carnival and Lent'", p. 91.
② 听闻福斯塔夫醉死在床上,毕斯托尔似乎想继承他的饥渴:"咱们去法兰西吧,孩儿们,让咱们就像一大群蚂蟥,只是把血喝,喝,喝个痛快!"(591)
③ Lars Engle, *Shakespearian Pragmatism*: *Market of His Time*, Chicago: University of Chicago Press, 1993, p. 121.

换价值。格雷迪也和恩格尔持有相似观点,他认为即便在传统的狂欢角色中,福斯塔夫也是从中世纪后期残余秩序到早期现代伦敦熙熙攘攘日益增长的个体市场经济的转移角色:"在现代性的新文本中,狂欢化的福斯塔夫及其世界具现了现代性中急迫的主体性对愉悦和美追求的潜力。它们不再出现在公共的庆典中,而是在公共形式和开放到所有新的可能性和个体想象危险的过程中成为个体的、主观的、自由的。因此福斯塔夫创造了狂欢的一种视角,即通过将新教主义/资本主义的现代化推动而再次语境化并赋予新意义的狂欢。"[1]所以在本剧中,作为在资本主义群体中的个人主义的再次语境代表征,福斯塔夫成为文化的媒介。

---

[1] Hugh Grady, "Falstaff: Subjectivity Between the Carnival and the Aesthetic", p. 621. 更多有关 16 世纪戏剧中从公共到更个体的财产观念转变的研究参见 Jonathan Gil Harris, "Properties of Skill: Product Placement in Early English Artisanal Drama", in Jonathan Gil Harris and Natasha Korda, eds., *Staged Properties in Early Modern English Drama*, Cambridge: Cambridge University Press, 2002, pp. 36—66.

第十三章

想象的不列颠:《亨利五世》中的国族性问题

《亨利五世》是莎士比亚历史剧中的杰出代表,批评家们多认同此剧塑造了莎士比亚理想的君主形象、唤起了英国爱国主义等。如哈罗德·布鲁姆指出:"庆祝英国式的勇猛打败了华而不实的法国人。"①有关《亨利五世》最有名的批评"事实"是它唤起了英国的国家自豪感。② 伊文思(H. A. Evans)于1917年写道:"这是作者最接近一部民族史诗的部分。"③但随后多利莫尔和辛菲尔德则改变了这一评价:"一个有力的伊丽莎白式想

---

① Harold Bloom, *Introduction to William Shakespeare's Henry V*, New York: Chelsea House, 1988, p.1.

② 将《亨利五世》当做塑造英国国族主义者典范的有 E. W. Tillyard, *Shakespeare's History Plays*, London: Chatto, 1944; Lily B. Campbell, *Shakespeare's "Histories": Mirrors of Elizabethan Policy*, San Marino, Calif.: Huntington Library, 1947。而与之相反,强调民族和口音非正统在戏剧中的暗示,参见 Michael Neill, "Broken English and Broken Irish: Nation, Language, and the Optic of Power in Shakespeare's Histories", *Shakespeare Quarterly* 45(1994):1—32, pp.18—22.

③ Lily B. Campbell, *Shakespeare's "Histories": Mirrors of Elizabethan Policy*, San Marino, Calif.: Huntington Library, 1947, p.255.

象……描述了英国国家中的单一权力源泉。"①凯恩斯和理查兹在1988年指出这是"在舞台上呈现同一英国民族国家的一次尝试"②。而帕特森指出:"比起莎士比亚的其他戏剧,更准确地说是其他的历史剧……《亨利五世》作品中自我赞同了戏剧的主题——君王贤明、国家一统、军事扩张——但却简单粗暴地将犬儒主义与神秘主义、理想主义分开。"③虽说批评家们有着不同的见解,但共同的主题都是国家民族。实际上在16世纪的不列颠群岛上,强大的联合王国尚未形成,以英格兰为主导的英国国族意识尚在建构之中,这一时期,英格兰、苏格兰、威尔士和爱尔兰四个民族呈现出微妙而复杂的民族关系和国族认同问题。在《亨利五世》中"邻里"字样先后出现过五次,从某种意义上说,该剧通过四位上尉展现了16世纪四个民族间复杂和微妙的邻里－民族关系。《亨利五世》中的四位上尉:弗罗伦、高厄、杰米和麦克摩里斯分别来自威尔士、英格兰、苏格兰和爱尔兰。文本中情节的铺陈和人物刻画鲜活地展现出16世纪英国各民族间的关系和国族认同。本章则试图从这四位英国不同民族的上尉入手,通过文本细读和同时代的语境考察,对四个具有差异的民族相互之间及与统一的不列颠国家民族之间的复杂关系进行探讨,以揭示莎士比亚在塑造不列颠性时所描绘的现实和理想,探讨作者所参与构建的国家民族观念。④

一、半殖民化的爱尔兰

在《亨利五世》的四位上尉中,形象最鲜明、争议最大的莫过于来自爱

---

① Jonathan Dollimore and Alan Sinfield, "History and Ideology: the Instance of *Henry V*", in John Drakakis, ed., *Alternative Shakespeares*, London: Methuen, 1985, pp. 206—227. 进一步的拓展参见 Alan Sinfield, *Faultlines: Cultural Materalism and the Politics of Dissident Reading*, Berkeley: University of California Press, 1992.

② David Cairns and Shaun Richards, *Writing Ireland: Colonialism, Nationalism, and Culture*, Manchester: Manchester University Press, 1988, p. 11.

③ Annabel Patterson, *Shakespeare and the Popular Voice*, Cambridge: Basil Blackwell, 1989, p. 72.

④ 狭义的 England 仅指英格兰,而 Britain Isles 则包含了英伦诸岛。直到 1707 年苏格兰和英格兰才正式合并,而直到 1801 年爱尔兰才并入联合王国(1921 年爱尔兰政府成立,只剩北爱尔兰)。有关 England, Britain 等称谓的演变详见 Krishan Kumar, *The Making of English National Identity*, Cambridge: Cambridge University Press, 2003, pp. 1—17.

尔兰的麦克摩里斯上尉。首先，他的勇猛和作战能力突出，深得公爵信任，也得到了其他人的尊敬。在著名的代表不列颠的不同民族的四个上尉出现的场景中，英格兰上尉高厄这样介绍爱尔兰上尉麦克摩里斯："这一次围攻，归格洛斯特公爵负责指挥；可是在他的背后呀，还有一个爱尔兰人——一位很勇敢的上等人，可不是，他说的话公爵没有不依的。"（608）其次，他性格急躁，一心攻城，对挖地道进展缓慢表示不满，也不屑于在关键时刻与弗罗伦辩论。他抗议挖地道工程的停滞："攻城正攻得激烈，喇叭又在号召我们向缺口冲去，而我们却空着一双手在谈心，我的天哪！这将是我们全体将士的耻辱！"（609）最后，他对自己的民族身份极为敏感。弗罗伦说道："麦克摩里斯上尉，我认为——你听着——说得不够地道的地方还请指正——你们这个民族并没有多少人……"（610）他的话立即引起了这个爱尔兰人的激烈反应："我们这个民族！我们这个民族又怎么样？真是个恶棍、杂种、奴才、流氓——我们这个民族又怎么样？有谁这么轻易提到我们这个民族的？"（610）

　　四个上尉出现的场景被认为是"莎士比亚对殖民化表述的最常被引证的章节"①。不单引出了麦克摩里斯的爱尔兰民族问题，同样也引出了其他国族问题。四位上尉是为君权和"不列颠"联盟服务的，帕克就将其视为"不像完整性的范例说明，而是对压制响应亨利团结号召下多种力量不团结和争吵的例证"②。这种批评立场在爱德华兹的文章中最为尖锐，"在爱尔兰人看来"，"应该这样解释'你们这个民族是否暗示着分裂的民族'？你是谁，一个威尔士人，居然说爱尔兰人是区别于你们的另一个民族？我和你同属于一个大家庭。其本质就是如此——激愤，一个威尔士人居然将爱尔兰排除在威尔士也明显隶属的不列颠民族之外"。③因此，爱德华兹将麦克摩里斯假设为联合主义者。但尼尔就不赞同其立场："对我而言几乎不可能完全正确理解麦克摩里斯，因为莎士比亚的描述就是

---

① David. J. Baker, "'Wildehirissheman': Colonialist Representation in Shakespeare's *Henry V*", *English Literary Renaissance* 22(1993):37—61, p. 43.

② Patricia Parker, *Shakespeare from the Margins: Language, Culture, Context*, Chicago: University of Chicago Press, 1996, p. 168, p. 181.

③ Philip Edwards, *Threshold of a Nation: A Study in English and Irish Drama*, pp. 75—76.

对于国族性的含糊不清。"①德克兰·凯伯德评论:"换句话说,麦克摩里斯认为没有爱尔兰民族——英国文学中爱尔兰人的出现都是其否定自身他者性的语言。"②换句话说,不管是弗罗伦还是麦克摩里斯都在否定自身的他者性。相反的是,多利莫尔和辛菲尔德则认为此幕"似乎在进行简单的合并,正如爱德华所言,爱尔兰人麦克摩里斯被塑造成抗议他不属于一个独特的国族",然而他们接着评论,"爱尔兰是个巨大的问题——埃塞克斯试图解决的问题",笨拙地站到了爱德华兹的一边。③ 大卫·贝克也这样阐释麦克摩里斯的问题:"麦克摩里斯似乎在问,当你没有明显国族意识时是属于一个国族的,但那些人坚持认为你是'爱尔兰人'但同时是殖民化的附属物、英格兰的从属品'爱尔兰'存在时,还是一个真正的民族吗?"贝克继续说道:"这一幕被英国权力所支配,只留下了一种声音","《亨利五世》中爱尔兰人麦克摩里斯、威尔士人弗罗伦和苏格兰人杰米及其他种族的口音,整个被吸收进入了殖民者的种族类型学(racial typology)并成为滑稽的讽刺画。"④

贝克试图解释弗罗伦的话是"语言殖民主义的行为":"他暗示着作为爱尔兰人的麦克摩里斯能够被命名和类型化……爱尔兰人和威尔士人一样,都在'改造之下'。而对殖民地本身而言,英语语言是作为否定殖民化的工具。"⑤同样麦克·克洛宁也指出弗罗伦的话表现出威尔士人"注意到在战场上并没有多少麦克摩里斯的'同族'"⑥。从弗罗伦被打断的问句和语境上看,都没有表明他会询问麦克摩里斯爱尔兰的人口或者在法国的爱尔兰人数量。似乎麦克摩里斯最终被"殖民主义者话语所定义",贝克指出:"到底谁是'麦克摩里斯'?谁是这个自我异国化的角色,一个

---

① Michael Neill, "Broken English and Broken Irish: Nation, Language, and the Optic of Power in Shakespeare's Histories", *Shakespeare Quarterly* 45(1994):1−32, p. 19.

② Declan Kiberd, *Inventing Ireland: The Literature of the Modern Nation*, London: Jonathan Cape,1995, p. 12,p. 13.

③ Jonathan Dollimore and Alan Sinfield, "History and Ideology: The Instance of *Henry V*", p. 224.

④ David. J. Baker, "'Wildehirissheman': Colonialist Representation in Shakespeare's *Henry V*", pp. 44−45.

⑤ Ibid., pp. 46−47.

⑥ Michael Cronin, "Rug-headed Kerns Speaking Tongues: Shakespeare, Translation and the Irish Language", in M. T. Burnett and R. Wray, eds., *Shakespeare and Ireland*, London: Macmillan,1997, pp. 193−212.

英国军队中的外国人,他所谓的'民族'是什么?他用了英语术语来表示爱尔兰语的同义词?或者他现在说话像个英国人,用地方口音破坏语言?"①

我们看到麦克摩里斯的反诘方式相当奇怪。哈德菲尔德问道:"他是否在拒绝其爱尔兰性并强调与其他共同战斗的不列颠人团结一致?或者他参与了对自身国族身份定义的攻击并维护爱尔兰人对英国/不列颠君王的忠诚?"②其实正如爱德华兹指出中心问题的主体"恶棍、杂种、奴才、流氓""可能是爱尔兰、麦克摩里斯或弗罗伦"。③贝克把英格兰也加入进去,认为"'麦克摩里斯'肯定的声音在话语的多方向中转移"④。而格尔也指出:"麦克摩里斯的爆发……可以说符合其在英国军队中的角色,也符合其爱尔兰性。雇佣兵都被当做恶棍、杂种、奴才、流氓,没有国族归属,就像法国的传令官将雇佣兵排除在法军死亡战报之外一样。"⑤此剧中舞台上的爱尔兰人麦克摩里斯更是一个复杂的角色,即便他"深谙用兵之道"也被同僚贬为"驴子"。对公爵而言他是有价值的,对高厄而言他是勇士,对弗罗伦而言是和他一样的好汉。批评家们则将他视为典型的戏剧角色,一个"必须被吸收和转变成英国殖民权力比喻的野蛮人,从这点来看,麦克摩里斯所呈现的威胁是一种猛烈的批判"⑥。尼尔就将其视为"必须从行动中消失"的"颠覆性"影响——因为他的失败需要修复,但是

---

① David. J. Baker, "'Wildehirissheman': Colonialist Representation in Shakespeare's *Henry V*", p. 48.

② Andrew Hadfield, "'Hitherto she ne're could fancy him': Shakespeare's 'British' Plays and the Exclusion of Ireland", in M. T. Burnett and R. Wray, eds., *Shakespeare and Ireland*, London: Macmillan, 1997, pp. 47—67.

③ Philip Edwards, *Threshold of a Nation: A Study in English and Irish Drama*, pp. 248—249.

④ David. J. Baker, "'Wildehirissheman': Colonialist Representation in Shakespeare's *Henry V*", p. 48.

⑤ Andrew Gurr, "Why Captain Jamy in *Henry V*?", *Archiv fur das Studium der Neuren Sprachenuns Literaturen* 226. 2(1989):365—373, p. 372.

⑥ David. J. Baker, "'Wildehirissheman': Colonialist Representation in Shakespeare's *Henry V*", p. 50.

不是戏剧性的而是批判性的驱逐。① 安德鲁·墨菲指出:"我们看到英国军队中……将国族作为一个整体,因为其成员包括了英格兰、威尔士、苏格兰与爱尔兰的代表。"②多利莫尔和辛菲尔德指出:"爱尔兰、威尔士、苏格兰士兵代表的不是他们各自国家与英格兰的疏远关系,而是一个理想的边缘对中心的顺从。"③阿特曼也认为"观众希望看到国王大臣剧团的戏,因为他们在伦敦上演法兰西时被1599年春天的爱尔兰事件所影响……",暗示着"观众对声名狼藉的野蛮邻居的根深蒂固的担忧"。④ 但莎士比亚所塑造的被英国公爵和英国同僚所赞颂的爱尔兰上尉却更多强调大英格兰民族观即不列颠性,消解着英格兰人的文化焦虑。

二、同化的威尔士

麦克摩里斯短暂出场后,最终由于侮辱和口吃的问题消失在舞台。健谈的弗罗伦则以亲切的英国口音讲述着军事政策、纪律和战略方面的事,他确实是"精通打仗"(681)。弗罗伦是以健谈的威尔士人形象出现的,熟悉强势的英语,从某种程度上说他所代表的国族已经多多少少成功地融入了英格兰。正如托马斯·怀特在1601年写道,"我们……威尔士人","当他们去伦敦时,是非常简单和粗放的,但后来通过交流和经历其他人的行为举止,他们变得非常聪明、明智。"⑤因此,实际上《亨利五世》中的弗罗伦比起麦克摩里斯更值得信任,因为他的语言能够缓和1599年英国国族间的矛盾。在16世纪晚期和17世纪早期,威尔士成为反映国家形成的中心:"由于威尔士与英格兰经济融为一体,法令文化和英格兰新教主义在威尔士广为传播,威尔士精英融入英格兰西部社会,威尔士是

---

① Michael Neill, "*Henry V*: A Modern Perspective", in B. A. Mowat and P. Werstine, eds., *Henry V*: *The New Folger Library Shakespeare*, New York: Washington Square Press, 1995, pp. 253—278; T. L. Berger, "The Disappearance of Macmorris in Shakespeare's *Henry V*", *Renaissance Papers* (1985):13—26.

② Andrew Murphy, "Shakespeare's Irish History", *Literature and History* 5(1996): 38—59, p. 51.

③ Jonathan Dollimore and Alan Sinfield, "History and Ideology: The Instance of *Henry V*", p. 217.

④ J. B. Altman, "'Vile Participation': The Amplification of Violence in the Theatre of *Henry V*", *Shakespeare Quarterly* 42(1991):1—32, p. 7.

⑤ David Beers Quinn, *The Elizabethans and the Irish*, p. 13.

整个岛屿反抗最少的地区,种种成功的例子让英国人认为这就是英格兰与苏格兰联合的典范。"① 莎士比亚写作《亨利五世》的四十余年前,巴特利就描述了同时代英国人眼中的早期现代威尔士。相对便利、舒适的威尔士—英格兰交通让两方交流更容易,"使英国人从两方面看待威尔士人:既是外省人又是外国人;是最偏远和奇怪的外省人,也是最近、最亲切的外国人"②。这种描述或类似表达得到了历史学家的认同,"威尔士人","在英国人看来比外省人奇怪,但比外国人更亲切和熟悉"③。或"最接近、最熟悉的外国人……最偏远、最古怪的外省人"④。巴特利的比喻恰到好处地抓住了此时英格兰人和威尔士人关系的矛盾心理,表明人们认识到两者的相同和差异之处,很好地体现了这一时期两者的平衡。但在埃塞克斯败归且带着那些"狂躁且野心勃勃的威尔士士兵"回到伦敦时,气氛顿时紧张起来。⑤ 倘若英国性有赖于其稳定性和哈德菲尔德他们所认为属于爱尔兰的"一系列消极想象"定义的话,那么一个"他者"就必须是"奇怪"而"熟悉"的,这说明这比《亨利五世》中大部分英国观众可以接受的关系更为复杂。

但另一方面,弗罗伦的盎格鲁—威尔士混杂的语言也使他积累了一种"威尔士性",这或许是由混乱的不列颠历史造成的。正如弗罗伦指出,"过去"和"现在"在政治不稳定状态下的并举能够暗示威尔士国族隐秘的威胁。通过描述弗罗伦对过去的沉溺,莎士比亚利用了当时闻名的盎格鲁—威尔士人的特质。威廉姆斯指出,即便早期现代的威尔士被并入了英国版图,他们仍将自己视为"原初独立而至高无上的不列颠身份"的继承人。这里"不列颠"是关键词。20世纪一位威尔士编年史家及后来的都铎编年史家都提出了"神话历史将特洛伊的布鲁特斯视为不列颠的祖先,而建立独立基督教的约瑟夫,被烧死在……格拉斯顿堡(位于英格兰

---

① John Morrill, "The Fashioning of Britain", in Steven G. Ellis and Sarah Barber, eds., *Conquest & Union: Fashioning a British State, 1485—1725*, London and New York: Longman, 1995, pp. 8—39.

② J. O. Bartley, *Teague, Shenkin, and Sawney*, Cork: Cork University Press, 1954, p. 48.

③ Penry Williams, "The Welsh Borderland Under Queen Elizabeth", *Welsh History Review* 1(1960):19—36, p. 33.

④ Glanmor Williams, *Renewal and Reformation: Wales c. 1415—1642*, Oxford: Clarendon Press, 1987, p. 464.

⑤ Ibid., p. 466.

西南)。不列颠的亚瑟将其视为不列颠伟大的英雄"①。这里的历史早于英国对威尔士人的入侵并将威尔士人看作"不列颠最古老、最辉煌、最真实的居民,因此依然有最好的大义来统治整个岛屿"②。尽管弗罗伦自己完全没有提到这段威尔士的历史,但有趣的是英格兰人提到了。这种地理历史学在高厄警告毕斯托尔时所说的"古老的习俗"(696)中得到体现;毕斯托尔通过称呼弗罗伦"下贱的外国蛮子(低劣的特洛伊人)"(694)而激起决斗,"特洛伊人"正是特洛伊的布鲁特斯的血统。尽管弗罗伦自己的历史回忆已抛弃了古老的希腊和罗马,但却在英国王室的历史中提及:"你那大名鼎鼎的祖父——请陛下原谅我这么说——还有你那叔祖'威尔士黑太子'爱德华,在这儿法兰西——我曾经从历史上读到——狠狠地打了一仗。"(679)他对过去的借用因此富含英国和皇家的编年史。但即便弗罗伦的历史知识是保皇主义者撰写的,也不会省略某些威尔士神话史及其激发的威尔士性,因为从某种程度上讲,伊丽莎白时期的皇家历史就是威尔士历史。

正如弗罗伦说,他效力于亨利五世的英格兰王国,他的骄傲也是其军队的骄傲,每一句都在表明心迹。所有的追随者都是杰出的、值得赞颂的。他告诉高厄:"埃克塞德公爵就跟阿伽门农一样伟大;这个人呀,我又敬又爱——我把我的灵魂、我的心、我的责任、我这条命,以及我的生活,连吃奶的力气都一股脑儿放在对他的敬爱上了……桥头上有一个旗官中尉,我从心里认为,他就像是马克·安东尼,好一条汉子,何况他还是无足轻重的人哪——可是我亲眼看到他立下不少的战功呢。"(622)但另一方面,弗罗伦对历史的利用别有用心,他的狂热不能被视为政治的无知和天真,而是坚信不列颠的威尔士基础,他的类比和对他人的赞扬会作为历史的脚注,并揭示伊丽莎白一世时期英格兰治下不列颠性书写下的威尔士根基。正如弗罗伦所讲,他所知道的过去和神话、合法性现在都隶属于不列颠王。亨利五世告诉弗罗伦:"好乡亲,你明白,我是个威尔士人。"(679)弗罗伦高兴地回应:"任凭韦河里有多少水,也不能冲洗掉陛下身子里的威尔士血液",他紧跟着提醒亨利:"假使老天爷乐意……耶稣在上,我是陛下的乡亲,我不怕人家知道这回事!我倒愿意把这话对普天下的

---

① Gwyn Williams, *Madoc*: *The Making of a Myth*, London: Eyre Methuen, 1979, p. 35.

② Glanmor Williams, *Renewal and Reformation*: *Wales c.1415—1642*, p. 452.

人讲呢。赞美上帝,只要陛下始终是个正人君子,我干吗只因为跟陛下有了这份乡谊而害臊呢?"(680)虽然并不清晰,《亨利五世》中英国王室权力中的威尔士根源出现了,这足够延缓一个真正不列颠君王出身的问题。

因此,当我们被告知此剧促进了英国君王聚集不列颠人们时,我们需要记得不列颠这个群体并非只是精准地被王室政权所控制,也没有必要对政权逢迎。"新的不列颠性""不可避免地从拥有最直系继承者和最初的威尔士人那里汲取口音和色彩"。[1] 因此莎士比亚的确有可能在对伊丽莎白一世的忠诚下,写下此剧提供给伦敦观众以整个不列颠的视角。但是这一联合的名义已经假定了王国的分裂,弗罗伦所代表的威尔士既为不列颠的基石,同时也具备着某种颠覆力量。

三、联合的苏格兰

在《亨利五世》第一幕第二场中,坎特伯雷大主教在有名的发言中将英格兰的统治比作一个蜂巢,他告诉亨利王蜜蜂是"这一种昆虫,凭自己天性中的规律把秩序的法则教给万民之邦"。他由此得出结论,就像昆虫为了同一种目标而"欲求不断","许许多多的事情,只要目标一致,不妨分头进行"。(561—562)正如后来的批评家认为的那样,坎特伯雷大主教认为在这部戏剧中英国的国家权力有着尊贵的完整性,尽管有着明显的矛盾。但我们要注意的是这种"英格兰"的整体性之定义是有赖于外部他者威胁的,是不完全的、有省略的。坎特伯雷大主教所塑造的蜂巢似的英国国家的状态是国王忧虑国境上"行踪飘忽的盗寇",特别是"苏格兰",倘若英格兰毫无防备,他们会"像潮水般涌向缺口,乘虚而入;袭击那兵力单薄的土地,围困住堡垒,猛攻着城关"。(558—559)威斯摩兰提醒亨利:"要是你想把法兰西战胜,就先得收服那苏格兰人。英格兰猛鹰一旦飞去觅食了,苏格兰那头鼬鼠会偷偷地跑来,到它那没谁保护的窠巢里偷吃它尊贵的卵。正所谓猫儿不在就是耗子的天下。"(560)正如戈德伯格认为的那样,在这一幕中"权力在发声"[2]。亨利清晰地用"连篇累牍的历史"

---

[1] Gwyn Williams, *Madoc: The Making of a Myth*, p.36.
[2] Jonathan Goldberg, "Shakespeare Inscriptions: The Voicing of Power", in Patricia Parker and Geoffrey Hartman, eds., *Shakespeare and the Question of Theory*, London: Methuen, 1985, pp.116—137.

(563)表明了他的皇室特权,即超越了领土主权进行征服和书写历史(从今天直到世界末日[663])的雄心壮志。他的主权之声宣布不愿忍受任何其他的竞争者,他的"历史"将得到"夸耀"(563),他将建立其英国的统治,其他妨碍之声,将从"广大富足的帝国"上消失(563)。但是亨利要实现理想中的帝国统治就必须清除一切障碍,即便在大不列颠范围内,还存在着劫掠的苏格兰这一军事力量。亨利对着他的英国听众将苏格兰描述为旗鼓相当的对手,是他们权力的危险假想敌。这种不列颠内部的你争我夺可以抵抗——"战友们,再接再厉,向缺口冲去吧。"(602)却不能被忘记。但是莎士比亚后来对苏格兰代表杰米上尉的描述则突然转变了态度。莎士比亚借弗罗伦之口称赞他是"了不起的上等人,勇敢得很呢……一肚子全是古代打仗的知识和经验,老天哪,他谈起古罗马人用兵之道来,天下随便哪个当兵的都别想驳倒他"(608)。杰米骁勇善战,一心为国征战:"大丈夫视死如归,我就该这么着。"(610)

  那么,到底是什么让亨利如此焦虑劫掠的苏格兰,而且在剧中对苏格兰和苏格兰人的典型代表杰米上尉有着矛盾的描述呢? 实际上在《亨利五世》初次上演的1599年,随着伊丽莎白一世身体逐渐衰老,苏格兰国王詹姆斯六世即位的形势愈发明朗。正是1599年左右的五年间,苏格兰人随着詹姆斯一世加冕"如潮水般涌入"英格兰。詹姆斯一世大方地提拔、赞助苏格兰人,以至于有英格兰人抱怨自己要"忍受像蝗虫一样的苏格兰人吞噬着王国;他们由是变得富有而傲慢,因为没有给他们任何制约"[①]。对詹姆斯一世而言,苏格兰人在英格兰的出现不仅显示了英格兰身体政治完整性的破坏,也显示出更大程度的融合,即"大不列颠"的恢复。他在国会宣称:"我是头颅……而整个大不列颠……是我的身体","我是头,应该有分明而巨大的身躯……我祈祷你不仅仅是(苏格兰和英格兰)王国君主的肇端,身体不能离开头颅……王国的任何荣誉和权利都不能从其主权上割裂开;因此它们成为我个体的一部分,就像我成为你们的头颅一样。"因此使者带来伊丽莎白一世女王临终遗言时称呼詹姆斯为"英格兰、苏格兰、法兰西和爱尔兰"的君主[②],让不列颠群岛的民众在其统治下成

[①] G. P. V. Akrigg, *Jacobean Pageant, or the Court of King James I*, 1962, reprint, New York: Atheneum, 1967, p. 49.

[②] Ibid., p. 3.

为有形的资产。① 1604 年,他宣布"终止英格兰和苏格兰的称呼划分……重拾旧名大不列颠国王,包含整个大不列颠群岛"②。但正如詹姆斯一世已经察觉,他很难将两者相融,英国的"身体"将依旧"分裂"。尽管他致力于成为"联合王国之王",但经历了统治早期的努力后,却被其家乡苏格兰的怀疑以及国会两院的"微妙、强烈而持续的反对"所中断。③ 当然原因多样:法律冲突、经济阻碍、纯粹排外情绪(苏格兰、英格兰互不相容)。同时詹姆斯一世希望一个统一的不列颠联合王国"将走向成熟,必须一步一步消除民族区分",但时间却加剧了冲突。《亨利五世》所表现的异常敌意就体现在英格兰人觉得苏格兰会"趁此大好机会,向我们的国境入侵"(558)。这种敌视一直存在。直到詹姆斯一世统治 20 年后,时事评论小册子仍告诉他:"他们嘲笑你的'大不列颠(Great Britain)'。"④

因此这一幕预示着不和谐将粉碎詹姆斯一直的计划并推迟苏格兰和英格兰形成联合整体直到下个世纪中叶,描绘了一位跨民族的君王流露出的在世纪之交对不列颠民族国家艰难构建的压力。⑤ 正如他的计划,莎士比亚笔下的亨利五世的政治是不列颠的,但并非易事。他认识到不列颠的统治支配优势在英格兰南部和东部地区并不必要,但可以往北向"始终是我们的居心叵测邻居"(559)苏格兰移动。或者说来自北方的攻击会侵犯其统治,就像苏格兰对他曾祖父的攻击一样,"英格兰因为不曾设防,只落得在这奸刁的乡邻前打战与发抖"(559)。他知道英格兰的边界是模糊而易渗透的。坎特伯雷大主教向他保证:"守卫边境的战士,就是一堵墙,足以抵抗北方的跳梁小丑,保障国内的安宁。"(558)但是亨利

---

① Charles H. McIlwain, *The Political Works of James I*, Cambridge: Harvard University Press, 1918, p. 272.

② "A Proclamation concerning the Kings Majesties Stile, of King of Great Britain, &c.", *Stuart Royal Proclamations*, Vol. I, Ed. James F. Larkin and Paul L. Hughes, Oxford: Oxford University Press, 1973, p. 96.

③ D. H. Willson, "King James I and Anglo-Scottish Unity", in William A. Aiken and Basil D. Henning, eds., *Conflict in Stuart England: Essays in Honour of Wallace Notestein*, New York: New York University Press, 1960, pp. 41—55.

④ Brian P. Levack, *The Formation of the British State: England, Scotland, and the Union 1603—1707*, Oxford: Clarendon Press, 1987, p. 189.

⑤ Christopher Ivic, "'Bastard Normans, Norman Bastards': Anomalous Identities in *The Life of Henry the Fifth*", in Willy Maley and Philip Schwyzer, eds., *Shakespeare and Wales: From the Marches to the Assembly*, Burlington: Ashgate, 2010, pp. 75—91.

似乎认识到行军就是"战争区域"。一位历史学家指出,这是"国王……仅在全副武装时才能彰显其存在"的地方,也是"权力结构立即属于他"的地方。① 可见亨利五世与詹姆斯一世的状况截然不同,因为他所统治的疆域是不同部分构成的不稳定的混合物,显然在作家和同时代观众看来,苏格兰及苏格兰人依然是既要联合也要戒备的对象。

因此依笔者看来,历史剧《亨利五世》至少有三层含义:首先,表面上看是歌颂贤明君王亨利五世,激发英国人(特别是英格兰人)的爱国热情。其次,四位来自不列颠岛屿不同民族的上尉暗示着不列颠各民族之间复杂的矛盾关系。最后,体现出剧作家希望英伦诸岛能在不列颠的名义下形成统一的大不列颠国家民族的殷切希望。正如马斯指出,亨利五世将他们集结在一起——不是通过均匀化他们的差异,而是即便在相互激烈争吵时激发忠诚。莎士比亚声称亨利在阿金库尔的胜利是不列颠群岛所有人的胜利。② 这三点均和当时的政治、军事时局息息相关——埃塞克斯远征爱尔兰、伊丽莎白一世的继承人问题等,我们不得不感叹莎士比亚对时局的精准把握。既然在威尔士出生的亨利五世能在外敌法国的威胁下以统一的不列颠军队出征,那么在苏格兰出生的詹姆斯一世同样也能如此,但事实证明强行的联合是没有太大意义的,詹姆斯一世的联合计划失败了。然而这种努力也起到了一定的作用,我们看到最终出现在世人面前的是"大英帝国"。这部戏剧深刻地反映了英格兰与爱尔兰、苏格兰、威尔士过去的关系,同时也反映了 16 世纪晚期和 17 世纪早期跨越大西洋群岛(Atlantic archipelago)国家形成的动力。③ 梅利指出:"对爱尔兰、苏格兰和威尔士的戏剧化驯服预示着对它们的政治驯化。因此历史剧成为预言书。"④但在笔者看来,实际上以"融合"替代"驯化"更为合适,因为在剧作家看来联合统一的大不列颠国家民族形成的基石并非是君主统治

---

① J. G. A. Pocock, "Limits and Divisions of British History: In Search of the Unknown Subject", *American Historical Review* 87(1982):311—336, p. 322.

② Stephen Greenblatt, ed., *The Norton Shakespeare* (second edition), New York & London: W. W. Norton & Company, 2008, pp. 1475—1476.

③ Christopher Ivic, "'Bastard Normans, Norman Bastards': Anomalous Identities in *The Life of Henry the Fifth*", p. 82.

④ Willy Maley, "'This Sceptred Isle': Shakespeare and the British Problem", in John Joughin, ed., *Shakespeare and National Culture*, Manchester: Manchester University Press, 1997, pp. 83—108.

所强行赋予的,而是以英语为共同语言、各民族间相互融合、拥有部分相同文化而形成的现代意义上的国家民族。而贝克则指出:"王权力量的发声让步于一个散漫的异质性,质询了自我,并发现自己不能维持其最初坚持的区别。"① 四位不同民族的上尉的共同基础就是英语,不论是爱尔兰人麦克摩里斯的蹩脚英语还是其他人比较地道的英语,正说明了他们或许都是"一模一样的好汉",潜在的说辞或许就是,他们都是带有部分英格兰血统的混血人,这从侧面说明了不列颠性形成的某个特殊条件,即民族间的融合,而带有各个地方口音的英语也正是他们融合的另一明证。剧中各民族的矛盾和统一恰恰说明了现代意义上的国家民族,特别是多民族的国家民族的形成是一个漫长、持续而未完成的过程,过去是,现在是,将来或许还是。

---

① David J. Baker, *Between Nations: Shakespeare, Spenser, Marvell, and the Question of Britain*, Stanford: Stanford University Press, 1997, p.37.

第十四章

莎士比亚戏剧中的服装、抑奢法与国族性

　　服装,作为日常生活的一部分,是人们生活的基本使用物品。而服装的文化表征意义在不同的历史时期和阶层呈现不同的面貌。诚如史学家布罗代尔所言:"一部服饰史所涵盖的问题包括了原料、工艺、成本、文化性格、流行时尚与社会阶级制度等。"①莎士比亚所在的都铎王朝时期,英国正开始从封建中世纪国家向早期现代国家转型,旧的、传统的服装文化受到上升阶层(如绅士、商人等)的挑战,因为随着经济地位的提升,其改变社会地位的愿望更为强烈,而欧陆国家的服装文化也随着贸易渗入英国。戏剧作为高度凝练的生活艺术,对我们理解这一时期的社会状况有重要意义。彼得·斯塔利布拉斯(Peter Stallybrass)和安·罗莎琳德·琼斯(Ann Rosalind Jones)在《文艺复兴时期的服装和记忆材料》(*Renaissance Clothing and the Materials of Memory*)一书中更是强调了莎士比亚戏剧中

---

① 费尔南·布罗代尔:《15 至 18 世纪的物质文明、经济和资本主义》第一卷,顾良、施康强译,北京:生活·读书·新知三联书店,1992 年,第 367 页。

服装的重要性,认为服装"是舞台的中心,如果我们不对其了解,就不能了解行为、角色、剧场,甚至社会结构,于是不能理解戏剧"①。本章拟以莎士比亚戏剧为例,指出服装在戏剧中所表现的重要象征意义,联系当时的抑奢法,表现莎士比亚对服装的观点,并指出服装对排斥外来文化影响、巩固英国国族性的重要性。

一、服装与剧团

威尼斯大使馆的牧师于1617年观看了一场戏,他不懂英语,但仍然"通过欣赏演员异常华丽和昂贵的服装"获得了"愉悦"。② 可见服装对于舞台演出乃至剧团而言相当重要。

首先我们必须了解服装的价值,一部作品中服装是花费最多的部分。本特利(G. E. Bentley)指出:"每一部新戏都是一场赌博,因为它可能会票房惨败,而付给作家的稿费则会成为剧团最大的损失。而另一方面,一件好的服装则会在不同的戏剧中使用多年,不管当初购买时它是一个长期的成功品或完全失败品。"③就当时的状况而言,剧团通常在制作服装上的花费远远超过给剧作家的稿费。一个特别的例子是1598年乔治·查普曼(George Chapman)为一部名为《新时尚的源泉》(*The Fountain of New Fashions*)的戏剧付了6镑,但这部戏的服装花费达到了60镑,仅购买一件斗篷的花费就有19镑。④ "对这个时代任何剧团的演员而言,最贵的花费就是购买服装了。"⑤同时代的演员爱德华·阿莱恩(Edward Alleyn),海军大臣剧团的男主角,拥有一件"黑丝天鹅绒的外衣,袖口上是金线和银线的刺绣",花了他20镑10先令6便士,超过了莎士比亚在

---

① Peter Stallybrass, "Worn Worlds: Clothes and Identity on the Renaissance Stage", in Margreta de Grazia, Maureen Quilligan, and Peter Stallybrass, eds., *Subject and Object in Renaissance Culture*, New York: Cambridge University Press, 1996, p. 315.

② Quoted in Alexander Leggatt, *Jacobean Public Theatre*, London: Routledge, 1992, p. 54.

③ G. E. Bentley, *The Profession of Dramatist in Shakespeare's Time*, 1590—1642, Princeton: Princeton University Press, 1971, pp. 88—89.

④ R. A. Foakes, ed., *Henslowe's Diary* (second edition), Cambridge: Cambridge University Press, 2002, pp. 99—102; Jean MacIntyre, *Costumes and Scripts on the Elizabethan Stage*, Alberta: University of Alberta Press, 1992, p. 87.

⑤ G. E. Bentley, *The Profession of Player in Shakespeare's Time*, 1590—1642, p. 88.

老家购买房屋的费用的三分之一。① 于是瑟拉萨诺(S. P. Cerasano)评论说,玫瑰剧院舞台上所有的服装似乎和剧场本身的价值相差无几,甚至超过了剧场的价值。② 所以伊丽莎白时期的舞台演出中,剧团对服装尤为注重,服装(戏服)被列在投资单上作为剧团最有价值的资金投入项目。作为海军大臣剧团的经营者,菲利普·亨斯洛从服装市场和当铺购买了大量新的或二手的服装,当不能从这两处获得合适的服装时就找裁缝制作。1600 年亨斯洛付给一位裁缝 3 镑用于制作一部现已失传的戏剧《来自波兰的新闻》(News out of Poland)中使用的波兰式样的外套,又用了 21 镑制作含天鹅绒、缎子、塔夫绸等材料的红衣主教的外套用于另一部失传的戏剧《红衣主教沃尔西》(Cardinal Wolsey, 1600)。③

一个剧团的规模不单单是由人数决定的,很大程度上是由其积累的服装所决定的。剧史学家简·麦克英泰尔(Jean MacIntyre)研究认为:"一个小剧团能够扮演的角色多少不是由演员多少来确定的,而是由其所拥有的服装来决定的。"④ 而"莎士比亚对服装经济的关注异乎寻常。他的双倍方案允许用最小数量的演员表演最大数量的角色。"久而久之,随着商业剧团的兴起和在大规模场面上投资的增加,服装储藏量和使用率也在增加。1588 年,女王剧团几乎不能想象 25 年后在莎士比亚的《亨利八世》华丽壮观的场景中所穿着的精美服装,那是一笔巨大的财富。⑤ 由此可见,剧团的兴衰往往跟服装的多寡息息相关。于是当弗朗西斯·兰利(Francis Langley)于 1586 年修建天鹅剧院(The Swan)时,一开始就用了 300 镑为演员购买服装。如果剧团倒闭了,他们可以通过售卖服装偿还债务。彭布罗克伯爵剧团(The Earl of Pembroke's Men)在 1593 年倒闭,六个合伙人将剧团服装以 80 镑卖出平分。而 1615 年伊丽莎白夫人剧团(Lady Elizabeth's Men)和亨斯洛发生官司,原因就在于他被控告私

---

① Andrew Gurr, *The Shakespearean Stage 1574—1642* (second edition), Cambridge: Cambridge University Press, 1980, p.178.

② S. P. Cerasano, "'Borrowed Robes', Costume Prices, and the Drawing of *Titus Andronicus*", *Shakespeare Studies* 22(1994): 45—57, p.51.

③ 菲利普·亨斯洛是当时玫瑰剧场(The Rose)和鸿运剧场(The Fortune)的经营者,同样也是典当商人。Arthur F. Kinney, *Shakespeare by Stages: An Historical Introduction*, Oxford: Blackwell Publishing, 2003, p.98.

④ Jean MacIntyre, *Costumes and Scripts on the Elizabethan Stage*, p.31.

⑤ Ibid., pp.140—141, p.319.

自出售了属于剧团的"价值 10 镑的旧服装",以 63 镑的高价购买市价 40 镑的衣服等。两年之后,克里斯多夫·比斯顿(Christopher Beeston)被女王剧团成员指控贪污服装,将剧团的服装私自卖给其他剧团或供自己穿着。但这些人从事服装生意也并不奇怪,兰利是布庄的成员,在 1585 年被法庭参议院任命为毛织品检验官,负责查验毛织品的质量、规格和重量。亨斯洛是一家染坊的合伙人,生产浆衣服的淀粉浆,而且是典当商。演员爱德华·阿莱恩退休之后,在修建和租赁剧场的同时也在进行服装买卖。莎士比亚自己也是手套商的儿子。① 而且正因为服装的贵重价值,专业剧团专门请人(clothes keeper)来保管服装,这些人一般是裁缝或裁缝学徒,因此在保管的同时也兼顾改造、缝补服装。1601 年,菲利普·亨斯洛就用了 6 先令 7 便士来缝补一件"被老鼠咬坏"的茶色外套。除了服装保管人之外,他还要代表演员和剧团支付大量的钱给裁缝、绸缎商人、帽子商等。换句话说,服装使得围绕剧场形成了严密的劳动力和产业市场。就像斯塔利布拉斯指出的那样:"对商业剧团而言,服装市场极为重要,或者换句话说,剧场是服装贸易新的、特殊的发展和延伸。"② 他将服装放在首位,将剧场视为早期现代伦敦服装的流通所带来的结果。

对演员和剧团经营者而言,还有另一种具有保护象征意义的服装——贵族仆人的服装。1572 年一项旨在控制流浪的新法案正式通过。其中有许多条款都为演员提供了法律保护——但是,除那些"本国贵族的奴仆"或者"其他有社会地位的人"之外,其余一概以流民论处,严惩不贷。当时海军大臣剧团的五六位演员向女王宠臣莱斯特伯爵(Earl of Leicester)请愿,要求对剧团重新予以保护,并提出:"把我们当成您的家庭奴仆和日常佣人,我们的意图并不是要再从您那里得到薪俸或者好处,而是我们的制服(号衣)。"因此,在伊丽莎白时代,一直流传着这样一个典型的传说,当时中产阶级反对演员,是因为他们作为穿着制服的仆人,装扮成"绅士"。③ 而莎士比亚所在的国王供奉剧团全体成员也属于詹姆斯一世的仆人,国王供奉剧团每隔一年在复活节上都会受到赏赐,每个团员

---

① Ann Rosalind Jones and Peter Stallybrass, *Renaissance Clothing and the Materials of Memory*, Cambridge: Cambridge University Press, 2000, pp. 179—180.
② Ibid., p. 176.
③ Simon Trussler, *The Cambridge Illustrated History of British Theatre*, Cambridge: Cambridge University Press, 2000, p. 69, p. 74.

有三码(九英尺)的猩红色布用于制作外套和四分之一码的绯红色天鹅绒用于制作斗篷。因此制服被认为是合法的保护伞,由于穿着皇室制服,国王供奉剧团受到了政府的保护。①

可见对于一个剧团而言,戏内的服装是演出的重要道具和财富,戏外的服装也对演出活动和剧场经营有着重要意义。

二、服装与性别

安德鲁·格尔(Andrew Gurr)和马里科·市川(Mariko Ichikawa)指出:"戏剧的骗局很大程度上可以说是服装的问题。而观众将短暂的视觉接受当做戏剧的真实。"②在上演莎士比亚戏剧的演员登台说出台词之前,观众首先看到的是他的衣着,并由此判定他的角色和性别,因为它表明了早期现代英国观众所接受的服装文化,也是社会意义在表演中的构建结果。但是由于所有公共剧场的演员都是男性,所以服装不仅反映也定义了表演中的性别。③正如斯蒂芬·奥格尔(Stephen Orgel)所说:"服装定义了男人,服装定义了女人,服装是本质核心。"④于是在观看《罗密欧与朱丽叶》时,我们一开始就知道穿着男人衣服的是罗密欧,穿着女人衣服的是朱丽叶,因为莎士比亚时代舞台上的所有演员的生理特征都是男性,所以他们的角色性别仅仅由其穿着的服装所决定。而且莎士比亚的戏剧中有好几位女主人公改扮成小伙子,取得巨大的戏剧效果,这些都清楚地显示出服装对性别表达的重要作用。

《辛白林》中依摩根准备由山路去投奔正在向不列颠进发的罗马军队,皮萨尼奥给依摩根出主意:"首先,要外表像个男人。我事先已想好,早已在衣包里准备了紧身上衣、帽子、紧身裤,穿上了准像男人。"(242)后

---

① Peter Stallybrass, "Worn Worlds: Clothes and Identity on the Renaissance Stage", p. 293.
② Andrew Gurr and Mariko Ichikawa, *Staging in Shakespeare's Theatres*, Oxford: Oxford University Press, 2000, p. 53.
③ 在早期的英国戏剧历史上,台上的演员均为男性,通常由男童扮演女角,直到斯图亚特王朝王政复辟时期的1660年,才出现第一位职业女演员玛格丽特·休斯(Margaret Hughes)。See Frank Ernest Halliday, *A Shakespeare Companion 1564—1964*, Baltimore: Penguin, 1964, p. 347.
④ Stephen Orgel, *Impersonations: The Performance of Gender in Shakespeare's England*, New York: Cambridge University Press, 1996, p. 104.

来被英军俘虏，但是连她的亲生父亲辛白林都认不出她，只是说："我见过他。这容貌我看着十分熟悉。凭你的模样儿就赢得了我的好感。"（313）甚至其丈夫也识别不出。《皆大欢喜》中，罗瑟琳女扮男装本是出于无奈，因为"两个姑娘家，赶好远的路！美貌比金银更招惹强盗的打劫。"于是她宣称："我不妨从头到脚，一身打扮像个男子汉，腰里插一把挺神气的匕首，手拿猎野猪的长枪；尽管内心隐藏着女人家的惊慌，外表上却神气活现。"（208）她马甲长裤的男性装扮一直持续到最后大团圆，可见服装的掩饰作用。而罗瑟琳也知道自己"穿着这身马甲、长裤怎么见得人"，不清楚自己的情哥儿奥兰多"知道不知道我来到了这林子里，我穿的是男人的衣服？"（249）同样在《第十二夜》中薇奥拉遇到了海难，选择脱下"闺女穿的服装"（474），穿着男装改名西萨里奥进入公爵府。虽然公爵认为"戴安娜的嘴唇也没你那么红润柔滑，你尖尖的嗓子，像少女细声细气地在吐清音。你那模样儿简直像一个大姑娘"，可薇奥拉的男装仍然让公爵把她"看成了一个男子汉"（359）。并派这个"面目清秀的小伙子"前去向奥利维雅求婚。在《第十二夜》的结尾，尽管薇奥拉的真实身份暴露，奥西诺仍称呼其为西萨里奥，他将继续这一称呼，直到她恢复女装，只有如此才能转换成一个女人："西萨里奥，来吧——我只能这么称呼你，你还是个男子呢；等你又拿起了衣裙，换一身女装，你就是奥西诺的爱妻，爱妻的女王。"（480）而在《维罗纳二绅士》中，朱莉娅"打扮成一个很体面的侍童"，女仆卢塞塔还开玩笑说裤子"要一个装饰性垂片"，因为"紧身裤现在是一文不值了，除非吊一个装饰性垂片扣上别针"。（218—219）后来她从维罗纳来到米兰寻找普罗图斯，当上了他的侍童，并随同他追寻西尔维亚。而在《威尼斯商人》中，波希霞穿着律师的长袍前往威尼斯解决安东尼的危机，惩处夏洛克，最后巴珊尼回家惊呼："你就是那位博士，我却不认得你"（295）；她们仿佛都不会被识破，好像就是服装决定了其身份一样。

实际上，尽管1567—1642年间，男人和女人的服装的基本组成部分在款式上有变化，但在主要形态方面仍然保持传统。伊丽莎白一世和詹姆斯一世时期的基本服装样式保持了一百年之久，甚至到17世纪后半叶仍是如此。男士的普通服装包括衬衫、紧身衣、马裤、紧身裤、无袖短上衣、斗篷、长袍、长外衣、轮状皱领或绑带、帽子以及鞋袜。而女性的普通服装包括无袖衬衫、连衣裙或外裙、鲸骨衬箍、礼服、轮状皱领或绑带头巾、鞋袜。① 而莎士比亚的戏剧中这一类英国当时典型的服装词汇就出现了 35 个之多。② 因此男女的服装区别相当明显。

三、服装与身份

除了定义性别之外，莎士比亚戏剧中服装最直接、最重要的作用是在高度凝练、典型化的戏剧表演世界中表现穿着者的社会地位。历史学家基思·怀特森注意到早期现代英国最重要的就是偏向以社会等级制度来理解自身，因为等级制度展示了"高度等级化的英国社会最基本的结构特色，以及独特而全方位的社会不平等系统"③。正如亨特指出的那样，早期现代剧场致力于表达个人的社会阶层，剧中人物显示出对人物社会地位的优先考量，从国王到农民，相应地，戏剧并不是按照角色名字来排列，很多是按照角色身份地位排列，如国王、王后、市民、牧羊人，等等。④ 这种社会等级的重要性在戏剧中频频出现，莎士比亚在《特洛伊罗斯与克瑞西达》中就写道：

> 啊，一旦废除等级，这一切宏图的阶梯发生动摇，事业就陷于停滞。若等级不分，那么社会上的团体，学校的班级，城市的行会，五湖四海的通商，如何能维护他们的和平秩序？长子、老人、帝王、统治者、胜利者如何能获得他们应享受的特权？（202—203）

英国社会广泛保持着这样的准绳，即一个人的服装应该准确反映其所处社会阶层。⑤ 雅克的话也佐证了这一观点："小市民的老婆穿得像王府里的奶奶——真不配！"（230）正如阿曼达·贝利认为在所有的时代地位都是被物质化表达和构建的，而服装正是个人经历和表达其社会价值

---

① Graham Reynolds, "Elizabethan and Jacobean: 1558—1625", in James Laver, ed., *Costume of the Western World*, New York: Harper and Brothers, 1951, p. 131.

② David Crystal & Ben Crystal, *Shakespeare's Words: A Glossary and Language Companion*, New York: Penguin Books, 2002, p. 79.

③ Keith Wrightson, *English Society 1580—1680*, p. 17.

④ G. K. Hunter, "Flatcaps and Bluecoats: Visual Signals on the Elizabethan Stage", *Essays and Studies* 33 (1980): 16—47, pp. 25—27.

⑤ R. Malcolm Smuts, "Art and the Material Culture of Majesty in Early Stuart England", in R. Malcolm Smuts, ed., *The Stuart Court and Europe: Essays in Politics and Political Culture*, New York: Cambridge University Press, 1996, p. 91.

观最出色的形式。① 因此不管在舞台上还是日常生活中,英国的社会等级化在这一时代的视觉文化中突出的反映和具体化就在衣着的选择上。

所以《驯悍记》中叫花子赖斯在幽默的序幕中才会因为服装莫名其妙成了贵族,并对此深信不疑。戏剧的开始,醉醺醺的赖斯愤怒地叫嚣自己祖先的高贵:"我赖斯才不是流氓呢,你去查一下历史吧,我家上代是跟随理查征服者来到这里的呀。"(303)但实际上他仅仅是贵族恶作剧实验的器物罢了。这个实验要证明的就是服装与身份。贵族说道:"你们看怎么样?把他抬回去,放床上。给他穿熏过香的衣服,给他戴金戒指,他床边放一桌丰盛的酒菜,还有穿号衣的仆役在一旁伺候他醒来;这叫花子会不会忘记自己是什么人?"而猎夫甲回应道:"我敢说,老爷,他还能不得意忘形吗?"(305)赖斯醒来后也迷糊了:"没错,我是一位大贵人。"(314)这部戏剧完全可以说是由错乱的服装而引发的。

而朱丽叶的女性阴柔之美与罗密欧的男性阳刚之美的区别也只是演员服装的不同。而且他们的服装也显示出其家境和社会地位。观众们能够从两个角色所穿着的衣服辨识出两人相似的社会背景。实际上,假面舞会上两人的面具并不能改变其身份,因为他们的服装清楚地体现了社会地位。社会准则中最重要的规范之一就是要求其服装要符合社会地位。即便为了化装舞会而装扮,罗密欧与朱丽叶的着装和配饰等都清楚地展现了他们的社会地位。正如斯蒂芬·奥格尔指出的那样:"假面舞会上的装扮并不仅仅只是舞会的一部分……戴面具者并没有从复杂的社会行为准则中解脱出来。"②

同样,莎士比亚的戏剧中各种角色都有其对应的表现身份、职业甚至宗教的服装。如《皆大欢喜》中,作为宫廷小丑的傻子穿一身色彩斑斓的花花衣,因而赢得了特许的发言权。雅克说道:"我的雄心壮志就是能穿上一件花花衣",实际上,花花衣代表傻子,可以"无拘无束,谁也管不了","容许我怎么想就怎么说"(228—229);而《自作自受》中文修森公爵向托马斯神父请求"借一身僧袍","装扮成(神父)教派里的一名僧侣"用以微服私访(387);《亨利四世》中的酒店掌柜"身穿皮背心,水晶扣子……酱色

---

① Amanda Bailey, "'Monstrous Manner': Style and the Early Modern Theater", *Criticism* 43.3 (2001):249—284, p. 249.

② Stephen Orgel, *The Illusion of Power: Political Theater in the English Renaissance*, Berkeley: University of California Press, 1975, pp. 38—39.

袜子,毛绒袜带……挂着西班牙式腰包"(252);绿林好汉是"穿着肯德尔草绿衣裳"(259);酒保穿着"白帆布的紧身衣"(252),波因斯也说"穿上两件皮背心,围上皮围裙"就可以装酒保(411);太子假扮的强盗则用"几套粗麻布的裲子"遮掩"大家都知道的外衣"(217);桂嫂要给福斯塔夫买"一打衬衫",自诩贵族的福斯塔夫则嫌弃:"粗土布……我早就全白送给那些卖面包的内掌柜了!"(302)在这个等级森严且穿着要求严格的社会中,服装建构着个人的身份。正如斯蒂芬·格林布拉特声称:"在这个服装决定身份的文化中,允许或强迫穿着,因为在穿着上没有什么自由。"①莎士比亚对服装(权威象征)的关注贯穿其全部作品。在其作品中,借用服装的伪装通常是惊人的有效:《亨利五世》中亨利王披着斗篷装成普通士兵;《第十二夜》中傻子穿上黑袍子,戴上假胡子冒充托巴斯神父;《威尼斯商人》中波希霞穿着律师袍装成律师,等等。可见早期现代英国服装的复杂指涉意义对职业剧团有着深远影响。在演员登台说出台词前,观众首先通过他的着装判定其扮演的角色。而演员也通过服装的改变扮演不同的角色。伊丽莎白一世和詹姆斯一世时期的戏剧中,通常演员表中角色的数量远远高于实际演员的数量。② 实际上,演员服装所定义的身份对观众而言与那个时代的标准是相似的。

四、服装与国族性

普林这样描述服装的意义:"为何上帝首先给人类衣服?那是为了掩盖裸露,抵御严寒和雨水以及其他不快之事……定义一个人的性别、国族,在职业、称呼等上和他人区分。"③这种将服装和国族身份联系起来的想法适用于早期现代英格兰,因为这一时期的服装在形成自己的特色。外在的展示对个体的身份和分类至关重要,市民对服装的使用常常表达出国族性。安娜·布莱森(Anna Bryson)评论道:"对身在异国文化的外国人而言,光是在任何情况下简单观察事物是不够的。他必须知道这些

---

① Stephen Greenblatt,*The Norton Shakespeare*,2008,p.59.
② Jean MacIntyre,*Costumes and Scripts in the Elizabethan Theatres*,pp.29—37.
③ William Prynne,*Histriomastix*,Ed. Arthur Freeman,New York:Garland Publishing,1974,p.207.

规则的社会意义。"①于是服装成为最容易识别的社会等级符号和国族符号。

在《威尼斯商人》中,波希霞的求婚者中有一位英格兰男爵福康勃利,波希霞断言他是一个让人讨厌的候选者,因为"拉丁文、法国话、意大利话,他一概都不懂",但更为糟糕的是,"他那一身行头多么古怪",波希霞猜测"他的紧身衣是在意大利买来的;他的短裤呢,在法兰西;帽子呢,在日耳曼;他的一举一动,那是四面八方捡来的"(162)。这个英国人汇集了欧陆的时尚,但在作者眼中却是个被贬低的形象。在早期现代英格兰,对外国时尚的融合模糊了国族身份。这种英国人的形象所表现出的异国性和那些扰乱社会等级秩序、不合时宜的行为举止联系起来。莎士比亚在《亨利八世》中清楚地批评了这种崇尚外国时尚的不良风气。在《亨利八世》中,第一幕第一场诺福克公爵在描述亨利八世与法王弗朗索瓦一世的安德伦峡谷会盟时说道:"今天的法国人穿戴得金光闪闪,像异教的神祇。"(406)而后在几位贵族讨论法国的魅力时,桑兹勋爵认为这种风尚"前所未有的荒唐可笑",并认为是"带女人气的",而宫内大臣认为"他们穿的也都是奇装异服",他们高兴地看到宫门上有告示禁止这种装扮,洛弗尔说:"告示上规定,他们必须放弃从法国学到的装傻相和帽上插上羽毛等陋习……必须完全戒除打网球、穿长袜和又短又肥的灯笼裤等癖好。"(429—430)布莱森指出:"外国在行为举止上的影响,特别值得注意的就是服装上的奢侈时尚,精巧的、恭维的说话方式,不自然的姿势、表达和步态。"②可见在莎士比亚看来,保持英国国族性就是不要效仿外国的服装和礼仪举止。罗瑟琳在《皆大欢喜》中这样讽刺雅克:"再会吧,旅游家先生,别忘了说话要带外国人的腔调,穿着海外的奇装异服,把自己的祖国说得一文不值,断绝了对自己出生的故乡的依恋;为了你这一副尊容,差点儿跟上帝吵起来;否则我就不会承认你曾经在翘首的平底船上漂游过。"③(276)因此,外国服装和举止在国内的泛滥被看作是一种罪恶,犹如叛国。罗泽·亨切尔(Roze Hentschell)说道:"穿着异国的服装会迷

---

① Anna Bryson, *From Courtesy to Civility: Changing Codes of Conduct in Early Modern England*, Oxford: Clarendon Press, 1998, p. 6.
② Ibid., p. 75.
③ 平底船,指威尼斯特有的游艇(gondola),罗瑟琳认为,没去过威尼斯(当时的旅游胜地),就算不上旅游家。

惑其国籍,更令人担忧的是,会掩藏其忠诚。"①穿着外国服装被认为会受到外国不好的影响并有潜在的叛国性。英国的国族性因此被消费所概念化并与其他国家民族相对立。

在布莱森看来:"对意大利、西班牙和法国服装、说话腔调、举止的模仿和输入正是英国文化自卑的明显症候,因此对道德家和讽刺家而言这些是最明显的目标,这些行为是轻率、愚蠢和道德沦丧的表现。"②《捕风捉影》中,彼得罗评论班尼迪说:"他一点儿也没着了魔的样子,就是疯疯癫癫地爱把自个儿打扮得别出心裁罢了——好比说,今天是个荷兰人,明天是个法兰西人,到后天又一下子做了两个国家的人啦;下半身是个套着灯笼裤的日耳曼人,上半身是个不穿紧身衣的西班牙人。"(77)其实正如亨切尔说道:"只有通过将自己打扮得像外国人,英国人才能打扮好,正是由于穿得像个外国人,英国的国族身份才陷入危机。"③她同时指出在文学作品中:"对外国时尚的采用正是对一个想象的团结一致的国家民族形象的嘲笑。"④《理查二世》中,约克就批评说道:"听得骄奢的意大利有什么新风尚,咱们这个像猴子般学样的国家,不怕出丑露乖地在后面跟。这世上推出什么时髦的玩意儿,就不管有多恶俗。"(50)随着都铎王朝的集权和英国从中世纪过渡到早期现代国家,作家和政府都在构建英国国族身份。为了创造英国性(Englishness)这一和他国相对立的词,为了定义"他者",英国人必须通过表达自己来对抗外国身份,尽管这种身份被认为是夸大的套路模式。可见"在表述英格兰时,文本和服装由于其物质上准确表达国族身份的力量而紧密相连"⑤。

五、服装与抑奢法

莎士比亚时代剧团的服装来源主要有两个,一个是找裁缝定做,而另一个就是购买,这一时期的二手服装交易十分繁荣。格林布拉特指出:

---

① Roze Hentschell, "Treasonous Textiles: Foreign Cloth and the Construction of Englishness", *Journal of Medieval and Early Modern Studies* 32.3 (Fall 2002):543—570, p. 544.
② Anna Bryson, *From Courtesy to Civility*, p. 75.
③ Roze Hentschell, "Treasonous Textiles: Foreign Cloth and the Construction of Englishness", p. 547.
④ Ibid., p. 548.
⑤ Ibid., p. 546.

"在宗教改革期间,天主教神父的服装……被卖给了剧团。在当时的一出历史剧中扮演一个英国主教的演员,很可能就穿着这位主教穿过的法衣。"①一位来自瑞士的旅人托马斯·皮兰特在1599年的旅行日记中试图找到演员服装华丽的原因:"演员们的着装非常昂贵、精美、漂亮。根据英国的风俗习惯,当杰出的绅士和骑士死后,几乎其所有最好的服装都赏赐给了他们的仆人,但是仆人不能穿着这些与身份不符的服装,于是都便宜卖给了演员。"②衣物的象征意义被植入了戏剧之中,因此舞台上出现标准的符合角色身份的服装就毫不奇怪了。

那么,为什么这一时期会出现大量的奢侈服装呢?实际上,正如大卫·库赫塔(David Kuchta)写道:"随着新绅士阶层的兴起、中世纪庄园和修道院的瓦解、圈地和农村产业的持续发展、新的富裕城市商人阶层的增长,新的精英们通过对旧贵族的文化特权的威胁创造了更多的社会混乱。"③早期现代的英格兰,服装成为社会阶层展示其财富和地位的象征符号,苏珊娜·肖尔茨(Susanne Scholz)指出:"一位绅士的穿着打扮不是偶然的,他加入了一个意义系统。通过他的服装来确定在社会阶层中的位置。"④服装被用来作为一种非语言的形态系统,而衣物的时尚和奢侈品服装建构成了一种外在的符号系统,这种系统在早期现代的英国社会非常显著,服装和其他可视的消费品,诸如食物等被故意展示,用以宣示其社会阶层。但是随着社会阶层的进化,绅士和中产阶级模仿着上流社会的一切。绅士的出现让已建立的中世纪社会秩序更加复杂。在这一时期,"'统治阶级'在不放弃土地所有权和继承权的传统原则的同时,其构成和特性也无疑在改变着"⑤。精英统治阶层加入了新的活力,议会下院为绅士及富裕阶层提供了获得一定政治权利的机会。为了更好地表达他们的意愿和诉求,展示自身的地位和财富,绅士及富裕阶层等上升阶层效仿那些精英阶层的时尚。格兰特·麦克克拉肯(Grant McCracken)注意到"处

---

① Stephen Greenblatt, *Renaissance Self-fashioning: From More to Shakespeare*, p. 112.
② Thomas Platter, *Thomas Platter's Travels in England*, Trans. Clare Williams, London: Jonathan Cape, 1959, p. 167.
③ David Kuchta, *The Three-Piece Suit and Modern Masculinity: England, 1550—1850*, Berkeley: University of California Press, 2002, p. 17.
④ Susanne Scholz, *Body Narratives: Writing the Nation and Fashioning the Subject in Early Modern England*, New York: St. Martin's Press, 2000, p. 18.
⑤ Anna Bryson, *From Courtesy to Civility*, p. 23.

于下层的团体总是服从于上层团体的品位"①。早期现代财富的流动要求改变社会的等级制度以此顺应新的社会阶层差别,也试图挑战精英阶层的传统特权。安娜·布莱森声称:"我们必须关注英国社会的统治者是如何设法找到或假冒新的文化形式,新的自我形象和能够维护其身份的行为准则及在变更的世界中其统治的合法性。"②服装也总是最容易的模仿上层阶级和表达社会愿望的方式。所以库赫塔指出:"通过购买上层阶级的服装,富裕市民威胁着服装与阶级、材料与社会的符号系统的稳定。"③随着上升的中产阶级和绅士财富的增加,他们迫切希望能够获得与金钱拥有相称的社会地位。

随着下等阶层模仿上等阶层的进行,社会精英、道德家和评论家都对传统权力基础的动摇感到忧心忡忡。肖尔茨主张:"快速改变的社会面貌使先前被排除在社会和政治之外的集体和个体都进入了体制之内,导致都铎时期英格兰的统治集团产生了巨大忧虑。"④大学才子派剧作家格林临终之前写下了一本小册子《万千悔恨换来了一丁点儿聪明》,警告其他人注意莎士比亚这样的下层阶级,他称呼莎士比亚为"一只暴发户似的乌鸦,借我们的羽毛来打扮自己"⑤。这不单单是指戏剧,也可视为对下层阶级获取上层地位的侧面反映。贵族反对上升阶层对先前只有精英阶层才能使用的奢侈品的使用(包括奢侈的服装),而都铎王朝的君主也希望通过外在的面貌维持其王室特权。库赫塔说道:"社会评论家们呼吁凭借维持着装秩序进而保持社会秩序的目的是显而易见的。"⑥

贵族和王室感受到社会的剧烈变化,他们情绪激动,反应激烈,试图通过规范着装来扭转社会地位的错误展示,以维护自己的地位。在王室的鼓励下,议会通过了"抑奢法",根据经济收入严格规范了各个阶层的着装和举止方式。在《消费激情的控制:一部抑奢法的历史》(*Governance*

---

① Grant McCracken, *Culture and Consumption: New Approaches to the Symbolic Character of Consumer Goods and Activities*, Bloomington, IN: Indiana University Press, 1988, p. 15.

② Anna Bryson, *From Courtesy to Civility*, p. 24.

③ David Kuchta, *The Three-Piece Suit and Modern Masculinity*, p. 21.

④ Susanne Scholz, *Body Narratives*, p. 4.

⑤ Quoted by Kirk Melnikoff, Edward Gieskes, eds., *Writing Robert Greene: Essays on England's First Notorious Professional Writer*, Burlington: Ashgate Publishing Company, 2008, p. 120.

⑥ David Kuchta, *The Three-Piece Suit and Modern Masculinity*, p. 19.

of the Consuming Passions：A History of Sumptuary Law)一书中,阿兰·汉特对这方面法律的历史进行了研究:"英国抑奢法最明显的形式就是建构了一套按等级着装的规范,肇端于1363年的'饮食和服装法令',在其后的两百年间,陆续有七套着装规范颁布。"①而由议会颁布的法令又被王室敕令(特别是伊丽莎白一世的敕令)所丰富扩大,利用消费品和物质产品的规定来强化社会控制。

但是抑奢法收效甚微,于是另一方面,正如麦克克拉肯指出:"伊丽莎白一世将消费品开支作为管理的手段",并由此在贵族之间引发了一场"社会竞争"。②精英竞相炫耀以此获得王室垂青并为下一代保证其家族地位,推动了在服装和其他典礼仪式甚至宴会方面的浪费性支出。奢侈衣物保证了他们与低层阶级的对比优势。麦克克拉肯同时指出:"实际上,伊丽莎白时期的贵族别无选择,只有冒险大量支出。"③为了保证地位并强化自我形象,他们利用了最易见的符号形式:日益增长的奢侈服装,于是一个从上至下的奢侈消费社会出现了。④

服装不仅仅是一种物质资料,它还是一种身份地位的象征。都铎政府颁行抑奢法并不是抑制所有人消费奢侈服装,而是禁止人们穿戴不符合身份地位的服装,维护尊卑有序的等级制度。然而法令文告的开头往往写着一部分臣民不顺从乃至藐视法令,惋惜人们的服装仍旧不规范,表明了抑奢法收效甚微,无法维护等级秩序。政府通过立法来抑制奢侈风潮,管制人们的服装,以确定贵族阶层的特权,形成一种"明尊卑、别贵贱"

---

① Alan Hunt, *Governance of the Consuming Passions：A History of Sumptuary Law*, New York: St. Martin's Press, 1996, p. 303.
② Grant McCracken, *Culture and Consumption*, pp. 11—12.
③ Ibid., p. 12.
④ 其实同样的情况也出现在中国的晚明时期,奢侈消费的风气最早在明正统至明正德年间(1436—1521)显露,嘉靖(1522—1566)以后奢侈风气渐渐明显化,而城市尤其是江南地区乃奢侈风气的起源地。这种奢侈消费行为就包括了衣这一方面。服饰方面,明中叶以后逐渐走向奢华,如《吴江县志》指出明代服饰风尚的变化,"邑在明初,风尚诚朴","若小民咸以茅为屋,裙布荆钗而已"。"其嫁娶止以银为饰,外衣亦只用绢"。但是,"至嘉靖中,庶人之妻多用命妇,富民之室亦缀兽头"。嘉靖《太平志》也说当地在明初时,"衣不过细布土缣,仕非宦达官员,领不得辄用纻丝;女子勤纺缋蚕桑,衣服视丈夫子;士人之妻,非受封,不得长衫束带"。但是至成化、弘治年间风气大变,开始流行穿着高级品,"丈夫衣文绣,袭以青绢青绸,谓之'衬衣';履丝策肥,女子服五彩,衣金珠、石山、琥珀、翠翟冠,嫁娶用长衫束带,赍装缇帷竟道"。而明代政府也颁布了一系列相应的"禁奢令",据估计有119次之多。见巫仁恕:《品味奢华——晚明的消费社会与士大夫》,北京:中华书局,2008年,第24、26、34—35页。

的制度。这种法令在社会变迁缓慢或停滞的时期较能发挥一定的作用，在社会急剧变革时期，人们着装的变化却是禁令难以阻挡的。福斯塔夫说："从这位浅潭身上，我管保能找出足够的笑料来使亨利王子不停地笑，一直到时兴的衣裳换了六种花样。"(500)这说明了当时的新贵和富商们在衣着上讲究奢侈。

抑奢法，作为试图强化社会等级制度的产物，构建了广泛的易于理解的表达社会阶层的视觉核心，在早期现代戏剧舞台上有所反映。我们能够确定角色的着装是与其地位相称的。这些表演要求观众能辨识出各种角色如国王、王后、教皇、教士、医生、护士、大使、议员，等等。[①] 抑奢法可能在控制英国社会着装上并不成功，但是却为戏剧提供了稳定的参考。其实演员经常在舞台上着装扮演远远超出了其本身社会地位的角色，于是贝利认为剧场是非常重要的社会僭越场所："颂扬世俗的市场逻辑，而不是已成型的社会准则规范，剧场促进了一阵不遵守的、明显的消费思潮。"[②]而卡斯坦(David Scott Kastan)也持相似的立场："剧场中基本的角色扮演使得等级思想产生的理想社会秩序去神秘化，成功伪造的社会阶层增加了现存社会等级是伪造的可能性。"[③]剧场比起社会其他成员更遵守社会符号语言学，借以让观众通过视觉更好理解角色。尽管演员在舞台上的服装超出了其平时的社会身份，但他们扮演的角色却是小心地遵守社会行为准则的。那些不遵守社会行为准则的人都因僭越而受到了惩罚。因此，在戏院之内，社会秩序比起现实社会被更小心地遵守着。如果演员穿着戏服走出剧场，那么就将自己置于危险境地，因为他既违反了抑奢法会受到惩罚，也违背了剧团禁止演员穿戏服出剧场的严格规定。[④]与其说剧场在伪造社会阶层和等级，不若说它作为保守、传统的力量，推进并支撑着在英国特定服装属于特定社会地位范围的观念。

富裕市民常常通过模仿上层社会穿着外国时尚服装来试图表达自己提升的社会地位。原有的社会传统为贵族保留了外国奢侈品，而抑奢法

---

① G. K. Hunter, "Flatcaps and Bluecoats: Visual Signals on the Elizabethan Stage", p. 28.

② Amanda Bailey, "'Monstrous Manner': Style and the Early Modern Theater", p. 252.

③ David Scott Kastan, *Shakespeare After Theory*, London: Routledge, 1999, pp. 154—155.

④ Philip Henslowe, *Henslowe Papers*, Ed. Walter W. Greg, London: A. H. Bullen, 1907, p. 125.

在法律体系之内强化了这种传统。但汉特写道:"我认为可以怀疑的是,普遍而言,从政府行为方面来说强制执行率偏低。"① 抑奢法的意图是为了通过服装符号来强化严格的社会等级秩序,这一目标越来越难以实现,因为社会的流动性使得社会结构发生变化。为了规范着装,外国的影响便成为反对使用进口奢侈时尚品的关键争论点。社会骗子和外国纺织品相联系成为当时作家表达两者危险的方式。"服装及其布料不仅仅与特定国家相联系,也通过连接服装和特定国家来帮助增强国民感情。"② 在早期现代英格兰,外国服装对英国国族性和社会等级制度而言是可感知的危险。总而言之,早期现代英国人定义英国身份——正如通过文化表达,特别是服装——与他们对外国的想法相对应,因此建立了一个基于服装的身份系统。

斯塔利布拉斯说道,"文艺复兴时期的英国是一个纺织业社会(cloth society),同样也是一个制服社会(livery society)"③,因为其经济基础就是纺织业和纺织贸易,同样纺织品(特别是服装)也是主要的社会货币。在16世纪末期和17世纪早期的英国,诸如"财产、地位、阶层、集团"等都在变动着。④ 当我们进入第一个公共剧场建立的时期,英国正缓慢步入一个阶级为基础的社会系统,直到18世纪才最终完成这一进程。怀特森说道:"从历史学上看'阶层'到'阶级'的转变,这并不是简单的一个社会描述和分析术语的转变,而是人们设想其社会世界中的一次革命性变化,一个塑造'现代'社会的至关重要的概念转变。"⑤ 因此,检视莎士比亚戏剧有利于我们理解英国早期现代性的表现。诚如亨切尔所言,我们不可能将早期现代英国国族性的发展与对服装文化的理解割裂开来。⑥ 作为重要宣传手段的莎士比亚戏剧,一方面严格遵守、极力推崇和维护与等级

---

① Alan Hunt, *Governance of the Consuming Passions*, p. 328.
② Roze Hentschell, "Treasonous Textiles: Foreign Cloth and the Construction of Englishness", p. 544.
③ Peter Stallybrass, "Worn Worlds: Clothes and Identity on the Renaissance Stage", p. 289.
④ See Lee Beier, "Social Discourse and the Changing Economy", in Arthur F. Kinney, ed., *A Companion to Renaissance Drama*, Malden, MA: Blackwell, 2002, pp. 50−67.
⑤ Keith Wrightson, "Estates, Degrees, and Sorts", *History Today* 37.1 (1987): 17−22, p. 17.
⑥ Roze Hentschell, *The Culture of Cloth in Early Modern England*, Burlington: Ashgate, 2008, p. 1.

制度相符合的着装规范,以教化臣民、树立规范,另一方面排斥、讽刺外国"奇装异服",《自作自受》中绅士甲就坚持:"我宁可做一块英国粗布。"(377)正如西蒙·特拉斯勒(Simon Trussler)在《剑桥插图英国戏剧史》(*The Cambridge Illustrated History of British Theatre*)中指出的那样,都铎王朝的戏剧"被推到政治的风口浪尖,既表达出这个时期所存在的众多矛盾,同时也在试图找出这些矛盾的途径"①。毋庸置疑,莎士比亚的戏剧特别是其中的服装规范对塑造和强化早期现代英国国族性有着特别的作用。

---

① Simon Trussler, *The Cambridge Illustrated History of British Theatre*, p. 51.

第十五章

性别、国族与政治:莎士比亚历史剧中的外籍女性

莎士比亚剧作中出现了大量性格鲜明的女性角色,而其中又有一个特殊的群体——外籍女性,她们给莎士比亚戏剧带来了多重复调效果,给观众们留下了深刻印象。诸如《亨利五世》中,法国的凯瑟琳公主初学英语的蹩脚让观众发笑和同情;《亨利六世》则强调了作为外籍王后的玛格丽特及其对英国宫廷生活的失望;玛格丽特和《约翰王》中的康斯坦丝在法国娘家借兵对英格兰的威胁;《亨利八世》中西班牙的阿拉贡的凯瑟琳王后的圣洁与悲剧,等等。但是莎士比亚历史剧中的外籍女性,长期以来一直处于研究盲区,未能得到足够重视。[①]

莎士比亚的历史剧是"国家民族历史和历史剧……出现作为英国文化想象构建的重要部分"在"国家民族统一和定义进

[①] 据笔者目前掌握的资料,我国迄今为止也没有系统研究莎士比亚历史剧中的外籍王后形象的专著问世,仅有邵雪萍一文涉及外籍王后,但不够全面。参见邵雪萍:《莎士比亚剧作中母亲形象的文化解读》,《外国文学评论》2010年第1期,第130—139页。

程"中的关键佐证材料。① 对莎士比亚历史剧中的外籍女性,特别是王后形象的研究可为全面、客观理解莎士比亚创作提供借鉴,因为外籍王后在莎士比亚的历史剧中都是由于征服或政治联姻造成的,不仅涉及性别,还涉及了国族问题,具有双重复杂性。首先,伊丽莎白时期戏剧对英国人和外国人的想象是由广泛的政治、宗教、社会和经济原因决定的。其最重要的便是亨利八世的宗教改革。与罗马天主教的决裂改变了英国的国际关系,这使英国与欧陆的天主教国家的斗争就没有停止过。② 其次,在莎士比亚的历史剧中,女性通常处于双重的束缚中:强势的女性诸如贞德和玛格丽特是不贞洁和非女性的;有德行的女性像《理查二世》中哭泣的王后是无助的受害者,对历史的进程无能为力。在这些戏剧中,女性角色面对着可辨的现代困境。她们可以是娇柔的或战士般的,可以是贞洁的或有权势的,但不能同时拥有。③ 本章拟以文本细读的方式,结合早期现代英格兰的社会文化,从作为女儿、作为妻子、作为母亲的外籍女性三个方面进行剖析,揭示其性别与国族的双重困扰,阐释莎士比亚复杂的女性观。

一、作为女儿的外籍女性形象(少女):征服与被征服

这里作为女儿的外籍女性形象指的是未出嫁的少女。在莎士比亚的历史剧中比较典型的是《亨利五世》中的凯瑟琳公主和《亨利六世》中的玛格丽特王后。

在《亨利五世》中,政治形势逼迫着法兰西的凯瑟琳公主不得不学习英语。语言和文化差异造成的大量双关就变成了她在剧中的可笑言谈。由于英国入侵,随后包围了法国,她对英语的驾驭不足成为自己无可奈何的保护象征。丽莎·霍普金斯指出凯瑟琳是"英国性的受害者",她学习英语是因为亨利五世的军事胜利让两人的婚姻无可避免。④ 外语对她的伤害和外国入侵一样。亨利五世后来的求婚场景,虽然滑稽可笑,却隐含

---

① Jean E. Howard and Phyllis Rackin, *Engendering a Nation*, p. 14.
② A. J. Hoenselaars, *Images of Englishmen and Foreigners in the Drama of Shakespeare and His Contemporaries: A Study of Stage Characters and National Identity in English Renaissance Drama, 1558—1642*, London: Associated University Presses, 1992, p. 26.
③ 详细的分析参见 Jean E. Howard and Phyllis Rackin, *Engendering a Nation*, 1997。
④ Lisa Hopkins, *The Shakespearean Marriage: Merry Wives and Heavy Husbands*, London: MacMillan, 1998, p. 87.

着法国被英国侵略的政治现实。亨利五世要求法兰西国王必须同意他与凯瑟琳公主的联姻,并由此获取法兰西合法统治权。因此,凯瑟琳是胜利的亨利五世通过战争获取的牺牲品,而婚姻则是政治利益的交换,使得男权进一步得到巩固。当深闺中的凯瑟琳惶惑而又天真地问道:"我可能爱法兰西的敌人吗?"亨利当即用这样一番话来开导她(其实是诡辩):"你不能爱法兰西的敌人,卡蒂——可是你爱了我,你就爱上了法兰西的朋友,因为我爱法兰西爱得那么深,我不愿意舍弃她的一个村子,我要叫她整个儿都属于我。卡蒂,等法兰西属于我了,而我属于你了,那么,属于你的是法兰西,而你是属于我的了。"(706)亨利后来又直截了当地说道:"你会属于我的——我是凭着真刀真枪才获得了你。"(707)而凯瑟琳也害羞地说道:"那是要由——我的父王——做主的。"法兰西国王同意了她才同意。最后的条约赤裸裸地表现出亨利的诉求,其中提到法兰西国王写让与诏书时,提到亨利五世为"我至亲至爱的女婿亨利——英格兰的国王,法兰西王位的继承者"而且与其余的并列在一起,名正言顺把公主嫁给了亨利。(714)

伊丽莎白时代的观众对于历史上长期敌对的法国仍然怀有一种民族的情绪,他们乐于看到法国公主给他们所爱戴的亨利五世带来的陪嫁是整个法兰西的山河;而不会像现代人那样听出这里面混合着跟爱情不协调的民族霸权主义的噪音。而与之形成对比的则是《亨利六世》中让英国赔上领土的玛格丽特王后。

批评家们注意到在贞德被英国打败后第一次对玛格丽特的介绍非常显眼,萨福克发现了这个法兰西美人并立即计划将她与亨利六世结合。[1] 观众会立刻联系到这两位法国女性。[2] 查尼就认为这种不符合史实的场景将玛格丽特设置为"贞德的继任者"[3]。实际上,玛格丽特更像一个替罪羔羊,因为我们可以看到萨福克的所有意图:"玛格丽特将成为王后,驾驭王上,而我则将驾驭她和王上乃至整个王国。"(153)

在玛格丽特出场之前,亨利六世的护国公格洛斯特准备安排国王与

---

[1] Marilyn L. Williamson, "'When Men Are Rul'd by Women': Shakespeare's First Tetralogy", *Shakespeare's Studies* 19 (1987): 41—60.

[2] Jean E. Howard and Phyllis Rackin, *Engendering a Nation*, p. 62.

[3] Maurice Charney, *All of Shakespeare*, New York: Columbia University Press, 1993, p. 122.

阿玛涅克伯爵之女成婚。然而,这个安排没有引起国王的兴趣。亨利六世在听完萨福克对玛格丽特美貌的描述后决定与她成婚。实际上,亨利六世为了与玛格丽特成婚而将安佐与梅恩两郡给予其父而引起了贵族们的极度不满,因为这是贵族们牺牲生命为英格兰获取的领地。但是国王却把他们辛苦得来的领地给予了一个他们认为贫穷而毫无价值的女人。格洛斯特声称:

> 啊!英格兰的公卿大臣们,这些盟约丢人,这婚姻致命,它们将勾销你们的荣誉、涂掉你们的名字使它们不能名垂青史、抹杀你们卓越不凡的丰功伟绩、毁损咱们征服法兰西的纪念碑,毁掉一切,使一切都化为乌有!(164)

与其丰功伟绩的父亲相比,亨利六世的不当婚姻伤害了历史上千万浴血奋战征服领土的英国人。因此对格洛斯特而言这场婚姻是"致命的",因为它抹杀了历史。沃里克也同时表达了自己的不满:

> 安佐和梅恩!都是我亲手赢来的。难道我亲手征服的这两郡之地和我流血受伤所换来的城池葬送于几句轻描淡写的言辞吗?该死的!(165)

沃里克的言辞表达出了贵族们的心声。他们憎恨年轻的亨利六世的原因之一便是其父亨利五世,在其获得法兰西的凯瑟琳公主时取得了巨大的功绩。通过与凯瑟琳结婚,亨利五世和他的继承人有了统治法国的合法权利。特别是在那些热切期望通过征服他国领土建立名望和功勋的英国贵族眼中,凯瑟琳公主可以说为英格兰带来了丰厚的嫁妆。年轻的亨利六世没有继承其父征服者的传统,反而成为贵族们的眼中钉。当其为玛格丽特交出领土时,就变成了一个被征服者。亨利六世初遇玛格丽特的情景强化了其被征服者的形象。他说玛格丽特迷住了他,她的言辞让他五体投地、喜泪欲滴。(161)这种过渡的热情,让他成为"像女人一样柔弱的男人"①。与其父英勇的形象相比,他柔弱而可怜。

---

① Jean E. Howard and Phyllis Rackin, *Engendering a Nation*, p. 67.

二、作为妻子的外籍女性形象（妇人）：强势与顺从

亨利六世的王后——安茹的玛格丽特无疑是莎士比亚历史剧中最引人注目的外籍女性,她的影响创造了政治冲突和戏剧魅力。"法兰西的母狼"指出了其外国身份和在英国人眼中的他性。玛格丽特与其国王丈夫的关系似乎表现出家长制权威的丧失。不像生气的奥赛罗处罚了苔丝德蒙娜,亨利六世只是在面对妻子和萨福克可疑关系时流露出了嫉妒。他对妻子的男性权威的丧失与其父亨利五世对法兰西的凯瑟琳的控制形成了强烈对比。当我们考虑到玛格丽特与萨福克的爱是"完全虚构的",正如威廉姆森告知我们的那样,我们能看到剧作家加入的虚构戏剧冲突表现出玛格丽特是多么的不可信赖。[①] 然而,通过编造萨福克与玛格丽特的可疑关系,莎士比亚不仅创造了诸如萨福克的黑暗野心这样的重要主题,同时也表露出玛格丽特对丈夫的失望。安吉拉·皮特称"莎士比亚戏剧最残酷持久的象征便是不自然"[②]。玛格丽特·洛夫特斯·拉纳尔德因其反抗精神称她为"亚马逊女人"和"具有男性气质的女人"。[③] 这些标签指出了她对其身处的文化中被期待的角色的背离。玛格丽特首次出场时,被认为是传统而柔顺的女性。她答复萨福克要求嫁给国王时这样说道:"如果我的父亲中意,我也就满意。"(138)但最初的顺从却是伪装的。从被动的男性交换物成为特洛伊木马。她的颠覆性力量在进入英格兰之后立即爆发。首先在英格兰激怒她的便是亨利六世和平、神圣的心态。她对萨福克抱怨自己的幻想破灭：

> 我告诉你,珀洛,那次在都尔城,你出于对我的爱情的敬意参加比武,赢得了众多法兰西贵族小姐的芳心,我满以为亨利王上肯定和你一样勇敢、潇洒、风度翩翩;没想到他竟是一心扑在宗教上,成天数着念珠高诵"万福玛利亚"。(179)

对比亨利六世和萨福克,玛格丽特流露出对丈夫的不满。除此之外,

---

① Marilyn L. Williamson, "'When Men Are Rul'd by Women': Shakespeare's First Tetralogy", pp. 41—60.
② Angela Pitt, *Shakespeare's Women*, London: David & Charles, 1981, p. 151.
③ Margaret Loftus Ranald, *Shakespeare and His Social Context*, New York: AMS, 1987, p. 174.

她还怨恨格洛斯特获得护国公的地位。她想成为真正的王后,而不是"一个徒有虚衔的王后","还需向一个公爵俯首称臣"的王后。(178)同样让她讨厌的还有其他野心勃勃的英国贵族,诸如红衣主教波福、萨默赛特公爵、勃金汉公爵和约克公爵。显然,亨利六世的英格兰宫廷对玛格丽特来说不是舒适之地。

在玛格丽特试图参与贵族们的讨论时格洛斯特表达出了对她干涉政务的厌恶:"用不着女流之辈来掺和此事。"(181)这个陈述代表了莎士比亚时期占统治地位的思想:女人不能参与政事;她们被希望是"不存在的"。① 但是很明显,戏剧并没有与此思想一致。正如卡罗·汉森所言,"极度的反讽"是"一个女人,伊丽莎白一世,正在整个舞台上奔跑,或者更确切地说,在整个国家中奔跑"。② 格洛斯特公爵最后为之前胆大妄为的言辞付出了代价。具有讽刺意味的是,处罚来自于一位他试图遏制的女人。

莎士比亚让女性的嫉妒在玛格丽特王后扇公爵夫人一耳光的场景中达到顶点。她假装将公爵夫人错认为一个不遵从命令拾起扇子的奴才。公爵夫人非常生气并公开声称王后是"骄傲的法兰西娘儿们"(182)——这个词指出了王后的外籍身份并可让英国人用来攻击王后。除此之外,公爵夫人还注意到了玛格丽特不寻常的女性特点。她对亨利六世说:"她会把你捏在手里像婴孩一样耍弄的。显然这儿当家做主的是不穿长裤子的娘儿们。"(183)这种对亨利六世在宫廷中对法国妻子的顺从的公然说法是侮辱性的,不仅对国王也是对英国普通民众。经由称呼玛格丽特王后"法兰西娘儿们",公爵夫人表现出自我与他者或者英国与法国的对立的英国宫廷普遍的根深蒂固的心态。亨利六世与玛格丽特婚姻在一开始就种下了贵族们不满的种子,因此公爵夫人脱口而出的话正是暗藏了贵族们对外籍王后的焦虑,提示国王留神,公爵夫人甚至预示了玛格丽特随后而来的如亚马逊女战士般的行为。

---

① Phyllis Rackin,"Patriarchal History and Female Subversion in *King John*", in Deborah T. Curren-Aquino, ed., *King John: New Perspectives*, Newark: University of Delaware Press, 1989, pp. 76—90;Mary Beth Rose,"Where Are the Mothers in Shakespeare? Options for Gender Representation in the English Renaissance", *Shakespeare Quarterly* 42.3(1991):291—314.

② Carol Hansen, *Woman as Individual in English Renaissance Drama: A Defiance of the Masculine Code*, New York: Peter Lang, 1993, p. 4.

玛格丽特王后在内战中的果断性格是由其丈夫的无能促使的。在满足了从爱尔兰远征而回英格兰的约克公爵的要求时,亨利六世证明了自己作为统治者的无能。与其丈夫相比,玛格丽特王后拒绝约克的要求,积极寻求其他贵族的支持。此点充分展示了玛格丽特亚马逊女战士的精神。当约克辱骂她:"啊,你这沾满了斑斑血迹的那不勒斯人,那不勒斯所不齿的败类,英格兰的祸水!"(300)他指出了玛格丽特与圣女贞德的类似,是"英国的灾祸","在这点上""玛格丽特是贞德的真正继任者"。① 在接下来的内战中,玛格丽特代替亨利六世指挥军队。

除了玛格丽特王后,莎士比亚还在其历史剧中给了其他外籍女性充分的文本空间。在《理查二世》中,出生法国的伊莎贝拉王后表达了对自己身为国王丈夫的失望和沮丧:

怎么,我的理查啊,你外形和心灵都变了样,都衰退啦?难道那个人夺了你的王冠,把你的头脑也剥夺了?把你的心占据了?临死的狮子找不到什么好发泄,会愤怒地伸出它的爪子,在泥土上猛抓猛刨,也好叫它知道狮子的厉害。难道你甘心做一个学童,被当众责打了,还去吻那根棍棒?俯首帖耳地还只想去讨好那把你凌辱的人?你本是一头雄狮,万兽之王啊。(141)

她的愤怒与玛格丽特如出一辙。据彼得·萨西奥所言:"莎士比亚剧中的年长成熟的王后以及在第五幕对理查的诀别都是虚构的。"②在历史上,当时的伊莎贝拉王后年仅十岁,在剧中被莎士比亚借用来获取观众的同情。而这位外籍新娘最终返回法兰西,最后的回归似乎说明了她不属于英格兰,没有真正本土化。当理查和伊莎贝拉在1396年结婚缔结英法政治盟约时,伊莎贝拉年仅7岁。而1399年理查就被赶下台了。

与玛格丽特和伊莎贝拉相对应的则是亨利八世的妻子——来自西班牙的阿拉贡的凯瑟琳王后。尽管亨利八世的妻子阿拉贡的凯瑟琳最终并没回到故乡西班牙,仍然不能被当做英国王后。凯瑟琳是亨利八世哥哥的妻子,由于丈夫早亡,在西班牙和英格兰的协商之下嫁给了亨利八世。她请求丈夫停止新的苛捐杂税。然而国王最终迷上了安妮·布伦,而以

---

① A. R. Humphreys, ed., *King Henry IV*, Part II, London: Methuen, 1960, p.144.
② Peter Saccio, *Shakespeare's English Kings: History, Chronicle and Drama*, London: Oxford University Press, 1977, p.22.

两人婚姻不合法为由离婚。为了让离婚顺利进行,亨利八世派出了克兰默到欧陆各地搜集有利材料。因此沃尔西赞扬国王"已经树立了光辉的先例,胜过任何君王,把您的疑虑完全交付给基督教人士去公决",并表示"西班牙人和她在血统、感情上有关联,若心存善良,现在也不想承认审判是公正庄重的"。(455)而且"请一些学者尽力为她辩护",亨利八世没有征求王后的意见,而是指定了自己的秘书嘉德纳来做王后的辩护者,实际上却是在操控一切。王后的遭遇是令人同情的,老妇人不禁叹道:"唉,可怜的夫人,她现在又成了外国人了。"连带安妮也同情地说:"这就更可怜了,她真是值得同情啊。"(459)凯瑟琳在法庭上的陈诉表达了自己的无辜和作为外国人的劣势:

> 我是个最可怜的女人,又是外国人,不是在您的国土上出生,在这里既得不到无偏袒的审判,也得不到公正友好的保证……我一直是您的忠实柔顺的妻子,任何时候都服从您的意旨,战战兢兢唯恐惹得您不高兴。是的,我随时都要看您的脸色来表现我的喜或忧。什么时候我曾经违抗过您的意愿,或者自己别出心裁?……二十多年来我一直恭恭顺顺做您的妻子……我恳求陛下给我宽限,以便我征询西班牙朋友们的意见。若陛下不准,那么,上帝明鉴,让您一切如愿吧。(467—468)

克兰默"已经带着他的意见回来了,关于离婚的事已经使国王和基督教国家所有著名大学都感到满意"(492)。安妮加冕礼开始前,离婚案尘埃落定,"最近坎特伯雷大主教在其他几位有学问的、和他同地位的大神父陪同下,在邓斯泰布开了庭,废后就住在离那儿六里路的安普西尔,她经常被他们传讯,但她不出庭。简单地说吧,因她未出庭,王上最近有疑虑,这些博学的人便一致同意判她离婚,并宣布原先的婚姻无效"(514)。凯瑟琳想"向教皇上诉……听候他做出裁决"的愿望最终未能实现,但她确实没有"为了这件事情"上过英格兰任何一个法庭。(471—472)

第一次审判无果,亨利八世派出沃尔西和坎皮阿斯两位红衣主教前往王后内宫劝说王后接受离婚。沃尔西用拉丁语向王后请安:"我们对您忠心耿耿,尊贵的王后。"此举立马引起敏感王后的激烈反应:

> 啊,好大人,不要说拉丁语。我自从来到这里,并没有偷懒不去学我的居住国的语言。外国话使我的案情涉外而可疑。请您说英语

第十五章 性别、国族与政治：莎士比亚历史剧中的外籍女性 | 237

吧……即使我蓄意犯了罪，罪加一等，也是可以用英语赦免的。(481—482)

身处异国他乡的凯瑟琳充分表达了自己对于英国和英国人的不信任，因为她知道没有一个"英国人胆敢给我出主意或违背王上的旨意跟我交朋友（即使他能不顾一切说真话）"，因为那人不可能"活着当臣民"，"那些能为我解除痛苦的人，我可以信赖的人，都不在这里，他们正如同我的其他慰藉，都远在我的国家"。(483—484)

凯瑟琳称自己为一个"不幸的、失落的、受讥笑、受鄙视的女人"(485)，这些都是因为自己的外国身份所造成的，她后悔踏上英国的土地，自认为是"活在世上的最不幸的女人"，因为"在一个无怜悯、无朋友、无希望、无亲戚为我哭泣的王国触礁了"。(486—487)凯瑟琳得到"一种感觉"，"她一跨进这个国家，就得为获得尊严付出极高的代价"。(488)"我希望死后能有你格里菲思这样忠实的史学家传述我的生平事迹，以保全我的荣誉。"(525)

凯瑟琳祝愿亨利八世"永远健康，永远幸福"，而相对的自己则"和蛆虫做伴"，名字将从英国消失。(528—529)最后临死时要求女仆们在自己身上"撒上贞洁的花朵，让世人知道我到死都是贞洁的妻子"。"虽然不再是王后，但应行王后和国王女儿的葬礼。"

而《约翰王》中西班牙的布兰琪，由于英法政治需要而嫁给了法国王太子，并附上丰厚嫁妆。这场婚姻在法兰西抛弃盟约后给布兰琪带来了巨大困扰，她乞求丈夫不要发兵攻打"联姻的亲戚"，并向丈夫"跪下求情，请不要发兵打我的舅舅"(308)，在乞求无效后，她绝望地说道：

血光遮住了阳光；美好的白天，再见了！我应该跟着哪一边走呢？我属于双方，一边拉着我的一只手，我跟两军握着手，他们一反目，便猛地决裂，把我肢解成两半。夫君，我不能为你的胜利祈祷；舅舅，我只好祈祷希望你失败；公公，我不能指望你得到幸福；外婆，我也不希望你称心如意；不论谁胜利，对于我都是损失；决战没开始，我已经注定失败。(309—310)

她的悲痛与新婚丈夫的言语构成反差："爱妻，跟我来，把命运托在我身上。"(310)"跟我来"，似乎表明了她没有别的选择，似乎证明了已婚妇女应该从属于丈夫这一观念。罗斯认为"文艺复兴时期英国的已婚妇女丧失了身份和地位"①。有趣的是,"绝对的父权"在《约翰王》中得到体现,约翰把女性概念化为从属丈夫的"母牛"(256)。将此置于戏剧早些时候的事件,路易对布兰琪所提问题的简单的答复正好回应了约翰对婚姻的态度。一个已婚女性的命运是和丈夫而非自己的亲族联系在一起的。布兰琪最后说道:"我托付命运的地方是我的死地。"(310)正好说明了一位已婚女性在丈夫和自己亲族之间的两难境地。尽管不是英格兰王后,但是经由舅舅约翰安排,布兰琪嫁给了法兰西王太子,其哀痛与王后的哀恸一样。

三、作为母亲的外籍王后形象(母亲)

莎士比亚戏剧化了玛格丽特的好勇斗狠,同时也指出了她的勇气和母爱。在约克公爵的威逼之下,亨利六世同意剥夺了其子威尔士亲王的继承权,违反了父权制下神圣的长子继承权。倘若他反抗约克公爵英勇战死,那么就不会到如此窘境。相反亨利六世选择了苟且偷生,他启动了"一场父权、男性的危机"。威尔士亲王不能定义和父亲的关系了。亨利六世,一个声名狼藉的父亲,成为自己儿子合法权利的阻碍。"亨利剥夺儿子继承权的软弱创造了真空","使得玛格丽特能够在历史上留下自己的位置"。② 即使玛格丽特可能是位放荡的妻子,她也不会在男权危机下成为构成威胁的女家长。时间让她成为"母狼"。

莎士比亚的戏剧在亨利六世剥夺儿子继承权之后详细描述了他与妻子玛格丽特的关系。玛格丽特唯一的反应是生气和失望:

> 逼迫你? 你身为国王,还能让人逼迫吗? 我听了都害臊,亏你好意思说,懦弱的东西,你把你自己、你的儿子和我都给糟蹋了,你给了约克家族如此恣意妄为的权利,你这国王只能看着他们的脸色行事。(329)

在此景剩下的部分,我们发现她对此的分析:"将王位继承权拱手让

---

① Mary Beth Rose, "Where Are the Mothers in Shakespeare? Options for Gender Representation in the English Renaissance", p. 293.

② Marilyn L. Williamson, "'When Men Are Rul'd by Women': Shakespeare's First Tetralogy", pp. 41—60.

第十五章　性别、国族与政治：莎士比亚历史剧中的外籍女性

给他和他的子嗣,这岂不等于是替你自己掘好了坟墓,死期还未到就早早地钻进去了吗?"(329)"你还有啥安全可言? 那是从豺狼堆里浑身战栗的羔羊身上才找得到的那种安全。"(329)与她的观点相反,亨利王仍然天真地认为他能够持续他的统治。玛格丽特非常绝望,言辞激烈:"要是当时我在场,尽管我是个没啥能耐的妇道人家,我宁可让士兵们拿枪捅我也绝不会同意那桩法案。而你却贪生怕死不顾自己的荣誉"。同时她坚称:"我将与你各走各的路,不再与你同桌而餐、同被而眠。"(329)她的话宣告了对丈夫权威的反抗和关系的最终破裂。

尽管班贝尔说"我们仍然认为玛格丽特的行为是不正常的,因为其非女性的特征"①,莎士比亚在戏剧化的场景中解释了玛格丽特的心理反应,然而戏剧的前景是矛盾的:玛格丽特作为女性可能是不自然的,但作为母亲却是正常的。亨利六世是宗教男性,但是却不是一个正常的父亲。在莎士比亚的历史剧舞台上,男人与生俱来就具有各种权利。塔尔博勋爵就颂扬父亲的英勇之名,并以死来维护。柏林布鲁克貌视流放,潜回英格兰要求其对死去父亲爵位的继承权。在这样的历史背景下,亨利六世的行为是不正常的。玛格丽特的激烈反应恰恰说明了这一点:

> 把人都逼到绝路上了,谁能不急? 唉,可悲的人,早知你是这样寡情的父亲,我真希望自己待字闺中时就死去,真希望没有认识你,跟你生儿育女! 他凭什么就这样被剥夺了继承权? 你若是能有像我对他一半的爱心,能体会到我为他所受的生育之苦,像我那样用我的心血哺育过他,你就宁可当场洒出你宝贵的鲜血也不会让那野蛮公爵做你的继承人,而把你的独生子的继承权剥夺掉。(328)

玛格丽特强调了母子血脉并通过"血脉"来驳斥亨利六世这个"不正常"的父亲。这种母子关系让我们想到了莎士比亚历史剧中的其他母亲:《约翰王》中的康斯坦丝通过战争来获得自己儿子的权利;《理查二世》中的约克公爵夫人像乞丐一样乞求拯救其叛国的儿子。这些女性的极端方式可以帮助我们理解玛格丽特并非班贝尔所宣称的"不正常"。

可见母子血脉超过了父子血脉。当亨利六世要求王子与他一起时,王子直接拒绝了。他宁愿与母亲一起战斗。而对父亲的蔑视在其公然的

---

① Linda Bamber, *Comic Women, Tragic Men: A Study of Gender and Genre in Shakespeare*, Stanford: Stanford University Press, 1982, p.137.

反驳声中更为明显:"父亲,您不能剥夺我的继承权,您如果是国王,我为何不能继位?"(328)

爱德华王子对父亲的蔑视意味着这个国家父权基础的崩塌,卡恩就认为在历史剧中,"一个男人的身份是由他与父亲、儿子或者兄弟的关系所决定的"①。但是王子明显不能通过自己的父亲确定自己的身份。只有他的母亲能帮助他确认其作为国王儿子的身份。在接下来的几幕中,王子的天赋权利成为合法性的象征。玛格丽特女王像女家长一样,她抛弃了父系制的逻辑来争取王子的权利。矛盾的是,她既是父系制系统的颠覆者又是拥护者。

但是,玛格丽特在男性占主导统治地位的文化语境中被牵连。她的外籍身份和性别都成为政敌用来攻击的武器。死敌约克公爵就侮辱性地称她为"法兰西母狼"(342)和"亚马逊的悍妇"(342),说她舌头比"蝰蛇的牙齿"还要毒,她的脸是"面具般的脸"(343),并说道:

> 女人生得俊俏,往往才会有几分骄傲,可上帝知道,你得到的那份实在很小。女人有了贤德,才使得她们最受仰慕,可你反而缺德,只能令人们结舌瞠目。女人克己自持,才使得她们贤淑可爱,可你率性任意,只能令人们望而却步……裹着一层女人皮的老虎心啊!……女人天生温柔、宽容、慈悲、柔顺,而你却凶狠、冷酷、歹毒、残忍。(343—344)

约克同时还嘲讽玛格丽特父亲的贫穷。而另一位英国人理查同样指责这一点:"镀了一层英格兰金的那不勒斯顽铁,你父亲虽然头上顶着个国王的虚名,实则与把阴沟称作大海没多少差别"(361);而爱德华则称她为"叫花子婆娘"(362);玛格丽特的法兰西身份让她受到非议。法国男人都是"狼",因此玛格丽特是"母狼",约克利用了民族主义情结来称呼玛格丽特是"狡诈的法兰西女人"(344),对她进行攻击。同样的情绪也可以从格洛斯特公爵夫人对玛格丽特的憎恶和英国贵族对贞德的憎恨中找到。

尼古拉斯·高格里尼评论说约克对玛格丽特的描述是一些对敌人的期望②。然而,从约克诽谤贞德和拒绝玛格丽特怀孕请求的视角看来,我

---

① Coppelia Kahn, "The Shadow of the Male", *Shakespeare's History Plays*: *Richard II to Henry V*, Ed. Graham Holderness, New York: St. Martin's, 1992, p.74.

② Nicholas Grene, *Shakespeare's Tragic Imagination*, London: MacMillan, 1992, p.6.

们可以发现一贯的歧视政治。这种政治对待玛格丽特特别有效,因为它模糊了内战的真正原因——实际上是两个家族血脉的一贯争夺。约克使得战争看起来像一场反对他者的"性别"和"民族"战争,犹如"暴君"可以作为"政治武器"和"宣传形式"一样,①"法兰西母狼"起着相同的作用。

正如伦纳德·特宁豪斯所言,莎士比亚的历史剧显示了"权威属于那些能征服、持有合法性象征和标志以及从竞争对手手中获取这些并使其为自己的利益服务的人"②。玛格丽特有爱德华王子来使其权威合法化。约克的策略则是利用其外籍女性身份来孤立玛格丽特。

玛格丽特王后最终寻求了法国的援助,这给了约克一派攻击其异国性的绝佳理由。依英国人看来,"贞德犯了冒犯英格兰的罪"而被视为民族的他者,③但玛格丽特不是这样,她仅仅是作为英国王后支持儿子被无理剥夺的合法继承权。玛格丽特借兵回英格兰,其言辞堪与亨利五世在阿金库尔战役前的演说相媲美。爱德华王子在母亲英雄般的形象下黯然失色,仅仅成为一个旁观者,一个在历史中庇护于女性的角色。他赞扬自己的母亲:

> 我想一个妇道人家尚具如此大无畏气概,就算懦夫听到了她的这一番豪言壮语,胸中也不免要为之一振,生出阳刚之气,赤手空拳地去对付一个全副武装的敌人。(451)

直到爱德华王子被残忍杀害前,玛格丽特的勇气在剧中都是不可抑制的。正如拉纳尔德指出,历史剧展示了源于与丈夫和儿子关系的女性的力量,一旦这种关系被切断,她们就毫无还手之力。④ 当儿子死去时,玛格丽特立即崩溃了,成为一位无助的母亲:"内德啊,亲爱的内德,对娘亲说话,孩儿!"(456)只剩下恶毒的言语攻击,她控诉道:"屠夫们,恶棍们!血腥歹毒的食人生番们!多可爱的一棵树苗,过早遭了你们的毒

---

① Rebecca W. Bushnell, *Tragedies of Tyrants: Political Thought and Theater in the English Renaissance*, Ithaca: Cornell University Press, 1990, p. 79.

② Leonard Tennenhouse, "Strategies of State and Political Plays: *A Midsummer Night's Dream, Henry IV, Henry V, Henry VIII*", *Political Shakespeare: New Essays in Cultural Materialism*, Ed. Jonathan Dollimore and Alan Sinfield, Ithaca: Cornell University Press, 1985, p. 121.

③ Linda Bamber, *Comic Women, Tragic Men: A Study of Gender and Genre in Shakespeare*, p. 138.

④ Margaret Loftus Ranald, *Shakespeare and His Social Context*, p. 180.

手!"(457)她的悲痛让我们想到了康斯坦丝在失去儿子亚瑟时的情景。

《约翰王》中的康斯坦丝,也经历了玛格丽特相似的命运。尽管不是王后,康斯坦丝同样在英格兰王位继承权上有政治影响。她坚持自己儿子亚瑟的继位权利,根据长子继承制,理查死后无嗣,而她的丈夫是理查的兄弟,因此亚瑟比起约翰更有权利继承王位。莎士比亚的戏剧没有提到理查临终指定约翰为继任者的遗嘱。约翰是"强国的守卫"并得到王太后的支持,王太后指出了康斯坦丝的"狼子野心",甚至预言"不把法国和全世界煽动起来拥戴她儿子回国来争权夺利,她绝不甘休"(252)。和玛格丽特不同,康斯坦丝没有得到英国姻亲的信任。当康斯坦丝向法国借兵时,给英国人带来了巨大麻烦。莎士比亚给了康斯坦丝巨大的表达空间,她对儿子亚瑟的爱是毋庸置疑的。① 特别在亚瑟被捕后她表达了对其安全的深切担忧。作为一个寡妇的无助让戏剧的悲剧性大大深化:

> 因为我身上有病,经不起恐吓呀,我受尽欺侮,心里充满着畏惧,一个寡妇,没丈夫,动不动就害怕,一个女人,生下来就战战兢兢。(294—295)

在儿子被杀之后,康斯坦丝为儿子谋求王位继承权画上了句号,最后"发疯而去世"(338)。在男性世界,当女人只能依靠丈夫或儿子时,随着男性角色过早死去,女性的状况是悲惨的。她们"既不是妻子,又不是母亲,还不是英格兰王后"②。所有的外籍妻子都是这样悲惨,甚至如阿拉贡的凯瑟琳这样的贤妻良母。《亨利五世》中凯瑟琳公主所经历的语言障碍暗示着跨越国族成为英格兰王后实非易事。

莎士比亚所创造的外籍女性组成了非常重要的戏剧次文本。莎士比亚早期历史剧上演时正值历史剧的黄金时期,在1590年以前历史剧并未在专业剧场中风行。而1590至1599年这短短十年间,仅有记载的历史剧就有二十多部,而其中莎士比亚创作的占了一半多,他的历史剧成为这

---

① John Blanpied, "Stalking 'Strong Possession' in *King John*", in Harold Bloom, ed., *William Shakespeare: Histories and Poems*, New York: Chelsea, 1992, p. 277.

② Madonne M. Miner, "'Neither Mother, Wife, nor England's Queen': The Role of Women in *Richard III*", in Carolyn Ruth Swift Lenz & Gayle Greene & Carol Thomas Neely, eds., *The Woman's Part: Feminist Criticism of Shakespeare*, Urbana: University of Illinois Press, 1980, pp. 35—55; Margaret Loftus Ranald, *Shakespeare and His Social Context*, p. 180.

一时期英国历史剧的代表。究其原因,一方面是由于现代资本主义的兴起,英国逐渐成为当时欧洲甚至世界的政治、经济、军事文化强国,正如费科斯里克斯·彻林在《英国编年史剧》(*The English Chronicle Play*, 1902)中所指出的:"编年史剧的流行是非常自然的事情,它扎根于英格兰的爱国主义和民族主义,这一思潮在 1588 年达到顶峰,因为英格兰打败了西班牙无敌舰队。"

另一方面,英国国内在王权、政治、经济、民族、宗教等方面,充满着不安定因素。于是,历史剧便成为人们表达期盼强盛、统一、安定,忧虑种种危机,以及展望英国政治和社会未来的工具。

即使莎士比亚的戏剧源于史料,但是其历史剧没有"真正独特的历史结构",而总是偏向喜剧或悲剧形式。① 例如凯瑟琳公主学习英语的场景分明是喜剧场景;伊莎贝拉王后的恸哭又是悲剧场景。但同时我们也要考虑到观众中既有男人也有女人(甚至女人更多一些)。莎士比亚时期的伦敦女性人数超出男性 10%—13%,②而且女性在城市各处随处可见,譬如市场上买卖货物,协助家庭生意抑或自己做生意,等等,女性还经常出没于剧场。③ 在索思沃克,紧挨着剧场周围至少就有 16% 的店面是由女性经营。④ 但是女性们充满着忧虑,正如 1632 年的《女性权利的法律分析》(*The Law's Resolution of Women's Rights*)的作者写道:所有的女人"都知道不管是结婚或者未婚,她们的诉求都是属于丈夫的"⑤。而同时代著名的女性作家玛格丽特·卡文迪什在写自传时也不无忧虑说道:"担心自己年岁增长后会不知道自己曾是埃塞克斯的科尔切斯特附近的卢卡斯的女儿,是纽卡斯尔勋爵的第二任妻子;因为自己的丈夫有两个妻

---

① Ruth Nevo, *Comic Transformations in Shakespeare*, London: Methuen, 1980, p. 144.
② Alfred Harbage, *Shakespeare's Audience*, New York: Columbia University Press, 1941, p. 76.
③ Andrew Gurr, *The Shakespearean Stage 1547—1642* (third edition) Cambridge: Cambridge University Press, 1996, pp. 56—60.
④ Diana E. Henderson, "The Theater and Domestic Culture", in John D. Cox and David Scott Kastan, eds., *A New History of Early English Drama*, New York: Columbia University Press, 1997, pp. 173—194.
⑤ Quoted in Lisa Hopkins & Matthew Steggle, *Renaissance Literature and Culture*, London & New York: Continuum, 2006, p. 101.

子,自己容易被弄混,特别是我如果死去,丈夫又会结婚。"① 尽管很多现代学者认为莎士比亚时代的男性观众会对女性的权利描写感到极度不安和敌视,但卓越女性们超越性别的才智对观众中那些独立的女性有着巨大的吸引力,《亨利八世》收场白中就提到了"诸位贤女士来给我们捧个场"(564)。

实际上,现代学者更喜欢将莎士比亚的女性角色放置在"女性主义"之下解读,这与当时观众的视角是不同的。如果这样的话,我们对伊丽莎白时期历史剧中女性角色的消极评论,至少部分地是我们自己构建的假象。由此可见,被学界长期忽视的莎士比亚历史剧一方面在潜移默化地参与构建着英国现代国家民族的进程;另一方面,通过上述分析可知,莎士比亚在历史剧中对外籍女性形象的描述既满足了男性观众对巩固父权制的愿望,同时也满足了女性观众日益增长的对自我身份的诉求。

---

① Quoted in Lisa Hopkins & Matthew Steggle, *Renaissance Literature and Culture*, p. 101.

余 论

永远"现代"的莎士比亚

  在莎士比亚的作品中我们看到了对亨利八世宗教改革导火索——离婚案的真实描述,揭露出宗教改革背后实质的个人和政治根源,也有对政治实质——主权权力进行的大胆讨论,同时也展示出英国的早期资本主义经济状况和现代英国法律基础——普通法,这些无疑揭示了英国在统一的基督教世界崩塌后进入"现代"阶段的种种现代化维度。同时我们也能在其作品中看到,随着人们对世界认识的加深和对人类主体认识的加强,科学技术已经开始慢慢渗透到日常生活的方方面面并不断改造着我们的观念,但莎士比亚也在进行着思考,即科学技术带来的改变是否完全正确,他无意中流露出的赞成又怀疑甚至部分反对的矛盾和焦虑态度正源于他对现代化进程中可能出现的问题的敏锐认识和思考。而他对于个人主义和国族性问题的把握,毫无疑问更是直接参与构建着英国的现代进程。从我们当下的立场看,莎士比亚无愧于百科全书式的巨匠,他的作品无时无刻不与"现代/现代性"相联系。

  实际上,引入"早期现代性"这一概念正是基于现代性的复杂状况以及对莎士比亚批评的深刻而复杂的影响。首先,由于现代思想不是一个单项的潮流，对于现代性的批评和抵抗存在于不同的思想之中，因此"早期现代性"的概念为超越传统一现代的历史线性框架去理解现代莎士比亚提供了可能。其次，现代性进程中抵抗与合法化的双重过程的发生，为我们的文学研究提供了双重视角，因为批评家们对于现代性的寻求是与对于现代性的反思甚至抵抗相互纠缠的，而莎士比亚的作品由于其历史特殊性而尤为明显。最后，"早期现代性"没有将对现代性的批评置于特殊状态，而是以新的、包容的视角看待文学研究和莎士比亚研究，立足于现代，力图创造一种独特的普遍性，而这种普遍性和包容性恰恰是莎士比亚成为经典的根本原因。

或许我们应该停下脚步思考历史时期问题，因为时代划分是人类科学的实践产物，它试图对过去进行系统性重建，任何历史的书写都离不开对过去的精确评价，但这种立场显然是主观的。实际上，我们只是简单地选取某个特定时间点来书写、创造时期的观念，而且"时期"并没有"客观的"状态，只是方便并帮助我们思考的结果，正如瓦尔特·本雅明（Walter Benjamin）所定义的"星丛（constellations）"，时间历史观念是人造的但能够串联的思想。① 对莎士比亚这类主要角色的"时期划分"，都是为了我们更容易理解其文本而进行的任意而武断的划分，因此这些划分的结果无疑也是临时的、存在争论的，需要不断修正。② 而这对于今天广泛使用的术语"早期现代"也是一样。

进入21世纪，莎士比亚的作品依然受到全世界人民的喜爱，而对莎士比亚的研究依然是学者们所热衷的主题。其经典性、永恒性已经成为

---

① 星丛是天文学术语，是划分星空区域的基本单位，是人们形象地认识和感知星空格局的基本方式。本雅明在《德国悲剧的起源》中创造性地把这一概念运用到他的文化批评理论中，用感知星空格局的形象方式感知客体对象，成为他的诗学构成法则。星丛是指一个集合体，是指由各自独立的多元要素构成的非稳定的集合体。这些要素彼此之间不具有约束力和控制力，也不具有共同的本原，只是以自由的方式组合和存在。See Walter Benjamin, *The Origin of German Tragic Drama*, London: Verso, 2003.

② 正如阿兰·沃伦·弗里德曼指出的："文学的分期……都是权宜的虚构，为服务于定义者的目的而建树权威的回顾性叙事。它们相互重叠：在先前的时期还未结束时新的时期就开始了。潮流甚至还未被终止就已经继续了。比如现代主义的开端有种种说法：始于文艺复兴时期（'早期现代'）；19世纪（随着中产阶级和大众文化及交流的兴起而兴起）；1815年与1830年之间；工业革命、马克思、达尔文和上帝已死的维多利亚时期；1900年……第一次世界大战的爆发，1916年英国第一次征兵。" See Alan Warren Friedman, *Fictional Death and the Modernist Enterprise*, Cambridge: Cambridge University Press, 1995, p. 3.

举世公认的特点。莎士比亚所处的是一个"变革的时代"。"莎士比亚是第一个现代人,是现代意义上的个性创造者,'人的创造者',但他同样也是西方哥特基督教最后一个伟大产物。"①我们的现代社会开始于16世纪。夹杂在传统与现代、宗教与巫术魔法、国家专制主义与个人良知之间,就算是普通百姓也窥伺到了预示着结局的先兆,不仅仅是体制结构的结局,也是统治人民长久理念的结局。莎士比亚也深深卷入了所有这些质疑之中,他演变自己的文字新世界,在"时代革命"中斡旋。他将我们失去的世界重生了,这也许在21世纪会更明显,因为全球化的影响,我们的过去以更快的速度离开。我们现在经历的变化可能最终会变得比他的时代的人经历的变化更加深远。不过有可能正是这个原因,随着我们自己的"时代革命"慢慢展开,莎士比亚的人性、语言、幽默和思维的坚韧没有失去,反而更加珍贵。② 格里尔指出:"你会看到它(莎士比亚的作品)具有的包容一切的特质其实与生活本身是一致的。……莎士比亚提出的所有命题和论断中真正缺少的是我们观众的回应;没有观众的回应就没有也不可能有真正的命题和论断。"③同样,正因为不同时代人们对莎翁作品的回应,产生了无穷的命题和论断,这正是莎士比亚成为永恒经典的基石,"早期现代性"也只是我们与莎士比亚进行的对话的某个时期的某个立场,因为莎士比亚"不属于一个时代,而属于所有的世纪"。

---

① Michael Wood, *In Search of Shakespeare*, London: BBC Worldwide Ltd., 2003. p. 13.
② Ibid., p. 344.
③ 杰曼·格里尔:《读懂莎士比亚》,第311—312页。

参考文献

英文文献

[1] Ackroyd, Peter. *Shakespeare: the Biography*. London: Chatto &. Windus, 2004.

[2] Adas, Michael. *Machine as the Measure of Men: Science, Technology, and Ideologies of Western Dominance*. Ithaca, New York: Cornell University Press, 1989.

[3] Adelman, Janet. *Suffocating Mothers: Fantasies of Maternal Origin in Shakespeare's Plays, "Hamlet" to "The Tempest"*. New York: Routledge, 1992.

[4] Agamben, Giorgio. *Homo Sacer: Sovereign Power and Bare Life*. Trans. Daniel Heller-Roazen. Stanford: Stanford University Press, 1995.

[5] Agamben, Giorgio. *Opus Dei: An Archaeology of Duty*. Trans. Adam Kotsko. Stanford: Stanford University Press, 2013.

[6] Agamben, Giorgio. *The Highest Poverty: Monastic Rules and Form-of-life*. Trans. Adam Kotsko. Stanford: Stanford University Press, 2013.

[7] Agamben, Giorgio. *The Kingdom and the Glory: For a Theological Genealogy of Economy and Government*. Trans. Lorenzo Chiesa. Stanford: Stanford University Press, 2011.

[8] Agamben, Giorgio. *The Sacrament of Language: An Archaeology of the Oath*. Trans. Adam Kotsko. Stanford: Stanford University Press, 2011.

[9] Akrigg, G. P. V. *Jacobean Pageant, or the Court of King James I*. 1962. reprint, New York: Atheneum, 1967.

[10] Albala, Ken. *Eating Right in the Renaissance*. Berkeley: University of California Press, 2002.

[11] Allen, Don Cameron. *The Star-Crossed Renaissance*. New York: Octagon, 1966.

[12] Allen, Gary & Albala, Ken. Eds. *The Business of Food: Encyclopedia of the Food and Drink Industries*. Westport, Connecticut & London: Greenwood Press, 2007.

[13] Alpers, Paul. *What Is Pastoral?* Chicago: University of Chicago Press, 1996.

[14] Altman, J. B. "'Vile participation': The Amplification of Violence in the Theatre of *Henry V*", *Shakespeare Quarterly* 42(1991): 1—32.

[15] Anderson, Benedict. *Imagined Communities: Reflections on the Origin and Spread of Nationalism*. Rev. Ed. London: Verso, 1991.

[16] Anonymous, *A Glass of the Truth*, in Nicholas Pocok, ed., *Records of the Reformation: the Divorce 1527—1535*. Oxford: Clarendon Press, 1870.

[17] Applebaum, Wilbur, ed. *Encyclopedia of the Scientific Revolution: From Copernicus to Newton*. New York & London: Garland Publishing, 2000.

[18] Aquinas, Thomas. *Summa Theologica*, Volume 3 (Part II, Second Section). New York: Cosimo, Inc., 2007.

[19] Archer, Ian W. *The Pursuit of Stability: Social Relations in Elizabethan London*. Cambridge: Cambridge University Press, 1991.

[20] Archer, John Michael. *Citizen Shakespeare: Freemen and Aliens in the Language of the Plays*. New York: Palgrave Macmillan, 2005.

[21] Ariès, Philippe. "Introduction", *A History of Private Life: iii, Passions of the Renaissance*. Eds. Philippe Ariès and Georges Duby. Trans. Arthur Goldhammar. Cambridge, MA: Harvard University Press, 1989.

[22] Aston, Margaret. "The Fiery Trigon Conjunction: An Elizabethan Astrological Prediction", *Isis* 1/2, 207(1970): 158—187.

[23] Aubrey, John. *Brief Lives*. Ed. Richard Barber. Totowa, NJ: Barnes and Noble, 1975.

[24] Augustine. *The Confessions of St. Augustine, Books I—X*. New York:

Sheed & Ward, 1942.

[25] Babcock, Robert S. "'For I Am Welsh, You Know': Henry V, Fluellen, and the Place of Wales in the Sixteenth-Century English Nation", in James V. Mehl. ed., *In Laudem Caroli: Renaissance and Reformation Studies for Charles G. Nauert*. Kirksville, Missouri: Thomas Jefferson University Press, 1998.

[26] Bach, Rebecca Ann. "Manliness Before Individualism: Masculinity, Effeminacy, and Homoerotics in Shakespeare's History Plays", in Richard Dutton and Jean Howard, eds., *A Companion to Shakespeare's Works*, vol. II: *The Histories*. Oxford: Blackwell, 2005.

[27] Bacon, Francis and James Spedding. *The Letters and the Life of Francis Bacon*, Vol. I. London: Longman, Green, Longman, and Roberts, 1861.

[28] Bailey, Amanda. "'Monstrous Manner': Style and the Early Modern Theater", *Criticism* 43.3 (2001):249—284.

[29] Baker, David J. *Between Nations: Shakespeare, Spenser, Marvell, and the Question of Britain*. Stanford: Stanford University Press, 1997.

[30] Baker, David. J. "'Wildehirissheman': Colonialist Representation in Shakespeare's *Henry V*", *English Literary Renaissance*, 22(1993):37—61.

[31] Baker, J. H. "Introduction", in *The Reports of Sir John Spelman*, Vol. II, London: Selden Society, 1977.

[32] Baker, John Hamilton. *Introduction to English Legal History*. London: Butterworth, 1979.

[33] Baker, William and Brian Vickers, eds. *Shakespeare: The Critical Tradition*. New York: Thoemmes, 2005.

[34] Bakhtin, Mikhail. *Rabelais and His World*. Trans. Helence Iswolsky. Bloomington: Indiana University Press, 1984.

[35] Baldwin, T. W. "Nature's Moulds", *Shakespeare Quarterly* 3 (1952): 237—241.

[36] Ballentine, Rudolph. *Transition to Vegetarianism: An Evolutionary Step*. Honesdale: The Himalayan International Institute of Yoga Science & Philosophy, 1987.

[37] Bamber, Linda. *Comic Women, Tragic Men: A Study of Gender and Genre in Shakespeare*. Stanford: Stanford University Press, 1982.

[38] Barnet, Sylvan, ed. *Hamlet*. New York: Signet, 1998.

[39] Barroll, Leeds. *Politics, Plague, and Shakespeare's Theater: The Stuart Years*. Ithaca, New York: Cornell University Press, 1991.

[40] Bartels, Emily C. "Making More of the Moor: Aaron, Othello, and Renaissance Refashionings of Race", *Shakespeare Quarterly* 41. 4 (1990): 442—447.

[41] Bartley, J. O. *Teague, Shenkin, and Sawney*. Cork: Cork University Press, 1954.

[42] Barton, Anne. "Falstaff and the Comic Community", in Peter Erickson and Coppelia Kahn, eds. *Shakespeare's "Rough Magic": Renaissance Essays in Honor of C. L. Barber*. Newark: University of Delaware Press, 1985.

[43] Bataille, Georges. *The Accursed Share*, Vol. I. Trans. Robert Hurley. New York: Zone Books, 1991.

[44] Bate, Jonathan & Rasmussen, Eric, eds. *William Shakespeare: Cymbeline*. Basingstoke: Macmillan Publishing Ltd., 2011.

[45] Bate, Jonathan & Rasmussen, Eric, eds. *William Shakespeare Complete Works*. Beijing: Foreign Language Teaching and Research Press, 2008.

[46] Bate, Jonathan. *Soul of the Age: The Life, Mind and World of William Shakespeare*. London: Penguin Books, 2008.

[47] Beauregard, David N. "Sidney, Aristotle, and *The Merchant of Venice*: Shakespeare's Triadic Image of Liberty and Justice", *Shakespeare Studies* 20 (1988):33—48.

[48] Beier, Lee. "Social Discourse and the Changing Economy", in Arthur F. Kinney, ed., *A Companion to Renaissance Drama*. Malden, MA: Blackwell, 2002.

[49] Beier, Lucinda McCray. *Sufferers and Healers: The Experience of Illness in Seventeenth-Century England*. London: Routledge and Kegan Paul, 1987.

[50] Bendick, Jeanne. *Galen and the Gateway to Medicine*. Bathgate: Behtlehem Books & Ignatius Press, 2002.

[51] Benjamin, Walter. *The Origin of German Tragic Drama*. London: Verso, 2003.

[52] Bentley, G. E. *The Profession of Dramatist in Shakespeare's Time, 1590—1642*. Princeton: Princeton University Press, 1971.

[53] Berger, T. L. "The Disappearance of Macmorris in Shakespeare's *Henry V*", *Renaissance Papers* (1985):13—26.

[54] Bergeron, David. "Cymbeline: Shakespeare's Last Roman Play", *Shakespeare Quarterly* 31 (1980):31—41.

[55] Berry, Edward. *Shakespeare and the Hunt: A Cultural and Social Study*. Cambridge: Cambridge University Press, 2001.

[56] Bevington, David, ed. *The Complete Works of Shakespeare* (six edition). New York: Pearson Education Inc. , 2009.

[57] Bevington, David. *Shakespeare: the Seven Ages of Human Experience* (second edition). Oxford: Blackwell Publishing, 2005.

[58] Blake, Ann. "Children and Suffering in Shakespeare's Plays", *The Yearbook of English Studies* 23(1993):293—304.

[59] Blank, Paula. *Shakespeare and the Mismeasure of Renaissance Man*. Ithaca: Cornell University Press, 2006.

[60] Blanpied, John. "Stalking 'Strong Possession' in *King John*", in Harold Bloom, ed. , *William Shakespeare: Histories and Poems*. New York: Chelsea, 1992.

[61] Bliss, Lee. "The Wheel of Fortune and the Maiden Phoenix of Shakespeare's *King Henry the Eighth*", *ELH* 42.1 (1975):1—25.

[62] Blits, Jan. *The End of the Ancient Republic: Shakespeare's Julius Caesar*. Lanham, MD: Rowman and Littlefield, 1993.

[63] Bloom, Allan & Jaffa, Harry V. *Shakespeare's Politics*. Chicago: University of Chicago Press,1981.

[64] Bloom, Harold, ed. *Henry V*. New York: Chelsea House, 1988.

[65] Bloom, Harold, ed. *Modern Critical Interpretations of William Shakespeare's Romeo and Juliet*. Philadelphia: Chelsea House, 2000.

[66] Bloom, Harold. *King Lear: Bloom's Shakespeare Through the Ages*. New York: Bloom's Literary Criticism, 2008.

[67] Bloom, Harold. *Ruin the Sacred Truths: Poetry and Belief from the Bible to the Present*. Cambridge: Harvard University Press,1989.

[68] Boling, Ronald. "Anglo-Welsh Relations in Cymbeline", *Shakespeare Quarterly* 51.1 (2000):33—69.

[69] Boswell, John. *The Kindness of Strangers: The Abandonment of Children in Western Europe from Late Antiquity to the Renaissance*. New York: Pantheon Books, 1988.

[70] Bradbrook, M. C. *Shakespeare and Elizabethan Poetry*. London: Chatto & Windus, 1951.

[71] Brand, John. *Observations on Popular Antiquities: Chiefly Illustrating the Origin of Our Vulgar Customs, Ceremonies, and Superstitions*. London: Chatto and Windus, 1877.

[72] Brandes, Georg. *William Shakespeare*. New York: Macmillan, 1935.

[73] Brewer, E. Cobham. "Manningtree", *The Dictionary of Phrase and Fable*.

Philadelphia: Henry Altemus, 1898.

[74] Brissenden, Alan, ed. *As You Like It*. Oxford: Oxford University Press, 1993.

[75] Bristol, Michael D. *Shakespeare's America, America's Shakespeare*. London: Routledge, 1990.

[76] Brockbank, J. P. "History and Histrionics in *Cymbeline*", *Shakespeare Survey* 11 (1958):42—49.

[77] Brooks, Libby. *The Story of Childhood: Growing Up in Modern Britain*. London: Bloomsbury, 2006.

[78] Brotton, Jerry. *The Renaissance: A Very Short Introduction*. Oxford: Oxford University Press, 2006.

[79] Broude, Ronald. "Roman and Goth in *Titus Andronicus*", *Shakespeare Studies* 6 (1970): 27—34.

[80] Brown, John Russell, ed. *The Merchant of Venice*. London: EMEA,1955.

[81] Bryson, Anna. *From Courtesy to Civility: Changing Codes of Conduct in Early Modern England*. Oxford: Clarendon Press, 1998.

[82] Bullough, Geoggrey. *Narrative and Dramatic Sources of Shakespeare*, Vol. IV. London: Routledge & Kegan Paul, 1962.

[83] Burke, Peter. *Popular Culture in Early Modern Europe*. Farnham: Ashgate, 2009.

[84] Burns, Timothy W. *Shakespeare's Political Wisdom*. New York: Palgrave Macmillan, 2013.

[85] Bushnell, Rebecca W. *Tragedies of Tyrants: Political Thought and Theater in the English Renaissance*. Ithaca: Cornell University Press, 1990.

[86] Byrne, Joseph Patricfk. *Daily Life During the Black Death*. Westport: Greenwood Press, 2006.

[87] Byrne, Muriel St. Clare, ed. *The Lisle Letters*. Chicago: University of Chicago Press, 1981.

[88] Cairns, David and Richards, Shaun. *Writing Ireland: Colonialism, Nationalism, and Culture*. Manchester: Manchester University Press, 1988.

[89] Camden, Carroll. "Astrology in Shakespeare's Day". *Isis* 19. 1(1933):26—73.

[90] Campbell, Lily B. *Shakespeare's "Histories": Mirrors of Elizabethan Policy*. San Marino, Calif. : Huntington Library, 1947.

[91] Camporesi, Piero. *Juice of Life: The Symbolic and Magic Significance of Blood*. Trans. Robert R. Barr. New York: Continuum, 1995.

[92] Canny, Nicholas P. *The Elizabethan Conquest of Ireland: A Pattern Established, 1565—1576*. New York: Barnes & Noble Books, 1976.

[93] Caplan, Pat, ed. *Food, Health and Identity*. London: Routledge,1997.
[94] Cardozo, J. L. *The Contemporary Jew in Elizabethan Drama*. Amsterdam: H. J. Paris, 1925.
[95] Cerasano, S. P. "'Borrowed Robes', Costume Prices, and the Drawing of *Titus Andronicus*". *Shakespeare Studies* 22(1994): 45—57.
[96] Cerasano, S. P. "Philip Henslowe, Simon Forman, and the Theatrical Community of the 1590s". *Shakespeare Quarterly* 44.2(1993):145—158.
[97] Chambers, E. K. *The Elizabethan Stage*, Vol. 2. Oxford: Clarendon Press, 1923.
[98] Charney, Maurice. *All of Shakespeare*. New York: Columbia University Press, 1993.
[99] Chedgzoy, Kate. "Introduction: 'What, Are They Children?'", in Kate Chedgzoy, Susanne Greenhalgh, and Robert Shaughnessy, eds. *Shakespeare and Childhood*. Cambridge: Cambridge University Press, 2007.
[100] Cherniak, Warren L. *The Myth of Rome in Shakespeare and His Contemporaries*. Cambridge: Cambridge University Press, 2011.
[101] Christianson, Paul. "Royal and Parliamentary Voices on the Ancient Constitution", in Linda Levy Peck, ed., *The Mental World of the Jacobean Court*. New York: Cambridge University Press, 1991.
[102] Clark, Cumberland. *Shakespearean and the Supernatural*. New York: Haskell House Publishers Ltd., 1931[reprint 1972].
[103] Clark, Cumberland. *Shakespeare and Science*. New York: Haskell House Publishers Ltd., 1929.
[104] Clark, W. G. & Wright, W. A., eds. *Shakespeare Selected Plays: The Merchant of Venice*. Oxford: Clarendon Press,1869.
[105] Coger, George P. *Theories of Macrocosms and Microcosms*. New York: Columbia University Press, 1922.
[106] Cohen, Adam Max. *Technology and the Early Modern Self*. New York: Palgrave Macmillan, 2009.
[107] Cohen, Walter. "The *Merchant of Venice* and the Possibilities of Historical Criticism". *ELH* 49 (1982): 765—789.
[108] Colie, Rosalie. *Paradoxica Epidemica: The Renaissance Tradition of Paradox*. Princeton: Princeton University Press, 1966.
[109] Corballis, R. P. "The Name Antonio in English Renaissance Drama". *Cahiers Elizabethans* 25(1984):61—72.
[110] Cormack, Bradin. *A Power to Do Justice: Jurisdiction, English Literature,*

and the Rise of Common Law, 1509—1625. Chicago & London: The University of Chicago Press, 2007.

[111] Cottom, Daniel. *Cannibals and Philosophers: Bodies of Enlightenment*. Baltimore: Johns Hopkins University Press, 2001.

[112] Cox, Catherine I. "'Lord Have Mercy Upon Us': The King, the Pestilence, and Shakespeare's *Measure for Measure*". *Exemplaria* 20 (2008):430—457.

[113] Craig, Hardin, ed. *The Merchant of Venice*. Illinois: Scott Foresman, 1961.

[114] Crane, Mary Thomas. *Losing Touch with Nature: Literature and the New Science in Sixteenth-Century England*. Baltimore: Johns Hopkins University Press, 2014.

[115] Cronin, Michael. "Rug-headed Kerns Speaking Tongues: Shakespeare, Translation and the Irish Language", in M. T. Burnett and R. Wray, eds., *Shakespeare and Ireland*. London: Macmillan, 1997.

[116] Crooke, Helkiah. *Microkosmografia: A Description of the Body of Man*, London: William Laggard, 1615.

[117] Crumley, J. Clinton. "Questioning History in *Cymbeline*", *Studies in English Literature* 41.2 (2001): 297—315.

[118] Crystal, David & Crystal, Ben. *Shakespeare's Words: A Glossary and Language Companion*. New York: Penguin Books, 2002.

[119] Curtin, Chris and Varley, Anthony. "Children and Childhood in Rural Ireland: A Consideration of the Ethnographic Structure", in Chris Curtin, Mary Kelly and Liam O'Dowd, eds., *Culture and Ideology in Ireland*. Galway: Galway University Press, 1984.

[120] Daley, A. Stuart. "The Idea of Hunting in *As You Like It*", *Shakespeare Studies* 21(1993):72—95.

[121] Danby, John. *Shakespeare and the Doctrine of Nature*. London: Faber and Faber, 1952.

[122] Dean, John Candee. "The Astronomy of Shakespeare", *The Scientific Monthly* 19.4 (Oct., 1924):400—406.

[123] Dean, Leonard E. *Shakespeare: Modern Essays in Criticism*. New York: Oxford University Press, Inc., 1967.

[124] Dear, Peter. *Revolutionizing the Sciences: European Knowledge and Its Ambitions, 1500—1700*. Princeton: Princeton University Press, 2001.

[125] Deats, Sara Munson. "Isolation, Miscommunication, and Adolescent Suicide in the Play", in Harold Bloom, ed., *Bloom's Guides: Romeo and Juliet—New Edition*. New York: Bloom's Literary Criticism, 2010.

[126] Dobson, Michael and Wells, Stanley, eds. *The Oxford Companion to Shakespeare*. Oxford: Oxford University Press, 2001.

[127] Dodd, A. H. "North Wales in the Essex Revolt", *English Historical Review*, 59. 235(1944):348—370.

[128] Dodd, A. H. "Wales and the Scottish Succession", *Transactions of the Honourable Society of Cymmrodorion*, Session 1937 (1938): 201—225.

[129] Dolan, Frances E. "Early Modern Literature and the Law", *Huntington Library Quarterly* 71. 2(June 2008): 351—364.

[130] Dollimore, Jonathan &. Sinfield, Alan. "History and Ideology: the Instance of Henry V", in John Drakakis, ed., *Alternative Shakespeares*, London: Methuen, 1985.

[131] Donaldson, Peter. "Shakespeare, Globes and Global Media", *Shakespeare Survey* 52(1999):183—200.

[132] Duncan-Jones, Katherine. "Did the Boy Shakespeare Kill Calves?". *Review of English Studies* 55(2004): 183—195.

[133] Dupre, Louis. *Passage to Modernity: An Essay in the Hermeneutics of Nature and Culture*. New Haven: Yale University Press, 1993.

[134] Dusinberre, Juliet, ed., *The Arden Shakespeare: As You Like It*. London: Thomson Leanring,2006.

[135] Dyer, Alan D. "The Influence of Bubonic Plague in England 1500—1667". *Medical History* 22(1978):308—326.

[136] Eagleton, Terry. *Sweet Violence: The Idea of the Tragic*. Oxford: Blackwell Publishing, 2003.

[137] Edwards, Philip. *Threshold of a Nation: A Study in English and Irish Drama*. Cambridge: Cambridge University Press, 1979.

[138] Elgin, Kathy. *Elizabethan England*. Hong Kong: Bailey Publishing Associates Ltd., 2009.

[139] Elias, Norbert. *The Civilizing Process: Sociogenetic and Psychogenetic Investigations*. Eds. Eric Dunning, Johan Goudsblom, and Stephen Mennell. Tran. Edmund Jephcott. Oxford: Blackwell, 2000.

[140] Eliot, T. S. "Hamlet and His Problems", *Selected Essays*. New York: Harcout, Brace and Company, 1950.

[141] Eliot, T. S. "Shakespeare and the Stoicism of Seneca", *Essays*. Kenkyusha: Tokyo, 1940.

[142] Elton, W. R. *King Lear and The Gods*. Kentucky: The University Press of Kentucky,1988.

[143] Engle, Lars. *Shakespearian Pragmatism: Market of His Time*. Chicago: University of Chicago Press, 1993.

[144] Engle, Lars. "Thrift Is Blessing: Exchange and Explanation in *The Merchant of Venice*", *Shakespearean Quarterly* 37 (1986):20—37.

[145] Estok, Simon C. "Theory from the Fringes: Animals, Ecocriticism, Shakespeare", *Mosaic* 40.1(2007):61—79.

[146] Evans, G. Blakemore and Tobin, J. J. M., eds. *The Riverside Shakespeare* (second edition). Boston & New York: Houghton Mifflin Company, 1997.

[147] Evans, G. Blakemore, ed. *Romeo and Juliet*. Cambridge: Cambridge University Press, 2003.

[148] Fabricius, Johannes. *Syphilis in Shakespeare's England*. London: Jessica Kingsley Publishers, 1994.

[149] Falk, Dan. *The Science of Shakespeare: A New Look at the Playwright's Universe*. New York: Thomas Dunne Books, St. Martin's Press, 2014.

[150] Fernádez-Armesto, Felipe. *Near a Thousand Tables: A History of Food*. New York: The Free Press, 2002.

[151] Fitter, Chris. "'The Quarrel Is Between Our Masters and Us Their Men': *Romeo and Juliet*, Dearth, and the London Riots", *English Literary Renaissance* 30(2000):154—183.

[152] Fitzpatrick, Joan. *Food in Shakespeare*. Burlington: Ashgate, 2007.

[153] Fitzpatrick, Joan. *Shakespeare and the Language of Food*. New York: Continuum, 2011.

[154] Foakes, R. A., ed. *Henslowe's Diary* (second edition). Cambridge: Cambridge University Press, 2002.

[155] Forgeng, Jeffrey L. *Daily Life in Elizabethan England*. Oxford: Greenwood Press, 2010.

[156] Fox, Michael Allen. *Deep Vegetarianism*. Philadelphia: Temple University Press, 1999.

[157] Friedman, Alan Warren. *Fictional Death and the Modernist Enterprise*. Cambridge: Cambridge University Press, 1995.

[158] Furnivall, Frederick J., ed. *Captain Cox, His Ballads and Books* or *Robert Laneham's Letter*. London: Ballad Soc., 1871.

[159] Galluzzi, Paolo. *Renaissance Engineers from Brunelleschi to Leonardo da Vinci*. Florence: Istituo e Museo di Storia della Scienza, 1996.

[160] Garber, Marjorie. *Coming of Age in Shakespeare*. London: Routledge, 1997.

[161] Garmon, W. "Welsh Nationalism and Henry Tudor", *Transactions of the*

Honourable Society of Cymmrodorion(1917—1918):1—59.
[162] Gatti, Hilary. *The Renaissance Drama of Knowledge: Giordano Bruno in England*. London: Routledge,1989.
[163] Gavin, Adreinne E., ed. *The Child in British Literature: Literary Constructions of Childhood, Medieval to Contemporary*. New York: Palgrave Macmillan, 2012.
[164] Geneva, Ann. *Astrology and the Seventeenth Century Mind*. Manchester: Manchester University Press, 1995.
[165] Gibbons, Brian, ed. *Romeo and Juliet: The Arden Edition*. London and New York: Methuen, 1980.
[166] Giddens, Anthony. *The Consequences of Modernity*. Stanford: Stanford University Press, 1990.
[167] Gifford, Don. & Seidman, Robert J. *Ulysses Annotate: Notes for Joyces's Ulysses*. New York: E. P. Dutton,1974.
[168] Gil, Daniel Juan. "'Bare Life': Political Order and the Specter of Antisocial Being in Shakespeare's *Julius Caesar*", in Harold Bloom, ed., *Bloom's Modern Critical Interpretations: Julius Caesar* (New Edition). New York: Bloom's Literary Criticism, 2010.
[169] Gil, Daniel Juan. *Shakespeare's Anti-Politics: Sovereign Power and the Life of the Flesh*. New York: Palgrave Macmillan, 2013.
[170] Gingerich, Owen. "Great Conjunctions, Tycho, and Shakespeare", *Sky & Telescope* 61 (1981):393—395.
[171] Girard, René. *Violence and the Sacred*. Trans. Patrick Gregory. Baltimore: Johns Hopkins University Press, 1979.
[172] Goddard, Harold C. "Romeo and Juliet", in Harold Bloom, ed., *Modern Critical Interpretations of Shakespeare's Romeo and Juliet*. Philadelphia: Chelsea House, 2000.
[173] Goldberg, Jonathan. "Shakespeare Inscriptions: The Voicing of Power", in Patricia Parker and Geoffrey Hartman, eds., *Shakespeare and the Question of Theory*. London: Methuen,1985.
[174] Goldberg, Jonathan. *Sodometries: Renaissance Texts, Modern Sexualities*. Stanford: Stanford University Press, 1992.
[175] Goldstein, David B. *Eating and Ethics in Shakespeare's England*. Cambridge: Cambridge University Press, 2013.
[176] Goodrick-Clarke, Nicholas. *Paracelsus: Essential Readings*. Berkeley: North Atlantic Books, 1999.

[177] Grady, Huge, ed. *Shakespeare and Modernity: Early Modern to Millennium*. New York: Routledge, 2002.

[178] Grady, Hugh. "Falstaff: Subjectivity Between the Carnival and the Aesthetic", *Modern Language Review* 96.3(2001):609—623.

[179] Greenblatt, Stephen, ed. *New World Encounters*. Berkeley: University of California Press, 1993.

[180] Greenblatt, Stephen, ed. *The Norton Shakespeare*. New York & London: W. W. Norton & Company, 1997.

[181] Greenblatt, Stephen, ed. *The Norton Shakespeare* (second edition). New York & London: W. W. Norton & Company, 2008.

[182] Greenblatt, Stephen. *Renaissance Self-Fashioning: From More to Shakespeare*. Chicago: University of Chicago Press, 1980.

[183] Greenblatt, Stephen. *Shakespearean Negotiations: The Circulation of Social Energy in Renaissance England*. Berkeley: University of California Press, 1988.

[184] Greenblatt, Stephen. *Will in the World: How Shakespeare Became Shakespeare*. New York: W. W. Norton & Company, 2005.

[185] Greer, Germaine. *Shakespeare: A Very Short Introduction*. New York: Oxford University Press, 2002.

[186] Grene, Nicholas. *Shakespeare's Tragic Imagination*. London: MacMillan, 1992.

[187] Gullotta, Thomas P. and Bloom, Martin. Child and Family Agency of Southeastern Connecticut, eds., *Encyclopedia of Primary Prevention and Health Promotion*. New York: Kluwer Academic/Plenum Publishers, 2003.

[188] Gurr, Andrew and Ichikawa, Mariko. *Staging in Shakespeare's Theatres*. Oxford: Oxford University Press, 2000.

[189] Gurr, Andrew. *The Shakespearean Stage 1574—1642* (second edition). Cambridge: Cambridge University Press, 1980.

[190] Gurr, Andrew. *The Shakespearean Stage 1547—1642* (third edition). Cambridge: Cambridge University Press, 1996.

[191] Gurr, Andrew. "Why Captain Jamy in *Henry V*?", *Archiv fur das Studium der Neuren Sprachenuns Literaturen* 226.2(1989):365—373.

[192] Guthrie, W. G. "The Astronomy of Shakespeare", *Irish Astronomical Journal* 6.6 (1964): 201—211.

[193] Habermas, Jürgen. *The Philosophical Discourse of Modernity*. Cambridge: Polity Press, 1987.

[194] Hadfield, Andrew. "'Hitherto she ne're could fancy him': Shakespeare's

'British' Plays and the Exclusion of Ireland", in M. T. Burnett and R. Wray, eds. , *Shakespeare and Ireland*. London: Macmillan,1997.

[195] Hadfield, Andrew. "Republicanism in Sixteenth-and Seventeenth-Century Britain", in David Armitage, ed. , *British Political Thought in History, Literature and Theory, 1500—1800*. New York: Cambridge University Press, 2006.

[196] Hadfield, Andrew. *Shakespeare and Renaissance Politics*. New York and London: Bloomsbury, 2004.

[197] Hadfield, Andrew. *Shakespeare and Republicanism*. Cambridge: Cambridge University Press, 2005.

[198] Hale, David George. *The Body Politic: A Political Metaphor in Renaissance English Literature*. The Hague: Mouton, 1971.

[199] Halio, Jay L. , ed. *King Lear*. Cambridge: Cambridge University Press, 2007.

[200] Halio, Jay L. *Understanding The Merchant of Venice: A Student Casebook to Issues, Sources, and Historical Documents*. Westport: Greenwood Press, 2000.

[201] Halliday, Frank Ernest. *A Shakespeare Companion 1564—1964*. Baltimore: Penguin, 1964.

[202] Halpern, Richard. *The Poetics of Primitive Accumulation: English Renaissance Culture and the Genealogy of Capital*. Ithaca: Cornell University Press, 1991.

[203] Hansen, Carol. *Woman as Individual in English Renaissance Drama: A Defiance of the Masculine Code*. New York: Peter Lang, 1993.

[204] Harbage, Alfred. *Shakespeare's Audience*. New York: Columbia University Press, 1941.

[205] Harris, Jonathan Gil. "Atomic Shakespeare", *Shakespeare Studies* 30(2002): 47—51.

[206] Harris, Jonathan Gil. *Foreign Bodies and the Body Politic*. Cambridge: Cambridge University Press, 1998.

[207] Harris, Jonathan Gil. "Properties of Skill: Product Placement in Early English Artisanal Drama", in Jonathan Gil Harris and Natasha Korda, eds. , *Staged Properties in Early Modern English Drama*. Cambridge: Cambridge University Press, 2002.

[208] Harrison, Robert Pogue. *Forests: The Shadow of Civilization*. Chicago: University of Chicago Press,2009.

[209] Hawkins, Frederick. "Shylock and Other Stage Jews", *The Theatre* 1 (November 1879):191—198.

[210] Hemingway, S. B. , ed. *A New Variorum Edition of Henry the Fourth Part I*. Philadelphia: Lippincott, 1936.

[211] Henderson, Diana E. "The Theater and Domestic Culture", in John D. Cox and David Scott Kastan, eds. , *A New History of Early English Drama*. New York: Columbia University Press, 1997.

[212] Heninger, S. K. *A Handbook of Renaissance Meteorology*. Durham: Duke University Press, 1960.

[213] Henry, John. "Thomas Harriot and Atomism: A Reappraisal". *History of Science* 20(1982):267—296.

[214] Henslowe, Philip. *Henslowe's Dairy*. Ed. R. A. Foakes. Cambridge: Cambridge University Press, 2002.

[215] Henslowe, Philip. *Henslowe Papers*. Ed. Walter W. Greg. London: A. H. Bullen, 1907.

[216] Hentschell, Roze. *The Culture of Cloth in Early Modern England*. Burlington: Ashgate, 2008.

[217] Hentschell, Roze. "Treasonous Textiles: Foreign Cloth and the Construction of Englishness", *Journal of Medieval and Early Modern Studies* 32.3 (Fall 2002):543—570.

[218] Highley, Christopher. *Shakespeare, Spenser, and the Crisis in Ireland*. Cambridge: Cambridge University Press, 1997.

[219] Hillman, David and Carla Mazzio. *The Body in Parts: Fantasies of Corporeality in Early Modern Europe*. New York: Routledge, 1997.

[220] Hoenselaars, A. J. *Images of Englishmen and Foreigners in the Drama of Shakespeare and His Contemporaries: A Study of Stage Characters and National Identity in English Renaissance Drama, 1558—1642*. London: Associated University Presses, 1992.

[221] Holinshed, Raphael. *The Chronicles of England, Scotland and Ireland*. Printed by Henry Denham, at the expenses of John Harison, George Bishop, Rafe Newberie, Henrie Denham, and Thomas Woodcocke. London, 1587.

[222] *Holy Bible*. 南京:中国基督教协会,2000年。

[223] Honeyman, Susan. *Elusive Childhood: Impossible Representations in Modern Literature*. Columbus, OH: Ohio State University Press, 2005.

[224] Honigmann, E. A. J. "'There Is a World Elsewhere': William Shakespeare, Businessman", in Werner Habicht, D. J. Palmer, Roger Pringle, eds. ,

Images of Shakespeare: Proceedings of the Third Congress of the International Shakespeare Association, 1986. London: Associated University Press, 1988.

[225] Hopkins, Lisa & Steggle, Matthew. *Renaissance Literature and Culture*. London & New York: Continuum, 2006.

[226] Hopkins, Lisa. *The Shakespearean Marriage: Merry Wives and Heavy Husbands*. London: MacMillan, 1998.

[227] Hoskin, Michael, ed. *The Cambridge Concise History of Astronomy*. Cambridge: Cambridge University Press, 1999.

[228] Hotson, Leslie. *I, William Shakespeare, Do Appoint Thomas Russell, Esquire*. New York: Oxford University Press, 1938.

[229] Howard, Jean E. and Phyllis Rackin. *Engendering a Nation: A Feminist Account of Shakespeare's English Histories*. London: Routledge, 1997.

[230] Howell, Thomas B., ed. "Proceeding Between the Lady Frances Howard, Countess of Essex, and Robert Earl of Essex, Her Husband, Before the King's Delegates, in a Cause of Divorce: James I. A. D. 1613", *Cobbett's Complete Collection of State Trails and Proceedings for High Treason and Other Crimes and Misdemeanors from the Earliest Period to the Present Time*. London: R. Bagshaw, 1809.

[231] Hughes, Charles, ed. *Shakespeare's Europe*. New York: Benjamin Blom, 1967.

[232] Hughes, Richard A. *Lament, Death, and Destiny*. New York: Peter Lang Publishing, Inc., 2004.

[233] Hulme, Peter. *Colonial Encounters: Europe and the Native Caribbean, 1492—1797*. London: Methuen, 1986.

[234] Humphreys, A. R., ed. *King Henry IV*, Part II. London: Methuen, 1960.

[235] Humphreys, A. R., ed. *King Henry the Eighth*. London: Penguin Books, 1971.

[236] Hunt, Alan. *Governance of the Consuming Passions: A History of Sumptuary Law*. New York: St. Martin's Press, 1996.

[237] Hunter, G. K. "Flatcaps and Bluecoats: Visual Signals on the Elizabethan Stage", *Essays and Studies* 33 (1980): 16—47.

[238] Hunter, Lynette. "Cankers in *Romeo and Juliet*: Sixteenth-Century Medicine at a Figural / Literal Cusp", in Stephanie Moss and Kaara L. Peterson, eds., *Disease, Diagnosis, and Cure on the Early Modern Stage*. Burlington, VT: Ashgate, 2004.

[239] Hunt, John. "A Thing of Nothing: The Catastrophic Body in Hamlet", *Shakespeare Quarterly* 39.1(1988):27—44.
[240] Hussey, Maurice. *The World of Shakespeare and His Contemporaries: A Visual Approach*. London: Heinemann, 1971.
[241] Ivic, Christopher. "'Bastard Normans, Norman Bastards': Anomalous Identities in *The Life of Henry the Fifth*", in Willy Maley and Philip Schwyzer, eds., *Shakespeare and Wales: From the Marches to the Assembly*. Burlington: Ashgate, 2010.
[242] Jacoby, Russell. *Bloodlust: On the Roots of Violence from Cain and Abel to the Present*. New York: Free Press, 2011.
[243] Jacuot, Jean. "Thomas Harriot's Reputation for Impiety", in John Shirley, ed., *A Source Book for the Study of Thomas Harriot*. New York: Amo Press, 1981.
[244] James, Heather. *Shakespeare's Troy: Drama, Politics, and the Translation of Empire*. Cambridge: Cambridge University Press, 1997.
[245] James I, *The Political Works of James I*, Ed. Charles Howard McIlwain. Cambridge: Harvard University Press, 1918.
[246] Jardine, Lisa. "Encountering Ireland: Gabriel Harvey, Edmund Spenser, and English Colonial Ventures", in Brendan Bradshaw, Andrew Hadfied and Willy Maley, eds., *Representing Ireland: Literature and the Origins of Conflict, 1534—1660*. New York: Cambridge University Press, 1993.
[247] Jenkins, Harold, ed. *Hamlet*. London and New York: Methuen, 1982.
[248] Johansson, Ingvar & Lynöe, Niels. *Medicine & Philosophy: A Twenty-first Century Introduction*. Heusenstamm: ontos verlag, 2008.
[249] Jones, Ann Rosalind and Stallybrass, Peter. *Renaissance Clothing and the Materials of Memory*. Cambridge: Cambridge University Press, 2000.
[250] Jones, Emrys. "Stuart Cymbeline", *Essays in Criticism* 11 (1961): 84—89.
[251] Jones, R. Brinley. *The Old British Tongue: The Vernacular in Wales 1540—1640*. Cardiff: Avalon, 1970.
[252] Joyce, James. *Ulysses*. London: Wordsworth Editions Limited, 2010.
[253] Judovitz, Dalia. *The Culture of the Body: Genealogies of Modernity*. Ann Arbor: University of Michigan Press, 2001.
[254] Kahn, Coppelia. *Roman Shakespeare: Warriors, Wounds and Women*. New York: Routledge, 1997.
[255] Kahn, Coppelia. "The Shadow of the Male", in Graham Holderness, ed., *Shakespeare's History Plays: Richard II to Henry V*. New York: St.

Martin's, 1992.

[256] Kant, Immanuel. "Of Duties to Animals and Spirits", in Peter Heath and J. B. Schneewind, eds. , Peter Heath, trans. , *Lectures on Ethics*. Cambridge: Cambridge University Press, 1997.

[257] Karagon, Robert. *Atomism in England from Harriot to Newton*. Oxford: Clarendon Press, 1966.

[258] Kastan, David Scott. *Shakespeare After Theory*. London: Routledge, 1999.

[259] Keele, Kenneth D. *Leonardo da Vinci's Elements of the Science of Man*. New York: Academic Press, 1983.

[260] Kiberd, Declan. *Inventing Ireland: The Literature of the Modern Nation*. London: Jonathan Cape,1995.

[261] Kiefer, Frederic. *Shakespeare's Visual Theatre: Staging the Personified Characters*. Cambridge: Cambridge University Press, 2003.

[262] Kilgour, Maggie. "Foreword", in Kristen Guest, ed. , *Eating Their Words: Cannibalism and the Boundaries of Cultural Identity*, Albany: State University of New York Press, 2001.

[263] King, Margaret L. *Women of the Renaissance*. Chicago: University of Chicago Press, 1991.

[264] Kinney, Arthur F. , ed. *The Oxford Handbook of Shakespeare*. Oxford: Oxford University Press, 2012.

[265] Kinney, Arthur F. *Shakespeare by Stages: An Historical Introduction*. Oxford: Blackwell Publishing, 2003.

[266] Kliger, Samuel. *The Goths in England: A Study in Seventeenth and Eighteenth Century Thought*. Cambridge: Harvard University Press, 1952.

[267] Knafla, Louis A. *Law and Politics in Jacobean England: The Tracts of Lord Chancellor Ellesmere*. Cambridge: Cambridge University Press, 1977.

[268] Knowles, Ronald. "Hamlet and Counter-Humanism", *Renaissance Quarterly* 52(1999):1046—1069.

[269] Kornstein, Daniel. *Kill All Lawyers?: Shakespeare's Legal Appeal*. Lincoln: University of Nebraska Press, 2005.

[270] Kuchta, David. *The Three-Piece Suit and Modern Masculinity: England, 1550—1850*. Berkeley: University of California Press, 2002.

[271] Kumar, Krishan. *The Making of English National Identity*. Cambridge: Cambridge University Press, 2003.

[272] Kuzner, James. *Open Subjects: English Renaissance Republicans, Modern Selfhoods, and the Virtue of Vulnerability*. Edinburgh: Edinburgh

University Press,2011.

[273] Larkin, James F. and L. Hughes, Paul, eds. *Stuart Royal Proclamations*, Vol. I. Oxford: Oxford University Press, 1973.

[274] Laroque, Francois. "Shakespeare's 'Battle of Carnival and Lent': The Falstaff Scenes Reconsidered(1 &2 Henry IV)", in Ronald Knowles, ed., *Shakespeare and Carnival: After Bakhtin*. Basingstoke: Macmillan, 1998.

[275] Laslett, Peter. *Family Life and Illicit Love in Earlier Generations: Essays in Historical Sociology*. Cambridge: Cambridge University Press, 1977.

[276] Laslett, Peter. *The World We Have Lost Further Explored*, 3rd edn. London: Methuen, 1983.

[277] Latour, Bruno. *Science in Action: How to Follow Scientists and Engineers Through Society*. Cambridge: Harvard University Press, 1987.

[278] Latourette, K. S. *A History of Christianity*, Vol. 2. New York: Harper&Row Publishers, 1975.

[279] Leavy, Barbara Fass. *To Blight with Plague: Studies in a Literary Theme*. New York: New York University Press, 1992.

[280] Leech, Clifford. "The Structure of the Last Plays", *Shakespeare Survey* 11 (1958):19—30.

[281] Lee, Sidney. "The original of Shylock",*Gentleman's Magazine* 246 (1880): 185—220.

[282] Leerssen, Joseph. *Mere Irish&Fior-Ghael: Studies in the Idea of Irish Nationality, Its Development and Literary Expression Prior to the Nineteenth Century*. Amsterdam: John Benjamins,1986.

[283] Leggatt, Alexander. *Jacobean Public Theatre*. London: Routledge, 1992.

[284] Leinwand, Theodore B. "Shakespeare and the Middling Sort", *Shakespeare Quarterly* 44(1993):284—303.

[285] Leinwand, Theodore B. *The City Staged: Jacobean City Comedy 1603—1613*. Madison: University of Wisconsin Press, 1986.

[286] Lestringant, Frank. *Cannibals*. Berkeley: University of California Press, 1997.

[287] Levack, Brian P. *The Civil Lawyers in England, 1603—1641: A Political Study*. Oxford: Clarendon Press, 1973.

[288] Levack, Brian P. *The Formation of the British State: England, Scotland, and the Union 1603—1707*. Oxford: Clarendon Press, 1987.

[289] Levalski, Barbara K. "Biblical Allusion and Allegory in *The Merchant of Venice*", *Shakespearean Quarterly* 13(1962):327—343.

[290] Levenson, Jill L. , ed. *Romeo and Juliet*. New York: Oxford University Press, 2000.
[291] Levinas, Emmanuel. *Totality and Infinity: An Essay on Exteriority*. Trans. Alphonso Lingis. Pittsburgh, PA: Duquesne University Press, 1969.
[292] Levy, David H. *The Sky in Early Modern English Literature: A Study of Allusions to Celestial Events in Elizabethan and Jacobean Writing, 1572—1620*. New York: Springer, 2011.
[293] Levy, D. H. *Starry Night: Astronomers and Poets Read the Stars*. Amherst: Prometheus Books, 2000.
[294] Lockey, Brian C. *Law and Empire in English Renaissance Literature*. New York: Cambridge University Press, 2006.
[295] Macfarlane, Alan. *The Origins of English Individualism: The Family Property and Social Transition*. Oxford: Wiley, 1978.
[296] MacIntyre, Jean. *Costumes and Scripts on the Elizabethan Stage*. Alberta: University of Alberta Press, 1992.
[297] Maisano, Scott. "Infinite Gesture: Automata and the Emotions in Descartes and Shakespeare", in Jessica Riskin, ed. , *Genesis Redux: Essays in the History and Philosophy of Artificial Life*. Chicago: The University of Chicago Press,2007.
[298] Maitland, Frederic William. *English Law and the Renaissance, The Rede Lecture of 1901*. London: Cambridge University Press, 1901.
[299] Maley, Willy. "*Cymbeline*, the Font of History, and the Matter of Britain: From Times New Roman to Italic Type", in Diana E. Henderson, ed. , *Alternative Shakespeare 3*. London: Routledge,2008.
[300] Maley, Willy. *Nation, State and Empire in English Renaissance Literature*. New York: Palgrave,2003.
[301] Maley, Willy. "'This Sceptred Isle': Shakespeare and the British Problem", in John Joughin, ed. , *Shakespeare and National Culture*. Manchester: Manchester University Press, 1997.
[302] Mallin, Eric. *Inscribing the Time: Shakespeare and the End of Elizabethan England*. Berkeley: University of California Press, 1995.
[303] Mallin, Eric S. *Godless Shakespeare*. New York: Continuum, 2007.
[304] Marchitello, Howard. *The Machine in the Text: Science and Literature in the Age of Shakespeare and Galileo*. New York: Oxford University Press, 2011.
[305] Marcus, Leah. *Puzzling Shakespeare, Local Reading and Its Discontents*. Berkeley: University of California Press, 1988.

[306] Marcus, Leah S. *Childhood and Cultural Despair: A Theme and Variations in Seventeenth-Century Literature*. Pittsburgh: Pittsburgh University Press, 1978.

[307] Margeson, John, ed. *King Henry VIII*. Cambridge: Cambridge University Press, 1990.

[308] Marshall, Cynthia. "Portia's Wound, Calphurnia's Dream: Reading Character in Julius Caesar Source", *English Literary Renaissance* 24(994):471—488.

[309] Marson, Janyce, ed. *Bloom's Shakespeare Through the Ages*. New York: Bloom's Literary Criticism, 2008.

[310] Martin, Michael R. and Harrier, Richard. *The Concise Encyclopedic Guide to Shakespeare*. New York: Horizon Press, 1971.

[311] McClure, Norman Egbert, ed. *Letters of John Chamberlain*. Philadelphia: American Philosophical Society, 1939.

[312] McCracken, Grant. *Culture and Consumption: New Approaches to the Symbolic Character of Consumer Goods and Activities*. Bloomington, IN: Indiana University Press, 1988.

[313] McDiarmid, John F., ed. *The Monarchical Republic of Early Modern England*. Burlington, VT: Ashgate, 2007.

[314] McDonald, Russ and Cowen Orlin, Lena, eds. *The Bedford Shakespeare*. Boston and New York: Bedford/ St. Martin's, 2015.

[315] McGinn, Colin. *Shakespeare's Philosophy*. New York: Harper Perennial, 2006.

[316] Melchiori, Giorgio, ed. *The Merry Wives of Windsor*. London: Thomas Nelson and Sons, 2000.

[317] Melchiori, Giorgio, ed. *The Second Part of King Henry IV*. Cambridge: Cambridge University Press, 1989.

[318] Melnikoff, Kirk and Gieskes, Edward, eds. *Writing Robert Greene: Essays on England's First Notorious Professional Writer*. Burlington: Ashgate Publishing Company, 2008.

[319] Milward, Peter. *Shakespeare's Religious Background*. Bloomington: Indiana University Press, 1973.

[320] Miner, Madonne M. "'Neither Mother, Wife, nor England's Queen': The Role of Women in *Richard III*", in Lenz, Carolyn Ruth Swift & Greene, Gayle & Neely, Carol Thomas, eds., *The Woman's Part: Feminist Criticism of Shakespeare*. Urbana: University of Illinois Press, 1980.

[321] Morrill, John, "The Fashioning of Britain", in Steven G. Ellis and Sarah Barber, eds., *Conquest & Union: Fashioning a British State, 1485—1725*.

London and New York: Longman, 1995.
[322] Morris, Tim. *You're Only Young Twice: Children's Literature and Film*. Urbana and Chicago: University of Illinois Press, 2000.
[323] Morse, Ruth. "Unfit for Human Consumption: Shakespeare's Unnatural Food", *Jahrbuch der Deutschen Shakespeare-Gesellschaft West* (1983): 125—149.
[324] Muir, Kenneth. *The Sources of Shakespeare's Plays*. Oxon: Routledge, 1977.
[325] Mullett, Charles F. *The Bubonic Plague and England*. Lexington: University of Kentucky Press, 1956.
[326] Murakami, Ineke. *Moral Play and Counterpublic: Transformations in Moral Drama, 1465—1599*. New York: Routledge, 2011.
[327] Murdoch, John E. "The Tradition of Minima Naturalia", in Christoph Luthy, John E. Murdoch, and William R. Newman, eds., *Late Medieval and Early Modern Corpuscular Matter Theories*, Leiden: Brill, 2001.
[328] Murphy, Andrew, ed. *A Concise Companion to Shakespeare and the Text*. Carlton: Blackwell Publishing Ltd., 2007.
[329] Murphy, Andrew. "Shakespeare's Irish History", *Literature and History*, 5 (1996):38—59.
[330] Murphy, Virginia. "The Literature and Propaganda of Henry VIII's First Divorce", in Diarmaid MacCulloch, ed., *The Reign of Henry VIII: Politics, Policy and Piety*. London: Macmillan, 1995.
[331] Neill, Michael. "Broken English and Broken Irish: Nation, Language, and the Optic of Power in Shakespeare's Histories", *Shakespeare Quarterly* 45 (1994):1—32.
[332] Neill, Michael. "*Henry V*: A Modern Perspective", in B. A. Mowat and P. Werstine, eds., *Henry V: The New Folger Library Shakespeare*. New York: Washington Square Press, 1995.
[333] Neill, Michael. *Issues of Death: Mortality and Identity in English Renaissance Tragedy*. Oxford: Oxford University Press, 1998.
[334] Nelson, Benjamin. "Actors, Directors, Roles, Cues, Meanings, Identities: Further Thought on 'Anomie'", *The Psychoanalytic Review* 51.1(1965): 141—142.
[335] Nevo, Ruth. *Comic Transformations in Shakespeare*. London: Methuen, 1980.
[336] Nicolson, M. H. "English Almanacs and the 'New Astronomy'". *Annals of Science* 4.1(1939): 1—33.

[337] Noble, Louise. "'And Make Two Pasties of Your Shameful Heads': Medicinal Cannibalism and Healing the Body Politic in *Titus Andronicus*", *ELH* 70 (2003):677—708.

[338] Noble, Louise. *Medicinal Cannibalism in Early Modern English Literature and Culture*. New York: PALGRAVE MACMILLAN, 2011.

[339] Norbrook, David. *Writing the English Republic: Poetry, Rhetoric and Politics, 1627—1660*. New York: Cambrideg University Press, 1999.

[340] Olson, Donald W., Marilyn, S. Olson and Doescher, Russell L. "The Stars of Hamlet", *Sky & Telescope* (November 1998): 68—73.

[341] Orgel, Stephen. *Impersonations: The Performance of Gender in Shakeespeare's England*. New York: Cambridge University Press, 1996.

[342] Orgel, Stephen. *The Illusion of Power: Political Theater in the English Renaissance*. Berkeley: University of California Press, 1975.

[343] Orme, Nicholas. *From Childhood to Chivalry: The Education of the English Kings and Aristocracy 1066—1530*. London: Methuen, 1984.

[344] Owen, G. Dyfnallt. *Elizabethan Wales: The Social Scene*. Cardiff: University of Wales Press, 1964.

[345] Owen, G. Dyfnallt. *Wales in the Reign of James I*. Woodbridge: Boydell, 1988.

[346] Ozment, Steven. *When Fathers Ruled: Family Life in Reformation Europe*. Cambrideg, Mass., and London: Harvard University Press, 1983.

[347] Pacey, Arnold. *The Culture of Technology*. Cambridge: MIT Press, 1983.

[348] Pagden, Anthony. *The Fall of Natural Man*, 2nd. ed. New York: Cambridge University Press, 1992.

[349] Pagden, A. R. *The Fall of Natural Man*. Cambridge: Cambridge University Press, 1982.

[350] Palmer, Alan & Palmer, Veronica, eds. *Who's Who in Shakespeare's England*. New York: Palgrave Macmillan, 1999.

[351] Palmer, Richard. "The Church, Leprosy and the Plague in Medieval and Early Modern Europe", in W. J. Sheils, ed., *The Church and Healing*. Oxford: Basil Blackwell, 1982.

[352] Parker, Derek. *Familiar to All: William Lilly and Astrology in the Seventeenth Century*. London: Jonathan Cape Ltd., 1975.

[353] Parker, Patricia. *Shakespeare from the Margins: Language, Culture, Context*. Chicago, IL: University of Chicago Press, 1996.

[354] Paster, Gail Kern. *Humoring the Body: Emotions and the Shakespeare Stage*.

Chicago: University of Chicago Press, 2004.
[355] Paster, Gail Kern. *The Body Embarrassed: Drama and the Disciplines of Shame in Early Modern England*. Ithaca: Cornell University Press, 1993.
[356] Paton, Henry, ed. *Manuscripts of the Earl of Mar & Kellie*, HMC (*Historical Manuscript Commission*) *Reports*, No. 60. London: H. M. S. O., 1930.
[357] Patrides, C. A. "The Microcosm of Man", *Notes and Queries* CCV (1960): 54—56 and CCVIII(1963):282—286.
[358] Patterson, Annabel. "Back by Popular Demand: The Two Versions of Henry V", *Renaissance Drama* n. s., 19(1988):29—62.
[359] Patterson, Annabel. *Censorship and Interpretation: The Conditions of Writing and Reading in Early Modern England*. Madison: University of Wisconsin Press, 1984.
[360] Patterson, Annabel. *Shakespeare and the Popular Voice*. Cambridge: Basil Blackwell,1989.
[361] Patterson, W. B. *King James VI and I and the Reunion of Christendom*. Cambridge: Cambridge University Press, 1997.
[362] Peabody, Oliver William Bourn & Singer, Samuel Weller & Symmons, Charles & Collier, John Payne & Sampson & Van Buren, Martin, eds. *The Dramatic Works of William Shakespeare with A Life of the Poet, and Notes*, Vol. VII. Boston: Hilliard, Gray, and Company, 1839.
[363] Pearce, Philippa. "The Writer's View of Childhood", in Elinor Whitney Field, ed., *Horn Book Reflections: On Children's Books and Reading*. Boston: Horn Book, 1969.
[364] Pelling, M. "Skirting the City? Disease, Social Change and Divided Households in the Seventeenth Century", in P. Griffiths and M. S. R. Jenner, eds., *Londinopolis*. Manchester: Manchester University Press, 2000.
[365] Peltonen, Markku. *Classical Humanism and Republicanism in English Political Thought 1570—1640*. New York: Cambridge University Press, 1995.
[366] Piesse, A. J. "Character Building: Shakespeare's Children in Context", in Kate Chedgzoy, Susanne Greenhalgh, and Robert Shaughnessy, eds., *Shakespeare and Childhood*. Cambridge: Cambridge University Press, 2007.
[367] Pitt, Angela. *Shakespeare's Women*. London: David & Charles, 1981.
[368] Platter, Thomas. *Thomas Platter's Travels in England*. Trans. Clare Williams. London: Jonathan Cape, 1959.

[369] Plutarch. "Whether Land or Sea Animals Are Cleverer", in Harold Cherniss and William C. Helmbold, trans., *Moralia*. Cambridge: Harvard University Press, 1957.

[370] Pocock, J. G. A. "Limits and Divisions of British History: In Search of the Unknown Subject", *American Historical Review* 87(1982):311—336.

[371] Pocock, J. G. A. *The Machiavellian Moment: Florentine Political Thought and the Atlantic Republican Tradition*. Princeton: Princeton University Press, 1975.

[372] Pollan, Michael. *The Omnivore's Dilemma*. New York: Penguin, 2006.

[373] Portey, Roy, ed. *The Cambridge Illustrated History of Medicine*. Cambridge: Cambridge University Press, 2006.

[374] Prynne, William. *Histriomastix*. Ed. Arthur Freeman. New York: Garland Publishing, 1974.

[375] Quinn, David Beers. "New Geographical Horizons: Literature", in Fredi Chiappelli, Michael J. B. Allen, and Robert Louis Benson, eds., *First Images of America: The Impact of the New World on the Old*. Berkeley: University of California Press, 1976.

[376] Quinn, David Beers. *The Elizabethans and the Irish*. Ithaca: Cornell University Press, 1966.

[377] Rackin, Phyllis. "Patriarchal History and Female Subversion in King John", in Deborah T. Curren-Aquino, ed., *King John: New Perspectives*. Newark: University of Delaware Press, 1989.

[378] Raffield, Paul. *Shakespeare's Imaginary Constitution: Late-Elizabethan Politics and the Theatre of Law*. Portland, OR: Hart, 2010.

[379] Raman, Shankar. "Specifying Unknown Things: The Algebra of *The Merchant of Venice*", in Bronwen Wilson and Paul Yachnin, eds., *Making Publics in Early Modern Europe: People, Things, Forms, of Knowledge*. New York: Routledge, 2010.

[380] Ranald, Margaret Loftus. *Shakespeare and His Social Context*. New York: AMS, 1987.

[381] Reynolds, Graham. "Elizabethan and Jacobean:1558—1625", in James Laver, ed., *Costume of the Western World*. New York: Harper and Brothers, 1951.

[382] Rhodes, Neil and Sawday, Jonathan, eds. *The Renaissance Computer: Knowledge Technology in the First Age of Print*. London: Routledge, 2000.

[383] Rice, Raymond J. "Cannibalism and the Act of Revenge in Tudor-Stuart Drama", *SEL* 44.2(2004):297—316.

[384] Richardson, Catherine. *Shakespeare and Material Culture*. Oxford: Oxford University Press, 2011.

[385] Ridley, Jasper. *The Tudor Age*. London: Robinson, 2002.

[386] Ripley, John. *Julius Caesar on Stage in England and America 1599—1973*. New York: Cambridge University Press, 1980.

[387] Robson, Mark. *Stephen Greenblatt*. New York: Routledge, 2008.

[388] Rose, Mary Beth. "Where Are the Mothers in Shakespeare? Options for Gender Representation in the English Renaissance", *Shakespeare Quarterly* 42.3(1991): 291—314.

[389] Rosenfield, Leonora Cohen. *From Beast-Machine to Man-Machine: Animal Soul in French Letters from Descartes to La Mettrie*. New York: Octagon Books, 1968.

[390] Royster, Francesca T. "White-limed Walls: Whiteness and Gothic Extremism in Shakespeare's *Titus Andronicus*", *Shakespeare Quarterly* 51.4 (2000): 432—455.

[391] Rzepka, Adam. "Discourse Ex Nihilo: Epicurus and Lucretius in Sixteenth-Century England", in Brooke Holmes, W. H. Shearin, eds., *Dynamic Reading: Studies in the Reception of Epicureanism*. Oxford: Oxford University Press, 2012.

[392] Saccio, Peter. *Shakespeare's English Kings: History, Chronicle and Drama*. London: Oxford University Press, 1977.

[393] Sanders, Julie. *Ben Jonson's Theatrical Republics*. New York: Palgrave Macmillan, 1998.

[394] Sandy, P. R. *Divine Hunger: Cannibalism as a Cultural System*. Cambridge: Cambridge University Press, 1986.

[395] Santayana, George. *Interpretations of Poetry and Religion*. New York: Harper and Bros, 1957.

[396] Sass, Lorna J. *To the Queen's Taste*. New York: The Metropolitan Museum of Art, 1976.

[397] Sawday, Jonathan. *Engines of the Imagination: Renaissance Culture and the Rise of Machine*. London and New York: Routledge, 2007.

[398] Sawday, Jonathan. "'Forms Such as Never Were in Nature': The Renaissance Cyborg", in Erica Fudge, Ruth Gilbert, and Susan Wiseman, eds., *At the Borders of the Human: Beasts, Bodies and Natural Philosophy in the Early Modern Period*. Basingstoke: Palgrave Macmillan, 2002.

[399] Sawday, Jonathan. *The Body Emblazoned: Dissections and the Human Body*

in Renaissance Culture. London: Routledge, 1995.

[400] Scarisbrick, J. J. , ed. Henry VIII. Berkeley and Los Angeles: University of California Press, 1968.

[401] Scholz, Susanne. Body Narratives: Writing the Nation and Fashioning the Subject in Early Modern England. New York: St. Martin's Press, 2000.

[402] Schreffler, Michael J. "Vespucci Rediscovers America: The Pictorial Rhetoric of Cannibalism in Early Modern Culture", Art History 28. 3 (2005): 295—310.

[403] Segan, Francine. Shakespeare's Kitchen: Renaissance Recipes for the Contemporary Cook. New York: Random House, 2003.

[404] Shapiro, James. Shakespeare and the Jews. New York: Columbia University Press, 1996.

[405] Sheen, Erica. "'The Agent for His Master': Political Service and Professional Liberty in Cymbeline", in Gordon Mcmullan and Jonathan Hope, eds. , The Politics of Tragicomedy: Shakespeare and After. London: Routledge, 1992.

[406] Shewmaker, Eugene. Shakespeare's Language: A Glossary of Unfamiliar Words in His Plays and Poems. New York: Facts on File, 1996.

[407] Shirley, Thomas. Thomas Harriot: A Biography. Oxford: Clarendon, 1983.

[408] Simonds, Peggy Munez. Myth, Emblem and Music in Shakespeare's Cymbeline: An Iconographic Reconstruction. Newark: University of Delaware Press, 1992.

[409] Sinfield, Alan. Faultlines: Cultural Materalism and the Politics of Dissident Reading. Berkeley: University of California Press, 1992.

[410] Singer, Peter. Animal Liberation, New York: ECCO, 2002.

[411] Singer, Peter. "A Vegetarian Philosophy", in Sian Griffiths, Jennifer Wallace, eds. , Consuming Passions: Food in the Age of Anxiety. Manchester: Manchester University Press, 1998.

[412] Skinner, Quentin. Liberty Before Liberalism. New York: Cambridge University Press, 1998.

[413] Slack, Paul. The Impact of Plague on Tudor and Stuart England. Oxford: Clarendon Press, 1985.

[414] Smith, Bruce R. Phenomenal Shakespeare. Malden: Wiley-Blackwell, 2010.

[415] Smith, Bruce R. Shakespeare and Masculinity. Oxford: Oxford University Press, 2000.

[416] Smith, Michael Garfield. Corporations and Society: The Social Anthropology of Collective Action. London: Duckworth, 1974.

[417] Smith, Warren D. "The Elizabethan Rejection of Judicial Astrology and Shakespeare's Practice", *Shakespeare Quarterly*. 9.2. (1975):159—176.

[418] Smuts, R. Malcolm. "Art and the Material Culture of Majesty in Early Stuart England", in R. Malcolm Smuts, ed. , *The Stuart Court and Europe: Essays in Politics and Political Culture*. New York: Cambridge University Press, 1996.

[419] Sondheim, Moriz. "Shakespeare and the Astrology of His Time", *Journal of the Warburg Institute* 2.3 (Jan. , 1939):243—259.

[420] Sontag, Susan. *Illness as Metaphor & Aids and Its Metaphors*. New York: Penguin Books, 1991.

[421] Spencer, Colin. *Heretic's Feast: A History of Vegetarianism*. Hanover, NH: University Press of New England, 1995.

[422] Spevack, M. *A Complete and Systematic Concordance to the Works of Shakespeare*. Hildesheim: Georg Olms Verlagsbuchhandlung, 1970.

[423] Spurgeon, Caroline. *Shakespeare's Imagery: And What It Tells Us*. Cambridge: Cambridge University Press, 1935.

[424] Staden, Heinrich Von. "Women and Dirt", *Helios* 19.1—2 (1992): 7—30.

[425] Stallybrass, Peter. "Worn Worlds: Clothes and Identity on the Renaissance Stage", in Margreta de Grazia, Maureen Quilligan and Peter Stallybrass, eds. , *Subject and Object in Renaissance Culture*. New York: Cambridge University Press, 1996.

[426] Stone, Lawrence. *The Crisis of the Aristocracy 1558—1641*. Oxford: Oxford University Press, 1967.

[427] Stone, Lawrence. *The Family, Sex and Marriage in England 1500—1800*. New York: Harper & Row Publisher, 1979.

[428] Stonex, Arthur Bivins. "The Usurer in Elizabethan Drama", *PMLA* 31 (1916):190—210.

[429] Strachey, Lytton. *Elizabeth and Essex: A Tragic History*. London: Chatto and Windus, 1928.

[430] Sullivan, Vickie B. *Machiavelli, Hobbes and the Formation of a Liberal Republicanism in England*. New York: Cambridge University Press, 2004.

[431] Surtz, S. J. Edward. & Murphy, Virginia, eds. *The Divorce Tracts of Henry VIII*. Angers: Moreana, 1988.

[432] Sutton, John. "Controlling the Passions: Passion, Memory, and the Moral Physiology of Self in Seventeenth-Century Neurophilosophy", in Stephen Gaukroger, ed. , *The Soft Underbelly of Reason: The Passions in the*

Seventeenth Century. London: Routledge, 1998.

[433] Tarlow, Sarah. *Ritual, Belief and the Dead in Early Modern Britain and Ireland*. Cambridge: Cambridge University Press, 2011.

[434] Tawney, R. H. *Religion and the Rise of Capitalism*. New York: Transaction Publishers, 1998.

[435] Taylor, Gary, ed. *Henry V*. Oxford: Clarendon Press, 1982.

[436] Taylor, Gary. "The War in *King Lear*", *Shakespeare Survey* 33 (1980): 27—31.

[437] Taylor, Marion Ansel. *Bottom Thou Art Translated: Political Allegory in A Midsummer Night's Dream and Related Literature*. Amsterdam: Rodopi, 1973.

[438] Teague, Frances. *Shakespeare's Speaking Properties*. Lewisburg: Bucknell University Press, 1991.

[439] Temkin, Owsei. *The Double Face of Janus and Other Essays in the History of Medicine*. Baltimore: Johns Hopkins University Press, 1977.

[440] Tennenhouse, Leonard. "Strategies of State and Political Plays: *A Midsummer Night's Dream*, *Henry IV*, *Henry V*, *Henry VIII*", in Jonathan Dollimore, and Alan Sinfield, eds., *Political Shakespeare: New Essays in Cultural Materialism*. Ithaca: Cornell University Press, 1985.

[441] *The New Encyclopedia Britannica*, Vol. 2. Chicago: Encyclopedia Britannica, Inc., 1983.

[442] *The Oxford English Dictionary* (second edition). Oxford: Clarendon Press, 1989.

[443] Thomas, Keith. *Man and the Natural World: Changing Attitudes in England 1500—1800*. New York: Penguin Books, 1984.

[444] Thomas, Keith. *Religion and the Decline of Magic: Studies in Popular Beliefs in Sixteenth and Seventeenth Century England*. London: Weidenfeld & Nicolson, 1971.

[445] Thompson, Ann. "Person and Office: The Case of Imogen, Princess of Britain", in Vincent Newby and Ann Thompson, eds., *Literature and Nationalism*. Liverpool: Liverpool University Press, 1991.

[446] Tillyard, E. M. W. *The Elizabethan World Picture*. New York: MacMillan, 1944.

[447] Tillyard, E. W. *Shakespeare's History Plays*. London: Chatto, 1944.

[448] Tocqueville, Alexis de. *Memoir, Letters, and Remains of Alexis de Tocqueville*, Vol I. Cambridge: Macmillan, 1961.

[449] Totaro, Rebecca. *Suffering in Paradise: The Bubonic Plague in English Literature from More to Milton.* Pittsburgh, Pa.: Duquesne University Press, 2005.

[450] Totaro, Rebecca. "The Meteorophysiology of the Curse in Shakespeare's First Tetralogy", *English Language Notes* 51.1(2013):191—210.

[451] Traub, Valerie. "Prince Hal's Falstaff: Positioning Psychoanalysis and the Female Reproductive Body", *Shakespeare Quarterly* 40.4(1989):456—474.

[452] Trousdale, Marion. "A Trip Through The Divided Kingdoms", *Shakespeare Quarterly* 37(1986):220—221.

[453] Trussler, Simon. *The Cambridge Illustrated History of British Theatre.* Cambridge: Cambridge University Press, 2000.

[454] Turner, Henry S. "King Lear Without: The Health", *Renaissance Drama* 28 (1997):161—183.

[455] Ungerer, Gustav. *Anglo-Spanish Relations in Tudor Literature.* Madrid: Artes graf. Clavileno, 1956.

[456] Usher, Peter. "A New Reading of Shakespeare's *Hamlet*", *Bulletin of the American Astronomical Society* 28 (1996): 1305.

[457] Usher, Peter. *Hamlet's Universe.* San Diego: Aventine Press, 2007.

[458] Usher, Peter. *Shakespeare and the Dawn of Modern Science.* Amherst, New York: Cambria Press. 2010.

[459] Vaughan, V. Mason & Vaughan, A. T., eds. *The Tempest.* London: Methuen Drama, 1999.

[460] Voss, Paul. "The Antifraternal Tradition in English Renaissance Drama", *Cithara: Essays in the Judeo-Christian Tradition* 33.1 (1993):3—16.

[461] Waith, Eugene M. "The Metamorphosis of Violence in *Titus Andronicus*", in Philip C. Kolin, ed., *Titus Andronicus: Critical Essays.* New York: Garland Publishing, 1995.

[462] Weimann, Robert. *Shakespeare and the Popular Tradition in the Theater: Studies in the Social Dimension of Dramatic Form and Function.* Baltimore: Johns Hopkins University Press, 1987.

[463] Weinreb, Ben. et al. *The London Encylopaedia* (third edition). London: Macmillan, 2008.

[464] Weldon, Anthony. "The Court and Character of King James (1650)", in Walter Scott, ed., *Secret History of the Court of James the First.* Edinburgh: J. Ballantyne, 1811.

[465] Wells, Stanley. *Shakespeare & CO.* New York: PENGUIN BOOKS, 2007.

[466] White, Andrew Dickson. *A History of the Warfare of Science with Theology in Christendom*. New York: D. Appleton and Company, U.S.A. 1896.

[467] Whiter, Walter. *A Specimen of a Commentary on Shakespeare*. London: T. Cadell,1794.

[468] Willbern, David. "Rape and Revenge in *Titus Andronicus*", in Philip C. Kolin, ed., *Titus Andronicus: Critical Essays*. New York: Garland Publishing, 1995.

[469] Williams, Glanmor. *Renewal and Reformation: Wales c. 1415—1642*. Oxford: Clarendon Press,1987.

[470] Williams, Gordon. *A Glossary of Shakespeare's Sexual Language*. London: Athlone, 1997.

[471] Williams, Gwyn. *Madoc: The Making of a Myth*. London: Eyre Methuen,1979.

[472] Williams, Gwyn. *The Welsh in Their History*. London: Croom Helm, 1982.

[473] Williamson, Marilyn L. "'When Men Are Rul'd by Women': Shakespeare's First Tetralogy",*Shakespeare's Studies* 19 (1987): 41—60.

[474] Williams, Penry. "The Welsh Borderland Under Queen Elizabeth", *Welsh History Review* 1(1960):19—36.

[475] Willson, D. H. "King James I and Anglo-Scottish Unity", in William A. Aiken and Basil D. Henning, eds., *Conflict in Stuart England: Essays in Honour of Wallace Notestein*. New York: New York University Press, 1960.

[476] Wilson, Frank Percy. *The Plague in Shakespeare's London*. Oxford: Oxford University Press, 1927.

[477] Wilson, J. Dover. *The Fortunes of Falstaff*. Cambridge: Cambridge University Press, 1944.

[478] Wilson, Thomas. *A Discourse upon Usury (1572)*. Ed. R. H. Tawney. London: G. Bell and Sons, 1925.

[479] Wojciehowski, Hannah Chapelle. *Group Identity in Renaissance World*. New York: Cambridge University Press, 2011.

[480] Wolfe, Jessica. *Humanism, Machinery, and Renaissance Literature*. Cambridge: Cambridge University Press, 2004.

[481] Wood, Michael. *In Search of Shakespeare*. London: BBC Worldwide Ltd.,2003.

[482] Woodbridge, J. "Palisading the Elizabethan Body Politic", *Texas Studies in Literature and Language* 33.3 (1991):327—354.

[483] Woodbridge, Linda, ed. *Money and the Age of Shakespeare: Essays in New Economic Criticism*. New York: Palgrave, 2003.

[484] Wright, Louis B. *Advice to a Son: Precepts of Lord Burghley, Sir Walter Raleigh, and Francis Osborne*. Ithaca: Cornell University Press, 1962.

[485] Wright, Peter. "Astrology and Science in Seventeenth-Century England", *Social Studies of Science* 5 (1975): 399—442.

[486] Wrightson, Keith. *English Society 1580—1680*. New Brunswick, NJ: Rutgers University Press, 1982.

[487] Wrightson, Keith. "Estates, Degrees, and Sorts", *History Today* 37.1 (1987): 17—22.

[488] Yates, F. A. *Shakespeare's Last Plays: A New Approach*. London: Routledge & Kegan Paul Ltd., 1975.

中文文献

[1] 阿甘本:《例外状态》,薛熙平、林淑芬译,台北:麦田出版社,2010。

[2] 阿兰·布鲁姆、哈瑞·雅法:《莎士比亚的政治》,潘望译,南京:江苏人民出版社,2012。

[3] 安东尼·伯吉斯:《莎士比亚传》,王嘉龄、王占梅译,天津:天津人民出版社,1985。

[4] 奥维德:《变形记》,杨周翰译,北京:人民文学出版社,1984。

[5] 蔡骐:《英国宗教改革研究》,长沙:湖南师范大学出版社,1997。

[6] 陈思贤:《西洋政治思想史·近代英国篇》,长春:吉林出版集团有限责任公司,2008。

[7] 菲力浦·阿利埃斯:《儿童的世纪:旧制度下的儿童和家庭生活》,沈坚、朱晓罕译,北京:北京大学出版社,2013。

[8] 费尔南·布罗代尔:《15至18世纪的物质文明、经济和资本主义》(第一卷),顾良、施康强译,北京:生活·读书·新知三联书店,1992。

[9] 冯伟:《罗马的民主:〈裘力斯·凯撒〉中的罗马政治》,《外国文学评论》2011年第3期。

[10] 弗雷德里克·R.卡尔:《现代与现代主义——艺术家的主权1885—1925》,陈永国、傅景川译,北京:中国人民大学出版社,2010。

[11] 哈贝马斯:《公共领域的结构转型》,曹卫东等译,上海:学林出版社,1999。

[12] 海因里希·海涅:《莎士比亚的少女和妇人》,绿原译,上海:上海文艺出版社,2007。

[13] 胡家峦:《历史的星空——英国文艺复兴时期诗歌与西方宇宙》,北京:北京大学出版社,2001。

[14] 胡鹏:《论新历史主义与文化唯物主义之差异》,《文艺理论与批评》2008 年第 6 期。
[15] 胡鹏林:《文学现代性》,北京:中国社会科学出版社,2007。
[16] 杰曼·格里尔:《读懂莎士比亚》,毛亮译,北京:外语教学与研究出版社,2015。
[17] 科耶夫:《黑格尔导读》,姜志辉译,南京:译林出版社,2005。
[18] 劳伦斯·斯通:《贵族的危机:1558—1641 年》,于民、王俊芳译,上海:上海人民出版社,2011。
[19] 李成坚:《〈亨利五世〉中麦克默里斯的身份探源及文化解读》,《外国文学评论》2009 年第 4 期。
[20] 李伟民:《英国莎士比亚时代的环境及其瘟疫》,《环境保护导报》1990 年 3 月 28 日,第 4 版。
[21] 洛文塔尔:《莎士比亚的凯撒计划》,见刘小枫、陈少明主编:《莎士比亚笔下的王者》,北京:华夏出版社,2007。
[22] 蒙田:《蒙田随笔全集》(上卷)。潘丽珍、王论跃、丁步洲译,南京:译林出版社,1996。
[23] 米歇尔·福柯:《性史》,张廷琛等译,上海:上海科学技术文献出版社,1989。
[24] 清华大学国学研究院主编,艾伦·麦克法兰主讲,刘北成评议,刘东主持:《现代世界的诞生》,上海:世纪出版集团/上海人民出版社,2013。
[25] 让-克洛德·布洛涅:《西方婚姻史》,赵克非译,北京:中国人民大学出版社,2008。
[26] Roberts, Clayton & Roberts, David.《英国史》(上),贾士蘅译,台北:五南图书出版公司,1986。
[27] 邵雪萍:《莎士比亚剧作中母亲形象的文化解读》,《外国文学评论》2010 年第 1 期。
[28] 汪晖:《关于"早期现代性"及其他》,《中华读书报》2011 年 1 月 19 日 13 版。
[29] 威廉·莎士比亚:《新莎士比亚全集》(全十二卷),方平主编,石家庄:河北教育出版社,2000。
[30] 翁贝托·艾柯编著:《丑的历史》,彭淮栋译,北京:中央编译出版社,2012。
[31] 巫仁恕:《品味奢华——晚明的消费社会与士大夫》,北京:中华书局,2008。
[32] 西塞罗:《论老年论友谊论责任》,徐奕春译,北京:商务印书馆,2004。
[33] 雅克·朗西埃:《文学的政治》,张新木译,南京:南京大学出版社,2014。
[34] 张旭春:《政治的审美化与审美的政治化——现代性视野中的中英浪漫主义思潮》,北京:人民出版社,2004。
[35] 张源:《莎士比亚的〈凯撒〉与共和主义》,《北京大学学报》(哲学社会科学版)2014 年第 3 期。

后　记

本书是在我的博士论文基础上修改完成的。我对莎士比亚的研究和学习至今已有十余年之久，莎士比亚研究贯穿了我现有的学术生涯，见证了我从硕士阶段到博士阶段的学术进步，记录了这些年我对英美文学、文化的个人化阐释和思考，也反映了我的学术兴趣和研究重心的变化。

严格意义上讲，这本书是我自进入莎士比亚研究学术圈后近十年的所学所思的一个阶段性总结，书稿完成后我一直在不断修改和补充，即便如此，由于本人学识有限，难免挂一漏万或有失偏颇，贻笑于大方之家，其中若有不当之处，还请各位读者不吝赐教。

对我而言，学术研究就像日常，已经慢慢成为自己生活中必不可少的一部分。我喜欢历史和杂学，闲暇时所阅读的"乱七八糟"的书往往给我带来了新的视角和体悟，多年以来，这种相互参照的比较文学视野已经渗入我的思维之中。虽然为学之路并非一帆风顺，期间困顿艰辛不断，幸好有师长领路为我指点迷津，同辈相伴一路前行。

在书稿即将付梓之前，我首先要真诚地感谢对我学术帮助最多和影响最大的三位师长、领路人。

感谢我的博士生导师，南开大学王志耕教授。志耕师于我而言既是老师，也是家人，导师从学术到生活细节的关照让我一直以来心存感激。虽已离开南开园,但老师的面孔时常在脑海中浮现,而且志耕师身上那种俄国知识分子式的家国情怀是我所敬佩且难以企及的,老师严谨务实的治学态度和正直无私的人格让人钦佩,他对文学研究的信念和追求,时刻勉励我在这个领域里努力前行。

感谢我的硕士生导师,四川外国语大学张旭春教授。2006年本科毕业还懵懂的我有幸问学于旭春师,由此正式开启了我的学术生涯,老师广博的知识、独到的眼光和批判的立场为我树立了榜样,而我对于莎士比亚早期现代性的研究正是受到老师对中西浪漫主义与现代性研究的启发。我在书中所呈现的理论知识、批评视角及分析方式等很大程度上源于他的言传身教。

还要感谢我的另一位师长,四川外国语大学李伟民教授(现就职于越秀外国语学院)。李老师是中国莎学界的"大咖",但一直以来为人谦逊,乐于提携后辈。李老师对我而言亦师亦友,是李老师带我进入了中国莎学研究学术圈,他对中国莎学的默默付出和辛勤耕耘深深感染了我,也坚定了我继续坚持莎士比亚研究的决心,我目前的些许成绩与李老师一直以来的关心、鼓励和帮助是密不可分的。

本书在撰写过程中还得到了诸多师长、同窗及好友的鼓励和帮助,在此也表示衷心的感谢。他们是:已过世的蓝仁哲老先生,重庆师范大学费小平教授,美国德州农工大学杨林贵教授,复旦大学张冲教授,上海外国语大学张和龙教授、乔国强教授,南开大学王立新教授、王旭峰副教授、刘英教授,重庆邮电大学代晓丽教授、张叙老师、陈泽蓉老师、张爱琳教授、史敬轩教授,西南大学罗益民教授,《国外文学》编辑部刘军老师,《外国文学评论》编辑部冯季庆老师、程巍老师,《戏剧》编辑部胡薇老师,四川大学王安教授,上海戏剧学院宫宝荣教授、俞建村教授,四川外国语大学董洪川教授、肖谊教授、路小明老师、李玲老师,天津师范大学孟昭毅教授、曾思艺教授,中国人民大学曾艳兵教授,以及川外和南开的同门及好友们。

本书初稿的部分章节曾在《外国文学评论》《国外文学》《外国语文》《复旦外国语言文学论丛》《英美文学研究论丛》《戏剧》《四川戏剧》等期刊先行发表。这些期刊的众多编辑老师和审稿专家提出了富有洞察力的修改建议,他们的帮助使得本书在细节上更趋完善,在此一并对他们表示感谢。

感谢北京大学出版社给予我机会出版此书,感谢刘文静老师。感谢责任编辑李娜老师的认真编校,她的辛勤工作使本书更加严谨规范,让本书的出版过程稳妥顺利。

最后我要感谢妻子、母亲和岳父母等家人,他们一直以来对我关爱有加,支持我、鼓励我,让我在学术这条孤寂的道路上充满信心和动力,感谢他们为我所做的一切。

胡鹏

2018年12月于寓所